傅柯——超越結構主義與詮釋學

Michel Foucault:Beyond Structuralism and Hermeneutics

休伯特・德雷福斯／保羅・拉比諾著
Hubert L. Dreyfus／Paul Rabinow

錢俊－譯

曾慶豹－校閱

中譯者序

　　一九七九 年傅柯應邀到史丹福大學講學，拉比諾給他打了個電話，約定在舊金山會面。傅柯一見到德雷福斯和拉比諾兩人便喊道：「瞧，我的謀殺者來了。」

　　德雷福斯（Hubert L. Dreyfus）和拉比諾（Paul Rabinow）都是美國加州柏克萊大學教授；前者的頭銜爲「哲學家」，後者的頭銜爲「人類學家」，但在我看來他們似乎都有點「名不符實」。身爲哲學家的德雷福斯不去和哲學家們爭辯「哲學問題」，却偏同美國的一幫科學家、數學家、「電腦狂」過不去，專門寫了一本書叫做《計算機不能做什麼——人工理性的批判》（*What Computers Can't Do*）（已有中譯本出版，三聯書店，1986），力駁那些終日夢想製造出某種能夠代替人的機器（「電腦」）的「樂觀派未來主義者」，結果在美國學術界掀起了一場不小的風波。對正積極步入「電腦世界」的古老文明，讀一下德雷福斯的忠告恐怕不會沒有益處。同樣，師承當今美國人類學泰斗克利弗德・基爾茲（Clifford Geertz）的人類學家拉比諾似乎對人類學本身就感覺不自在，甚至把當今美國人類學說成是表面上研究人的虛無主義，把他的老師也說成是「僅僅書寫而已」（writerly）的人類學家❶。他到摩洛哥進行人類學實地考察之後，也專門針對這種「人類學實地考察」寫了一本像敘事小說似的書：《實地考察反思》。當今熱衷於文化的中國讀者如果看

一下他是怎樣搞文化、又是怎樣對之進行批判，將會發現其中許多耐人尋味之處。

可以想像，由這樣兩位學者來共同對付當代最有爭議、最具挑戰意味的思想家之一——已故法蘭西學院「思想系統史教授」米歇爾·傅柯，當是一場極為精彩的哲學廝鬥。在這本公認必讀的傅柯研究之中，與其說德雷福斯和拉比諾「謀殺」了傅柯，不如說他們「復活」了傅柯；而與其說這是一本研究傅柯的書，不如說它是對整個現代思想的反思。在紛繁複雜的現代思想中，結構主義和詮釋學無疑獨佔鰲頭，已成為當今最有影響的兩股思潮。結構主義隊伍源遠流長，它主要以法國為背景；到了六十年代喬姆斯基（Chomsky）和李維·史陀（Lévi-Strauss）對語言和人的精密分析，它似乎已經獲得全面的成功，以致任何人只要掌握了結構主義方法都可以在各自的領域別開生面。詮釋學主要以德國為背景，要是以詮釋學的方法追溯詮釋學的歷史的話，甚至一直可以把它追溯到古希臘；到了當代海德格（Martin Heidegger）的《存有與時間》（Seit und Zeit），再加上伽達默（Hans-Georg Gadamer）和哈伯瑪斯（Jürgen Habermas）等人的闡發，當今任何思想家都不得不對之刮目相看。於六十年代以《詞與物》（Les Mots et les Choses）一書一舉成名的傅柯正是在這種背景下開始活躍於西方學術界的。本書也是以這兩條線索為基礎，並同時拉上尼采、胡賽爾（Edmund Husserl）、海德格、阿多諾（Theodor W. Adorno）、哈伯瑪斯、李

---

❶參見拉比諾〈作為虛無主義的人本主義：美國人類學對真理和嚴肅性的存而不論〉（"Humanism as Nihilism: The Bracketing of Truth and Seriousness in American Cultural Anthropology"），收入 Haan Nosma, Robert N. Bellah, Paul Rabinow, William M. Sullivan 編：*Social Science as Moral Inquiry.* (New York: Columbia University Press, 1983)

維・史陀、梅洛龐蒂（Merleau-Ponty）、維根斯坦、塞爾
（John Searle）、喬姆斯基、韋伯（Max Weber）、孔恩
（Thomas Kuhn）等當代最有影響的思想家，來對傅柯進行一
種閱讀、一種詮釋，力圖澄清傅柯與這兩種思潮的各種糾纏、各
種藕斷絲連的聯繫。在結構主義風靡巴黎的六十年代，傅柯以
《詞與物》、《知識考古學》等早期著作出場，他從分析語言的一種
功能「陳述」著手，聲稱發現了一個從未被人注意到的言說領
域，企圖獨闢蹊徑，開創一個考古學工程。初看起來，傅柯是在
大談「知識型」、「言說」、「規則」、「闡說功能」，因而，
評論界也就很容易把他併入結構主義的先鋒行列，雖然傅柯自己
一再聲明他不是結構主義者。隨著德雷福斯和拉比諾這本書的問
世，傅柯作爲結構主義「話語專家」的假說也就徹底崩潰了。他
們在傅柯的著述中找出了某種「傅柯式」的間斷性，力圖證明作
爲一種理論的考古學本身雖然是當代思想最爲精湛、最爲複雜的
一種，但它最終仍是站不住腳的；傅柯的傑出之處在於對考古學
和系譜學的巧妙混用，從而獨創了一種有別於結構主義和詮釋學
的理解人和社會的方法，即本書作者所謂的「詮釋解析法」——
但它最終也只能作爲一種詮釋。饒有趣味的是，雖然傅柯從未喜
歡詮釋學，但他一生受影響最大的卻是兩位德國哲學家：海德格
和尼采。他在最後一次專訪中說：「海德格對我來講一直是最基
本的哲學家……我的整個哲學發展都是由我對海德格的閱讀所決
定的……我壓根就是尼采式的……我在五〇年代開始閱讀尼采，
但尼采一個人並不激起我的興趣——而尼采和海德格：那是一種
哲學震盪！」❷

　　本書第一版發表時，傅柯的著述還處於進展之中。第二版發

---

❷傅柯：「最後專訪」。譯自德雷福斯爲《精神疾病和心理學》（University
　of California Press,1987）所作之序，p.ix, xl

表於 1983 年，加上了第二版跋，因爲傅柯不幸於次年突然離世，它也就成了某種完整的對傅柯最後著述的巡禮。雖然本書注重傅柯著述中的「間斷性」，但正如本書作者也指出，傅柯的整個研究工程仍具有明顯的連貫性。傅柯自己說他的研究包括眞理、權力和倫理三個軸心〔參見本書〈第二版跋〉（1983）〕。雖然對傅柯還有不同的解釋（特別是來自哈伯瑪斯對傅柯的非議——可參見〈中譯版跋〉），傅柯自己對本書的評價總是有參考價值的：這本書「提供了精確而綜合的觀點……我相信這部著作爲聯繫美國和歐洲的思想開啓了新的境域」。

「說話就是做事」，而把外語譯成漢語當然也就是在做中國的事。雖然傅柯說「不要問我是誰」，但我在讀傅柯和譯此書時却總是想著「我是誰」。有一點一定要清楚：傅柯關注和批判的完全是西方文化的事情；但雖然文化間確實存有傅柯式的間斷性，當今的東西文化畢竟也確實享有一些共同關注的主題，儘管我私下以爲，在一個自由不成爲一個概念的文化中，傅柯是很難被理解和接受的，因爲，在我看來，它無疑是傅柯根本的出發點，雖然他並不像沙特，對此隻字未提。不管怎樣，下面讓我就傅柯的譯介對我們的知識型會產生什麼後果，把我在譯書中產生的一些想法和問題提出來，相信讀者讀完此書後會提出更多的問題，並力圖解決之。

1 **有關歷史**。傅柯是位全新的歷史學家。在傅柯這位尼采式的系譜學家，歷史不再是某種崇高的進步神話，而是細碎、卑鄙的意志衝突。「現時的歷史學家」毫無愧色地把矛頭指向當代的「危險」，即使哈伯瑪斯也說傅柯是「瞄準當代之心臟」的。這對我們現有的歷史觀是否會產生劇烈的震撼？當今的中國人是極富歷史意識的，除了熱衷於考證華夏文明是起源於夏還是商的歷史學家，在我們當今各種歷史觀中，目前還正在興盛一種「科學進化史觀」，這些人是否可以聽一下傅柯？我們幾千年的文明到

底一直是持著什麼歷史觀？我們今天又應該怎麼樣來搞歷史？

　　2 **有關知識和知識分子**。傅柯對當代思想的重要貢獻之一便是炸開了整個傳統知識體系，原來是最為神聖的字眼「知識」，現在被發現完全陷於最不屑掛齒的字眼「權力」之中。這兒馬上又牽涉到知識分子的問題。正如德勒茲（Deleuze）指出，傅柯與沙特的一個重大區別在於沙特仍處於把自己標榜為眞理、正義、善等崇尚價值之捍衞者的傳統知識分子行列，而傅柯則具有一種全新的概念。❸那麼，我們的傳統知識體系意味著什麼？我們所搞的「學問」是什麼東西？和「權力」一點都不沾邊？一種漢語知識的考古學將會是什麼樣子？對我們當代的知識分子又要如何界定？什麼才算是我們當代知識分子的「成熟」？

　　3 **有關抵抗**。傅柯最有獨創性的見解之一便是：權力主要不是壓抑，而是「同化」（co-opt）。贊同傅柯的人都會同意啓蒙時代已經過去，抵抗運動已經失效。但在這兒，正如愛德華・賽伊德（Edward W. Said）指出：「我們必須更為嚴肅地牢記傅柯自己所敎我們的，即在這一情況下，如同在許多情況下一樣，有時最為重要的並不是說了**什麼**，而是**誰**在說。」❹在我看來，在我們啓蒙是否仍是個中心議題？然而，我們難道仍能按照傳統的方式來搞啓蒙、來搞抵抗嗎？我們文化的權力之要害在哪？它全是壓抑性的嗎？試想一下：我們文化那種極為有效、却不易察覺的「中國化」是什麼東西？我們某些自以為是知識分子的人為什麼常常和官僚的口吻不謀而合、沆瀣一氣？

----

❸參見 *History of the Present* 期刊，1986 年春季，第 20 頁。美國加州柏克萊大學發行。

❹Edward W. Said〈傅柯和權力的想像〉（"Foucault and the Imagination of Power"），譯自 David Hoy 編：*Foucault : A Critical Reader.* p.153. Basil Blackwell, New York, 1986

　　4 **有關倫理觀**。傅柯被追問得最厲害的一個問題便是：既然你把現代西方社會批駁得淋漓盡致，但你總得給我們提供一個立足之地、或指明一條生路吧？我想傅柯一輩子都在想著這個問題，但他一輩子也對此無甚明確之言。然而，在傅柯最後的歲月，他暗示關鍵問題也許是創建一種新的「倫理觀」[參見本書〈第二版跋〉（1983）]，比如可以看一下希臘，他們的倫理「公式」是：**行爲**──愉樂──（慾望）；或者可以看一下中國的「公式」：**愉樂**──慾望──（行爲）。這種西方哲人對中國文化的青睞我們已經司空見慣了，但我懷疑傅柯是否壓根兒就沒有認眞對待中國文化？那麼，我們應該怎樣看待我們這樣強調「樂」的文化倫理？它在歷史上以及在今天起著什麼作用？一種中國「愉樂」倫理的「詮釋解析」將會是什麼樣子？我們現在需要一種倫理觀嗎？如果是，是什麼？

　　我想感謝美國密西根大學人類學家 Jordan Pollack 先生，是他首先推荐此書。我當然想感謝本書作者，他們得知我在翻譯後及時寄來了本書第二版及許多其他資料，並慷慨提供了他們最近一篇論文作爲中譯版跋。最後，我想特別感謝劉小楓先生，沒有他的熱情幫助，本譯著是不可能的。

錢　　俊

一九八八年八月十六日

校閱者說明

　　國內學者無論是撰寫或翻譯傅柯，都同樣在一些重要詞彙或術語的翻譯上感到吃力，所以至今學界尚未針對某些特定概念的一般譯法達到共識。更甚的是，大陸學界與台灣學界的意見分歧更大，因此校閱者在校閱本書時就越顯困難。無論如何，關於本書的翻譯，我願表示欣慰，如果對於讀者仍難免有所隔閡，相信那是對傅柯本人思想的隔閡，因為譯者的譯文已設法儘量符合作者的原意了。

　　譯者的譯文表達風格是他自己的，我的工作是就一些術語上作考慮，注意到台灣的讀者和學界一般已經接受的譯法，並對一些習慣的人名、書名、一般用語上稍作修改。總之，為表示對譯者的尊重，必須在此向讀者交待一些譯者的原譯，和我所做的更譯。

　　"discourse" 在大陸學界中譯作「話語」，今改為「言說」，"discursive Formation" 和 "discursive Practice" 原譯成「話語形成」和「話語實踐」，都改作「論述形成」和「論述實踐」。"representation" 原譯「稱代」，不知何指，已改譯為「再現」或「表象」；"confession" 有「懺悔」、「告解」、「表白」等，今暫採譯為「告白」，而不用原譯的「坦白」，因為後者的譯文無法凸顯將其作為一個概念來看待。科學史家孔恩（Thomas Kuhn）關於 "paradigm", "normal science"，都普遍

接受譯作「典範」、「常態科學」，原譯則是「範式」、「常規科學」。

　　此外，台灣讀者已能夠接受的「詮釋學」（hermeneutics，原譯「解釋學」）、存有論（ontology，原譯「本體論」）、自主性（autonomy，原譯「自在」）、存有（Being、原譯「存在」）、目的性（teleology、原譯「意向性」），存而不論（bracketing，原譯「加括」）、言語行動（speech act，原譯「言語行為」）等，其他還有吊詭（paradox、原譯「悖論」）、壓抑（repressive、原譯「抑制」），制度（institution，原譯「機構」）。

校閱者謹識

一九九二年七月於台北

前言

　　這本書產生於朋友之間的意見分歧。一九七九年休伯特・德雷福斯（Hubert Dreyfus）和約翰・塞爾（John Searle）召集了一次涉及米歇爾・傅柯和其他議題的討論會，與會者保爾・拉比諾（Paul Rabinow）反對把傅柯劃爲典型的「結構主義者」（Structuralist）。這一挑戰激起了一場討論，並導致了聯合撰寫一篇文章的建議。隨著討論在整個夏天繼續進行，很明顯這篇「文章」將成爲一本小書。它現已成爲一本中長篇幅的書，而且還應該更長些。

　　這本書首先取名爲：《傅柯——從結構主義到詮釋學》。我們以爲傅柯在《詞與物》❶和《知識考古學》（ *The Archaeology of Knowledge* ）中類似某種結構主義者，但在其後期論監獄和性慾的著作中轉向了一種解釋（interpretive）的立場。我們提出這種觀點與一羣學者專家和哲學家辯論，但他們堅定不移、毫無辯論餘地地使我們確信：傅柯從來不是一個結構主義者，也從不喜歡詮釋學。

---

❶《事物的秩序》（ *"The Order of Things"* ）是傅柯原著《詞與物》（ *"Les mots et les choses"* ）的英文版書名，係因譯成英文時已有相同標題的書名，經作者同意後而改。爲使中譯文一致，這兒仍用法文原著譯名《詞與物》。——譯注

　　這本書第二個題目便是：《傅柯──超越結構主義與詮釋學》（ *Michel Foucault: Beyond Structuralism and Hermeneutics* ）。我們認爲雖然嚴格來講傅柯從不曾成爲一名結構主義者，但他也認爲結構主義在人文科學研究中處於最領先的地位。然而他却不是在搞人文科學，他只是從外部來分析作爲自主性領域的言說。這次我們對上了弦。傅柯告訴我們《詞與物》眞正的副標題爲《結構主義的考古》（ *An Archaeology of Structuralism* ）。現在我們的論點是，即使他的語言和進路受到當時法國結構主義思潮的嚴重影響，傅柯從未提出一個普遍通用的「言說理論」（ theory of discourse ），而只是力求描述「論述實踐」（ discursive practices ）呈現的歷史形態。我們用這一觀點去探問傅柯，他也表示認同：他從未是結構主義者，但或許也不像他所想像的那樣抵住了結構主義詞彙强有力的誘惑。

　　當然，這不光是一個詞彙的問題。傅柯並不否認，在六〇年代中期，他寫作的興趣從關心形成制度和言說的社會實踐倒向了幾乎只對語言實踐（ linguistic practices ）的關注。在其最大限度上，這一方法按照其自身邏輯（却有悖於傅柯更爲可取的見解），對言說如何有規則地組織其自身以及社會實踐和機構進行了客觀的分析，但同時也忽視了論述實踐本身如何受社會實踐（論述實踐和研究者都陷於其中）的影響。這就是我們所謂的自主性言說的幻想。我們的論點是：這種論述實踐的理論是站不住脚的，而在其後期著作中傅柯把產生這種自主性言說的幻想的結構主義詞彙變成了批判分析的主體。

　　我們的第二個論點是：正像傅柯雖受結構主義誘惑却從未是個結構主義者一樣，他也超越了詮釋學，雖然對其吸引力頗爲敏感。我們仍未偏離軌道。事實上傅柯正準備寫一本「詮釋學的考古」──研究人文科學的另一極。從這期間傅柯論尼釆的部分著作中可以明顯地看出這一方案的片斷。傅柯從未被探尋深層意義

所誘惑；但尼采對西方思想史的詮釋性閱讀正顯示了其對此的深層理解，而他同時又認為：瘋癲、死亡和性構成言說的基礎，並不適合語言學套用，傅柯在此顯然受到尼采的影響。

我們認為傅柯七○年代的著作持續、並基本上是成功地提供了一種新的方法。這種新方法結合了某種考古分析和詮釋性向度，前者保留著結構主義的疏離效果，後者發展了研究者永遠處於內部並必須從內部來理解其文化實踐的意義這一詮釋學見地。用這種方法，傅柯便能詮釋結構主義自稱為一門客觀的科學的邏輯，以及相對的詮釋學主張——人文科學只能通過理解主體的深層意義與其傳統才能有效地進行——的明顯的正當性。通過使用這一方法——我們把它稱做「詮釋解析法」（interpretive analytics），傅柯便能揭示：人是如何在我們的文化中變成結構主義和詮釋學所發現並分析的那種客體和主體。

顯然，權力問題是傅柯對我們的現狀進行診斷的中心議題。然而，正如我們將在書中指出，它並不是傅柯發展得最完善的領域之一。在與傅柯的商討中，他也承認他對權力的概念仍然隱晦，但也很重要。為了進一步彌補這一缺陷，他已慷慨地為此書提供了一篇以前未曾發表的論權力的文章，對此我們深表謝忱。

我們想感謝許多人，特別是那些參加在伯克萊舉行的會議並給予慷慨的關注與建議的人士。

休伯特・德雷福斯對大衞・霍埃（David Hoy）、理查・羅蒂（Richard Rorty）、漢斯・斯拉格（Hans Sluga），尤其是簡・魯賓（Jane Rubin）的幫助特表謝意。

保爾・拉比諾對格溫・萊特（Gwen Wright）、劉・弗賴德蘭德（Lew Friedland）、馬丁・杰（Martin Jay）和邁克爾、默蘭茨（Michael Meranze）的幫助特表謝意。

第二版從羅伯特・哈維（Robert Harvey）的翻譯技巧和大衞・多布林（David Dobrin）的編輯建議中受益匪淺。最後，

我們想再一次感謝米歇爾‧傅柯本人，感謝他所給予的無數小時的激烈討論以及耐心而及時的修正意見。

縮語表

在我們的研究中，我們將使用傅柯著作的平裝版英譯本，在我們認爲必要時譯文將略加改動以保持原意。雖然鑒於原文的難度，譯文總的來說具有極高的質量，但我們仍發現有好幾處譯文有失原文語境明顯指定的意思。

我們將使用下列縮語字母來代表我們所引用的文本和專訪錄。

AK　*The Archaeology of Knowledge*（《知識考古學》） A.M. Sheridan Smith 譯 New York: Harper Colophon, 1972.

BC　*The Birth of the Clinic: An Archaeology of Medical Perception*（《醫院的誕生──醫學知覺的考古》）。A.M. Sheridan Smith 譯 New York: Vintage/Random House, 1975.

BW　海德格：*Basic Wriwings*（《基本著作集》）。New York: Harper and Row, 1977.

CE　"Réponse au cercle d'epistemologie."（「認識論範圍答辯」）、《分析手冊》雜誌，一九六八年第九期。

CF　"The Confession of the Flesh"（「肉慾的告白」），重印於 Colin Gordon 編：*Power/Knowledge: Selected Interviews and Other Writings by Michel Foucault,*

1972-1977.（《權力／知識──米歇爾・傅柯專訪錄及其他作品選，1972-1977》），New York: Pantheon Books, 1980.

DL　美國版《知識考古學》中附錄 "The Discourse on Language"（「語言的言說」）

DP　*Discipline and Punish: The Birth of Prison*（《監督與懲罰──監獄的誕生》）Alan Sheridan 譯，New York: Vintage/Random House, 1979.

xvi　EP　"The Eye of Power"（「權力之眼」），作為 Jeremy Bentham 的 *Le Panoptique*（《圓形監獄》）（Paris: Belfond; 1977）一書之序發表，重印於 Gordon 編：《權力／知識》。

GM　尼采：*The Genealogy of Morals*（《道德系譜學》），F. Colffing 譯。Garden City, New York: Doubleday/Anchor Books, 1956.

HS　*The History of Sexuality, Volume I : An Introduction.*（《性意識史，第一冊：引言》）。Robert Hurley 譯。New York: Vintage/Random House, 1980.

ILF　"Interview with Lucette Finas."（「同呂塞特・菲娜會談」），引自 M. Morris 和 P. Patton 合編：*Michel Foucault: Power, Truth , Strategy.*）《米歇爾・傅柯──權力，知識，策略》）。Sydney: Feral Publications, 1979.

IP　*L'Impossible Prison: Recherches sur le système pénitentiare au XIXᵉ siècle réunies par Michelle Perrot*（《不可置信的監獄──由米歇爾・佩羅滙集之對十九世紀監獄制度的研究》）Paris: Edition du Seuil, 1980.

MC　*Madness and Civilization: A History of Insanity in the Age of Reason*（《瘋癲與文明──理性時代的瘋狂

史》），R. Howard 譯，New York: Vintage/Random House, 1973.

NFM　"Nietzsche, Freud, Marx"（〈尼采、佛洛伊德、馬克思〉），引自《尼采》，Paris: Cahiers de Royaumont, 1967.

NGH　"Nietzsche, Genealogy, History"（〈尼采，系譜學，歷史〉）。引自 D.F. Bouchard 編：*Michel Foucault: Language, Counter-Memory, Practice: Selected Essays and Interviews.*（《米歇爾‧傅柯：語言、反回憶、實踐——專訪錄及論文選》）New York: Cornell University Press, 1977.

OT　*The Order of Things: An Archaeology of the Human Sciences*（《詞與物——人文科學的考古》），New York: Vintage/Random House, 1973.

SL　*Lectures delivered at Stanford University*（在史丹福大學的講演錄）。Palo Alto California, 1979 年 10 月。

Telos　"Power and Sex: An Interview." *Telos* 32 (1977)（〈權力與性———一次專訪錄〉引自《目的》32, 1977）。

TP　"Truth and Power"（〈眞理與權力〉）同 Alessandro Fontana 和 Pasquale Pasquino 一次會談的譯文，發表於 *Microfisca Del Potere*, 重印於 Gordon 編：《權力／知識》。

引言

　　這是一本有關如何研究人，以及在此研究中有何裨益的書。我們的論點是：現代最有影響的以求達到這種理解的努力——現象學、結構主義、詮釋學——並未達到其自我預期的前景。在我們看來，傅柯給我們提供了另一種有條理又強而有效的理解方法的要素。我們認為，他的著作代表了當代為探尋研究人的方法並為我們社會的現狀進行診斷所作出的最重要的努力。在這本書中我們將按時間順序討論傅柯的著作，以揭示他如何完善其分析手段並使其對現代社會及其不滿的批判眼光變得更為敏銳。我們還將把傅柯的思想與其他和傅柯的關注具有相同主題的思想家一起討論。

　　傅柯已充分闡明，官方的傳記和當今最高知識界的既定觀點並不具備任何明顯的真理。在任何一個時代的檔案材料和文雅的自我意識背後，存在著有組織的歷史實踐，正是它們使這些官方言說的碑文成為可能、賦予其意義並把它置於一個政治範圍。

　　不管怎樣，這類官方文獻中的數據資料是有關的，也是基本的。要寫一本關於米歇爾‧傅柯的書，也許最具反諷意味但也是最有效的（如果不是最好的）開頭辦法便是原引附在其著作的英譯版背面的傳記材料。最近的一本有如下記載：

　　米歇爾‧傅柯於一九二六年生於法國普瓦提埃(Poitiers)。他在世界許多大學作過演講，曾任漢堡法國研究院主任、克

萊蒙費朗(Clermont-Ferrand)大學文學院哲學研究所主任。
他經常為法國報刊和評論刊物撰文，現為法國最有名望的學
府──法蘭西學院「歷史和思想系統」教授。

除了他的經典著述《瘋癲與文明》以外，傅柯還著有《醫院的
誕生》、《詞與物》、《知識考古學》和《我，皮埃爾‧里維埃》
（*I, Pierre Rivière*）。他最近的一本書：《監督與懲罰──
監獄的誕生》由 Pantheon 出版社於一九七八年出版。

這一廣告性簡介見於《性意識史》英譯版背面。我們還可以再
補充一些：傅柯還發表過一篇像書一樣長的文章作為引言，論海
德格派精神分析家路德維希‧賓斯旺格（Ludwig Binswanger）
❶，一本論超現實主義作家雷蒙‧魯塞（Raymond Roussel）的
書，以及一本論精神疾病和心理學的小書❷。

我們現在從傳記性簡介轉回來看一下高層知識界的權威性評
介。普林斯頓高等研究學院社會科學教授克利弗德‧基爾茲
（Clifford Geertz）發表於一九七八年一月二十六日《紐約書評》
（*The New York Review of Books*）的一篇評論寫道：

> 隨著《瘋狂史》──一部不落窠臼但仍不失為論西方瘋癲歷史
> 的著作的發表，傅柯於六○年代初開始活躍於知識界。在以

---

❶本書所有漢譯人名的英文原名請參見索引。──譯注

❷這本小書書名就叫《精神疾病和心理學》，它是傅柯最早的一本書。傅柯
　對它不甚滿意，以致法國出版社要出第二版時，他加以拒絕。最近已出
　版了 1987 年加州大學版，本書作者之一德雷福斯為之寫了一篇長序。讀
　者在本書第二版跋中將看到，在傅柯於 1984 年突然病死於巴黎之前，他
　還著有《性意識史》的續集：《愉樂的運用》、《肉慾的招供》和《自我的關
　切》。另外，有人認為傅柯是他自己最好的詮釋者，這是指他經常接受訪
　問，闡明其立場、觀點；研究傅柯不能忽視傅柯專訪錄。──譯注

後的歲月裏，他成了一種不可思議的人物；一位反歷史性的歷史學家、一名反人文主義的人文科學家、一個反結構主義的結構主義者。如果再加上他那簡潔、扼要的文風（這使他顯得躊躇滿志又心懷疑慮）以及用過分的細節爲概括性總結提供證據的方法，他的作品簡直就像一幅埃夏派（Escher）的繪畫：階梯升向低於自身的平台、屋門引向外界卻又把你帶回屋裡。他在其純方法論專著《知識考古學》的引言中這樣說道：「不要問我是誰，也別想要我永遠不變。」這部著作本身大部分是反對一些他自己並不擁有却又恐怕被知識界的「無聊學舌者」強施於己的方法立場。「留給我們的官僚和警察去觀察我們的文章是否循規蹈矩」，他寫道，「起碼我們寫作時別管他們的道德倫理。」不管他是誰，或是什麼，他總具有當今法國學者似乎都需具備的特點：隱晦（elusive）。

但是（在這一點上他與結構主義在巴黎發生的許多東西不同）其著述的難度不僅起因於自重和建立一種只有受到良好教育者才能參與的知識崇拜的願望，而且還由於其思想的新穎、眞切與力度。因其目的就在於爲人文科學重新樹碑立傳，他時常顯得模糊不清，而當他確實想明晰時又顯得窘迫爲難，這也就不足爲怪了。　xix

　　傳記性簡介爲我們提供了基本事實，批判性評介把它們放好了位置。我們現在可以轉向傅柯的著作。

　　我們的論述將圍繞米歇爾・傅柯在其著作中極力探討的問題。我們這本書不是一本傳記，不是一部心理歷史，不是一本知識分子成長史，也不是對傅柯思想的消化，雖然後兩種因素當然是存在的。它是帶著一連串問題對傅柯著述的閱讀，也就是說一種詮釋。我們從傅柯那裡引用了一些有益的東西以集中處理這些問題。既然我們在使用傅柯的著作來幫助我們，我們沒有說明在

何種程度上我們所引用的，涉及在很多情況下原本是傅柯所研究的問題的廣度。我們覺得這似乎是恰當的，因為傅柯也正是這樣來引用以往的大思想家。

傅柯認為，人的研究在十八世紀末發生了決定性的轉變，這時人被理解為既是認知主體同時又是他們自己知識的客體。這就是康德式解釋作「人」確定了定義。康德（Kant）提出了這種觀點：人是唯一完全捲入自然（他的身體）、社會（歷史、經濟、政治的關係）和語言（其母語）的存在，同時又是唯一在其充滿意義、有組織的活動中為所有這些介入尋求牢固的根基的存在。這種懸案［傅柯在《詞與物》中把它稱作「有限的解析」（analytic of finitude）］在以後的兩個世紀裡呈現出多種形式，我們將順著傅柯對它們的分析來討論。

為了把傅柯置於適當的位置，很有必要了解這一點：最近二十年來人文科學已從現象學中分出兩支極端的方法論派別，兩者都承繼卻又力求超越康德的主體—客體（subject/object）之分。這兩種方法都想擺脫胡賽爾（Husserl）賦有意義的先驗主體的概念。結構主義方法企圖通過找出決定所有人類活動的客觀規律，而把意義和主體都去掉。相對的方法———一般籠統地稱做詮釋學，放棄了把人作為賦有意義的**主體**來理解的現象學企圖，卻又想保留意義，把它置於人產生的社會實踐和書面文本中。為了對傅柯的進程作三角對比，很有必要確定並弄清結構主義、現象學和詮釋學這三種立場方法。

結構主義者試圖通過找出基本要素（概念、行為、詞類）以及制約它們的規則或規律來科學地對待人類活動。結構主義有兩種：一種是原子結構主義（atomistic structuralism），它把要素和其在更大的整體中的作用徹底區分開來［例如普羅普（Propp）的民間傳說要素］❸；另一種是整體結構主義或叫貫時結構主義（holistic or diachronic structuralism），按照這種結

構主義，要確定什麼算作可能的要素不關要素的系統，而被算作
實際的要素，則是給定要素於其中爲一部分的整個差別系統的一
種功能。我們將看到，傅柯明確地把自己的方法同原子結構主義
區別開來。因此我們將把他的考古方法同與其更有密切聯繫的整
體結構主義方法進行比較和對比。

　　李維・史陀簡明地闡述了這種方法：

> 我們採用……的方法包括以下的運作方式：
> (1)把所研究的現象確定爲一種兩個或更多的、不管是眞實的
> 　 還是假設的術語間的關係；
> (2)在這些術語間建構一張可能發生的排列的圖表；
> (3)把此圖表當作分析的總對象，僅在此水平上它才能產生必
> 　 要的聯繫，而起初考慮的經驗現象僅是多種可能的結合之
> 　 一，其完整的系統必須事先加以建構❹。

　　這兒一切都隨術語或要素的個體化標準而定。對於像李維・
史陀這樣的整體結構主義者來講，所有可能的術語的界定（和識
別）都不必考慮任何具體的系統；因而具體的術語系統決定哪些
可能的要素眞地成爲要素，也就是說，系統提供了要素的個體
化。例如在《生的和熟的》（ *The Raw and the Cooked* ）一書
中，李維・史陀把生的、熟的、爛的定爲三種**可能的**要素；因而
每一**眞實的**要素系統決定這三種可能的要素怎樣在這一系統中被
區分開來。比如它們可以組成如下二元對立：生的對熟的和爛
的，或者生的和爛的對熟的，而這三種要素的每一種都可以自成

---

❸ 弗拉基米爾・普羅普：《民間傳說的結構》（ *Morphology of the Folktale* ）（ The Hague: Mouton, 1958 ）

❹ 李維・史陀：《圖騰制度》（ *Totemism* ）（ Boston: Beacon Press, 1963 ），p. 16（著重號爲我們所加）。

一體。

由胡賽爾定義和使用的先驗現象學（transcendental pheno-menology）與結構主義完全相反。它接受人既完全是客體又完全是主體的觀點，並探究先驗自我賦予所有客體以意義的活動，這些客體包括先驗自我自己的身體、其經驗特性以及文化和歷史，而這些由先驗自我「建構」（constitutes）起來，作為其經驗自我的條件。

胡賽爾的先驗現象學引起了導向存在的反運動，在德國有海德格為首，在法國有梅洛龐蒂（Merleau-Ponty）為首。傅柯對這兩位存在現象學家的思想都造詣甚深。在巴黎大學他曾聽過梅洛龐蒂詳述他後來稱之為活的體驗（lived experience）的現象學。在其講演和有影響的著作《知覺現象學》（*Phenomenology of Perception*）中，海洛龐蒂試圖揭示，是活的身體（lived body），而不是先驗自我組織經驗，而作為一整套完整技藝的身體並不適合用胡賽爾提出的規則來進行那種唯知論分析（intellectualist analysis）。傅柯也研究過海德格對現象學的經典反思著作《存有與時間》（*Being and Time*），並在其第一篇發表的著作，為海德格派精神理療家路德維希・賓斯旺格的一篇文章而寫的長篇導論中，以讚賞的態度引介了海德格的詮釋學存有論（hermeneutic ontology）❺。

海德格的現象學強調這種觀點：歷史文化實踐形成在這些實踐中得到發展的人類主體。這些實踐形成一個背景，它永遠也不能徹底地被搞清楚，因而也不能以相信存在一個賦有意義的主體（meaning-giving subject）的方式來理解。然而背景實踐確實

---

❺路德維希・賓斯旺格：《夢與存在》（*Le Rêve et L'existence*），Jacqueline Uerdeaux 譯，傅柯作導論並註，Paris, Desclée de Brouwer, 1955.

含有意義。這些實踐包含了一種理解和處理事物、人、和制度的方式。海德格把這種在實踐中的意義稱爲一種詮釋，並提出要闡明這一詮釋的某些總特徵。在《存有與時間》中，海德格把他的方法——等於是一種對包含於日常實踐中的詮釋作詮釋——稱做詮釋學。海德格對這一詞的用法可以追溯到施萊爾馬赫（Schleiermacher）和狄爾泰（Dilthey），前者的詮釋學是指對宗教本文意義的詮釋，後者則把施萊爾馬赫的詮釋方法應用於歷史。通過對狄爾泰的著作的總結，把它發展爲一種理解人類的普遍方法，海德格首先把詮釋學這一詞語及方法引進當代思想。

　　事實上，《存有與時間》含有兩種不同的詮釋學探究方法，分別體現於第一篇和第二篇中，並分別由當代兩派把自己工作稱爲詮釋學的哲學家繼承和發展下來。

　　在《存有與時間》第一篇中，海德格詳細闡述了他所謂的「一種對處於日常性中的此有的詮釋」❻。在書中他勾劃了在這種日常活動中**此有**（Dasein）解釋自身的方式。這種處於日常實踐和言說中的「基本理解」（primordial understanding）一般被實踐者忽視，但一經提示又能被認識到，它已成爲更爲晚近的詮釋學探究的主題。社會學家哈羅德・加芬克（Harold Garfinkel）❼和政治學家查爾斯・泰勒（Charles Taylor）❽都明確說明自己使用這種詮釋學方法。這種日常詮釋學的一個分支便是把

❻海德格：《存有與時間》（New York: Harper and Row, 1962）p. 76.

❼參閱 Harold Garfinkel：《民俗方法論研究》（*Studies in Ethnomethodology*），（Englewood Cliffs, N.J.: Prentice-Hall, 1967）

❽參閱 Charles Taylor：「詮釋與人文科學」（ "Interpretation and the Sciences of Man" ）收入 Paul Rabinow 和 William Sullivan 編：《詮釋的社會科學》（ *Interpretive Social Science* ）（ Berkeley: University of California Press, 1979 ）

這種方法應用於其他文化（比如克利弗德‧基爾茲式的人類學）❾，或者應用於我們文化中的其他時代［托馬斯‧孔恩（Thomas Kuhn）把他現在明確稱爲詮釋學的方法應用於亞里斯多德的物理學］❿。

在《存有與時間》第一篇中海德格指出，處於日常實踐中的理解是片面的，因而也是被扭曲了的。這一局限性在第二篇中得到糾正，在第二篇中不再看重第一篇的詮釋所顯示的表面意義，而把它看成對眞理的有意遮蔽。海德格這樣寫道：

> 此有類的存有……**要求任何把顯示初始狀態的現象作爲目的的存有論解釋應該抓住這種整體的存有，不管這種整體如何傾向於把事物遮蔽起來。因而，存有的分析不斷具有歪曲事實的特點**，不管是歪曲日常解釋的自稱，還是其自足，或其鎭定的自明⓫。

海德格自認爲發現，隱匿於日常實踐背後的深層眞理是一種存有的方式的懸而不決的無根性，也可以說就是刨根尋底的詮釋。對這種「發現」，保羅‧利科（Paul Ricoeur）已把它稱爲「追疑詮釋學」（hermeneutics of suspicion）。人們可以發現，隱藏在底層、被僞裝起來的眞理是馬克思（Marx）所揭示的階級鬥爭，或者是佛洛伊德（Freud）所披露的力比多（libido）的迂廻縈繞。無論哪種情況，某個已經見到眞理的權威必須帶引自我蒙騙的參與者也見到它。（在《存有與時間》中，這一

---

❾ 參閱 Clifford Geertz：《文化的詮釋》（ *The Interpretation of Cultures* ），（New York, Harper and Row, 1973）

❿ Thomas S. Kuhn：《必要的張力》（ *The Essential Tension* ），（Chicago: University of Chicago Press, 1977）p. xiii.

⓫ 海德格：《存有與時間》，p. 359.

權威被稱做良知的聲音。）在每一種情況下，個體也必須通過承認這種深層詮釋（deep interpretation）的眞理而確信之。因爲在每種情況下，磨難都起因於壓抑性防禦，因而面向眞理便產生某種解放，不管它是（像海德格認爲的）因意識到什麼也沒有根基、也沒有任何準則而產生的更大的靈活性，還是意識到某個階級受到壓迫而釋放出來的能量，或者是通過面臨性慾的深層奧秘而獲得的成熟性。　xxiii

伽達默在其《眞理與方法》（*Truth and Method*）❷中給深層詮釋學指出了更爲確定的方向，他把它作爲重佔有對保留於傳統語言實踐中的存在的深刻理解的方法。按照伽達默，重新解釋這一保留下來的眞理是面對虛無主義的唯一希望。

對於重新挖掘人類未曾注意到的日常自我詮釋，傅柯並不感興趣。他會贊同尼采和追疑詮釋學家，認爲這種詮釋肯定歪曲了事實的眞相。但傅柯也不認爲某個隱藏的深層眞理造成了日常自我理解中的錯誤詮釋。在一適當的抽象水準上，傅柯在這些問題上達到了伽達默同樣的深度，他把他稱爲的評註法（Commentary）界定「爲對另一既次要又首要，也就是說更隱匿又更具體的意義言說之明顯意義的重新理解」（OT373）。他認爲，這樣一種詮釋「注定給予我們一種永遠無法完結的任務……（因爲它）基於這種假定，即言語是一種『翻譯』……一種註解，它聽……從上帝之詞，而它永遠隱密、永遠超越自身。」（BCxvi, xvii）傅柯用一句話拋棄了這種方法：「對詞意的確定，我們已經徒勞地等了幾個世紀了。」（BCxvii）

顯然，這兒的術語詞彙混淆不清。在我們的討論中，我們將把各種各樣的詮釋和注解區分開來，把「詮釋學」作爲廣義上

---

❷Hans-Georg Gadamer：《眞理與方法》（*Truth and Method*），（New York: Seabury Press, 1975）

的、中立的詞彙，用「評註法」來指從日常的或其他時代或文化的實踐中揭示意義和眞理的方法，用「追疑詮釋學」來指追尋有意被隱藏起來的深層眞理的方法。

　　隨著傅柯不斷改變其研究人的策略，我們將看到他一直在力求超越我們上面所討論的方法，而如果仍想在因人文框架的斷裂而引起的懸案內理解人類，這些方法則是僅有的選擇。傅柯力求避免完全取消意義概念、把人類行爲的外在模式替換成無意義要素有規則的轉換的結構主義分析法；以及把所有意義都追回到一個自在的先驗主體的賦有意義性活動的現象學方法，最後也要避免不管社會實踐之內含意義的評註法，以及挖掘社會行爲者僅僅依稀所知的、更爲深層的不同意義的追疑詮釋學方法。

xxiv

　　傅柯的早期著作（《瘋癲與文明》、《醫院的誕生》）集中分析歷史上的制度和論述實踐的系統。論述實踐有別於日常生活的言語行爲。傅柯感興趣的僅是我們將稱爲的**嚴肅**言語行爲（serious speech acts），即專家作爲專家說話時所說的。他還進一步把他的分析限於被稱爲人文科學的那些「模糊」學說**⑬**中的嚴肅言語行爲。在《知識考古學》中，爲了力求淨化其對言說（discourse）的分析，他暫時把他對制度（institution）的分析擱置一邊。他認爲，一般所謂的人文科學可以被看作是自主性言說系統來對待，但他從未放棄先前的立場，即社會機構影響論述實踐。然而在《知識考古學》中，他確實想揭示，人文科學可以被當成具有內在自我調節能力和自主性來進行研究。甚至他還提出要考古地對待人文科學的言說，也就是說，要避免介入有關它們所說是眞是假、它們的陳述是否有意義的爭論之中。他所提出的

---

⑬"discipline" 一詞在本書中有兩個意思：其一指一門具有自身規則系統的知識，我姑且把它譯爲「學說」；其二即爲「監督」——須在廣義上理解。——譯註

辦法是把人文科學中的一切所說當成一種「言說─客體」（discourse-object）。傅柯闡明，他的考古方法並不是另一種關於詞與物之關係的理論，因為它必須對它所研究的論述系統（discursive system）的真理性和意義性保持中立。但他又確實堅持認為考古方法是關於言說的理論，它垂直於所有其他學說──所具有認同的概念、合法的主體、想當然的客體和偏愛的策略、並自認為產生合理正當的真理的學說。正如他所說：「我相信我說自與那一言說一樣的地方，在界定它的空間時，我安置了我的話；但現在我必須承認，我不再能夠說自我已揭示我的話所說的空間。」（CE21）

　　嚴格來講，傅柯從未是個結構主義者，也不是個後結構主義者。後來他甚至撤回了他在《知識考古學》中所強烈堅持的信念，即言說是類似於各種型號的結構主義所描述的有規則的系統、是自主性的、自我指稱的，就像當時後結構主義者聲稱的那樣。然而正因為《知識考古學》與結構主義方法共同享有某些基本的假設，所以很有必要正視《知識考古學》所顯示的立場。我們將詳細論證，整個《知識考古學》的工程因兩個原因而失足。首先，被賦予決定論述系統的規則的因果能力是無法理解的，它也使社會制度所具有的那種影響力不可理解，而這種影響力一直是傅柯關注的中心。其次，因為傅柯把考古學看成光為自身的目的而存在，xxv
他就排除了把他的批判分析與其對社會的關注聯繫起來的可能性。

　　僅有《知識考古學》的方法，傅柯無法繼續研究他著作中所關心的問題，面臨這一窘境，他花了一些時間進行反思並重新修鑄其知識工具。在《知識考古學》之後，他大大轉變了設法提出一種言說理論的態度，轉而改用尼采的系譜學作為出發點，進而提出了一種能使他對真理、理論、價值、與它們產生於其中的社會制度和實踐之間的關係作出定論的方法。這使他越來越注重權力和

身體與人文科學的關係。而考古的方法並沒有被拋棄。傅柯只拋棄了想製造出一種有規可循的論述實踐系統的理論的企圖。考古學作為一種技藝為系譜學服務。作為一種疏離言說客體的方法，它起到離疏和生疏人文科學的嚴肅言說的作用。這反過來又使傅柯能提出如下的系譜問題：這些言說怎樣被運用？在社會中它們起什麼作用？

《知識考古學》於一九六九年出版。傅柯下一部著作——《監督與懲罰》於六年後問世。我們要論證，在這部書裏，傅柯集中研究「監獄式」（carceral）實踐，這些「監獄式」實踐使人文科學得以產生，並賦予人和社會一種形式，它使客觀的〈考古的〉分析合理可靠。這樣，許多在《知識考古學》中使用的主要術語，像「決定」、「支配」、「轉換」、「要素」、「規則」、「系列」、「外在性」和「系統」等，都被揭示為一種由特定歷史實踐生成的詮釋性框架。

同樣，在《性意識史》中，通過追溯性告白⓮的由來並把它與社會支配之實踐聯繫起來，傅柯又對詮釋學對深層意義的信念提出了挑戰。他指出，像精神療法或醫療程序這樣的告白實踐的意義性，是由日益增長的對生活各領域中的心理的巨大興趣而產生的。人們以為只有通過無窮無盡的比喻式詮釋才能顯露這些實踐的深層意義，而實際上這些實踐本身不斷滋生出「說話主體」（speaking subjects）的言說。我們認為傅柯這兒所指的含義是：我們不能僅因為我們的文化告訴我們存在深層意義，就簡單地假定確實有深層意義需要考問。這只是換一種方法來說深層意

⓮除了在宗教的語境中我把"confession"一詞譯為「懺悔」之外，其他情境都譯成「告白」，但它必須在廣義上理解——不僅指對罪行的承認、招供，而且主要還指把某人內心之事全部倒出來、傾訴出來、「坦露」、「表白」出來。

義的概念是一種文化的構造。這樣，傅柯給我們具體地展示了兩種逐漸發展的整體化實踐的策略向度，它們不僅產生作為主體和客體的人，而且更重要的是，它們把兩者都保留於我們這個客體化的、充滿意義的社會中。

這一結合使得傅柯能針對我們現今的文化狀態提出一個總的 ⅩⅩⅵ 診斷。他把遍佈我們社會的組織孤立出來，並把它們識別為「生命—技術—權力」（bio-technico-power）。生命權力是指在改善個體和大衆之福利的幌子下社會各領域不斷增長的秩序化因素。系譜學家認為，這種秩序自身顯露為一種策略，沒有人指引它，而每個人都不斷捲入其中，其唯一結局則是權力和秩序本身的增長。

有許多其他閱讀歷史的方法，而傅柯也不是第一個以這種方法來讀解歷史。顯然他同尼采、韋伯、後期海德格和阿多諾等大思想家所見略同。然而傅柯的貢獻則在於提供了一種出色的、既複雜又精湛的方法論，並尤為注重身體的獨特性，把它作為最微妙和最具體的社會實踐同大規模權力組織聯結在一起的場所。

傅柯把最佳的哲學反思同對經驗細節的極度重視結合了起來。然而，當涉及以總公式來描繪我現今的狀況時，傅柯一直有意識地、令人絕望地顯得相當隱晦，就像海德格試圖把技術的實質詮釋為所有本質的安置、秩序化和聽從我們的處置的因素時那樣。但傅柯對其分析可能產生的後果的看法一直沒變，即這種概括性總結要麼空洞無物、要麼會起到合理地擡高正是傅柯所要反對的東西的作用。一旦意識到社會實踐的遍佈性、分散性、複雜性、偶然性和多層性，人們便會明白任何想總結現狀的企圖都很可能注定會成為一種危險的曲解。

同樣，傅柯專注於所有重要歷史事實的描寫的實用傾向使許多人感到厭倦。傅柯說他是在寫「現時的歷史」（history of the present），我們把使他能這樣做的方法叫做詮釋分析法

（interpretive analytic）。這就是說，對現在實踐和歷史發展的分析是一種有規可循的、具體的論證，它還可以作爲一個研究項目的基礎，而一切事物日益增長的組織化過程是我們當代的中心議題這一診斷，無論如何也不能從經驗上得到論證，它只能作爲一種詮釋。這種詮釋產生於實用的關注，因而也具有實用的傾向；也正因爲這一原因，源自其他關注的其他詮釋也可對之進行反駁。

　　現在大家可以明白，爲什麼說傅柯的著述從來都是超越於結構主義和詮釋學。在《知識考古學》時期，他把主體還原到一種言說的功能，並企圖把嚴肅言說當作自主的、有規可循的系統（雖然他從未聲稱找到了統一的超歷史性規律），這迫使他把自己的方法說成「並非完全導於所謂的結構式分析。」（AK15）然而一旦放棄把考古學作爲一種理論性方法，傅柯不僅把自己與結構主義隔離開來，而且把結構主義工程歷史地置於增長了的隔離化、秩序化、系統化實踐的語境中，而這些實踐正是傅柯所謂的監督技術的典型例子。然而他又保留了把言說和說話者都視爲被建構的客體這一結構式技巧，並把它作爲一個必要的步驟，以免人們單純地認爲這一社會的言說和實踐在表達事物的眞相。

　　在他採用結構主義技巧之前，即在他最早發表的著述——爲賓斯旺格的論文所寫的導論中，傅柯明確地把自己與源自海德格的《存有與時間》的解釋學存有論傳統聯繫在一起。然而，隨著他對社會效果的興趣盛於對日常實踐之隱含意義的關注，他便把對詮釋學方法的興趣擱在一邊。通過對尼采的閱讀，他又重新轉向既危險卻又很必要的詮釋性立場。尼采對權力如何使用意義的幻覺來加強自身的系譜研究，這使他有足夠的理由對兩種詮釋學——不管是對日常生活進行評注的形式，還是與之相關的、對被日常實踐所掩蔽的東西進行深層注解的形式——都持批判態度。但同樣也是這個系譜分析法使得傅柯把自己的方法稱做**譯解**

（dechiffrement）。這等於是把社會實踐理解爲具有一種可知性，但它絕然不同於行爲者所知的，而按照詮釋學的詮釋，行爲者會覺得這些實踐具有表面意義，或具有深層意義，或者根本就沒有意義。

通過擧出公認的、某一人類活動領域如何被組織起來的例子，傅柯提出了這種解釋，而我們認爲這是他最具獨創性的貢獻，雖然傅柯自己沒有下此定論。這些範例，比如基督宗教和精神分析的告白術，以及傑里米・邊沁（Jeremy Bentham）的「圓形監獄」（Panopticon），爲我們揭示了我們的文化是如何企圖通過日益加強的合理化手段、通過把個體變成有意義的主體和馴良的客體，來使每一個人都規範化。這有助於解釋對作爲主體和客體的人的研究怎麼會在我們的文化中居於中心地位，也有助於解釋在這種研究中當今使用的方法——詮釋學和結構主義——爲什麼已證明是如此地有效。這樣，傅柯以相當獨創的方式，成功地既批判又使用了當今人文研究最重要的兩種方法。

目　錄

下篇　現代個體的系譜學：
權力、真理和身體的詮釋解析法

第二版跋（1983）

上　篇
自主性言說的幻想

第一章
傅柯早期著作中的
實踐和言說

第一節　瘋癲史

《瘋癲與文明》（ *Madness and Civilization,* 1961 ）一開頭便描述了被隔離和禁閉在痲瘋病房裏的痲瘋病人，在整個中世紀，這些痲瘋病房形成一巨大的網絡，散落在歐洲城市的邊緣地帶。通過這種圈圍，痲瘋病人被從城市居民中隔離開來，但同時又被保留在能被觀察到的距離內。這種閾限位置——處在邊緣却又不越界——同對痲瘋病人的尖銳的矛盾心理相平行。痲瘋病人被認爲是危險和邪惡的；他們受到了上帝的懲罰，但這種肉體上的標記同時又暗示着上帝的威力和基督教博愛的本分。

突然間在中世紀末，整個歐洲的痲瘋病房發生了劇烈的變化——它們被騰了出來，但社會隔離和道德聯繫的具體場所不會一直空着。不斷有新的居住者被充塞進去，他們帶着新的標誌，預示着新的社會型態的來臨。「帶着全新的意義並在一迥異的文化中，形成總是不變——主要是那種嚴格區分的形式，即既是社會隔離但又是精神上的重新癒合的形式。」（MC7）空間隔離和文化組合這兩個主題貫穿於整個《瘋癲與文明》，而在書中頭幾頁這兩個主題就已一目了然。

　　傅柯描繪了憂鬱却又神聖的麻瘋病人的形象以後，接着以同樣令人信服的筆法描述了「愚人船」（Narrenschiff）。在文藝復興時期，瘋子被裝上船，沿歐洲的河流運航，以尋回他們的理智。在船上，瘋子成爲在「最自由、最開闊的航程中的囚犯」。（MC11）在文藝復興時期，瘋子成爲人們行爲關注的主要文化對象，而原先死亡才是人們對秩序和意義普遍而深刻的關注的焦點。起初，一大羣不同類型的人被歸在一起：傻子、笨人、醉漢、蕩客、罪犯、情人等，而瘋子只是其中的一類。

　　無秩序這一主題是通過無節制和無規則，而不是通過醫學的或身體的失調而得以展示出來。傅柯對逐漸產生的理性同瘋癲之間的對比進行了詳盡的描述，它佔據了《瘋癲與文明》的大半篇幅。正是這一新的文化內容──古典時期爲理性和瘋癲，我們現代時期是理智和失常──從一個時期到另一個時期產生劇烈的變化；而在傅柯分析的中心，這種內容似乎構成一系列接近某種無法達到的、純屬彼物的存有論條件（ontological condition）。傅柯似乎認爲存在某種像純瘋癲那樣的東西，而所有這些不同的文化形式都在摸索和掩飾它──傅柯後來放棄了這種觀點。

　　傅柯對這些文化間斷性的分析始終伴隨着對一種更有連續性的禁閉（confinement）和隔離（exclusion）的描述。意義不斷發生變化，但一種只能稱爲權力的連續形式則一直不變，同文化分類中這些戲劇性轉變形成鮮明的對照。正是這種張力貫穿於傅柯所有的著作，只是不時有不同的側重。作爲平行相對的連續性和間斷性、權力（power）和言說（discourse）的簡單並列最明顯地體現於《瘋癲與文明》中。但它們之間的聯繫以及指令言說和權力的具體機制却基本上沒有闡述。這種具體闡述是傅柯以後著述的中心，首先是在言說方面，然後是在權力方面。

　　十七世紀標誌着我們已經提到的轉變──從文藝復興時期到古典時期，在整個歐洲，麻瘋病人突然被騰出了麻瘋病房，而這

些痲瘋病房變成了禁閉窮人的場所。傅柯想理解貫穿整個歐洲、促使這種對窮人的戲劇性組織的社會力量，**以及**那個時期把這麼多人歸爲一類的文化分類體系。爲什麼？傅柯問道，在1656年短短的幾個月內，巴黎每一百人中就有一人被禁閉起來？

　　傅柯把建立「總醫院」（Hôpital Général）國王一事孤立出來，把它視爲主要的歷史性事件，初看起來，用一個統一的名稱對一系列樓房和福利機構進行重新組合，似乎只不過是一次行政改革。在這些衆多的巴黎建築物中，其中一個曾經是軍火庫，另一個是退伍軍人之家，而現在這些房屋都被用來照管窮人、瘋子和無家可歸者。國王的法令規定，所有窮人，「無論性別、年齡，無論來自何方，無論其敎養和出生成份，無論他們處在何種狀況：身體好的還是病的，病人還是正在恢復的病人，可治癒的還是不可治癒的病人」（MC39）都有吃、穿、住和被集體照管的權利。國王任命了一批新的高級行政管理人員，他們不僅有權照管限定在這些房屋內的窮人，而且有權照管整個巴黎的窮人。法令上宣佈的這些行政管理人員的權力幾乎是無限的：「『他們對在總醫院內外的所有巴黎的窮人享有一切權威，享有指揮權、行政管理權、商業、刑警、裁決、管敎和懲罰等所有權力』。」（MC40）

　　傅柯着重指出，雖然有醫生被派到這些禁閉的房屋出診，它們根本上講並不是醫療機構。窮人、叛逆者、流浪漢以及瘋人都被歸在一起。傅柯再三強調，不能把這種突然出現的「大拘留」（The great internment）場所理解爲後來精神病院和醫院的前科學雛形。在這兒以及其他地方，傅柯非常明確，他不是在講科學進步的故事。對傅柯來講，這剛好相反。正是在這些起初的朝向社會拘留，朝向對所有人進行隔離、觀察的主要行動中，我們才看見現代醫學、精神病學和人文科學的最初型態。這些人文科學以後會發展其方法、完善其概念、加強其專業可靠性，但它們

得繼續在禁閉機構內進行運作。傅柯對它們的解釋是，它們在對人的分類和控制的具體化和連接性方面起着越來越重要的作用，但並不爲我們提供更爲純粹的眞理。

在《瘋癲與文明》中，傅柯把「總醫院」的設立明確指明爲王族權威的直接政策。他把它看成「君王和資產階級的秩序在那個時期的法國被組建的……例子」。（MC40）行爲者身份明確，對行爲的動機也有直率的解釋，並隨時指明行爲的效果。在以後的著作中，傅柯很少對誰和爲什麼等問題進行這樣詳盡而明確的因果解釋；在以後，社會的、結構的和政治的原動力會受到質疑並得到重新建構。但在《瘋癲與文明》中，僅是文化變化的非延續性內容懸而未決，未被解釋，而對制度和權力方面的文物則有明確的說明。例如，傅柯解釋說，到 1676 年國王已把這種禁閉和照管的系統延伸到整個法國。到法國大革命時期，無論在法國還是在大陸其他地方，這種福利機構已大量存在，而且種類繁多。但是傅柯解釋道，一開始「在歐洲文化中必定已經形成一種普遍的社會意識，它是悄悄地、無疑也是通過許多年的時間而形成，而在十七世紀下半葉它突然開始顯露出來；正是這種意識突然隔離出一類人來，並把他們送進禁閉的地方」。（MC45）一種新的論述形式和一種新的社會制度形式產生了。因而，傅柯告訴我們：「一定存在一種證明這一迫切性爲正當的整體。」（MC45）事實上也確實存在。大禁閉「在一個複雜的整體中逐步形成一種對貧窮和援助責任的新意識，對失業和空閒等經濟問題形成新的反應形式，還產生一種新的工作職業道德，進而還夢想建立一座新城市，其間道德責任同民事法律在獨裁制約的形式內相融合。」（MC46）

傅柯列出了使禁閉房的產生成爲可能和必要的祈使因素。首先是勞動作爲道德的和社會的祈使因素的必要性。在「總醫院」的章程中強調了遊閒和行乞對城市的危險性。隨着新的經濟組織

形式的出現，行會制受到削弱，接踵而來的是社會變動與混亂。在以前的大失業時期，城市爲了保護自身，把大批遊民拒之門外；但現在不同了，它在自己的城牆內建起了拘留房。「失業者不再被趕走或懲罰；他們被照管起來，費用由國家承擔，但他們要獻出個人自由作爲代價。在他們同社會之間建立起了一種心照不宣的義務制度：他們有溫飽的權利，但必須接受身體和精神上的禁閉壓抑。」（MC48）

傅柯以一種相當直率的方法，把這種個人（和大衆）的福利同國家的行政控制的聯繫解釋爲經濟和社會壓力的結果。傅柯對這種關聯的形式，特別是對其自我表現的文化特徵的分析，是相當獨創的，然而傅柯對事物因果關係的分析並非如此。他寫道：「在整個歐洲，禁閉具有同樣的意義，起碼我們考慮它的起源時是這樣。它是對十七世紀遍及整個西方世界的一次經濟危機的對策之一，這次經濟危機表現爲：工資降低、失業、錢幣缺乏……。」（MC49）在傅柯後期的著作中，周期化，這些社會經濟必要因素的相對重要性，以及「時代意識」和科學言說的複雜關係，及其運作的特殊機制，這些都將不再被看得這麼簡單，也很少以這種直率的因果關係來闡述。但傅柯所感興趣的主題的統一性起碼是夠清楚的。

我們現代同瘋癲的關係在法國大革命以後突然產生。「在十九世紀初，每一個精神病學家，每一個歷史學家都發出同樣的義憤之聲；我們到處都可以發現同樣的憤慨，同樣的正義指責。」（MC221）這種憤慨指向新發現的一個事實，即病人和犯人被關在同樣的禁閉房中。很明顯，或者對那些擁有這種新的意識的人來說很明顯，這種編類簡直是胡鬧。我們現代把瘋人從犯人、窮人和浪蕩漢區分開來，並把這種區分運用於醫療領域，這首先產生於大量基於人道原則的義憤填膺的申怨。傅柯馬上指出，這並不能簡單地說是由於科學進步了，因而對待他人也變得更爲人

道。「是禁閉的深度本身生成出這種現象；我們必須從禁閉本身來尋求對這種瘋癲的新意識的詮釋。」（MC224）雖然這聽起來很神秘，但傅柯從兩個方面進行了直率的解釋。

首先，存在一個可以說是直接有效的原因。提出抗議的是被囚禁的「有罪的」貴族和上層知識分子，是他們提醒人們注意犯人同瘋人的混合。為了他們自己，他們要求區分他們認為是不恰當的、突然變得極不協調的、對各種不同類人的混合。他們並沒要求釋放瘋人，甚至沒要求更好地對待瘋人。他們只要求普通罪犯同瘋人不要混在一起，以防普通罪犯離開禁閉房時也失去理性。「瘋人的在場成為一種不公正的現象；但是，這只是**對他人而言**。」（MC228）

其次，正在發生一次深刻的社會意識和經濟關係的重新建構過程。貧窮曾經被視為社會機體的腐化象徵，也是對它的一種威脅，而現在則被視為是對國家的一種隱藏的和基本的有利條件。那些願意低工資、低消費工作的窮人構成國家財富的基本來源之一。把人口看成是必須予以考慮、加以組織、使其生產的關鍵的經濟和社會資源，這一概念開始流行起來。

傅柯在他的好幾部其他著作中更深入地探討了人口這一主題。在《詞與物》（*The Order of Things*）中，對勞動及其在古典時期和我們現今的「人的時期」中變化着的論述結構的分析，大約構成全書的三分之一，同其平行的是對生命和語言的分析。在《監督與懲罰》（*Discipline and Punish*）中，傅柯超越了對勞動和人口的論述結構的分析，而把這種分析置於變化着的他現在稱為「生命權力」（bio-power）的發展之中。生命權力（參見第6章）是我們現代的權力形式，其特徵表現為對人口的組織及其福利制度的不斷加強，以推動生產率的發展。在這一分析中，論述和制度兩者又被重新帶入一個複雜的關係。但在這以後的形式中，傅柯將把國家和資本主義的成長當成不言自明的基本事

實，不再加以強調，而他更爲關注的是要明確指出這種權力形式
怎樣在具體範圍內運作。

　　按這種邏輯推理，如果人口是國家財富的潛在組成部分，那
麼「禁閉就是一個碩大的錯誤，一種經濟失策」。（MC232）
大禁閉必須被廢除。取而代之的是一種更爲科學、更爲人道的特
殊禁閉，它把瘋人和某些類的犯人（傅柯在《監督與懲罰》中將對
此進行討論）分了出來。現在人們覺得，應該把瘋人從鎖鏈和籠
子中解放出來，使他們返回健康狀態。傅柯把它稱爲對待瘋人的
人道主義進步的歷史神話，它隱藏了「在這些神話本身內部的
……一種交易（operation），或者說一系列交易，它們悄悄地
組成精神病院的世界、形成治癒的方法，同時也構成具體的瘋癲
事例」。（MC243）傅柯集中分析了同特尤克（Tuke）聯繫在
一起的英國貴格派（Quaker）改良者以及由皮內爾（Pinel）領
導的法國醫學理性主義者。他描述了這兩派人員對待瘋癲的總策
略和所提出的方法，同時也描述了他們對待犯罪行爲所使用的方
法和策略。

　　貴格派的策略是：使每個犯人和病人對自己的罪行和疾病負
責。「特尤克創建精神病院，在那兒他用令人窒息的責任感內省
代替了對瘋人發作的恐怖。在監獄鐵門的另一邊不再充滿恐慌，
而現在它在良知的深處沸騰。」（MC247）他們強調要使病人
承受自己的內疚和責任。這涉及到一系列複雜的機構安排。他們
在病院內創建了一種結構式的等級制度，其中病人處在最低層。

　　既然病人被認爲對自己的疾病負有責任，作爲懲罰形式的治
療階段就變成了標準的對待病人的方式。這些治療干預的目的是
要使病人意識到自己作爲主體的地位，對自己的行爲負起責任。
因而，這個主體受到看守人的觀察和懲罰，而通過一系列得到仔
細建構的程序，他又被導向對自己進行觀察和懲罰。按照這種理
論，一旦這種內省過程得到完成，病人就得到了治癒。「通過這

種過程，通過爲**他人**使自身客體化，瘋人便回到了自由狀態，而在**運作**（ Work ）和**觀察**（ Observation ）中都能發現這種過程。」（ MC247 ）

9 　　在法國，皮內爾對瘋人採取了並行的但稍有不同的方法。對他來講，精神病院成了「一種道德統一和社會譴責的手段。問題〔是〕要以一種統一的形式灌輸一種道德觀……」。（ MC259 ）我們必須使瘋人明白，他們已經越出了人類普遍的倫理規範。通過一系列重新訓練、糾正意識、監督身體和心理的辦法，瘋人應該被挽救過來，使他們能重新遵循社會準則。

　　所有這些辦法，包括系統的強迫坦白的手段，都在傅柯對現代主體的系譜研究中起着重要的作用，傅柯在《性意識史》中更爲詳細地概括了這一點。事實上，所有這些主題——人作爲主體，人被當成客體，懲罰和監視的關係——都將在傅柯以後的著述中出現，我們將在第七、八、九章更爲詳細地加以討論。在《瘋癲與文明》中，傅柯把這些主題孤立地當作具體地體現於特定機構中的一般的社會文化發展。在他的後期著作中，傅柯將不再注重從制度本身來進行討論，而轉向到制度界限的背後去尋求一種分析方法。他將力圖顯示，作爲世界觀的社會、文化以及個人（不單單是瘋癲、理性、科學）這些概念本身就是隨着一涉及面更廣的、早就在準備中的權力和言說關係的轉變所產生的變化之一部分。

　　在《瘋癲與文明》中，皮內爾方法的自在性屈從於傅柯賦予「醫學人物」的重要性。傅柯指的是佛洛伊德（ Freud ）以及佛洛伊德對病人——醫生關係的注重，因而他自然也是從這個角度來解讀先前的發展；而到後來，他將把佛洛伊德看成一個更爲長久的趨勢的一部分。然而，對醫學人物的討論引申出傅柯後期著述的另一個主要主題，即實踐者和有關人的知識系統在我們文明中的禁閉和支配之結構的發展中所起的重要作用。正是通過醫生

這個人物瘋癲才變成精神失常，從而被歸入醫學領域內作爲研究的對象。「由於這一新的醫學人物的地位，禁閉最深層的意義被取消了：精神病，在我們現在所賦予的意義上的精神病，得以成爲可能。」（ MC270 ）

　　貴格派（ Quakers ）和法國理性主義者都贊同醫學干預。在兩者看來，醫生成了精神病院的主要人物。首先，他有權規定誰進誰出。其次，他把精神病員的內部空間轉變成一個醫學空間。在《瘋癲與文明》中，傅柯強調指出醫生這一人物在道德上的可信性比他的科學地位更重要。他說，「醫生的介入不是憑其所擁有的可以正當地標榜爲一套客觀知識的醫學技能或權力。這種**醫學人**（ homo medicus ）不是作爲科學家而能在精神病院內具有權威，而是作爲一位智者……作爲一名法律上和精神上的監護人……。」（ MC270 ）

　　在其後期著作中，傅柯將重新注重醫生的知識本身作爲其道德形象的基礎的重要性：他提出了一種相當複雜的分析方法，來分析人文科學——這些從未達到孔恩式常態科學（ normal science ）標準的「模糊」科學（ dubious sciences ）——以及它們的政治、社會、文化功能。傅柯將論證，人文科學（特別是同精神病學有關的）基本上沒有提供有關人的客觀知識，但在我們的文明中却獲得了如此重要的地位和權力，正是這一事實本身必須受到注意和解釋。這種模稜兩可的科學性爲什麼以及怎麼樣成爲現代權力的基本組成部分，這是傅柯後期著作的主要主題。而在《瘋癲與文明》中，傅柯則輕描淡寫、從某種意義上也是降低了知識的重要性及其功能，他寫道：「如果醫學人能夠把瘋癲隔離出來，不是因爲他知道它，而是因爲他掌握它；對實證主義來講可能是一種客觀性形象的東西僅是這種支配的另一方面。」（ MC272 ）它在《瘋癲與文明》中是一種面具，而在以後它將被看成一複雜的策略建構的一部分，現代支配的一個重要組成部

10

分。

在《瘋癲與文明》中，傅柯追溯了科學實證主義的發展過程，認爲它掩蓋了對隱藏在客觀性背後的治癒權力（power）的眞正解釋——這一解釋要到一個世紀以後出現了佛洛伊德的著作後才變得明瞭。在十九世紀，開業醫生在他們的制度中沒有任何位置去解釋他們自己的成功。「如果我們要深刻分析在十九世紀從皮內爾到佛洛伊德的精神病學的知識和實踐中的客觀性結構，我們不得不指出，事實上這種客觀性從一開始就是一種魔術性質的具體化翻版……我們所謂的精神病治療只是某種精神策略，它產生於十八世紀末，保留於精神病院生活的儀式中，並由實證主義的神話遮掩起來。」（MC276）

實證主義者不能解釋這一事實：它們運作的有效性。傅柯指出，在對理性和瘋癲的長期探討中接下來的大轉折點便是佛洛伊德。按照傅柯的解釋，佛洛伊德的重要性在於他把醫生——病人關係當成一種科學客體，把它孤立並提煉爲治療精神病的基本組成部分。「佛洛伊德撕毀了所有其他精神病院結構的神話，……但他利用了隱密的醫學人物的結構；他進一步發揮了其魔術師般的效能……。」（MC277）佛洛伊德賦予權力的運作場所和治療者的有效性這兩者以眞正的重要性，同時它又被更深一步的科學性神話所掩蓋。精神分析家的權威並非來自其科學性，佛洛伊德也深知這一點。

傅柯還指出，就是精神分析家對病人精神病的理解能力也應受到懷疑。「精神分析可以澄清瘋癲的一些形式；但它對整個非理性領域仍然一無所知。」（MC278）在《瘋癲與文明》的結尾處，傅柯相當精煉地論述了**他者性**（Otherness）的某種基本形式，它超出理性和科學所能掌握的範圍，並以某種無法解釋的方式又使理性和科學成爲可能。他提到像阿爾托（Artaud）、賀德林（Hölderlin）、內爾瓦（Nerval）這些詩人的「閃電般光

耀」，這些人不自覺地已經擺脫了「强大的精神束縛」，從而領略了這種非理性的基本體驗，它召喚我們走向超越社會的境界。傅柯說，不知道這種**他者性**是否能爲西方文化的「全面爭執」打開一條出路。

　　這種既建立歷史又逃避歷史的絕對**他者性**在傅柯後來的分析中要變得稍微清晰一點，我們將看到在《詞與物》（328～335頁）中，傅柯把它稱爲「本源的隱退和復歸」（The retreat and return of the origin）。傅柯把這種對既創建歷史又超越歷史的根本經驗的追尋分析爲現代思想的基本形式之一。傅柯指出，（頭腦裏明確地想着海德格的早期著作）這種哲學趨向是典型的現代思想最發達的形式，然而却是注定要失敗的。也確實如此，傅柯現在自己也不去求助一種界定我們却又總是不能被我們接近的存有論界限，而是通過尋求其他辦法來系統闡述人對其自身存在的知識的局限，因而也是人文科學的局限和功能等問題。

　　在《瘋癲與文明》中，傅柯同極少的幾位特殊的思想家一樣，窺視了「整個非理性的領域」。在以後，他將力求把他的分析建立於身體之上，先尋求大家都能接近的具體內容，再使其服務於對我們歷史實踐的存有論基礎的探尋，（不管這種誘惑還剩下多少）。比如在《性意識史》中，傅柯並不把尋求一個秘密的、隱藏在表象後面的、無法接近的性慾詮釋爲一種正確地追尋人類條件的深層眞理的企圖，而是把它詮釋爲在我們當代的知識和權力的形式中起着重要作用的現代思想的神話建構。這樣，傅柯便放棄了去闡明一種隱藏在表象後面的深層眞理的企圖，——而它仍然被那些認爲追疑詮釋學是人文科學的唯一合法的人所追求。相反，我們將會深入闡述，傅柯現在力圖把這些表象解釋爲一組產生出人文科學的論題的歷史實踐。只要稍微改動一下本文，就可以用「上帝之詞」來代替「瘋癲，就可以把傅柯對詮釋學（他稱爲注解）的批評運用於他的見解：瘋癲是一種深層的秘密體驗，

它被理性和言說僞裝起來，但却是一種人類共有的人性的體驗。這樣，傅柯把瘋癲解釋爲深刻的他者性，這種能解釋很危險地接近於一種注解，它通過禁令、符號、具體形象和整個啓示工具來聆聽〔瘋癲〕，但它總是永遠更隱秘，永遠超越自身」。（BCxvii）

　　這句話出自傅柯的《醫院的誕生》，它說明傅柯很快地覺察到他這種對詮釋學深度的挑逗正是他力圖克服的人文傳統的一部分，因而也是沒有出路的。事實上，《瘋癲與文明》中的大部分分析涉及大衆化的普通實踐及其效果，而不涉及秘密的存有論根源，因而假如去掉這種對存有論的涉足，這本書將更有力度。但是在傅柯重新操起《瘋癲與文明》中最有發展前途的主題之前，他經歷了一段過分反對詮釋學的過程，而這一階段要到他七十年代的著作中才被超越。

第二節　醫學的考古

　　傅柯在方法論上極力反對尋求經驗後面的深層眞理，這與風靡法國六〇年代的結構主義思潮相共鳴。他的《醫院的誕生》（1963）在論瘋癲的書問世後兩年出版；在此書中，傅柯要揭示，「知識和語言的構架……遵循同樣的深層規律」（BC198）──即一種決定理論、言說、實踐和一個時代的意識──就它們爲人的問題提供一種「科學的」理解這一範圍內而論──的結構。

　　人們預料到傅柯會認爲，這種結構在某些關鍵點發生間斷性的轉變；而它們比在《瘋癲與文明》中的更加絕對，在這兒傅柯着重強調了古典時期和現代人的時期之間的「根深柢固的時間界限」。（BC195）如果人們熟悉法國對西方社會的反思傳統，就

不會感到奇怪，這種「突然的、劇烈性重新建構」（BC62）同法國大革命同時發生。

　　傅柯接受醫學界這種時間上的劃分和它對這種巨變的重要性的標準解說，但他對之進行了全面的重新解釋。官方的觀點是；自比夏（Bichat）以後，醫學最終同魔幻和迷信決裂，對身體和疾病都開始獲得客觀的眞理。從現代細緻的觀察和中立的描述的視角來看，先前的醫學解釋不僅顯得虛假，而且不可思議。從以下這份報告（傅柯以此作爲此書的開頭），我們能看出它是什麼意思？

　　　　到十八世紀中葉，波姆（Pomme）治癒一名歇斯底里病人的方法是：讓她洗澡，「一天十至十二小時，整整連續十個月」。通過對神經系統的乾燥處理以及它所承受的熱量，最後波姆看到「像羊皮紙那樣的膜狀組織脫落出來，人感到稍許不適，它們每天隨着尿排泄出來，右側的輸尿管也以同樣的方式整個脫落出來」。內腸也發生同樣的情況，在另一階段它「剝去其內膜，我們看見又重新長在直腸上。食道，動脈氣管和舌頭也在相應時期脫落；病人通過嘔吐或者吐痰來丟掉不同的部位」。（BCix）

我們無法知道這個報告是否能被經驗證明；甚至不知道什麼才能算作這種報告的證明。

　　傅柯的策略是，首先要我們驚異地意識到，我們根本無法知道這種曾經被作爲嚴肅的、客觀的解釋的描述能夠意味什麼，轉而便猛烈地抨擊我們現在這種沾沾自喜的假設：醫學終於已經獲得了客觀的眞理。考古學方法（它在這一階段相當重要，以致出現在傅柯三本著作的書名中）的要點是：考古者對所有言說和知識，特別是對我們自己的言說和知識都採取同我們很自然地運用於解釋古典時期的醫學和其他理論時一樣的方法，即對眞理和意

義保持疏遠的距離。而這種考古的辦法也有值得肯定的一面。一旦我們把另一時期的某個學說的言說和實踐只當成無意義的客體，我們就可以達到一種描述水平，它便能揭示某種永遠無法掌握的東西並不是沒有其自身的系統秩序。像波姆那樣進行怪誕描述的醫生實際上不知不覺地由明確的結構式「知識信碼」（codes of knowledge）（BC90）所決定❶。一旦我們看到古典時期的醫學知識組織具有一個全面的形式結構，我們也就能得出，我們所認為的具有真理意義性的現代醫學同樣也可以被當成是由類似的任意性結構所決定的。

14　　　　好像幾千年來第一次醫生終於從理論和幻想中解脫出來，他們都贊同以不帶偏見的純潔的眼光來看待他們行業的客體。但這種分析必須倒過來理解：只是可見性的形式變了；無疑比夏是首先以一種絕對一致的方式覺察到這種新的醫學精神，但這種新的醫學精神不能被當成是一種心理上和認識論上的純化；它只不過是疾病在句法上的重組。（BC195）

很有必要弄清楚這時傅柯運用了多少不管是哪種型號的詮釋學。在《醫院的誕生》之序中，他詳盡地批判了他所稱為的評注法，這既包括探尋被言說隱藏起來的深層的存有論根基的辦法，也包括任何企圖重新恢復在另一時期被嚴肅對待的，但已是失去

---

❶要弄清楚傅柯在這時期對「信碼」（code）的理解到底具有多少普遍性、具有多少結構主義意味，最好的辦法是看一下他在 3 年後寫在《詞與物》的序言中的一段話：「一個文化的基本語碼——那些決定其語言、知覺的先驗圖式、交換、方法、價值以及實踐的等級制度的信碼——一開始就為每個人建立了每人都會碰到的、在其間每人都會感覺自如的經驗秩序。」（OTxx）

了的某一學說的可知性的辦法。比如像孔恩，他指出，初看起來
亞里斯多德物理學似乎很令人費解甚至講不通，但他不是把它作
爲理由來使我們進一步確信我們今天的物理學終於走上了正軌，
而是把它作爲起點來使亞里斯多德變得可以理解。孔恩指出，畢
竟亞里斯多德所講的生物學和政治學還是「既深邃又深奧的」。
他這種重新使亞里斯多德觀察自然的方式變得可以理解的詮釋學
方法取得成功的證明是：許多「表面上的荒誕性消失了」❷。沒
有比這種企圖通過塡滿可知性境域的方式來重新獲取失去的意義
的方法比傅柯的方法走得更遠。如果我們遵循這種探究方式，傅
柯警告我們：「我們注定要歷史地陷入歷史、陷入關於言說的病
人言說的建構、陷入聆聽早已被說的東西的任務。」（BCxvi）

　　傅柯似乎覺得不可能用評注法來代替「結構式分析」。
（BCxvii）他允諾在其「醫學知覺的考古」中要展示另一種方
法是可能的，這種方法不去試圖通過疊加更多的言說來找出更爲
深層的意義和更爲基本的眞理。「它既不基於現今醫生的意識，
甚至也不基於他們可能曾經所說過的東西的重複」。（BCxv）
他想揭示，醫學言說、實踐和經驗可以用一種不同的方式使其變
爲可知，即通過揭示出它們具有系統的結構這一方法。

　　　　我們這兒關心的不只是醫學和在幾年內關於個體病人的
　　特殊知識被建構的方式。醫學經驗要成爲一種知識形式，就
　　需要有醫院場所的重組，對病人在社會中的地位的重新解
　　釋，還需要在公衆援助和醫學經驗之間、在援助和知識之間
　　建立某種關係；病人必須被封閉於一集體的、同類的空間之
　　中……
　　　　這一結構構成了一種給定的、被認同爲正確的醫學的歷
　　史條件，在此結構中，空間、語言和死亡被連接在一起——

15

❷孔恩：《必要的張力》（*Essential Tension*），p.xi, xii, xiii.

其實這也就是眾所周知的解剖─臨床的方法。（BC196）

使用這種方法我們可以看到，當古典醫學的結構突然被現代的醫學知覺結構所代替時，本質上起變化的並不是語義內容而只是句法形式。「痛苦的圖型並不是魔術般地通過一組中立的知識的方式被驅除；它們被重新分佈於身體和眼睛交滙的空間。起變化的是無聲的構架，其間語言得以立足。」（BCxi）

在《醫院的誕生》中，傅柯從研究企圖弄懂瘋癲的深層的主體性普遍經驗的意思並控制它的社會實踐，轉向考察那些使人能夠把自身當作最純粹意義上的客體來對待的實踐。隨着從某種詮釋學轉向某類結構主義，傅柯現在不再認為言說和實踐應該去系統化解釋人類經驗最深層、也是最不可接近的方面，而是轉向注重分析擺在醫生視線前面的作為屍體的身體，其實物般的固體性擋住了任何尋求隱藏意義的通道。

> 無疑這將是我們文化明擺着的事實：其起初的關於個體的科學言説必須通過這一死亡的階段。西方的人要把自身建構成在自己看來是科學的客體，……只有在取締自身後形成的空隙中才有可能：從非理性的經驗中才能產生心理學，……通過把死亡融入醫學思想才能產生關於個體之科學的醫學。（BC197）

在《醫院的誕生》中，傅柯試圖找出支撐實踐、言說、知覺經驗（即凝視），以及認知主體和客體的無聲結構，因而這本書代表了傅柯倒向結構主義的極端傾向。然而，雖然「沒能夠避免……經常求助於結構式分析」，（AK16）即使此時傅柯也不完全是位結構主義者。他並不是在尋求**超時性**（atemporal）結構，而是在尋求「**歷史的**……可能性條件」。（BCxix，着重號為我們所加）但在《醫院的誕生》這本書中，他確實認為考古學能夠發現決定醫學、或許還包括任何其他研究人的嚴肅學說的「深

層結構」。（BC90）

第二章
人文科學的考古

16

　　傅柯寫完瘋癲史以及醫學言說和實踐的考古之後，有許多方法論的選擇和可能的研究領域擺在他面前。他可以繼續研究論述實踐（discursive practices）的意義以及它們對社會制度的相對依賴性──某種《瘋癲與文明》已經開了頭，傅柯到後來仍要回過研究的歷史，或者可以繼續發展《醫院的誕生》中提出的考古方法，它通過強調實踐和言說的可能性的結構條件來避免意義問題。不管選擇哪一種方法，要正確對待這兩本書中重要的方法論發現，他都應該通過限制這兩本書中所作的許諾而先完善其方法。他可以遵循其結構主義的見解，認為尋求存有論的深層意義是無效的，從而擴大對決定《瘋癲與文明》一書中的言說和制度的歷史實踐的分析，同時取消書中有關存有論的自許。或者，通過以自我批判的方式對待《瘋癲與文明》中的分析（它顯示了長期的控制策略），並通過運用在「客觀的」人文科學中獲得的方法和結果，以及界定其條件，他可以發展《醫院的誕生》中的考古描述，同時限制書中的半結構主義（quasi-structuralism）自許。與其去尋求一個包容和支撐整個社會的、政治的、制度的和論述的實踐領域的信碼，他還可以把考古的方法限制於一更為可行的（雖然最終仍是行不通的）努力──去發現只決定言說的結構規則。

　　事實上，傅柯正是挑選了最後這一種選擇。在風靡巴黎的結

構主義思潮影響下，他力求去完善並只保留他著述的形式方面，因爲現在它在我們和他看來似乎都非常模糊。也就是說，傅柯壓下了他對社會制度的興趣，把注意力幾乎完全集中於言說，及其自主性和間斷性轉換。在上篇的餘下部分，我們首先將來分析，然後再批判這種企圖：要把言說與社會背景盡可能分離開來並要發現其自我調節的規則。

在把他的方法限制於言說分析的同時，傅柯把其探究的領域擴大到主要的人文科學。這很自然，因爲傅柯一直對人在我們的文化中怎樣理解自己很感興趣。他先已試著去理解西方文明怎樣來看待並怎樣去弄懂完全是人的「他者性」的東西。現在，他轉過來研究西方思想怎樣通過思索那些最能被人接近的人的方面，而產生出自我理解的系統。這些方面可以粗略地分爲：社會、具體的個體和共享的意義。在傅柯的分類中，它們成了對涉及勞動、生命和語言的不同學科的研究。勞動、生命和語言，這些便是傅柯《詞與物》（1966）一書的論題。

同當時法國的其他知識分子一樣，傅柯感到對人的理解已進入一個關鍵的時刻。對人的研究已經歷過好幾個階段，它們本來都很有發展前景，但最後都沒能實現其允諾的目標，而現在它似乎終於最終找到了一個切實可行的方案。李維·史陀、拉康和喬姆斯基的結構主義方法似乎開啓了一個形式分析的領域，任何人只要能夠擺脫傳統的偏見，都能頗有成效地進行這種分析。傅柯的《詞與物》（副標題爲《人文科學的考古》，最初的副標題擬定爲《結構主義的考古》）正是企圖通過確定「一正當的構架的可能性和權利，及其條件和限度」，（OT382）來進一步發展這些結構主義的方法。

人文科學的考古運用並完善了爲醫學知覺的考古而提出的方法。它試圖去研究各種學說的言說的結構，這些學說都自許已經提出了有關社會、個體和語言的理論。按傅柯的說法，「這種分

析不屬於思想史或科學史的範疇；它只是一種探究方式，其目的在於重新揭示知識和理論成為可能的基礎，知識在哪種秩序空間內被構成，在何種歷史因果性的基礎上……思想得以產生，科學得以建立，經驗在哲學中得到反思，合理性得以形成，而它們何以不僅也許又都得瓦解、消失」。（OTxxi,xxii）為了完成這一任務，傅柯提出了著名的卻也是短命的概念；知識型（episteme），後來他對此有如下的解釋：

> 所謂知識型，我們指的是……在一給定時期內聯結導致認識論圖型、科學，還可能有形式化系統的論述實踐的一整套關係……知識型不是一種知識（connaissance）形式，或一種合理性，知識型不可以像這兩者那樣跨越迥異的科學的界限，聲稱一種完全統一的主題、精神或階段；它是在一給定時期內，在論述規則的水準上得到分析的科學間所能發現的關係的總和。（AK191）

為了完成這項事業，傅柯試圖孤立並描述存在於西方思想三個主要時期的知識型系統。這三個時期按傳統習慣被稱為：文藝復興時期、古典時期和現代時期。傅柯的考古分析方法使他能夠對這三個時期賦予全新的特徵，令人讀起來倍受啓迪。在簡短地、也是頗有見地地把相似關係解釋為文藝復興時期基本的組織原則之後，傅柯《詞與物》大部分篇幅用來對古典時期的知識型[它依賴於表象（representation）和數理原則的關係]進行詳盡地分析。只有從此距離出發，他才為考察現代時期作好準備。考古的隔離方法使他能夠根據現代時期的特徵，把它稱為「人的時期」，並使他能夠揭示：「人」是其自己的知識的一種特殊的絕對主體和絕對客體，這也就使得人文科學呈現出一種極為扭曲的而最終是荒謬的結構。

在以下三章中，我們將先概述傅柯對古典時期的精彩解釋，

但將只局限於爲分析現代時期提供了必要對比的那部分。然後我們將試圖詳述傅柯這種極爲重要也是相當精練的對人的解釋，以及哲理性極深但最終又是自拆台階的人用來理解自身的策略。再後，我們將較爲詳細地考察傅柯對其前面幾部著述的方法論反思，然後，我們將論證：雖然傅柯這種關於西方思想有關人的理論的後設理論（metatheory），使其得以從他所正確地診斷出的、人文科學所面臨的困境中解脫出來，然而，他自己又重新困於他提醒我們要警惕的那種複雜的絕境中。只有到那時我們才能夠去欣賞傅柯在其後的著作中賦予考古學的新的和富有成效的作用。

第一節　古典時期表象的興起

古典時期的**知識型**可以在其最一般的配置上解釋爲一種**數理原則**、一部**分類方式**和一種**生成分析**的聯結系統。科學自身總是竭力找出世界的秩序性，無論其可能是多麼間接；它們的目標也總是去發現簡單的元素及其漸次的組合；在其中心它們形成一個圖表，知識展示在其中的一系統中。至於人們思想上的劇烈爭論，也在這種組織的環抱中很自然地得到平息。（OT74,75）

19

傅柯認爲，古典時期爲自己建構了一種統一的分析方法，它可以使這一時期呈現出絕對的穩定性——通過使表象和符號直接完整地反射世界的秩序、存有的秩序（order of being），因爲存有，在古典時期，具有統一的秩序。這種秩序化得以展示的場所便是圖表。在此圖表中這種統一的分析方法能夠清晰地、有條不紊地擺出能使我們看到世界眞實的秩序的表象關係。正是在這

一圖表中，具體的各類科學才得以產生，但也正是這一圖表的可能性，界定了這一知識型最一般的結構。

傅柯指出，笛卡兒是一個典型的人物；為了找到確實性，他力圖尋求一種方法來確保它。比較和秩序便成為關鍵術語。比較成為一種具有統一化意向的方法，它首先在被分析的主體中找出簡單的性質，然後再根據這些簡單性質來進行建構。如果這些簡單特性被正確地孤立起來，建構的方法也能確定無誤，我們便能完全放心地從最簡單的進而推導出最複雜的。我們建立一個系列，其中第一項便是一種我們憑直覺知道的獨立於其他任何性質的性質。這樣，所有同一和差別的問題都可通過這種方法降為秩序的問題。「這種方法及其『進步』所包含的正在於此：把所有的衡量（所有平等的和不平等的測定）降為一個系列的配置，它將從最簡單的開始把所有差別揭示為複雜性的程度。」（OT54）至關重要的是，以一種標準的進級方式，從簡單到複雜對元素進行正確的秩序化。這是一種方法的運作，一種分析方法的運作。如果它被正確地實施，便能獲得絕對的確定性。

促成這種分析方法使事物在一圖表中產生確定秩序的主要工具便是符號（sign）。「一個任意的符號系統必須允許對事物最簡單的元素進行分析；它必須能夠把它們分解到其初始的本源；但它也必須揭示這些元素的組合怎樣成為可能，並允許事物複雜性的完美生成……。」（OT62）

在古典時期，人不是**唯一的**製造者、**唯一的**創造者——這是上帝，而他作為闡明的場位，是**一個**創造者。世界由上帝創造，自在自存。人的作用是去闡明世界的秩序。他這樣做的方法，就像我們已看到的那樣，是通過明晰和確定的思想。其依據是：表象的方法是可靠的和明顯的。思想家的作用便是對已經存在在那兒的秩序進行人為的描述。他不能創造這個世界，也不能最終創造表象。他建構一人為的語言、一傳統的對符號的秩序化。但並

20

不是人給這些符號賦予意義。這就是傅柯所謂在古典時期不存在意指作用的理論的意思。人只是闡明，並不創造，不是一種意指作用的先驗來源。因而，如果我們要詢問什麼是主體的特殊活動──即「我思」（I think），我們會得到一種相對微不足道的答案：它只是要澄清概念而已。

因而，自然和人性被連在一起。人性在同依賴於人類認知活動的自然的關係中起一種特殊的作用。「在古典時期**知識型**（episteme）的總的配置中，自然、人性以及他們的關係都是確定的、可以預測的功能性要素。」（OT310）它們被言說的力量聯結在一起。表象和存有都滙集於言說──即在表象範圍內的言說。因而也就有如下的推理：「作為表象和事物的**共同言說**，作為自然和人性的交滙處的古典語言，完全排除了任何可以稱為『人文科學』的東西，只要西方文化說那種語言，就不可能考問人的存在這一事實本身，因為它包含了表象和存有的連結關係。」（OT311）既然語言被毫無疑問地認為就是使成功的表象成為可能的東西，那麼也毫無疑問，人的作用便是聯繫表象和事物。

也可以換句話說：「人建構圖表時的活動本身不能被表象出來；它在圖表上沒有任何位置。既然一個真實的存有實際上確實在建構這一圖表，他理應佔有一席之地。認知者的人作為一個理性的動物有一席位置，而且還處於上帝安排的等級的上層，但這**不是**表象者本身；因為作為一種特殊的、不同於他類的存在的、作為命令性主體的人，在自己組織的圖表中找不到一席之地。傅柯關心的只是一個時期的實際陳述的系統化，因而他認為在古典時期作為進行安置的主體和被安置的客體的人，在其中沒有一席之地。如果其整個系統不進行徹底的轉變，人就無法進入古典時期的畫面。

21　　對傅柯來講，要總結這一表象時期，可以通過分析什麼可以、什麼不可以放進一張人們試圖表象古典時期對存在的理解時

所畫的圖畫中。《詞與物》一開頭，傅柯便詳盡地描述了委拉斯蓋茲（Velázquez）的一幅畫《宮娥圖》（Las Meninas）。傅柯從表象和主體的角度出發來閱讀這幅畫——《詞與物》一書內容的象徵。他對這幅畫的詳盡闡述可以用來說明古典時期以及後來的人的時期知識的結構。傅柯對這幅畫的分析揭示了所有古典時期表象性觀點的主題是怎樣被表象的。我們將看到，傅柯對他的考古方法的執著，使他無法提及在這一時期的言說中不易被察覺的不穩定性，但他還是提供了一些暗示（對此，此書的最後部分有所擴充），指出這一時期的不穩定性是怎樣已經預示了人的出現。

讓我們跟著傅柯來閱讀《宮娥圖》這幅畫。

> 畫家站在離畫板稍後的地方。他在注視他的模特兒；也許他在考慮是否要加上最後幾筆，雖然也有可能整個畫還沒有開始。拿著畫筆的手臂彎向左邊，朝著調色板；此時它在畫板和顏料之間靜止不動。繪畫的手懸置於半空中，被畫家全神貫注的凝視所吸引，而凝視又反過來焦急地等待著被吸引住了的動作。在畫筆的最後潤色和呆滯的凝視之間，這幅畫面正要收場告結。（OT3）

我們看到，畫中的畫家處於一呆滯的時刻，他停下工作，站在那兒向外看他的模特兒。如果他正處在作畫的過程中，他將消失於他作畫的大畫板框架後面。但在畫中，他不在工作；他停留於作畫過程之間，使他能被我們——觀畫者看到。「現在他可以被看見，處於一停滯的狀態中，處於這種搖擺的中立中心……好像畫家不能在呈現他的畫中被看到，並同時看到他在上面正在表現某物。他支配著這兩種不相容的可見性的界限。」（OT3,4）

畫中的畫家正在注視我們觀畫者所處的空間。我們不能確定他在畫什麼，因為他的畫板背向我們。然而，這幅畫的結構把我們固定在畫家的凝視中；畫家觀察的似乎正是我們，這一事實把

《宮娥圖》（ *Las Meninas* ）

by Velásquez Copyright © Prado Museum, Madrid

我們與這幅畫結合在一起。「表面上看來，這種位置處理得很簡
單，純粹是一種相互作用的關係；我們在看一幅畫，而這幅畫中
的畫家反過來又在看我們。」然而，「畫家在注視我們，只是因
為我們剛好同畫家作畫的對象站在同樣的位置。我們，觀畫者，
是一個附加的因素」。（OT4）很明顯，我們佔有和模特兒同
樣的位置。

「一旦他們把觀畫者置於他們凝視的範圍之內，畫家的眼光
便抓住了他，迫使他進入畫面，賦予他一種既特殊又不可逃脫的

位置，從他那兒抬高其明亮而可見的特徵，並把它反射到看不見的、此畫中畫版的表面上。」（OT5）模特兒和觀畫者碰巧處於同一位置：「在這確定的但也是中性的位置，觀察者和被觀察者參與進無休止的交換之中。」（OT4,5）

因為我們不能看到畫版上畫的是什麼，我們也就無法確定誰佔據了模特兒的位置。這也使凝視的來回交換無法確定。「畫家在觀察一個位置，它每時每刻都在不停地改變其內容、形式、面容和身份。」（OT5）委拉斯蓋茲的畫，被觀察的模特兒、觀畫者的觀看，所有這些作為一幅畫——它們被帶進一種關係，一種必要的、被原畫的不穩定和隱晦的組織所確定的關係。

光是另一個重要的因素。它從左邊的窗口照進房間，照亮畫面，畫中牆上的繪畫，也應該照亮正在畫的那幅畫。「這一邊緣的、半開的、幾乎不被人注意的窗戶放進一束用來作為表象的共同場位的日光……（它是）一束使所有表象變為可見的光。」（OT6）我們看到光束，却無法看到其來源。它的發源地在畫的外部。這樣，「它為此畫和它外部的東西提供了一個共同的背景。」（OT10）很明顯，這就是**啟蒙**（Enlightenment）之光，它為客體和表象的遙相呼應建立了一個空間。對於啟蒙運動的思想家來說，「光，先於任何凝視，是完美性的要素——是無法指定的本源的場所，在其中，事物足以顯示其實質和通過物體的幾何形狀所達到的形式；按照它們，已臻完善的看的行為，被重新引入直射、光的直射圖型」。（BCxiii）

在房間後面的牆上，我們看到一系列繪畫，大部分隱藏在陰影中。但有一幅比較特出，具有一種特別的光彩。它並不是一幅畫，而是一面鏡子。所有《宮娥圖》中的畫我們看來都很模糊，要麼是由於位置不妥，要麼是光線不足。只有這面鏡子似乎能顯示它所呈現的：「這幅畫中所有的表象，只有一個是可見的；但誰也不在看它。」（OT7）畫家的眼光背向它；畫中其他的人物

也都朝我們看，或者起碼不朝著能使他們看到鏡子的方向。

按照當時荷蘭繪畫的傳統習慣，鏡子應該從一扭曲的視角來顯示它處於其中的繪畫的內容。但這一鏡子不是這樣；事實上它根本沒有顯示在此畫本身中被呈現的東西。「在房間的盡頭，誰都不在注視，誰也沒想到的鏡子在亮光中顯示出畫家正在看的人物……；而這些人物也正在看著畫家……。」（OT8）傅柯說，鏡子通過把正在被畫的人物的表象帶進這幅畫中，提供了「一種可見性的置換作用」。

我們在鏡子中看到的是國王菲利蒲四世（King Philip IV）及其妻子瑪麗雅娜（Mariana）兩位人物的形象。他們也確實是畫家正在作畫的模特兒。他們能夠也確實為畫家佔據了那個位置。但這是一個詭計；因為我們，觀畫者，也佔據那個位置。鏡子也應該顯示我們——當然，這一點鏡子是無法做到的。

在畫中，靠著鏡子，淡淡的亮光照出一個全身的人像站在門檻上。他的側面朝著我們，他似乎也剛剛到達。從畫中可以看到，他在觀看畫中的場景，即在看畫中被呈現出來的人物，也在看正在被畫的模特兒。顯然，他是對觀畫者的一種表象。就像傅柯簡略地指出，「也許不久之前，他也處於場景的前面，處在仍然正在被畫中所有眼睛注視的不可見的區域。同在玻璃鏡框中看到的形象一樣，有可能他也是來自那個明顯却又是隱密的空間。」（OT11）觀畫功能，它沒有在鏡子中被呈現出來，但它被置於它的旁邊——路過的觀畫者也全神貫注地注視著畫中的畫家和所有其他人物都在注視的地方。

這一地方很重要，主要是由於它在畫中所賦予的三重功能。「因為在其中，正在被畫的模特兒凝視的目光，觀畫者注視這幅畫時凝視的目光，以及畫家畫這幅畫（不是指隱藏在畫板上的那幅畫，而是指我們面前的、我們正在討論的這幅畫）時凝視的目光，三者完全疊加在一起。這三種『觀察』功能聚集在這幅畫的外

部的某一點。」這一點是理想化的，否則它會變得極為擁擠而不可能存在，但它同時也是真實的，因為它就是由觀察者所佔據的實實在在的地方。無論怎樣，「這一事實投射到畫中──以三種形式被投射和衍射，這三種形式同那個既理想又實際的點的三種功能相符合。它們是：在左邊，畫家手拿調色板〔他的眼睛看著模特兒〕（委拉斯蓋茲的自畫像）；在右邊，來訪者腳踏在門檻上，準備進屋；……最後，在中央，國王和王后的反射像，穿戴豪華、靜止不動，顯出耐心的模特兒的姿態〔正在看那些看他們的人〕。」（OT15）

顯然，按照傅柯的讀法，《宮娥圖》的主題是表象。《宮娥圖》所呈現的是有秩序地展現於圖表上──這兒就是在畫本身──的表象的世界。被呈現出來的是表象的功能。沒有被呈現出來的是安置這些表象並使它們成為其自身客體的、既進行統一又被統一的主體。按照傅柯的解釋，這一主體將隨著人的出現，隨著康德的出現而出現。要注意的關鍵性變化是，古典時期的最高代表是模特兒。但成為模特兒就意味著成為注意的中心，而反是在偶然情況下（就像偶然在鏡子中得到反射一樣）才成為表象的客體。同樣，他是給自己呈現場景的觀察者，但他不等同於這種觀察者作用。因而，他本質上不是這幅畫的被動客體，也不是世界的觀察者。最後，歸根究柢他也不是組織並安置場景的畫家。

在《宮娥圖》中，表象的方面──這幅畫的主題──分別散見於三種圖型。他們的表現滲透於這幅畫中。這些方面便是表象的產生（畫家）、被呈現的客體（模特兒和他們的凝視目光）、以及表象的觀看（觀畫者）。所有這些不同的功能能夠也已經被委拉斯蓋茲分別呈現出來。為了使所有這些功能能夠呈現於一有組織的圖表中，這種表象的分散是必要的。這就是傅柯說「表象……能以純粹的形式使自身呈現為表象」（OT16）時所指的意思。

　　這一成功所付出的代價是：表象的行動、表象功能的統一
的、短暫的顯露過程不能在圖表中被呈現出來。也正是這種緊張
狀態造成了在畫中，也就是在這一知識型中的不穩定性。這幅畫
的主要吊詭表現爲**表象表象性行爲的不可能性表象**（ the impos-
sibility of representing the act of representing ）。如果古典時
期的基本任務是要把有秩序的表象放到圖表上，那麼這一時期不
能做到的一件事便是：它不能把建構圖表的行動放到圖表中。因
而表象的三種功能都已成功地呈現於繪畫中，只是不包括行動本
身。首先，畫畫的畫家，傅柯告訴我們，不能在繪畫的行爲中被
呈現出來。他在休息。一旦他重新開始作畫他便將消失於畫板背
後。其次，模特兒只是昏暗地在鏡子中反射出輪廓。但我們主要
看到所有人物都在看著模特兒；他們不是直接地在做模特兒的行
爲中被呈現出來。如果國王被帶進畫面中，所有的內在張力都將
崩潰；原畫中的前沿場景將佔據整個畫面，視角也將被打亂；亂
畫者和模特兒的相互作用也將被停滯。這也確實會發生，只要最
高代表既作爲客體又作爲主體成爲繪畫的基本論題。但他在這兒
不是如此；表象是這幅畫的論題。國王只是一個模特兒。第三，
觀畫者看到的是有一幅畫正在被畫；他把表象看成表象。但當委
拉斯蓋茲把觀畫者的替身放在此畫的後部時，他不再是在觀察這
幅畫，而是成了一個被畫的客體。鏡子也沒有抓住我們這些看著
正在被畫的畫的觀畫者；它顯示出來的是一對皇親。因而觀畫功
能也沒有作爲一種行爲被呈現出來。

　　傅柯著重強調了這一點，他說：「在這幅畫中，就像在所有
的表象中一樣，這一點總是明顯的事實：人們所看的東西的徹底
的不可見性，同正在看的人的不可見性是分不開的——儘管有鏡
子、反射、模仿和畫像。」（OT16）人們看到的是滲透在畫中
的表象功能。完全不可見的是作爲行動和使光成爲可能的光源的
表象。它們在哪兒也沒被呈現出來——因爲無法被呈現。這正是

委拉斯蓋茲所揭示的：所有表象運作方式的可見性以及顯示它們
的徹底的不可見性。通過先顯示站在門檻上的觀畫家、後牆上的
鏡子以及畫畫的畫家，委拉斯蓋茲勾劃出了主體的三種功能。但
在這張畫中，沒有人在看他們；他們在畫中被置於正在向外凝視
模特兒的人物後面。同樣，正在看的人──眞正地站在畫的外部
的觀畫者，也是完全不可見的；他無法在畫中被呈現出來。

　　因而這就產生了表象的特殊的不穩定性。這幅畫是完全成功
的；它顯示了所有表象所需的功能，以及使它們統一地表象其行
動的不可能性。一切都指向一個點，按照這幅畫和那個時期的內
在邏輯，畫家、模特兒和觀畫者都應聚在那兒。但委拉斯蓋茲無
法把這一點畫出來。某種基本的東西沒有被呈現出來。但這不是
一種失敗；如果畫家的任務是去呈現一切可以被呈現的東西，委
拉斯蓋茲已幹得很漂亮。

第二節　人與其二元對立：有限的解析

　　實證性與有限性的聯繫，經驗與先驗的不斷複製，我思與非
　　思、本源的隱退與復歸的永恆關係爲我們闡明了人的存在方
　　式。是在對那種存在方式的分析中，而不是在對表象的分析
　　中，十九世紀以來的思想才爲知識的可能性找到了哲學的基
　　礎。（OT335）

27

　　突然間，按照傅柯的說法，在十八世紀末葉某個時間，發生
了一次最劇烈的知識型轉變，傅柯的考古學就是要把它們標出
來。發生了一次「根本性劇變」、「一種考古巨變」，（OT-
312）它標誌著古典時期的崩潰，也使人的出現成爲可能。表象
一下子變得不明瞭了、不管用了。只要言說提供一種清晰明瞭的

表象方式，其語言元素同世界中的基本元素相符合，表象就沒有問題。上帝已經安排好了一系列存有，也預先安排了同存有相適應的語言。人碰巧具有使用語言符號的能力，但人作爲理性的說話的動物只不過是各類動物的一種，其本性可以從其適當的定義中讀解出來，以便把它安置於存在的圖表中一適當的位置。並不需要有一個有限的存有者來使表象成爲可能；一個安置表象的存有在畫中沒有任何位置。「在古典思想中，表象爲他而存在的人物，在表象中表象自身的人物，……滙集所有『以一幅畫或圖表爲形式的表象』的交叉線索的人物──永遠無法在那張圖表中被發現。」（OT308）作爲旣安排整個圖畫又進入畫中的那種存在的人，在古典時期的知識型中是不可思議的。「在古典時期**知識型**的總的配置中，自然，人性以及他們的關係都是確定的，可以預測的功能性要素。而人，作爲有自身密度的首要實在，作爲所有認知的困難性客體和獨立性主體，在其中沒有任何地位。」（OT310）

　　只有當古典言說不再以完美的方式出現，其自然元素不再表象世界的自然元素時，表象關係本身才成爲一個問題。傅柯沒給我們提供任何導致這種巨變的原因。他只是標出所發生的變化，拒絕使用任何傳統的歷史或社會科學的解釋。他沒有解釋。這種固執的原因與其說是出於對朦朧的癖好，不如說是考慮到這一簡單的事實，即任何解釋在一特定的指稱框架、因而也就是在一特定的知識型內都有道理。而任何想對從一個時期到另一個時期的變化所作的解釋，對我們理解這些本質上是突然的、無法預料的變化的性質將毫無用處。

　　在我們現在所講的巨變中，人，我們今天所講的意義上的人，產生了，而且還成爲衡量所有事物的尺度。一旦世界的秩序不再由上帝給定，不再能夠在圖表中得到表象，把人置於和世界其他存有者同等的地位的持續關係便被打破了。曾經是其他存有

28

者中的一個存在的人，現在成爲客體的一個主體。但人不僅是客體中的一個主體，而且他還馬上意識到，他在力求理解的東西不儘有世界的客體，還包括其自身。於是人成爲其理解的主體和客體。

　　人現在由於介入一種語言（它不再是透明的工具而成了自身具有不可思議的歷史的、稠密的網）而顯出其有限性。要是沒有一大片光直接射進客體和世界的結構，這位認知者，只要他絆纏於語言網中，就不再是一位純粹的觀察者。「在十八世紀末葉……觀看意味著把其最大的身體的不透光性留給經驗；自我包裹的事物的固體性、模糊性及其密度具有不需見光的眞理力量。」（BCxiii）由於人完全介入他要了解的客體之中，其理解也變得模糊了：「所有這些知識爲人揭示的內容，在他自身之外，在其出生之先，早於他而存在，並帶著其所有的固定性懸掛在他的上空，並越過他，就好像他只是自然的一個客體一樣……在知識的實證性中，人的有限性被宣告了——而且是專橫地被宣佈……。」（OT313）

　　但是，康德以及隨後的時代所作出的反應不是去哀悼這種局限性；相反，他們設法把它變爲優點，使其作爲所有事實的，也就是實證的知識的基礎。「局限性不是表現爲一種從外部強加於人的約定（因爲他有一種性質或歷史），而是表現爲一種根本的有限性，它完全基於自身存在這一事實，並開啓了對所有具體有限內容的實證。」（OT315）既然語言不再用來表象並能使知識成爲可能，表象功能本身便成爲一個問題。使表象成爲可能的任務現由人來代替。「自十九世紀發展起來的對人的存在方式的分析並不屬於一種表象的理論；相反，它的任務是要揭示一般來講事物怎樣才能習慣於表象、在何種條件下，在何種基礎上……。」（OT337）

　　人們現在發現的不是一種表象的**分析**（analysis），而是一

種**解析**（analytic）。自康德以來，所謂解析就是要揭示表象以及表象的分析在何種基礎上才有可能，在何種範圍內才算合法有效。「對人在本質上是什麼的前批判分析，成了對所有總的來講能在人的經驗中得到呈現的一切事物的解析（OT341）……以前在表象和無限性的**形上學**同對生物、人之慾望和語言之詞彙的**分析**之間存在一種相互關係，而現在我們發現形成了一種對人的存在和有限性的解析。」（OT317）

把實際事實之局限性當作有限性，然後把這種限性作爲所有事實可能成立的條件，這一企圖完全是一種新的概念。「現代個人按照經濟學、語文學和生物學的規律生活、說話、工作，但通過某種內在扭力和相互迭加，通過這些規律的相互作用，他便能認識這些規律並使它們得到完整的闡明——所有這些我們今天如此熟悉，並同『人文科學』的存在連在一起的概念，都被排除在古典思想之外。」（OT310）

因而，人不僅成爲認識的主體和客體，而且似非而是的，是他還成爲他在其中出現的場景的組織者。《宮娥圖》的非思處爲他保留了一個場所。就像傅柯把人置於委拉斯蓋茲畫中前面和中央的空曠空間那樣：

> 人作爲知識的客體和認知的主體出現於一模糊的位置：作爲被囚禁的主人，被觀察的觀察者，他出現在屬於國王的地方，《宮娥圖》事先就把他安排於此，但長久以來一直沒有真正地出現。在委拉斯蓋茲的整幅畫都指向的，但只有在偶然的情況下其存在才好像偷偷摸摸地被反射在鏡子裏的那個空曠空間，所有人物——模特兒、畫家、國王、觀畫者（我們可以想像到他們的變位、相互排除、互爲交織以及焦慮不安）好像突然間停止了他們看不見的舞蹈，凝聚成一個不動的實在的人物，並要求整個表象的空間現在最終得同一有形的身體凝視相聯繫。（OT312）

　　傅柯把人置於國王的位置，這就是意味著人不再光是聲稱能夠認識似乎限制他及其知識之世界的規律。這些局限性不再被看成是由於人在存在之大圖表中的中間位置而強**加於**人的，而是被看成是**由**人以某種方式**所**頒佈和制定的。這樣，人奇異地搖身一變，就憑這種局限性來聲稱他掌握了完整的知識。

　　一種身體被賦予人的經驗之中，這一身體就是人的身體──模糊空間的一個部分，而其特殊的、不可縮小的空間實體卻同事物的空間聯結在一起；慾望也被賦予這一同樣的經驗，作爲一種首要的願望，在此基礎上所有事物產生價值和相對價值；一種語言也同樣被賦予這一經驗，通過它的連結，所有時代的言說、所有承繼過程、所有同時關係都可以得到安置。這就是說，人就是憑其自身的有限性這一背景才獲得所有這些在其中他知道他是有限的實證形式。再者，其自身的有限性這一背景還不是完全純粹的實證性實質，而是實證性有可能產生的基礎。（OT314）

　　有關這種存有的概念開啓了現代性，這一存有正是因被囚禁而成爲主人，正是他的有限性使他能夠代替上帝的位置，這是不可思議的，因而最終也是行不通的。「知識的限度爲認知的可能性提供了實證的根基。」（OT317）這一奇異的觀念在康德那兒得到全面地發育，傅柯把它稱之爲有限的解析（analytic of finitude）。它是「一種解析……在其中人的存在將能夠以自身的實證性爲所有告訴他他不是無限的形式提供一個根基。」（OT315）。傅柯認爲這一極端的傾向是人和現代時期的定義性特徵。「當有限性被表達爲自身無止境的相互指稱時，我們的文化越過了一種界限，於是我們到達了現代性。」（OT318）。

　　論證了人是現代思想的產物以後，傅柯接著勾劃了被曲解的

人的轉換規則。於是他發現存在三種方式，其間人的實際事實之局限性（實證性）既有別又等同於那些使知識成為可能的條件（根基性）。

> 從經驗的一極到另一極，有限性都能自相回應；它是在**彼同**的圖型內，實證性及其根基性的同一和差別……
>
> 正是在這一廣闊而狹窄的空間、在這一由實證性在根基性內的重複而開啟的空間內，整個有限的解析（它同未來的現代思想緊密地聯繫在一起）將得到安置；正是在那兒我們將接連看到先驗再現經驗、我思再現非思、本源的復歸再現其隱退……（OT315, 316）

傅柯分別把這些有限的局限性稱為經驗、非思和失去的本源，它們被認為有別於但又等同於（也就是再現）它們自身可能性的某種根基或來源，我們現在就來討論這三種方式。但首先我們得概要地談一下傅柯的方法。

31　既然傅柯認為所謂真理是由概念系統，或者更確切地說是由某一特定學說的論述實踐所決定的，因而對他來講，說在人文科學中某一定理論是對的或錯的就沒有意義。他不能論證，因為人類學言說（anthropological discourse）充滿矛盾因而就是錯的，好像只要它沒有矛盾，它的理論就可能是對的，或至少有被證實的可能。在批判有關人的言說的基本假定時，傅柯只能說它們導向「偏頗」（warped）而「扭曲」（twisted）的思維形式（OT343），而他的分析的「證據」只能是人文言說（humanistic discource）也確實在「瓦解」——以前那種激情和活力現在已逐漸讓位於厭倦和失望，或者讓位於學派之爭和時尚。

傅柯大肆渲染了這一所謂的沒落。他力圖揭示，由於人企圖完全證實他的有限性而同時又要完全否定之，於是言說建立起一

個空間，在其中一開始就注定沒有希望的有限的解析歪歪曲曲地經歷一系列策略，最終却都是徒勞無效。每一新的企圖都得在作爲局限性的有限性和作爲所有事實之來源的有限性之間，在實證性和根基性之間聲稱一種同一和差別。從這種二元對立的角度來看，人表現爲：⑴被經驗地研究的事實中的一個事實，但又是所有知識可能成立的先驗條件；⑵被他無法弄淸的東西（非思）所包圍，但他本質上又是淸晰的我思，所有可知性的來源；⑶悠久歷史的產物，其歷史開端他永遠也無法達到，但似非而是的是，他又是那一歷史的來源。

> 在顯示人是受約定的時候，〔有限的解析〕所關注的是要揭示：那些約定的根基就是人在絕對局限中的存在；它也必須揭示：經驗的內容已經是它們自身的條件，思想一開始就縈繞著躲避它們的非思，而它又總是要力圖重現；它也揭示那種人永遠無法同其共時的本源如何在緊迫時既隱退又同時復歸；簡而言之，它所關注的是要去揭示**他者**（the Other）、**遙遠怎麼同時又是近便和同一**。（OT339）

如果這種人文思想系統的所有可能的排列都被排出，我們將會看到三種二元對立（傅柯稱之爲先驗／經驗、我思／非思和本源的隱退／復歸），它們既是人的存有方式，又是企圖爲這種二元的存有方式提供一種理論的人文言說的典型特徵。我們還會發現每一種二元對立又有現代的（19世紀）和當代的（20世紀）兩種形式。按照對立兩面的不同排列，每一種二元對立就有兩種排列的方法；一共有三個二元對立，分別出現於兩個時期，總共就有十二種可能的排列。

我們僅將考察最明顯的組合，旣爲了評價傅柯著重對人文科學的批判的力度，也是爲考察傅柯總的方法作好準備，最終我們將要作出決斷：傅柯自己稱爲考古學的系統研究是否擺脫了這些

二元對立，從而爲人的科學提供了眞正可行的出路。我們將論證，傅柯寫《詞與物》的方法是同結構主義理論相接近的，雖然它取締了人，但還是碰到了某些傅柯自己所批判的困難。這就有利於我們理解考古的方法在傅柯後期的著作中怎樣以及爲什麼得到改變和改善，雖然也沒有被完全放棄。

經驗與先驗

> 我們現代時期的界線不是由想把客觀的方法運用到對人的研究之中這一企望所確定，而是由一種稱爲人的、經驗─先驗（ empirico-transcendental ）對偶體的構成所確定。（ OT 319 ）

把認知者在事實世界的語言、生命和勞動中糾纏不清的介入轉變成純粹知識的根基，把後行因果關係（ post hoc ）轉變爲先天的（ a priori ），最早尋找這種可能性的例子便是康德對經驗和先驗的絕對區分。康德試圖通過把所有偶然性和模糊性都歸入知識的**內容**（ content ），來從歷史和事實性中拯救出認知和純粹**形式**（ form ）。但這一簡單的劃分並不能解決實證性的問題，因爲馬上就可以看得很明顯：不僅經驗知識的內容而且還有其形式都受經驗影響的支配。

力圖把先驗同化到經驗中去的思想家研究了知識形式的性質。他們發展了康德的先驗美學所指出的道路。假如我們的感覺形式爲知識提供可能成立的條件，那麼爲什麼不通過考察我們感官的特殊結構來爲所有的經驗科學提供─經驗的基礎呢？這種自然主義還原法的夢想已有數不盡的變種。每一種都想把所有知識確立於─經驗知覺的理論中。也同樣關心這一問題的其他思想家則跟隨康德先驗辯證論的道路，他們力圖通過描繪出人類思想史的辦法來把先驗同化於歷史，以便產生「一種人類知識的**歷史**

33

……並制定其形式」。（OT319）

這些立場方法首先假定自身具有某種眞理，它只要通過知覺或歷史就能獲得，還假定某種學說掌握一種能夠揭示這種眞理的中立性言說。按照傅柯，「正是這種眞的言說的地位令人懷疑」。（OT320）兩者都把所使用的範疇的眞理基於獨立於言說的自然或歷史的眞理，這樣人們便獲得一種無可置疑的實證主義：「客體的眞理決定描述其形成的言說的眞理。」（OT320）或者，言說通過提出一種末世論（eschatological）的眞理來保證其有效性，就像馬克思所做的那樣。傅柯認爲這些方法都只不過是「在所有分析中都存在的一種浮動形式，它在先驗的水平上帶來了經驗的價值……孔德和馬克思兩者都證明了這一事實，即末世論（作爲源自人的言說的客觀眞理）和實證主義（作爲基於客體眞理基礎上的言說性眞理）在考古意義上是不可分的：既是經驗又是批判的言說只能既是實證的又是末世的；人在其中作爲一種既是打了折扣又被保證能夠獲得的眞理而出現。前批評的幼稚性擁有一致的規則。」（OT320）

在基於人性的有關人的理論和基於人的本質是歷史的這一事實上的辯證理論之間存在一種不穩定的內在衝突，它導致人們尋求一種對主體的新的解析。於是人們找到這樣一種方式，它既包含經驗內容但仍然是先驗的，它是一種**具體的先天性**（concrete a priori），它能把人解釋爲能夠自我產生知覺、文化和歷史的來源。這種方法在二十世紀達到其最完整的形式，傅柯稱之爲「實際經驗的解析」，也就是梅洛龐蒂（Merleau-Ponty）稱爲的「實存現象學」（existential phenomenology）。傅柯非常讚賞他前輩教師著作的吸引力。他告訴我們，這樣一種現象學「確實能夠在身體的空間和文化的時間之間，在本性的決定因素和歷史的影響作用之間提供一種溝通的方式」。（OT321）他還說，「我們很容易理解實際經驗的解析怎麼會在現代思想中成爲

實證主義和末世論的徹底反抗對手；它怎樣試圖恢復被遺忘了的
先驗向度；它怎樣試圖驅除完全降到經驗層的天眞的眞理言說，
以及同樣天眞地預示已經最終獲得一種眞正的人類經驗的先知性
言說」。（OT321，譯文有所更動）

　　傅柯並沒有論證這種身體的實存現象學是天眞的還是自相矛
盾的。他只是指出整個方法過程是模糊不清的：「實際經驗的解
析是一種混合性的言說：它導向一種具體却又是模糊的層次，具
體到能夠適用於一種精密和描述的語言，但也相當遠離事物的實
證性，以致從一開始就決定了它無法逃脫那種天眞性，也不可能
去爲之爭辯並爲它找到根基。」（OT321）他接著指出，因而
它也是不穩定性的，也永遠不能完成其任務：「賦予經驗中的東
西同使經驗成爲可能的東西在一無休止的來回擺動中遙相呼
應。」（OT336）

　　對梅洛龐蒂來講，他的興趣正在於這種方法的模糊性和不可
完成性。然而，對傅柯來講，這種不可完成性說明它從一開始就
沒有希望。在使身體及其局限性成爲所有知識存在的條件的過程
中，這種實際經驗的分析「只不過是在更爲小心翼翼地滿足爲使
人的經驗層代表先驗層而草草提出的要求。」（OT321）

　　沒有任何辦法能夠克服這種先驗／經驗二元對立的不穩定
性。只有當人類學言說被取消時，它這種一出生就有的問題才可
以得到解決（或叫解除）。「因而，對實證主義和末世論的眞正
反抗不在於回到實際的經驗中（事實上，它通過賦予它們根基而
爲它們提供了確證性）；但如果這樣一種反抗有可能的話，它將
出於一種對出發點的考問，這一問題將顯得非常離奇，它同使我
們整個思想歷史地成爲可能的東西相對立。這個問題就是：人是
否眞地存在？」（OT322）

　　這一問題也確實能使我們走向一種更爲完善的理論，只要人
是這些困難的來源而不是對理論本身的一種尋求。我們最終的問

題將是：傅柯這種新的考古言說是否能夠避免纏繞人類學言說的先驗／經驗之二元對立？但首先，我們還得熟悉其他兩個二元對立。

我思與非思

> 人要把自身描述爲**知識型**中的一個構架，總是具有這樣一種思想：它同時發現，在自身之內和自身之外，在其邊緣然而又在其經緯之內，一種陰暗的要素，一種顯然是呆滯的而它被埋入於其中的密度，一種它完全包括、却又被困於其中的非思。（unthought）。（OT326）

人的存在及其對這種存在的思考受困於同樣的問題，只要他堅持介入世界並把它作爲其自身可能性的條件。更有甚者，人的存在同他的思維之間的關係本身就是一連串迷惑的來源，而更糟糕的是，它還是一種不可避免的道德麻木的策源地。

一旦人看到自己介入於這種世界之中，並正由於此又是其主人，他便進入了一種奇怪的同其自身介入之間的關係。他所使用的他自己也不能掌握的語言，他自己都不能用思想完全看透的他在生物有機體中的基本因素，他自己都不能控制的慾望，這些都必須作爲他能夠思維和行動的基礎。如果人能夠了解自己，這種非思就必須完全能夠被思想接近，並在行動中受到支配，但由於這種處於模糊狀態的非思正是思想和行爲可能成立的條件，它永遠也不能被完全地吸收進我思中。所以，「現代**我思**（cogito）……並不是什麼對某種明確眞理的發現，而只不過是一種沒完沒了的不斷被重複進行的任務……。」（OT324）

又是康德首先建立了這種遊戲的基本規則，他聲稱我們思維和行爲的**形式**是明確的，並要求我們去對**內容**獲取盡可能多的明確性：「現代形式的先驗反省……覺得有根本的必要……去找出

那種**不知**（not know）的存在（它是啞的、但正準備開口）
……從此人永遠被召向自我認識。」（OT323）但康德也看
到，內容的完全明確性原則上是不可能的。在康德以後，甚至在
他對純粹形式的明確性的古典信念已經消除以後，現代思想仍繼
續討論這一問題：「整個現代思想充滿了思考非思的必要性——
以**爲其自身**（For-itself）的形式思考**在其自身**（In-itself）的
內容的必要性，通過使人同其本質一致來結束他的疏離的必要
性，詳盡的弄清爲經驗提供背景的境域的必要性……。」
（OT327）

　　傅柯略微談了一下黑格爾（Hegelian）和叔本華（Scho-
penhauerian）爲探尋這種非思而作的努力之後，馬上便把重心
集中於當代正時興的胡賽爾（Husserlian）的鬥爭：「在胡賽爾
的分析中，非思是不明確的、非實際的、沉澱的、無效果的……
總之是無窮無盡的二元對立，它在思想中呈現爲人的眞理性的模
糊反照，但它又起著一種預先奠定基礎的作用，人要獲得其眞理
必須在此基礎上使自己鎮定並自我回憶。」（OT327）傅柯同
意當今法國對胡賽爾的評介，認爲他走向了一種對實際經驗的解
析的形式❶，所以他沒有細究胡賽爾越來越行不通的方法論歪
路。然而，因爲這些歪道似能證實現代我思的矛盾所在，它們還
是值得細加考察。

　　胡賽爾步步深入的現象學描述使他看到，所有明確的客體經
驗都把同其他客體的實踐和關係的背景作爲想當然的前提，胡賽
爾稱之爲客體的「外部境域」（outer horizon）。胡賽爾還看
到，要能夠完全理解人類經驗，這一背景不能模糊不清，而必須
成爲分析的對象。因而在他的最後一部著作《歐洲科學的危機》
（ *The Crisis of the European Science* ）❷中，他探討了怎樣使
這一背景變得明晰的問題，並聲稱他已經揭示：在建構客觀性中
所有被想當然的東西本身都可以被當作一個客體來對待。具體來

講，他自認爲只要通過一種把現象學家置於自己思想境域之外部的先驗還原方法（ transcendental reduction ），便能把原來似乎是非思的、不可思的背景分析爲一組沉澱的「眞的」信念。現象學家只要能「重新喚醒」它，便能把它們作爲一信念系統。這樣，胡賽爾式的現象學家便處於一種雙重模糊的地位。他自稱已經揭示，其不可表象性爲所有思想提供了背景的實踐，反過來又可以被當作包含有事實和信念，而現象學家獲得這種難以置信的絕技的方法是通過自稱能夠既完全站在其文化和知覺範圍的裏

❶傅柯對胡塞爾的理解和梅洛龐蒂在巴黎大學的演講「現象學和人的科學」（ Phenomenology and the Sciences of Man ）一文中的見解相似。傅柯同意梅洛龐蒂在《知覺現象學》（ Phenomenology of Perception ）一書中提出的觀點，即胡賽爾最後達到了一種存在主義的階段，這時他放棄了要把所有非思技能和實踐都轉變成明確的信念的企圖（ 參見《知覺現象學》，Colin Smith 譯，London:Routledge & Kegan Paul, 1962, p. 274 ）。雖然這一理解在法國仍很流行，更深入的研究已經揭示，這種把胡賽爾的著述強調爲「在我們的眼前不斷把自身分解爲一種對實際經驗的描述（不管它自身如何仍是一種經驗的描述），以及自動破壞『我思』的首要地位的非思的存有論」，這實際上是梅洛龐蒂個人的發明，他一心要把自己的觀點讀進他先師遺留下來的、當時還未發表的著作中去。事實上胡賽爾至死都堅持他自己著述的觀點，這一點傅柯有扼要的概述，並暗示他反對這一觀點；即胡賽爾「復甦了西方**理性**最深層的才能，使它在一種反思中自我完善、自成一體，這種反思便是純粹哲學的極端化以及它自身歷史可能性的基礎」。（ OT325 ）胡賽爾始終認爲他可以通過對我思的表象的分析來重新獲得世界的可知性。傅柯誤解了胡賽爾對我思的解釋，但它事實上是對梅洛龐蒂的思想的精確概述。

❷胡賽爾：《歐洲科學危機和超越現象學》（ Evanston: Northwestern University Press, 1970 ），特別參見第 40 節。

面，同時又完全站在它的外面。這就是著名的胡賽爾在《笛卡兒的沉思》（ *Cartesian meditations* ）中所描述的自我分解，它使得現象學家能夠成為他自身介入的純粹觀察者。❸

37　　　在人的時期（ Age of Man ），道德也只是在不斷澄清這些驅使行為走向某種目的的陰暗勢力，不管它們是在社會中（就像馬克思和哈伯瑪斯所研究的），還是在無意識中（就像弗洛伊德和梅洛‧龐蒂所研究的）。「它是反思，是有意識的行為，是對無聲東西的闡釋，是被復原到無聲的事物的語言，是對把人隔離開自身的陰暗因素的啓明，是對惰性的復甦──正是所有這些，也僅僅是這些構成了倫理的內容和形式。」（ OT328 ）思想本身也就成為一種允諾解放的政治行為，思想也確實變為主動的，雖然不是以我思的保衞者所假想的那種方式。正如薩德（ Sade ）和尼采所見，思想是一種「危險的行為」（ OT328 ）基於這一假定，既所有動機的來源要麼來自無意識中的陰暗勢力，要麼來自有意識反思的清晰客體，人們便得出這樣的結論，我們行為的來源必需具有思維的清晰性。但由此得出的客觀化了的價值僅僅成為我們可以任意選擇和拒絕的客體，因而它們也就失去了引導我們的力量。正像薩德指出，誰能對自己和社會取得完全的清晰性，誰就能眞地成為選擇的主人，但這一主人已沒有任何理由來選擇了。按照這一觀點的邏輯，我們要麼是被不明力量強迫驅使的客體，要麼就是神志清醒的却不能作出任何行動的主體。這樣，「對現代思想來講，任何道德觀都是不可能的」。（ OT328 ）

　　總地來說，有關人的言說面臨如下的困境：被想當然的信奉和實踐的背景，正因為它是非思，才使得思想和行為成為可能，

---

❸胡賽爾：《笛卡兒的沉思》（ The Hague: Martinus Nijhoff, 1960 ），第15節。

但它也把其來源和意義排除在我們的控制之外。而想去重新澄清這一背景的企圖又是注定要令人失望的。首先，把這一背景澄清爲無窮無盡的一系列信念，而每一個信念又只是相對於進一步的背景時才有意義，這種薛西弗斯式（Sisyphus-like）的任務不可避免地存在不足之處。這一任務是現今流行的把人當作一種「信息處理系統」的企圖的一部分，但這樣一種任務，正像傅柯指出，最多只能被稱爲「一種單調乏味的旅程，雖然可能永遠沒有終端，然而或許也不是沒有希望。」（OT314）其次，它還面臨虛無主義的絕境，因而即使這一背景能完全被澄清、客觀化和呈表出來，並且其結果能克服束縛和迷信，但它遠非是一種勝利，而將意味著任何有意義行爲的終結。

本源的隱退與復歸

> 我們現在發現這樣一種努力傾向：想像出一種永遠隱退的**本源**，並朝著那一方向挺進，在那兒人的存有總是在同人自身的關係中，在一構成他的遙遠的距離中得到保存。（OT336）

在人的存在方式以及在人文科學中有限的解析所產生的最後一個二元對立便是有關歷史和本源的兩個「既連結又相對的」（AK25）叙述。同前兩種情況一樣，這種二元對立產生於語言失去其透明性，因而也就失去同其起源的聯繫之時。按照擬聲構詞法（onomatopoeic）理論，語言的起源只是簡單的表象的複製，而現在它成了眞正的歷史問題。面臨經驗的考問，語言的起源充滿了神秘性，並隱退到越來越遙遠的過去之中。

這是整個現象的一個例子，「總是相對於一個已經開始的背景，人才能夠思考對他來說是本源的東西。」（OT330）用海德格的話說，人發現他「總是已經」在世界，在語言、在社會、

38

在自述之中。用傅柯的話說，「人被從或許能使他同其自身存在共時的本源之中隔離出來：在所有生於時間也無疑要死於時間的事物中，他，被隔斷了同所有本源之聯繫的他，已經在那兒了。」（OT332）

　　但語言也暗示了本源的隱退怎樣可以被克服。人永遠不能站在語言的背後來客觀地解釋它怎樣開始或怎樣運作。因爲他整天使用語言，所以在某種意義上講他必定已經理解了它。他操起並運用其母語，他「並沒有預先知曉，但也必定以某種方式已對之有所認識，因爲正是通過這種方式人才進入溝通，才發現自己處於已被建構的理解網中。」（OT331）

　　之所以語言不能被客觀地認識，正是因爲它總已經是一種技能；出於這一觀念，有限的解析便試圖揭示：人之所以總是已經具有一種歷史、正是因爲他的社會實踐能使他歷史地組織所有事件——包括他自己文化中的事件，並試圖從此來重新獲得整個歷史。更爲籠統地講，人還發現，他通過在所給定物的基礎上顯像的辦法來理解自身和客體的能力具有一種三重結構，它分別相應於過去、現在和未來。這樣，人的技能開啓了一個在其中時間和歷史成爲可能的短暫空地。❹「正是在他之中，事物（即懸掛在他上空的事物）才找到了它們的起點：他不是在持續時間中一給定時刻的切分點，而是一種開端，從此總體上的時間可以被重新

---

❹在這一點上，雖然傅柯沒有說明，但他已探入了早期海德格最困難、最深奧的地方。他把預先熟知海德格在《存有與時間》（ Being and Time ）中的立場爲前提，並對之進行了精確的闡述和精闢的批判。[海德格本人也在他後期著作中摒棄了他早期這種有關時間性的觀點。參見，比如《論時間和存有》（ On Time and Being ）p. 23, 66]沒有辦法講清海德格的立場並講明傅柯對它的批判，除非再寫一本論《存有與時間》第 2 篇的書，故請讀者留意。

建構，持續性可以延展，事物在適當的時刻也可以出現。」 39
（OT332）這一策略在《存有與時間》一書中達到了最高頂點，
書中海德格詳細地論證了時間性的本源或來源只能通過理解真實
的**此有**（Dasein）結構才能得到理解。（**此有**大致等同於
人。）

在發表於《存有與時間》出版後兩年的一篇演講〈什麼是形上
學〉（what is metaphysics）一文中，海德格提出了這樣一種觀
點：因為**此有**是一種開端，其中作為一系列事件的歷史得以產
生、客體也能被短暫地遇見，所以它被從所有存有者中分開，成
為純粹的「超然物」。也就是說，人是一塊空地或澄明
（Lichtung——德語中是一雙關語，既指澄清場地也指光照），
它包含所有具體的整體並為它們打開通路。因而人不能等同於任
何顯露在由其實踐建立的證明中的客體。傅柯說得很貼切，雖然
比海德格更隱喻：「雖然在經驗的秩序中，事物總是離開他而向
後退，以致它們不能在零點被領悟，然而人發現自己在同事物撤
退的關係中根本上又往後撤，而正是通過這種方式它們才能夠用
其固有的先在性來加強本源經驗的迫切性。」（OT332）

但是正如所有其他的企圖——即想把實證性和根基性聯繫起
來（這兒就是時間的開端和時間性證明分別作為兩種來源或本
源），以便把事實性局限性變成自身可能性的基礎（在這兒就是
使歷史實踐把歷史建立為其本身開端的來源），這種解決辦法也
是不穩定的。本源一旦作為人的歷史性實踐而獲得，便又隱退回
去，因為這些實踐最終是不能被實踐者所接近的。雖然人是由文
化實踐（它們建立了客體在其中能被遇見的時間性證明）來界定
的，雖然這種時間性「在先於存有論意義上接近於」人，（因為
他就是他的存在），但是人不能思考這些實踐是什麼，這正是因
為它們離他太近、太具有包含性。因而人之基本的時間性「在存
有論上最遠離」於他的理解。因為海德格把證明等同於**存有**（在

正確理解的意義上），他在《論人道主義》（ *The Letter on Humanism* ）中便能這樣說：「存有比所有存有者都遠，但又比任何存有者都接近於人。」（BW210）

再者，（正像傅柯極有見地、極富獨創性地指出），在海德格式的有限的解析中，本源，也就是創立歷史的實踐本身也隱退到過去。在他早期的最後一部著作《論眞理的本質》（ *On the Essence of Truth*, 1930）中，海德格試圖給空洞的時間性境域（它在《存有與時間》中被描述爲一種「純淨的神迷整體」）賦予文化和歷史的內容。畢竟不是每一種文化都有歷史的概念的，那麼問題就來了：我們這種歷史性實踐到底是什麼時候開始的呢？海德格的回答是：這種使歷史成爲可能的歷史性證明首先開始於第一批哲學家對此問題的提問。前蘇格拉底的哲人開啓了我們的歷史，他們開始對存有的意義進行互相矛盾的解釋。「把存有首先歸籠爲一個整體，對這種意義上的存有者進行拷問，以及西方歷史的開始，這些都是同時的；它們同時發生於一個『時間』，它本身不可測定，但它首先爲每一種測定辦法開啓了廣闊的界域。」（BW129）不僅本源不知怎麼仍然「不可測定」──即使海德格把它固定在公元前六世紀，而且**本源本身**（ the origin itself ）也隱退到更遙遠的過去。批評家指出，海德格後來也承認（BW390），他所指的那種西方對存有和眞理的理解在荷馬（Homer）那兒就出現了。因而傅柯這樣問是正當的：「如果本源的隱退被如此安置在其最清晰的程度上，難道不是本源本身獲得釋放，並返回逆行，直至它在其遠古的王朝中又重新達及自身？」（OT334）要想明確標明開啓我們歷史的那些實踐的企圖，非但沒能使我們弄清我們文化的來源，反而發現這些實踐本身隱退到越來越遙遠的過去，直至它們成爲海德格稱爲的：「根本的神祕」。（BW132）

正像大家所預料的，按照這種有限的解析的邏輯，海德格最

終不能不得出這種結論：人要試圖弄清本源，在這兒就是要命名存有並把證明拉到亮敞處，這一工程注定是沒有成效的。早期海德格也確實逐步認識到，這一存有論謬誤是人固有的。「人犯錯誤。人不僅迷入誤途。他還總是迷在錯誤之中。」（BW135）不可避免地遺忘存有的不可避免的隱蔽性，以及要弄清人的有限性這一企圖，按照海德格的看法，它們導致了人本質上處於悲痛的徬徨狀態。「此有是需求中的轉向」。（BW137）

按照傅柯，本源這一問題探討至最終，人的意義的來源是無法得到的，而這一眞理本身只能在不斷尋找並不斷失敗中習得。在這兒，「我們看到賀德林、尼采和海德格的經歷，其中本源的復歸僅被置於其隱匿的終極處……。」（OT334）這些思想家都體會到那種「不斷的開頭過程，它把本源恰好釋放到它遮蔽的程度……。」（OT334）

在這一階段，既然人總是已經找不到在過去的本源，唯一的希望似乎只存在於將來。既然人之歷史的本源或基礎不能是某種爲其開端的、過去的經驗事件，也不是空洞的時間性空地，也不是像前蘇格拉底哲人們的話那樣，既創立實踐，而這些實踐又反過來創立歷史的「本源性」事件，那麼結果便是：人之本源的意義**總是**有待於被理解。無論在遠古的過去賦予人理解存有和歷史的實踐是什麼，它們只能在同樣是神祕而遙遠的將來得到披露。用傅柯的話說：「本源，成爲有待於思想去思考的東西之後……將來總是近在眉睫，但永遠不能觸及。在這種情況下，本源就是那種復歸，……那種總是已經開始的東西的復歸，對那種自從時間的開端以來就一直在閃耀的光的接近。」（OT332）

正像海德格在〈論人道主義〉中所說：「人的實質很少在其本源中得到留意，也沒有在其本源中得到思考，那種基本起源永遠是歷史的人類的基本未來。」（BW203,204）按照海德格，力圖理解我們的未來是一種「溫和的鬆弛」。（BW138）傅柯模仿

尼采來結束這一論述：「因而，本源第三次通過時間成為可見；但這一次它隱匿至未來，它指令思想接納之並使之強加於自身，以便以鴿子般溫柔的步伐走向那永遠不停地使它成為可能的未來。」（OT332）。

這樣，有限的解析的邏輯得到了保留。人發現他不是其自身存在的本源……他永遠無法回到其歷史的起端，但他同時又力圖以一種「極為複雜、極為紊亂的」（OT333）方式去揭示這種局限性不是真正限制他的東西，而限制他的正是那種其開端逃脫經驗拷問的歷史的先驗來源。

二元對立的結論

這三種二元對立（the Doubles）構成一種互為交叉的系列。一旦人顯露為有限的，這三種二元對立都同時被假定為可能的、擁有這種有限性的策略，這樣它們就可以保存並克服它這種有限性。但這些策略似乎都一個接一個地精疲力竭，因為，按傅柯的說法，「正是在這一既廣闊又狹窄的空間內，在這一由實證性的根基性內的再現而開啟的空間內……我們才**一個接一個**地看到先驗再現經驗、我思再現非思、本源的復歸再現其隱退」。（OT325,317），著重號為我們所加）

首先，哲學家和人文科學家被困於各種各樣的企圖，都是想通過證明先驗既可以一致但又有本質的區別來使知識建立在牢固的基礎上。但他們發現，如果把人還原到經驗一邊，我們就不能說明知識為什麼可能成立；但如果一味強調先驗，我們便無法獲得科學客觀性，也不能解釋人的經驗本性的模糊性和偶然性。因而，當這一問題佔據了嚴肅思想家的頭腦時，便產生了一種「二元對立指稱系統的永無休止的來回返復」（OT316）傅柯認為這一階段相當於孔德的實證主義以及黑格爾和馬克思的末世論言說。

　　然而過一段時間以後，這種知識分子的拉鋸戰變得乏味起來，更爲晚近的思想家便轉向尋找「一種言說，它將既不是還原的秩序，也不是作允諾的秩序：其內在張力既使經驗和先驗分開、又同時指向兩者……」。（OT320）這樣，整個問題通過另一種二元對立而得到穩定，在這新的二元對立中，自然主義和先驗主義同時並存於一模糊的平衡狀態：胡賽爾把自然態度同先驗態度對等起來，但並沒有把它們還原爲一；海德格把**此有**或人類實踐當成既是可能性的事實又是其條件[用他的話說叫存有者（形器）的／存有論的]，但他並不認爲這是需要解決的對立；梅洛龐蒂則把身體作爲一模糊的整體，它既是一種事實但又使所有事實成爲可能。但接受模糊性似乎便宣告了這一論爭將只能不了了之。

　　正當先驗／經驗問題走向最後模糊的絕境時，新的觀念又在形成：人們可以通過把本來就模糊的事實條件屈從於清晰的哲學沉思，來獲取有關人的明晰性。傅柯這樣來總結這一新的方法：「現在不是……理解的可能性的問題，而是一種根本的誤解問題；不是哲學理論的不可解釋的本性相對於科學的問題，而是哲學重新明確地意識到在其中人無法認識自身的整個無法解釋的經驗領域的問題。」（OT323）在這一策略中，所關心的問題不再是科學相對於哲學，而是模糊性相對於清晰性，它被黑格爾、馬克思和佛洛伊德所運用，但要到胡賽爾的現象學，它才成爲哲學的中心主題。

　　最後，當人們看到這一無窮無盡的闡明任務一開始就一直沒有希望之時，便產生了第三種更爲困難的試圖弄清本質上是模糊的東西的方法。這一詮釋學方法，試圖去找出歷史中的意義，它提出並用盡了兩種同樣是無效的策略：本源的完全復歸和完全隱退。一方面，黑格爾、馬克思和史賓格勒（Spengler）認爲歷史總是走向某種完整的結局，不管是好是壞，總是要實現人的眞正

意義。因而他們把本源真理的復歸想像為歷史的終結。思想能最終完全佔有其本源並獲得完善，但其結果只能是自己也隨之消失，因為它削弱了自身的動機。另一方面，像賀德林、尼采和海德格這樣的思想家則認為：對人的更為深刻的理解，在神祕的過去曾經是存在的，但現在人要達及這種本源的理解，只能通過敏銳地覺察到他已失去了什麼——意識到本源是一種純粹的缺席（pure absence）。本源的接近同其極端的隱退相對稱，而在極限中，本源和人都可以完全被遺忘。這兩種觀點都以人和歷史的銷匿而結束——不管是處於完成狀態還是失望狀態。想理解其自身的意義，人必須掌握其本源，而它又必定會逃脫人的手掌。

總之，有限的解析擁有的連結實證性和根基性的三種策略是：還原、闡明和詮釋。雖然這三種策略的某些方面在人文科學的任何階段都能被發現，但每一種策略都一個接著一個地成為嚴肅關注的中心並得到發展，直至其自我拆台的本性明顯地顯露出來，於是嚴肅的思想家也就對之失去了興趣。

這是傅柯對這些策略最後的詳盡闡述，這些策略首先形成於十九和二十世紀的思想家中，「當西方**知識型**在十八世紀末葉破裂之時」，（OT335）他們開始尋找「知識可能性的哲學根基」。（OT335）所以這一分析可以看成是對傅柯考古方法的一種測驗。顯然，能夠在知識型內找出可能發生的排列無疑能使我們豁然開朗，從而能綱要性地領悟到二百年來複雜而紊亂的思想的輾轉反側過程。但在我們作出最後的評價之前，我們還必須問一下：傅柯在他自己的方法論反思中是否已經、以及怎樣設法擺脫他所揭示的貫穿於現代人文主義的三種互相關係的絕境。一種擺脫了二元對立的言說，將為理解人類提供新的希望。然而傅柯自己已教導我們：某種重演二元對立的話語必定仍然是基於某種對人的微妙認可，或者是基於某種更為謬誤的迷途，因而應該在出生之前就予以摒棄，而不要再通過一系列新的改頭換面來進

行更為細緻、也更為行不通的重新闡述。在下面一章中，我們將
分析傅柯對其考古方法的詳盡的理論闡述；而在上篇的最後一
章，我們則將論證：這種半結構的理論碰上了類似於傅柯自己已
明確指出的存在於人文科學中的那些問題。

第三章
走向一種論述實踐的理論

44

第一節　一種結束所有現象學的現象學

在《詞與物》中，傅柯有力地證明了，人文科學不僅像其古典的先行者一樣，不能形成一個關於人類的完整理論，而且註定會遭到同樣的「瓦解」。然而，在這一階段，傅柯並不認為上述困難應該導致我們懷疑從理論上理解人類的企圖。相反，正如康德從獨斷的沉睡中醒來，並演繹出得以使物理學建立於一個確定的基礎上的範疇，傅柯也想把我們從「人文的睡眠」中喚醒，使我們能明察秋毫，從而得以成功地研究人類。他一直從事於「一種事業」，通過這種事業人們試圖甩掉最後的人文性束縛，這種事業同時要揭示這種束縛是怎樣產生的」。（AK15）我們已經看到，傅柯在分析人文科學的失敗時，已在習用這種新方法。《知識考古學》詳細地展示了這種新方法，並勾劃出這種新方法基於其上的言說理論。

傅柯在十年的學術活動中，重新確審了瘋癲和醫學，並挖空了人文科學的基礎，再接着，他着力對他所提出的強有力的新技巧進行了思索。在分析的過程中他發現了一個廣闊的未知領域——「一個至今仍未作為任何分析對象的領域……。」（AK

121）因爲「詮釋和構架都不能縮小它」，（AK207）所以，認眞對待意義的人文科學的後繼者——詮釋學，以及完全放棄意義的結構主義都無法涉足這一領域。傅柯的方法論專著《知識考古學》佔據了這個新領域，並擺出了爲其探索所必需的設備。

這個領域與大多數陌生領域不同，它是因離我們太近所以才很難被發現。傅柯是通過一系列摸索慢慢才到達那兒的。出於教學的緣故，他從論述形成（discursive formation）到陳述，再回到論述形成這樣一個循環來進行追溯。我們且以邏輯的順序來重新安置這些步驟。

傅柯通過對言說的分析推究發現，他的「中心主題」（AK114）是他認爲以前未被注意到的一種語言功能——陳述[statement（énoncé）]。陳述旣不是說語（utterance），也不是命題，旣不是心理上的也不是邏輯上的整體，旣不是一個事件，也不是一個完美形式。

陳述不是命題，因爲具有同一種意義的同一個句子可以是不同的陳述，也就是說，這一句子按照它在其中出現的一組陳述可以有不同的眞理條件。陳述的特性是

> 相對的，並依據由陳述形成的用途以及它被運用的方式而搖擺不定。在某種宏觀歷史的水準上，人們會認爲，一個像「物種進化」這樣的肯定語在達爾文和辛普森（Simpson）的意思中構成同樣的陳述。但在一個精細的水平上，並考慮到更爲限定的使用範圍（相對於達爾文體系本身的新達爾文主義），我們就面臨着兩個不同的陳述。陳述的不變性，陳述通過獨特的闡說而得到保留的特性，以及依據其形成的特性的複製，都是由它位於其中的使用範圍的功能來確定的。（AK104，譯文有所更動）

另一方面，陳述也不是說語。好幾個不同的說語可以是同一

個陳述的重複，比如一位航空小姐用好幾種語言解釋飛機的安全措施。而且陳述甚至也不是限於句子的語法整體。地圖如果用來代表一個地理區域也可以是陳述，甚至一個打字機鍵盤的輪廓圖也可以是一種陳述，只要它出現在一個說明書中來代表鍵盤字母安置的標準方式。

　　傅柯進一步爭辯說，陳述也不是言語行動，但他又承認，他以為陳述不同於由英國哲學家奧斯丁（John Austin）發現和予以類分並在塞爾（John Searle）的言語行動理論中得到系統闡述的「言語行動」（speech act）的觀點是錯誤的。❶把傅柯論陳述與塞爾論言語行動作一比較確實頗具啓發性。

46

❶傅柯指出了陳述和言語行動的極其相似性——「難道人們不能説：不管哪兒人們能識別和孤立一個系統的闡述行爲——一種像英國分析家所指的言語行動那樣的東西，哪兒就有一個陳述？」（AK821）但他否定了陳述和言語行動的相同性，錯誤地認爲好幾種陳述，例如描述和請求，可以是同一個複雜的陳述的組成部分，而按照傅柯對言語行動理論的理解，言語行動不可能有其他種類的言語行動作爲其組成部分。「常常需要好幾個陳述才構成一個言語行動：一個誓言、一個禱告、一個協議、一個諾言或一個指示通常需要許多明確的公式和分開的句子：把每一個這樣的公式和句子都看作是一個陳述，這一看法是正確的，對之提出異議，而假設它們都包含於同一個言語行動，這將是困難的。」（AK83）

　　然而塞爾對這一所謂的言語行動和陳述之間的區別提出了挑戰。他在給傅柯的一封信中指出，在言語行動理論中，一種言語行動，比如一個斷言，也可以是另一個言語行動的一部分，比如一個諾言。他的異議已被傅柯接受：「至於對言語行動的分析，我完全同意你的意見。我說陳述不是言語行動是錯了。但我之所以區別它們是想突出這一事實，即我是以一個不同於你的角度來考察它們的。」（傅柯致塞爾信，1979 年 5 月 15 日）——原註。

　　塞爾指出，言語行動總有一種字面意義，儘管它有其他各種可能的解釋。傅柯也堅持說，陳述也可以是在表面上來理解的語言運用，即可以不管在系統闡述中句子可能產生的模糊性（這種模糊句子是本文評註的主題），也可以不管在說語中的因果因素（這種因果因素以詮釋學的方法得到研究，例如在對日常生活的心理分析中）。

　　多義性──它爲詮釋學和發現爭議提供了正當性──涉及的是句子以及它被運用的語義範圍。同一組單詞可以構成好幾個意義和組成好幾種可能的句法關係。因此，在同一種闡說基礎上，可以有不同的意義互爲交叉或互爲替補。同樣，一種語言運用爲另一種語言運用所隱匿，以及它們的替換和抵觸，都屬於系統闡述水準上的現象……但陳述本身不涉及這種複製或隱匿。（AK110）

　　這樣，塞爾和傅柯都認爲：由於字面意義的存在，我們就不必去尋找深層意義。要安置陳述，考古者只需按照它的表面意義把它置於其他表面陳述的實際語境中。然而，塞爾感興趣的是聽者怎樣理解一個言語行動，這不僅需要把它置於其他言語行動

────────────

❷我們很有必要闡明考古學和轉換語法之間的類似和區別，這樣才能弄清楚傅柯所謂非論述（nondiscursive）社會實踐和自主性論述（autonomous discursive）形成之間的「相互依賴」這一概念。按照喬姆斯基（Chomsky）的看法，一般規則決定哪一串詞可以在一給定的語言中產生或被認爲是造得很好的句子。然而，由在人們實際所說的和承認爲合乎語法的東西中尋找有規則似的規則性而發現的形成規則或語言能力（competence）本身，還不足於解釋什麼樣的句子被實際製造出來，算是合乎語法，不是所有合乎語法的句子都可能被說出，即使說出去也不一定能被理解，爲了解釋這一事實，喬姆斯基求助於人類思維過程的

中。要理解一個言語行動，聽者還必須在一個特定的語境中，並
在一個不僅僅是其他陳述的實踐的共享背景下來聽。❷而傅柯把
這種平常的，直接了當的理解作爲先決條件，但對它却並不感興
趣。

47

非語言性限制，比如記憶能力、疲勞和注意力範圍，正是它們促使述説
者進一步限制了對他實際上能説出和理解的合乎語法的句子類型的**語言
運用**（performance）。從另一個角度出發，考古學把語言運用這一領域
作爲其可能性的範圍，揭示了爲什麼某種在語言學基礎上能接受的言語
行動却不能在一給定的時期產生出來，因爲它們沒能被認眞地對待。考
古的系統闡述規則抓住了可稱之爲**嚴肅語言能力**（serious competence）
的東西，進而解釋了這種語言運用的進一步的局限性。這些決定論述實
踐的語言能力規則像喬姆斯基的句法生成規則一樣，是自主的，無意義
的和有限制性的；它的唯一的功能是，去除可能是不嚴肅的陳述，從而
開闢了「一個空白的，漠然的空城，既沒有内在本質也沒有許諾」。
（AK39）

把語言能力約束到嚴肅語言能力同時也要求對語言運用這一概念有一
個考古學的説法。因而，非論述實踐必須以語言運用變項（類似於喬姆
斯基的心理學變項）出現，從而進一步限制言説的產生量。這些社會因
素只會起限制的作用。它們不會以任何方式影響在一定時期内決定哪種
陳述可以被認眞對待的規則。它們唯一的功能將是進一步限定由這些形
成規則引起的稀疏性。傅柯非常隱晦地承認了這種考古學與轉換語法之
間的相似性：「通過從所説的一堆事物中抓住被解釋爲一種語言運用的
……功能的陳述（考古學），把自己與（對）……語言能力的探求區別
開來：這種描述構成一種生成模式，以便界定陳述的可接受性，而考古
學則試圖建立形成規則，以便界定它們實現的條件；因而，在這兩種分
析模式之間有許多類似處，但也有許多不同處（尤其是涉及到可能的構
架水準時）。」（AK207）

　　現在可以明白，傳柯爲什麼會如此輕易地忽視陳述和言語行動的同一性。事實上，他的興趣不同於奧斯丁和塞爾的興趣。他不關心日常的言語行動。因而他對言語行動理論——即想找出決定每一種言語行動的產生規律——不感興趣。他也無意於探究一個特定的、實際的語境和一個非論述實踐的背景怎樣決定滿足普通言語行動——如一個斷言：「貓在席上」，或一個請求「請把門關上」——的條件。相反，傳柯感興趣的正是那些從斷言的特定語境和共享的日常背景中分離出來以構成一個相對自主性的領域的言語行動（到底有多麼自主我們將在以後加以討論）。這種言語行動通過某種機構監測，比如辯證爭論、審訊拷問或經驗證實的規則而得到它們的自主性。「在眞空中述說眞理總是可能的，但只有當人們遵循每當開口說話時都要起作用的某種言說『監督』的規則時，人們所說的才可能是眞理。」（DL224）

　　通過適當的監測後，陳述就可以被一個有文化的聽者理解爲眞實的，而無需參照這一陳述所處的日常語境。這一言語行動的怪種以極其純粹的形式繁盛於大約公元前三百年前的希臘，當時，柏拉圖對能使說話者被認眞對待的規則極感興趣，並通過從這種言語行動的相對語境獨立推知到完全語境獨立，進而發明了純理論。但如果在任何一個文化中，特殊的說話者有辦法超越僅僅是個人的環境和權力而權威地說話，那這種文化當然也可能是考古研究的主體。在任何這種言語行動中，一個權威的主體在一種公認的方法基礎上確定（寫出、畫出、說出）什麼才是眞實的眞理主張。

　　這種對某些言語行動的眞實性進行系統而規則地證實，發生於一個眞與僞在其中具有嚴肅社會後果的語境中。傳柯僅對這部分非典型的陳述感興趣，因而簡單地把它稱做陳述，爲了避免傳柯的這種錯誤傾向，讓我們把這部分特殊的言語行動稱做**嚴肅言語行動**。任何言語行爲都可以是嚴肅的，只要我們加上一些必要

的有效措施、專家認同等等。例如，「天要下雨」，一般來講是一個僅有特定意義的日常言語行動，但它如果是由國家氣象局負責人作爲一個氣象理論的普遍推斷而說出來的，它就可以是一個嚴肅的言語行動。在下篇中我們將看到，傅柯聲稱，我們的文化有一種把越來越多的日常言語行動轉變成嚴肅言語行動的趨勢。按照傅柯的看法，這顯示了探求眞理的意志，它「在力度和深度上都不可逆轉地日益增長」。（DL219）

　　證實（justification）和反駁（refutation）的方法賦予這些嚴肅言語行動以知識（savoir）的稱號，並使它們成爲研究、重複和相傳給他人的對象。在所有被述說、構劃和草擬出的東西中，這種嚴肅斷言相對來講較爲少見，也正因爲這種罕見性，也正因爲它們自己確認具有嚴肅的意義，它們才被珍視。「陳述不像我們呼吸的空氣那樣是無限的透明物，它們是被傳播和保留、具有價值、人們試圖佔用的東西；……是不僅被轉抄和翻譯複製，而且也被註解、評論以及被內部意義的滋長所複製的東西。」（AK120）

49

　　傅柯沒興趣對這種言語行動所引出的評論再加點評註，他也沒興趣去收集和確定那些其眞理性已被證實的斷言。前者是某類註釋家的工作，而後者是對成功的學說尋求合理化的科學哲學家的事情。傅柯也沒興趣來理會嚴肅的述說者和聽者怎樣在特定的場景下互相理解。他無疑會贊同從維根斯坦（Wittgenstein）、孔恩到塞爾的觀點，即特定言語行動的特定理解涉及到一個約定俗成的、共享的實踐背景。因爲，如果事先就想去掉每一個可能的誤解，那麼永遠也沒有人會完全表達出他的意思。然而，傅柯在寫《知識考古學》時却只着眼於嚴肅言語行動的種類，以及它們通過與同類和其他種類的言語行動的關係而顯示出來的規則性──他把這種規則性稱做論述形成（discursive formations）──以及這種論述形成所經歷的逐漸的、有時也是突然的、但總

是有規則的轉換。爲了完成這一探究，傅柯在《知識考古學》中指出了一種方法，這使他能避免考慮決定理解言語行動的「內在」條件，從而使他能完全注重於被說和被寫的東西，以及這些東西怎樣符合於論述形成——這一相對自主的嚴肅言語行動產生於其中的體系。

　　研究論述形成需要雙重還原。研究者不僅必須對他研究的嚴肅言語行動的眞理性加括號（存而不論）——胡賽爾的現象學還原——而且還必須對他研究的言語行動的意義性加括號（存而不論）。也就是說，他不僅要對被一個陳述所斷定是眞的東西是否事實上是眞的這一問題持中立態度，而且要對每一特定的眞理主張是否有意義持中立態度，或更泛地說，要對要求有一個超語境的眞理這一概念是否有道理持中立態度。

　　在《醫院的誕生》一書中，傅柯如何看待波姆（Pomme）對一個浸泡了十個月，各種內部器官都已被切除的婦女的描述，是一個對堅持要有特定的嚴肅意義這一主張加括號的例子。而在《知識考古學》一書中，被加括的則是整個嚴肅意義的這一概念。並不是這位考古者不能理解作爲有意義的言語行動的陳述——他並不是像結構主義者或行爲主義者那樣對所有意義都加括號，直至只剩下一些無意義的語音。他加括號的只是嚴肅言語行動自稱具有嚴肅的意義性，自稱是孔恩所謂的「旣深邃又深奧」的東西這一觀念。是像胡賽爾那樣把意義性看成是先驗主體的「禮物」，還是像維根斯坦所認爲的，意義是由通過把說語放在一個互相交織的、共享的實踐背景下依次產生意思的說語整體中而產生的，對這位考古者來講，這都沒有區別。傅柯是通過懸置嚴肅言語行動自認爲有可知性這一主張來懸置它們自稱爲有超語境眞理（context-free truth）這一主張的。傅柯比胡賽爾技高一籌，他把指稱以及含義都看成是現象。「在考察語言時，我們不僅要懸置『所指』（signified）的觀點（對此我們現在已經習慣了），

而且還要懸置『能指』（signifier）的觀點。」（AK111）

　　像胡賽爾和梅洛龐蒂這樣的現象學家加括了超語境真理的合法性，但他們從來沒有懸置他們對含義的信念。相反，他們所有的工作正是用來建立含義的可能性的條件。雖然胡賽爾加括了自然態度的假設——即陳述指稱超驗客體，然而他的目的是要利用這種加括來研究真理並最終把真理奠定在堅實的基礎上。胡賽爾自稱能夠在日常世界的知覺格式塔中顯示出意義和真理的本源，然後通過語境真理的意向發展追溯到真正的、超語境的科學真理。胡賽爾現象學的這這一方面由梅洛龐蒂在其《知覺現象學》中得到進一步發展，傅柯對這兩種企圖都反對，認為它們是一種仍然困於先驗和經驗二元對立之中的對實際經驗分析的形式。

　　因此，傅柯自稱脫離了先驗和實存的現象學。像胡賽爾和梅洛龐蒂一樣，傅柯開始也想用詳盡的細節來描寫嚴肅的真理是怎樣產生的，但他的超然性雙倍於胡賽爾和梅洛龐蒂。現象學家想首先通過奠定知覺的基礎，並指出它的首要地位，從而固定知覺中的嚴肅言語行動的有效性；傅柯則認為，這種想通過創造一個「所指物的歷史」來奠定真理之基礎的企圖沒有獲得完全的現象學超脫。「我們這兒所關心的不是去中立言說，去把它變成別的東西的符號，以及去穿透它的密度以達到靜謐地留於其前的東西；相反，我們關心的是要保持它的一致性，並使其以自己的複雜形式成長。」（AK47）

　　也就是說，傅柯有別於胡賽爾和梅洛龐蒂，他並不認為，如果嚴肅言語行動要被認真對待的話，言說對於其客體的依賴就需要有牢固的基礎。他壓根兒就沒有嚴肅地對待嚴肅言語行動。他不僅中立於每一個自認為是嚴肅真理的真理性（先驗的還原），而且也中立於對自認為是嚴肅真理的可能性進行先驗證實的必要性（先驗現象學）。傅柯的雙重還原，通過對真理這一概念本身保持中立，提供了對言說事件進行純粹描述的可能性。

51　「人們被引……致**把論述事件純粹地描述**（pure description of discursive events）成爲尋求在其中形成的整體的境域（horizon）。」（AK27）

　　嚴格地講，境域這一概念本身屬於這位考古者遺棄的詮釋學言說。傅柯不是在闡述境域這一概念的含義，他只是在描述某種言說在其中發生的一個開放的**邏輯空域**（logical space）。爲了打開這一邏輯空域，傅柯用對一系列無意義要素的半結構主義建構代替了對人類遺留下來的有意義碑文的註解，而後者一直是傳統人文主義關注的中心。

> 在那個領域，在過去歷史曾經譯解人類遺留下來的痕迹，而現在它調配一羣要素，而這些要素必須被……置於相互關係之中才能構成整體。過去一段時期，考古學被作爲一種專門研究無聲的碑文，……沒有語境的對象……的學說，它曾經渴望獲得歷史條件，並只通過歷史性言說的復原而獲得意義。稍微俏皮一點也可以這樣說，在我們這個時代，是歷史渴望獲得考古的條件，以及對碑文的內在描述。（AK7）

　　這一解語境行動甩掉了對詮釋學來講至關重要的可知性境域，而只爲對各種陳述進行可能的對換排列留下了一個邏輯的空域。「因而，對陳述的分析是一個歷史的分析，但它避開所有的解釋，它不去詢問所說的事物還隱藏了什麼，它們『眞正』說的是什麼東西，除了它們已被說出來的以外還包括哪些未說出的要素……相反，它詢問所說事物存在的方式，……它們──也只是它們──在某時某地出現時意味着什麼。」（AK109）

　　胡賽爾派現象學家的興趣在於，在他加括的東西裏面重新建構所有事先就存在的任何意義。如果他沒有完全把非思境域的意義性帶進他詳盡的我思中繼續考慮，他會認爲這是一種失敗。然而，傅柯並不關注在他的分析中抓住從境域經過的每一個成員。

在他的分析中，他的方法並不反對把陳述之間的意義聯繫整個兒去掉。就像傅柯指出的，對於這樣徹底的超脫，即使用胡賽爾式的中立性一詞也可能是太弱了。「也許我們應該講，『中立性』（neutrality），而不是外在性；但即使這一詞也很容易隱含一種信念的懸置，……隱含把所有的存在位置都『放在括號裏』，而事實上它是一個重新發現……在它們被調配的空間、闡說事件分佈於其中的外界的問題。」（AK121）

　　人們會問，根據這樣一種超脫的觀點，人們還能否識別出言語行動，以便描述論述形成，並研究它的自認爲具有深刻意義的這一主張。然而傅柯自認爲，他沒有必要同別人一樣嚴肅對待嚴肅言語行動，以便把它們安置於被說和被寫的事物之中。他可以依靠哪些牽涉到實際言說中的人的嚴肅性來挑選，從而也是限制在任何給定時期被嚴肅對待的東西，並捍衞它、批評它，以及對它加以評論。這樣，傅柯就可以只研究精心保存下來的少量嚴肅陳述以及對它們的大量評註。

　　這樣，這位雙重超脫的、徹底的現象學家，可以把嚴肅的和有意義的東西置於一個時代，却不用管它對他自己是否嚴肅的和有意義的。傅柯通過明確否定三種人文性的二元對立來闡明他自己的立場。「用對罕見事物的分析代替對整體的尋求，用對外在性關係的描述代替先驗基石的主題，用對結果的分析代替對本源的探求，如果說這是實證主義的，那麼我很願意成爲一個實證主義者。」（AK125）

　　傅柯非常高興這一徹底的現象學實證主義能使他從哲學包袱這一人文科學的癥結中解脫出來。的確，不用捲入這種對人類行爲的科學解釋必然要引起的嚴肅的爭論和矛盾之中，就能理解和解釋人文科學的現象，這確是很令人興奮的。在《詞與物》中，傅柯已顯示了這可以是多麼令人振奮和具有啓發性。我們現在必須詳細地考察這一使傅柯保持其距離而獲得如此卓識的方法。只有

這樣，我們才能拷問傅柯自認為這一方法具有什麼樣的解釋能力，而他這一自許又是否站得住腳。

第二節　超越結構主義：
從可能性條件到存在條件

　　嚴肅言語行動的一個重要特徵是：它不能孤立地存在。塞爾在討論他稱為的言語行動同時指出：某些言語行動，比如為選舉總統投票,·只有在其他言語行動的網絡中才成為可能。傅柯論陳述時也持類似的觀點。在談到他所稱為的闡說功能（它使陳述成為嚴肅的）時，他指出：「〔這是〕闡說功能的特徵：……沒有一個相關領域的存在，它便不能運作。」（AK96）❸關鍵問題是怎樣對待個體言語行動同決定其嚴肅性的領域之間的關係。既然傅柯既反對詮釋學——它要在一共享意義背景的基礎上來理解**說語**（utterances），又反對構架法（不同於結構主義的形式主義）——它試圖重新建構一科學**命題**（propositions）的演繹系統，他只能提出唯一的選擇：言語行動能在其中被認真對待的領域「不是一個秘密，不是一隱藏意義的整體，也不是一統一的，獨一無二的形式，它是一有規可循的系統」。（CE29）

　　如果陳述被統一歸入有規可循的系統，那麼必定存在由規則來聯繫的元素。這一可知性模式自古典時期的數理原則以來就為人所知，在這種數理原則中所有組織都被理解為初始表象的複雜組合。傅柯當然已經放棄了在古典形式和康德形式上的表象概念，但他仍保留了把整體分解為部分及其系統關係的概念。因而傅柯把它的新方法稱為「考古分析」（AK151）——「一種清除了所有人文因素的分析方法」。（AK16）

----

❸英譯版漏掉了「不」字。

傅柯指出，把對互爲相關的嚴肅言語行動網的分析展現爲由轉換規則決定的要素系統，這一方法同結構主義有相似之處：「我的目的是要揭示發生於歷史和知識範圍內的內生轉換的原則和後果。這種轉換，它所引起的問題，它所使用的工具，從此產生的概念以及它所獲得的結果，它們也許並不完全異於所謂的結構式分析。」（AK15）但傅柯在同一頁又指出，雖然他的著作不同結構式分析相對立，但「這種分析法並未得到具體地使用」；（AK15）而在兩百頁以後他又申明：考古學的「方法和概念不能同結構主義混爲一談……」。（AK204）在他寫於《知識考古學》一年之後的《詞與物》英譯版序文中，他更是強調地堅持：他「沒有使用過任何結構式分析的方法，概念和主要術語」。（OTxiv）這一既微妙又重要的區別到底在哪兒？

我們已經指出，結構主義有兩種：一是原子結構主義——按照這種結構主義，要素的確定完全脫離於它們在系統中的作用；二是整體結構主義——按照這種結構主義，要確定什麼能算作**可能的**要素不考慮系統，而被算作**實際的**要素則是給定要素涉及於其中的整個差別系統的一種功能。傅柯首先考慮了原子分析，以及它那種得到獨立界定的基本要素：「初看起來，陳述似乎表現爲完整而不可分解的要素，它可以被孤立起來，並同其他相似的要素發生一系列關係……即言說的原子。」（AK80）但考古者要區分嚴肅言語行動的領域像語法這樣的領域——在這一類領域中，孤立的要素（在語法中就是詞類）按照抽象的形式規則被滙 54 入更高的秩序單元。「語法建構要能夠運作只需要要素和規則……但是却不存在總的陳述，不存在自由的、中立的和獨立的陳述，陳述總是屬於一個系列和一個整體……它總是陳述網的一部分……。」（AK99）

嚴肅言語行動顯然不能夠從餘下的「闡說網絡」（enunciative network）中孤立起來。它們是被一特定眞理遊戲（嚴肅言

語行動在其中扮演某種角色）的現行規則而建構為嚴肅的。傅柯把這種特定的真理遊戲稱做「闡說範圍」（enunciative field），其結構還有待於作詳細的界定。這樣他便可以明確地把他的方法同所有形式地處理孤立要素的原子結構主義區分開來：「總地來說，一連串語言要素要成為一個陳述，只有當它滲入一闡說範圍時，它才在其中成為一個獨一無二的要素。」（AK99）

因而，考古學同原子結構主義沒有任何共同點，考古的元素是關係場的**產物**（product），然而他同整體結構主義的關係則甚為複雜。傅柯很清楚這種更為複雜，也更有影響的結構主義，在其中被算作可能的要素是該系統的一種功能，因而他指出結構主義的目的是「要用它們對立的形式和個體化的標準來界定經常出現的要素……〔而它們〕使建構規律、同義規律和轉換規則的制定成為可能」。（AK201）但是因為傅柯的要素是陳述或嚴肅言語行動，所以如果他要遵循這種方法，他就得脫離開任何特定的系統來界定或確認出各類可能的嚴肅言語行動，然後便留給各類言語行動各自的特定系統來決定哪些可能的嚴肅言語行動能真正地成為嚴肅的。雖然這種方法也許對着眼於被規定為無意義的要素的結構主義者頗為合意，但它對考古者則沒有意義，因為雖然考古者也加括意義，但他還是依賴於這一事實，即陳述被使用者假定是有意義的。

考古者發現，他的要素（即陳述）不僅被整個陳述系統**區分為**個體，而且還能被**確認為**只能是處於它們在其中有意義的特定系統中的要素。因而，雖然對傅柯和塞爾來講，言語行動都具有某種固定的「信息內容」或「句子意義」，但兩個言語行動是否表示同樣的意思（即是否決定同樣的真理條件），這就不僅要依賴於決定它們的信息內容的詞語，而且還要依賴於它們在其中出現的語境。塞爾感興趣的是日常言語行動，對他來講，這一語境

是日常實踐的背景，而傅柯感興趣的是嚴肅言語行動，所以對他
來講，這一語境便是其他嚴肅言語行動的系統（即論述形成）， 55
在此系統中我們所講的特定言語行動產生嚴肅的意義。因而同整
體結構主義者一樣，傅柯也認為，陳述的**個體化**（individua-
tion）要依賴於一相關的範圍。對傅柯來講，「如果信息內容以
及它能被投入的使用都相同，人們便可以說在每一種情況下都是
同樣的陳述。」（AK104）但傅柯的實際整體性比結構主義者
的整體性更為徹底。甚至一個陳述的**特性**也要依賴於它所得到的
使用。正像我們已經知道：「陳述的這種特性不僅不能永遠置於
同句子的特性的關係之中，而且它自身也是相對的，並依據由陳
述形成的用途以及它被運用的方式而搖擺不定。」（AK104）

　　現在我們便可以來精確地說明：結構主義整體性和考古學整
體性怎樣區別於原子主義（atomism），而它們兩者本身又怎樣
具有本質的區別。**原子**結構主義孤立地確認並區分要素，它否認
整體有別於部分的總和。**整體**（holism）結構主義首先孤立地確
認要素，然後便斷定：系統決定哪一整套可能的要素將被區分為
實際的。在這種情況下，人們可以認為實際的整體小於其可能的
部分之總和。**整體性考古學**則認為：整體甚至決定什麼才能被算
作是可能的要素，整體的語境比其要素更為基本，因而也就大於
部分之總和。也確實不存在任何部分，除非在確認和區分它們的
範圍之內。

　　正像人們描述嚴肅言語行動時不能抽象地從實際要素的系統
中提取可能的要素一樣，人們也不能建立一個所有陳述可能發生
的排列的抽象圖表，而只能描述具體的轉換規則。結構主義者能
自稱找出了界定所有無意義要素可能發生的排列的、跨越文化
的、超越歷史的抽象規律，而考古者只能自稱能夠找到了具體
的、正在變化的規則，它們在一給定時期內，在一特定論述形成
中界定什麼能算作同等的有意義陳述。嚴格來講，如果規則是一

種形式原則，它界定一言語行爲在其能算作嚴肅的之前就必須得到足夠的充分的必要條件，那麼就根本不存在什麼規則。而決定陳述系統的規則只不過是陳述實際上互相聯繫的方式：「陳述屬於論述形成，就像句子屬於本文，命題屬於一演繹整體一樣。但是，一個句子的規則性由一語言（langue）的規律所界定，命題的規則性由邏輯的規律所界定，而陳述的規則性則由論述形成本身所界定。說它屬於論述形成或屬於決定它的規律，這都是一回事……。」（AK116）

56　　　任何完整的系統都是不存在的；也沒有辦法事先就確定目前的系統就是一種可能的例證這一可能性的條件。我們只能描述具體的系統，並決定哪類嚴肅陳述能夠實際上產生。考古學也確實是一種純粹描述的方法。它力圖「去描述陳述，去描述支承陳述的闡說功能，去分析這種功能運作的條件，去揭示這種功能預先假定的不同領域以及這些領域被聯結的方式……。」（AK115）❹

　　　傅柯通過強調結構主義者研究可能性，而考古者研究存在這一點來總結這些重要的區別。「因而陳述不是一個結構（即各種要素間的一組關係，因而允許產生可能是無數的具體模式）；相反，它是一種存在的功能，它屬於適當的符號，在此基礎上人們便可以決定……它們是否『有意義』，它們按照什麼規則互相遵循或並列，它們是指稱什麼的符號，它們怎樣來進行系統闡述（不管是口頭的還是書面的）。」（AK86,87）

　　　我們可以得出結論：雖然有理由把考古者的方法稱做一種**分析**（analysis），因爲它談論的是「要素」和「規則」，但是這

❹傅柯有時着重強調考古者能決定哪些嚴肅的陳述**能夠**實際上產生，或者哪些**必定**會實際產生，但我們得稍等一會再來考察他是否有權利賦予考古學這種解釋能力。

種分析形式同古典的數理原則或它現代的結構主義的後裔和變體基本上沒什麼共同處。事實上，這種分解依賴於語境的陳述種類和它們依賴於語境的轉換，而不是去分解原子的要素和抽象的形成規則的方法，仿效康德的做法，最好還是把它稱做**解析**（ana-lytic），因爲它力圖要發現使包括結構主義在內的每一具體學說都習用的分析成爲可能的先驗性條件。

　　但這一比較也必須得到限定。雖然傅柯力圖描述「陳述產生的先驗性條件」（AK127），但這些並不是形式的先驗條件。「沒有……比這更爲適意，但也是更爲不確切——即把這種歷史的先驗性當成形式的先驗性，而它又賦有一個歷史：一個巨大的、不動的、空洞的圖型。它在某一天闖入時間的表層，並對人的思想實行一種誰也無法逃脫的暴行，然後又突然完全消失於出乎意料的……月蝕中：一種先驗的切分，一種間斷形式的遊戲。」（AK128）正如沒有任何基本的，可以用來進行最深入的分析的要素（實際的或可能的）——因而傅柯的方法不能被稱做結構主義的，同樣也沒有一個時代的最高層的（也是空洞的）先驗規則，更不用說存在能以超時性形式來描述決定兩個時代之間的變化之原則的規則。❺總之，傅柯的方法既不是一種分析，因爲它沒有在最低層確定可以被孤立起來的要素；也不是先驗的，因爲它沒有秩序化的最高原則。

　　儘管它摒棄可能性的條件而揭示存在的條件，考古學仍然在兩個重要方面同結構主義相似。第一種相似——即，完全反對求

57

---

❺這種注重對被理解爲存在條件的具體結構的描述，同海德格在《存有與時間》中稱爲的「存在性解析」非常相似。但這兒也有重要的區別。因爲雖然海德格和傅柯都試圖離析和講述建構決定主體和客體的產生的空間的「眞實」原則，但是海德格的方法是詮釋學的或叫內在的，而傅柯的方法則是考古學的或稱外在的。

助於一有意識的、個體的、賦有意義的主體的內在性──是其他
許多運動（精神分析、人種學、語言學、海德格的實存現象學、
維根斯坦的「行為主義」）都共有的特徵，因而它明顯地相似於
一種超越人文主義的普遍運動，而結構主義只是這一普遍運動的
一個表現形式。另一個相似處更為具體，也更為顯著；傅柯和結
構構主義者都不關注他們研究的現象是否具有參與者所假定的嚴
肅意義。因而他們都反對像杜威（Deway）這樣的實用主義
者，像海德格這樣的詮釋學現象學家，以及像維根斯坦這樣的日
常語言哲學家所共有的觀點，即要想研究語言實踐，人們必須考
慮使它們成為可知的共享的實踐背景。

　　在《存有與時間》中，海德格把這一背景稱做澄明
（clearing）。在他的後期著作中他把它稱為開顯（the
open），並把這種實踐的背景同信念或陳述的網絡之間的根本
區別稱做存有論區別。傅柯既明確地反對胡賽爾現象學，也反對
海德格詮釋學；他用考古態度的外在性來反對注解性解釋。考古
者把眾多陳述孤立起來，「以便在一種可能是似非而是的外在性
中來分析它們，因為他沒有同任何內在性有聯繫的形式。為了在
間斷性中來考慮它們，毋需把它們……同更為根本的開明或差別
聯繫起來」。（AK121，譯文有所更動）傅柯自認為他所發現
的是一個新的嚴肅陳述的領域，它雖然對身在其中的人來講體現
為依賴於非論述實踐，但却可以被考古者描述和解釋的一自主的
領域。

58　　　　考古者堅持認為，人們不能互相孤立地來研究個別可能的或
實際的嚴肅言語行動；但他又聲稱，人們可以孤立於實踐的背景
來研究多組或多系統的嚴肅陳述。甚至語境都無需涉及背景實
踐。什麼能算作是一相關的語境，這本身是由一特定陳述被使用
於其中的嚴肅陳述系統所決定的。「正是相對於系統闡述間更為
一般的關係的背景，正是相對於整個語言網的背景，語境的作用

才可能得到決定。」（AK98）因而，考古者便可以研究論述實踐的**網絡**，並把它當成一相互聯結的要素的整體，而同時加括掉傅柯在後來稱之爲的非言說關係的「厚紗」——它爲那些實際在說的人建立了可知性的背景。

傅柯堅持其論題的純語言學性質，相應地也堅持穩定性範圍和使用範圍的自主性。正因爲嚴肅言語行動構成一系統，所以考古者便可以站在外部來研究闡說功能——即不管怎樣都能使人們在一定時期內認眞對待某些言語行動的東西。像一個結構主義者一樣，傅柯肯定這一功能**僅是一種其他嚴肅言語行動的功能**。站在內部來看，陳述似乎只有相對於一科學的和非科學的實踐背景才有嚴肅意義，但只要站在外部來看，這一共享的實踐背景在決定哪些言語行動在任何給定時期會被當作具有嚴肅意義時並不起任何關鍵的作用。賦予言語行動嚴肅性，從而使它們成爲陳述的不是任何別的東西，而只是它們處於其他嚴肅言語行動網中的位置。

傅柯說，像「物種進化」這樣的陳述只有在確定其眞理條件的論述形成中才有意義，這當然是對的。但人們不能從這一語境依賴得出結論：嚴肅言語行動具有嚴肅性靠的只是這一論述實踐網。這樣一種結構主義結論混淆了必要條件和充分條件。傅柯自己的研究最終導致他推翻這種不根據前提的推理。然而，在寫《知識考古學》之時，傅柯同結構主義者一致的是：對一個對選中的理論探究領域——一個被假定具有自主的合法性的領域應該進行孤立化和客體化。

第三節　論述形成的分析

　　爲了測驗這種學說（它處於日常非論述實踐和像數學及其他一些自然科學一樣可構架的學說之間的中間領域）的可能性，傅柯選擇了一組陳述（它們總起來稱做人文科學）來測驗其新的考古方法。如果這一領域只通過使用純粹的描述而不用求助於意義或構架，就可以被勾勒、分析並解釋爲一個自主的領域，那麼這就證明：考古學提供了一個新的學說。人們會希望：這樣一種學說通過把自身同常識性理解區別開來，便很可能爲成功地取得一種有關人的重要方面的理論走出了第一步。

　　傅柯決定就像一個純粹的經驗主義者那樣來開始進行研究，他挑選出在一給定時期內被人當作嚴肅言語行動的整體，把它們作爲原始資料。（首先假定預先的選擇工作已由「國家圖書館」的館員完成。這些收藏者基於自己的論述和非論述實踐，對什麼是嚴肅的已作出了抉擇並對所收藏的文集已進行了自己的分類，但這一事實對傅柯却無關緊要。考古者並不注重初始的陳述以及相應地把它們類分進它所預先假定的學說；相反，陳述只是爲一獨立的系統化過程提供了原始資料。）

　　一旦我們對嚴肅言語行動加了雙括號，以致我們不能談它們的意義和眞理，因而也就不能論及大思想家的思想過程以及走向知識的科學進步，這樣我們就需要一種新的方法來使言說系統化。確實，在傅柯看來，傳統的統一體自己就站不住脚。他發現沒有任何按傳統方式界定的學說的基本特徵是永遠不變的。學說並不從一時期到另一時期以同樣的方式來界定它們的客體、描述類型、合法的實踐者、概念和方法，甚至在一給定時期內一門學說的客體也在不斷進行着轉變、轉換和替換。

59

　　傅柯並不是第一個注意到這個問題。維根斯坦會說：學說並不能逃脫這一普遍眞理，即我們並不通過識別本質或一系列基本特徵來類分客體──不管這些客體是椅子或遊戲，還是植物學或物理學。相反，「我們看到一個複雜的相似網絡，它們互相交織、相互交叉：有時是整個的相似，有時是細節的相似。」維根斯坦還爭辯道：我們的概念就像纖維織成的線。「線的力度並不取決於某一根纖維繃緊到最高限度，而在於許多纖維的相互交織。」因而，通過挑選出一個表達淸楚的例子並把其他例子都組織成了多少類似這一例子，我們獲取的並不是一個定義，而是這種「家族相似性」（family resemblance）。❻

　　像孔恩那樣注重於間斷性研究的科學史家，同傅柯一樣也都得面臨解釋變化中的統一性這一問題。孔恩受到維根斯坦的影響，他的解決辦法便是提出典範（paradigm）的概念──一成功事情的具體範例，並試圖通過對這樣一種典範的共享的可靠性，而不是通過對一套具體信念的可靠性來解釋一科學集合體同其客體、方法等等的統一性。　　　　　　　　　　　　　　60

　　很奇怪，傅柯對孔恩這種基於典範的描述沒有任何反應，而這一描述似乎涉及傅柯自身的問題，即解釋一知識體系的統一性時旣要避免詮釋學求助於一隱藏的共同所指物的傾向，又要避免形式主義要找出同一性的充分必要條件的企圖。也許這是因爲在那時像許多其他孔恩的讀者一樣，傅柯也把典範理解爲由一給定學說的實踐者共享的一套信念，一個總的概念框架。因而在一次發表於《知識考古學》之後的專訪錄中，傅柯似乎把系統性、理論形式和典範混爲一談。❼通過這樣把孔恩賦有希望的見解同化到一較爲熟悉的方法，傅柯只得把一較爲傳統的學說特徵（它基於

❻ 維根斯坦：《哲學研究》（*Philosophical Investigations*）, Oxford: Basil Blackwell Publishers, 1953, pp.32,49。

一套共享的被實踐者認為是可接受的規則）接受為唯一可能的解釋。「學說在言說的產生中構成一控制系統，並通過一種特徵（它呈現為永恒地使規則重新起作用的形式）的行為來固定其極限。」（DL224）而另一方面，孔恩則明確指出：「共享典範的確定不是……共享規則的確定，……規則……從典範中派生出來，但典範即使在沒有規則的情況下也能指導研究。」❽

　　當然，傅柯並不認為假定的、自封的，為其實踐者界定一體系的規範性規則能解釋轉變中的客體和方法的連續性，因為這些規範性規則也起變化。但當他要通過同個體主體的意向沒有任何聯繫的間斷性來提出一個系統一性原則（principle of unity）時，他又忽略了學說的統一性很可能是未被思考的共享實踐的結果這一可能性，並認定統一性一定得在有規可循的言說水準上才能被發現。

　　嚴肅言語行動是要揭示出它們自主的統一性的原則，以便進行一種新的描述研究，基於這一前提，傅柯現在必須提出考古者編排這一新的領域將使用的概念工具。在為這樣一種深入古老的人文科學之心臟的研究提供工具時，每走一步都得謹慎小心，以確保對嚴肅言語行動的分析能避免舊的人文性範疇。傅柯力圖通過兩種方式來確保他的方法的純粹性。

　　首先，因為最確定的防禦是一有效的攻擊對象，傅柯決定，作為一種臨時的策略，就來分析其廣泛深入的影響正是他所要避免的言說：人文科學。分析這一言說有其有利條件，因為在這一「領域，〔論述的〕關係很可能是無數的，綢密的，並相對地容易進行描述」（AK29），而同時在其中，學說還沒有達到構架的

❼ *L'Arc* 70, p.18。

❽ 孔恩：《科學革命的結構》第 2 版，Chicago: University of Chicago Press, 1970。

階段。於是傅柯便開始分析「〔人類學的〕範疇得以從中建構的所有陳述——已選出言說的主體……來作爲它們的『客體』並已把它部署爲其知識範圍的所有陳述。」（AK30）

其次，描述一系列嚴肅言語行動的新範疇必須時刻相對於先驗/經驗二元對立任何一端的後繼者：經驗範疇以前曾用來解釋說語而先驗範疇曾用來分析命題。採取了這些預防措施之後，傅柯便爲分析論述形成提出了四個新的描述範疇：客體、主體、概念和策略。

客體

編排論述形成最明顯的辦法便是把那些同指一個客體的嚴肅言語行動滙集在一起。這就是傅柯在論瘋癲書中所做的——爲考古研究挑選出那些作爲其客體具有某一體驗的陳述。但到寫《知識考古學》的時候，他意識到，論述形成非但沒被其客體區別開來，論述形成還**產生**它們所說的客體。瘋癲並不像他以前所假定的那樣是一種客體或有限的體驗，好像它存在於言說之外，每一時代又呈現出自身的概念似的。傅柯不再「試圖去重建……某種原始的、基本的、聾的、很少表達得清楚的體驗，……它……後來被言說組合（翻譯、變形、歪曲，也許還甚至受到壓抑）」。（AK47）相反，傅柯現在看到，「精神病是由所有陳述中所有所說部分所構成的，這些陳述命名之、區分之、描述之、解釋之、追溯其發展、表明其各種相互聯繫、判斷之、還可能通過從其名稱來表達被當作自身之言說的方式來賦予其言語」。（AK32）於是可以推出，對傅柯來講，「不可能存在以撰寫所指物的歷史的觀點來解釋言說的問題」。（AK47）

那麼，統一研究範圍的東西也許是界定言說的客觀性，因而也就決定超驗客體的產生的先驗條件。但這種從經驗到先驗的康德式轉向也沒能抓住要害。一個固定的、統一的客體和決定一先

62

驗主體所賦予的意義的先驗規則，都不能解釋有系統地變化着的
客體——瘋癲。

　　傅柯簡煉地總結了這兩種途徑。以所指物的方式或以指向客
體的詞語的方式來思考語言，這兩種傾向都應受到拒絕。他指
出，「在我所進行的那種分析中**詞**（words）與**物**（things）一
樣都是故意缺席的……」。（AK48）因而考古學是「一種任
務，它不是——也不再——把言說當成幾組符號（即指稱內容或
表象的意指要素），而是把言說當成有系統地形成它們所說的客
體的實踐」。（AK49）既然「人們不能在任何時候想說什麼就
說什麼」，（AK44）所需要的便是一種談論「各種客體產生於
其中並不斷得到轉換的空域」（AK32）的方式。

　　那麼，我們怎麼來談論這一空域？傅柯起先的解釋似乎是對
維根斯坦和海德格的一般觀點的一種具體而有限度的翻版。這三
位思想家都認為，實踐的整體聚合使那些共享這些實踐的人把客
體選拔出來並談論它。傅柯在列出使客體有可能被選出並有可能
具有公眾真實性的關係時，還強調了非論述社會實踐的重要性。
「這些關係是在機構、經濟和社會進程、行為模式、規範系統、
技能、分類型式和特徵表現方式之間而得以建立的。」
（AK45）像其他關注使客觀性成為可能的實踐背景的思想家一
樣，傅柯也強調指出，客體在其中相遇的空域不能通過分析它所
形成的客體的概念來找到：「這些關係並不存在於客體之中，分
析客體時被部署的並不是這些關係……它們並不能界定其內在建
構，而只能界定什麼能使它出現……並把它置於一外在性範
圍。」（AK45）

　　這樣，傅柯好像真的就把有關背景實踐的重要性這一總的主
題運用到了使嚴肅言語行動及其客體成為可能的闡說功能。然而
傅柯接下來便轉向了結構主義的傾向，這使他對實踐背景的解釋
絕然有別於維根斯坦和海德格的解釋。雖然他很清楚**非論述實踐**

在「形成」（forming）客體時起着一定的作用，但他堅持以爲
起關鍵作用的是他所謂的**論述性**關係（discursive relations）。
這些關係不是聯結命題的邏輯和修辭關係，而是事先就假定的，
聯結被用於具體的語境中以運用某種行爲之言語行動的關係。就
像傅柯所說：「〔論述性關係〕在某種意義上處於言說的極限處：
它們給言說提供它能講的客體，……它們決定言說必須建立的那
組關係，以便能講這個或那個客體，以便能對付之、命名之、分
析之、類分之、解釋之，等等。」（AK46）

63

　　爲了建立論述實踐的特殊作用，傅柯首先指出，使嚴肅指稱
成爲可能的論述性關係既不是客觀的，也不是主觀的。它們不是
傅柯所謂的首要關係——即獨立於言說及其客體的關係。「它們
可以在制度、技能、社會形式等等之間得到描述。」（AK45）
這些關係也不是「次要的關係」——即那些以實踐的主體通過反
思而界定其自身行爲的方式而被發現的關係。「例如，十九世紀
的精神病學家對家庭和犯罪行爲之間的關係所能說的並不產生
……眞實依賴關係的相互作用；但它也不能引起使精神病言說的
客體成爲可能並維繫之的關係發生相互作用。」（AK45）當
然，「制度、政治事件、經濟實踐和過程」（AK162）都影響
什麼能被嚴肅地說出；同樣也無疑，想被嚴肅對待的個體述說者
一定得談論由科學集體（他們是其中的成員）一致認可的那種客
體。但是，決定嚴肅性的共享準則的不是眞實的或首要的關係，
也不是反思性的次要關係，而是這些首要的和次要的關係被論述
實踐組織的方式。「當人們談及一個形成系統時，人們不僅指異
類要素（制度技能、社會羣體、視覺組織、各種言說之間的關
係）的並列，共存和相互作用，而且還指在它們之間——以一種
當確定的形式——由論述實踐所建立的關係。」（AK72）

　　這一主題，即論述實踐具有某種優先性，因爲它們在其他類
關係中「建立」關係，這是在《知識考古學》中最重要却又是討論

得最少的觀點之一。一方面聲稱論述實踐是自主自律的，而同時又想要揭示「話語的自主性及其特殊性並不賦予〔言說〕純粹完美的地位和完全的歷史獨立性」（AK164,165）這樣一種理論必須解釋論述性關係到底怎樣同首要的和次要的關係發生作用。就像傅柯所說，「因而一個空域顯露出它可能同下列言說相聯結：一個**眞實的**或叫**首要的關係**的系統，一個**反省的**或叫**次要的關係**的空域，和一個可以合適地稱做**論述的關係**的系統。問題是要揭示出這些話語關係的特殊性，以及同其他兩種關係的相互作用。」（AK45,46）但傅柯在《知識考古學》中對這一點幾乎隻字未提。他只是簡單地提出這個問題，告訴我們「陳述的範圍是……一個實踐的領域，它是自主的（雖然並不能獨立），也可以在自身的水準上得到描述（雖然必須在它自身之外的東西上得到表達）」。（AK121,122）

　　假使人們只區分因果的依賴性和描述的可知性，那麼這一方法是可行的。於是我們就可以這樣來理解傅柯：他認爲雖然所說的東西在因果性上講顯然要依賴於許多非論述性因素，但人們不必把這些外在因素都考慮進去，才能使其系統化並因而得知爲什麼某類嚴肅言語行動能夠得以運用而其他類却不能。這種可知性只要求人們找出並擺出論述實踐的規則。這樣傅柯就可以說：「最後，我們又回過來確立決定論述實踐本身之特性的關係，而我們所發現的是……一種實踐固有的、並在其具體性上界定之的一組**規則**（rules）。」（AK46）

　　但是，正如我們剛才所示，傅柯似乎並不只想提出論述實踐的規則具有自主的可知性這一觀點。他還想進一步聲稱，論述性關係對所有其他關係都有某種效用。論述實踐雖然依賴於非論述性因素但同時又影響這些非論述性因素，這一傾向的最好例子我們可以從傅柯對醫學言說和影響醫學實踐的其他因素的討論中得到發現。我們已經看到，在《醫院的誕生》中，言說的優先性問題

並沒有提出，因爲傅柯認定所有實踐——不管是制度的、技術的、政治的，還是那些特殊地稱作言說的——在任何給定時間內都是同一潛在結構或信碼的表現方式。然而現在他已從這種徹底的歷史結構主義中撤了出來而把它的分析限定爲對論述實踐的結構的分析，或更爲具體地說，是對決定嚴肅言語行動的規則的分析。問題必然就來了：決定醫學言說（medical discourse）的規則同其他影響醫學實踐的因素的關係是什麼？傅柯的回答是：言說「使用」（uses）各種社會的、技術的、制度的和經濟的因素，這些因素通過吸收它們並賦予它們「統一性」（unity）來決定醫學實踐。這樣，雖然所說的東西依賴於其自身之外的東西，但是言說按這種說法便決定了這個依賴的條件。如果我們重新來詳細地論述傅柯的例子，便能很好地看出這意味着什麼。

傅柯首先列出了看來影響醫學言說的非論述關係（既有首要的也有次要的）。

> 如果在醫學言說中，醫生成爲主人，直接的詢問者、觀察的眼睛、觸摸的手指、譯解符號的機體、先前所作的描述的滙結點、實驗室的技師，這是因爲涉及到一整套關係。在醫院空間作爲援助場所、作爲淨化的、有系統的觀察場所、作爲一半是批准的、一半是實驗性的治療場所之間的關係……在醫生的治療作用，他的教義作用、他作爲傳播醫學知識的媒介作用、以及他在社會空間中作爲負責公共衛生的代表的作用之間的關係。（AK53）

65

然後傅柯進而揭示道，現代醫學言說中新的東西不可能是這些技能、機構或概念轉換的結果。

> 臨床醫學絕對不能被認爲是一種新的觀察技巧——屍體解剖的技巧的結果，它早在十九世紀到來之前就被習用了；……也不能被認爲是那種新的制度、即教學醫院的後果——這種

制度幾十年前就在奧地利和意大利存在了，也不能認爲是引
入比夏的《薄膜旅程》（ *Traite des membranes* ）中的組織概
念的結果，而應該看成是由於在醫學言説中一種關係的確
立，一種在許多顯明的要素間的關係，這些要素有些涉及醫
生的地位，有些涉及他們從中述説的制度和技術場所還有一
些涉及他們作爲觀看、觀察、描述、教學等等的主體的地
位。（ AK53 ）

他總結道（ 這也是傅柯的强力主張 ）：

可以這樣説，不同要素（ 有些是新的、而另一些已經存在 ）
間的這種關係是**由**醫學言説**導致**的：正是這個、作爲一種實
踐，在它們之間**建立**了一種關係系統……如果存在一種統一
性，如果它使用的或者賦予其位置的闡説方式不是簡單地由
一系列歷史依附性並列起來，那麼這是因爲〔醫學言説〕**不斷
使用**這組關係。（ AK53,54 着重號爲我們所加 ）

言説「 建立 」一「 關係系統 」——不管這説的是什麼意思，這一
點是清楚的：在《知識考古學》中，斷定言説是自主的比聲稱言説
可以按其自身條件而得知要佔有更多的份量。然而它是極端而有
趣的（ 如果不是最終是行不通的話 ）主張——即言説統一
（ discourse unifies ）整個實踐系統，而正是按照這一論述統一
性（ discursive unity ）的條件，各種社會的、政治的、經濟的、
技術的和教學的因素才滙集到一起並以連貫的方式起作用。這一
觀點是驚詫的，因爲人們會認爲，制度實踐必須已經是連貫和統
66 　一了的，如此它們才能使統一的論述實踐得以發展；或者起碼，
必須存在某種潛在於制度以及論述實踐之中的共同文化實踐，這
樣才能使這兩種實踐互相融合。這同孔恩指出的一樣，把科學實
踐和科學言説聚集並統一成一體的東西是一個共享的範例。
　　傅柯的結構主義觀點面臨這些明顯的缺陷，舉一個更爲熟悉

的例子將有助於我們更好地理解傅柯的觀點。大學的運作依賴於許多首要的關係——包括經濟的、政治的、家庭的、制度的建築的和教學的實踐——但這些不同的要素得以融合進入現代大學，僅是因爲產生了被稱之爲「大學的概念」的東西。行政人員、教授和學生在一定程度上都享有這一概念，但這一概念本身又是被別的東西決定的「次要關係」。這一最後的潛在因素不能以客觀的或心靈的方式來描述。它只是某種現今得到承認的談話（描述、討論、要求、宣佈）方式，它在一個稱爲高等教育的範圍內得到認眞對待。這種特殊類型的言說無疑同行政人員、教授和學生怎樣看待大學敎育有關，但這些**看待**方式同各種社會的經濟因素一樣，都不能組織構成大學的所有因素。最後組織制度關係和看待方式的是決定何種有關敎育的**談話**（以及那些談話者）能在一給定時期內得到認眞對待的規則系統，正是這些「決定」什麼能被認眞說出的規則最終「導致」或「建立」了我們現在熟悉的大學生活，雖然這初看起來不易被直接察覺。

　　當然，即使言說的規則並不建立一給定的關係系統，這也並不排除有關言說及其規則怎樣依賴於它們統一的社會和經濟實踐的問題。如果只通過敎會其精英像加州大學董事會董事那樣講話，就要在一封建制國家建立一所現代化大學，這是不可能的。現今的制度和實踐必定以某種方式維持着言說。傅柯承認，「考古學也揭示論述形成和非論述領域間的關係……」。（AK 162）按照傅柯的說法，必定存在某種言說得以「連結」在上面的東西。這樣人們自然就要詢問：這些首要的因素怎樣影響話語，其影響不可能只是一種意義關係，也不可能是一種客觀的因果性關係。「這些關係不是要顯露重大的文化延續性，也不是孤立因果性的機制，在一套闡說事實面前，考古學並不詢問什麼構成了它們的動機（即尋找系統闡述的語境），也不尋求重新發揭在它們身上得到表達的東西（這是詮釋學的任務）。」

（AK162）「連結」是考古學必須處理的一種**自爲一體**（sui generis）的關係。〔考古學〕「試圖確定支配〔陳述〕的形成規則（它們規定了陳述所屬的實證性特徵）是怎樣同非論述系統聯結在一起的：它力求界定特殊的連結形式」。（AK162）

傅柯要我們確信，「以絕對純靜的方式來顯露話語事件被分佈於其中的空域，這並不是要把它重新建立於一種無可奈何的隔離狀態；它不是要自我包裹起來；它是要留給人們自由的空間，使他們能在內部和外部來描述關係的相互作用」。（AK29）然而，傅柯在《知識考古學》中並沒有對連結關係進行進一步的說明，他告訴我們，「如果〔考古學〕懸置……因果分析，如果它想要避免同述說主體的必要聯繫，這不是爲了保證言說我行我素的獨立性；它是爲了發揭一個論述實踐存在而起作用的領域」。（AK164）但我們最後只有這樣的許諾：考古學會告訴我們，比如，「作爲一種實踐的醫學言說涉及一特殊的客體範圍，發現自己掌握在一些由法令指定的個體手中，在社會中還行使某種功能，而它又是〔怎樣〕同其外在的，自身又不屬於一種論述性秩序的實踐相連結」。（AK164）

我們在下篇將論證，只有當傅柯放棄了這種半結構主義的主張，即言說具有某種能使其「使用」非論述性關係的優先性，只有此時他才能發現論述實踐起作用的合法領域，才能夠解釋言說如何既依賴於然而又反饋並影響它所爲其「服務」的非論述實踐的獨特方式。

闡說方式

正如傅柯在《瘋癲與文明》中錯誤地以爲，他可以通過安置固定的客體來區分出一個言說範圍，在準備寫作《醫院的誕生》時，他起先也錯誤地認爲，通過發揭某種連續不變的陳述風格、某種主體述說的基本方式，他便可以隔離出固定的、同類的醫學階

段。正如對論述形成的仔細分析不能顯露一組界定清晰而稠密的
客體，而只能揭示出一個充滿間隔、替代和轉換的系列，同樣也
不應該再企圖只界定一組特殊的陳述，好像這組陳述能構成一
「龐大而連續的本文」似的；而現在應該做的是對一異類的陳述
範圍進行描述。

　　傅柯發現，爲了理解各種不同風格的陳述，考古者還必須考
慮有系統地變化着的論述實踐，比如誰有製造陳述的權利、這些　　68
陳述產生於何種場所、言說的主體佔有什麼地位。就醫學而論，
傅柯除了要描述其他事物外，還得描述醫生是怎樣被審核獲准行
醫的、醫院是怎樣組織成立的，以及醫生作爲觀察者、詢問者、
數據收集者和研究者等的地位是怎樣變化的。

　　再者，在研究陳述的過程中，像在研究其他客體時一樣，傅
柯發現他的分析把他帶到了論述實踐的極限。他不得不「承認，
醫學言說正如一組描述一樣，也是一組關於生與死的假想，一組
倫理選擇，一組治療決策，一組制度規則，一組教學模式」。
（AK33）但爲了符合於規定考古學方法的理論上的預先構想，
傅柯聲稱，雖然倫理、教學和治療實踐確實由醫學描述所涉及的
嚴肅言語行動預先假定，但這些實踐本身得以成爲可能又是由於
更爲廣泛地被表達出來的論述性關係，從而他成功地貶低了上述
發現的重要性，拯救了言說的相對自主性非論述教學實踐的廣度
被忽視了，比如訓育的重要性，包括傳授從有關生與死的醫學概
念到讀解肺結核X光的特殊技能等一切知識。傅柯的注意力現在
集中到這一具體問題：誰可以被認眞對待？換句話說，誰有權利
冒然肯定地說，他所說的就是眞的？這就又直接回到更爲普遍的
使嚴肅述說者的嚴肅言語行動的形成和傳播成爲可能的論述性關
係系統。「醫學陳述不可能來自任何人；它們的價值、效能，甚
至治療效力，以及總的來說它們作爲醫學陳述的存在，都不能從
根據法令規定有權製造它們，並聲稱它們具有克服痛苦和死亡的

能力的人中分離出來。」（AK51）

　　傅柯決意要避免把醫學知識追溯到反思意識清醒的「思維、認識和說話主體」的「創建行為」這一傳統做法。這樣，傅柯便跨越了共享的醫學實踐，它們由教學模式傳授下來，並被低於細緻的反思意識的水準的訓育所習用。他用對能力標準的詳盡而系統的描述代替了他附帶提及的非論述「教學模式」：「醫生的地位涉及能力和知識的標準；涉及制度、系統和教學規範；涉及賦予其……習用並擴展其知識的權利的法律條件。」（AK50）通過忽略範例和其他這類有助於形成嚴肅的述說者的醫學背景實踐，傅柯便可以從其言之有理的觀點──「闡說領域既不指向一個別主體，也不指向某種集體意識，也不指向一種先驗主體性，」轉向更為强烈，但却是站不住脚的觀點──「述說主體性的不同形式是適合於闡說範圍的效果」。（AK122）

　　像海德格和孔恩這樣的詮釋學思想家會贊同傅柯的看法，即主體當然不是言說的來源。他們都會認為來源是一實踐的「無名領域」。（AK122）但搞詮釋學研究的一定會堅持認為這一領域並非純粹論述的。它並不僅僅包括「所說事物以及在它們之中可以觀察到的關係、規則性和轉換的總和」。（AK122）變化着的非論述技能維持變化着的陳述的風格、闡說的方式以及有可能產生的各種主體。然而，這一水準的實踐並不能直接為經驗主體的反思意識所獲得，它也不能作為一含蓄的先驗意識的信念系統而「重新獲得」，就像胡賽爾聲稱的那樣。因而，承認其重要性並不是要回到「重新復甦」醫學精神的歷史的這一窠臼。

　　然而，在這一時期的傅柯看來，相對於他自己的觀點的辦法似乎只有傳統的有關主體的各種哲學，而這些又受到了正當的拒斥：「我早就指出，不應該通過『詞』（words），也不應該通過『物』（things），來界定適合於論述性形成的客體的規則；同樣，現在也必須認識到這一點：不應該通過求助於一先驗主體，

也不應該通過求助於一心理的主體性來界定闡說作用的規則。」（AK55）這樣，所保存下來的僅是一種修正了的結構主義，它使言說領域賦有自主的功效。於是傅柯便要把他對闡說方式的解釋固定在一種「作用於所有這些不同的陳述之後的規律」（AK50）之上——這一規律避免了提及客體或主體，但同時它花出的代價是：把所有現今社會實踐的具體特性也擱到一邊去了。

概念的形成

如果要揭示一特定論述形成的統一性是由其對某類固定概念的使用所決定的，那麼我們當然又會發現傳統的解釋是不夠的。正像傅柯在《物與詞》中所指出，概念會變更，不相干的概念會互相交織，而一切都得服從於概念的變革。於是傅柯又提出了一種完全是外在的描述，它同爲建構心理主體所能企及的概念而着眼於內在規則的傳統興趣相對立。像孔恩一樣，傅柯尋求一種分析層次，它對概念、它們的連續性、細小的轉變以及徹底的重組的解釋，無需求助於一種內在固有的合理性，也就是說無需求助於這樣一種概念，即一種理論被另一種取而代之是由於按照某種普遍的合理原則後一種理論比前一種理論更爲優越。但是，孔恩認爲，不是規則，而是對典範之依附的變更，才能解釋概念的連續性和間斷性；而傅柯則不同，他寧願停留在（他認爲是自主的、有規可循的論述實踐的系統這一層次。「這樣一種分析……在一種**預先構想**（preconceptual）的層次上所涉及的是：概念在其中得以共存的領域以及支配這一領域的規則。」（AK60）

可是，傅柯的解釋原則同這些原則企圖規定的概念一樣變化多端。現在這些原則不再被描述爲是一種作用於論述現象**之後**的**規律**，而是轉而成爲作用於層次本身**之內**的**規則**：「不是要勾劃出一個起自歷史的深度並在歷史的過程中維持自身的境域，相

70

反，這樣描述出來的『預先構想』是在『表面』的層次上（在言說的層次上），其實是一組在其內部起作用的規則。」（AK62）這就可能意味着：在解釋述說方式時，傅柯是要把他的分析基於不能被實踐者所企及卻又決定其陳述風格的規律；而在解釋變化着的概念時，傅柯又希望描述被個體述說者所遵循的規則。當然，他描述這些規則，不是要把它們描述成個體怎樣使自己確信其所說具有意義並會被認眞對待的方式，而是從他考古的中立角度出發，只要把它們描述爲無名的眞理遊戲的規則。「在這兒提出的分析中，形成規則不僅在思維或個體的意識中運作，而且還作用於言說本身；因而它們按照某種統一的匿名原則，作用於在這一論述的領域內進行述說的所有個體。」（AK63）

不能不使人越來越懷疑這一點：傅柯對他所反對的傳統的人文主義方法更爲清楚，而對他自己試圖提出的形成原則的特點卻反而不甚清晰，但這些形成原則的一個要點是清楚的。不管它們是否等同於述說者所遵循的，站在外部來看被視爲無意義事件之間的關係的規則（傅柯在這兒似乎持這種觀點），還是就闡述方式來看，這些原則是一種隱藏於現象之後的規律，反正它完全不同於實踐者頭腦中思維的規律並只可被考古者的觀察所發現：傅柯所談的原則是一種稀疏性原則。

考古者並不嚴肅地對待嚴肅言語行動。因而對他來講，試圖爲被當作是眞實的客體宣稱眞理，企圖解釋嚴肅客體對這些客體所要說的東西──由此而產生的衆多言說只限於一狹窄的領域。稀疏性並不僅指整個所說的嚴肅言語行動可以通過一些規則或規律來解釋。它也並不意味着考古者以某種方式拒絕任何言語行動集合體（比如研究報告、數據庫、傳記以及自傳等）。它所指的意思是：站在外部來看，在任何給定時期都能被認眞對待的一組言語行動佔有很小的、間斷的區域。

有關什麼的區域？人們很可能會問。人們也可能會答道：有

關所有可能的嚴肅言語行動的領域的區域。但這樣便掉入了結構主義的主張：即人們可以事先就識別出所有可能的要素，以及所有可能的決定其組合的原則，以便決定可能發生的排列的整個領域。我們不能決定可能性條件，而只能決定存在的條件。因而要界定實際的嚴肅言語行動的稀疏性無需求助於相對於這一概念的可能的嚴肅言語行動的富足性。

如此推理，稀疏的概念指出這一事實，即在具有其他論述形成的其他時代，對我們來說是怪誕的，不可理解的言語行動是被認眞對待的，而現在我們所認眞對待的言語行動──如果偶然被說出的話──則會顯得是一個瘋人所說的瘋話，或者是其他時代的幻覺。傅柯想要論證，嚴肅言語行動得以在其中不斷滋長的孤立的稠密區是這些原則的產物：這些原則作用於言說之內及之後，以限定什麼能夠被當作客體、何種事物能夠被嚴肅地說出、誰能說它們，以及在說的過程中能使用什麼概念。

策略的形成

企圖理解曾被稱作學說的統一性和間斷性的最後一種傳統做法，便是去尋求潛在的主題。傅柯輕而易舉地便指出了這一方法存在的問題。同一主題，比如進化，可以在兩個不同的客體和概念範圍內得到表達。在十八世紀，有關進化的觀念基於由自然災害擾亂的物種的連續性這一概念；而在十九世紀，進化論者關注的是擺出一連續的物種圖表，却同時描述間斷的組族，同一主題，却有兩種言說。在經濟學中則相反，同一組概念被分成兩個不同的策略來解釋價值表現方式──一個基於交換，另一個則基於補償。

那麼，在解釋某一段連續性和有系統的變化之間的統一性時，是什麼替換了主題？傅柯提出的觀點是，一組嚴肅言語行動被論述形成提供的選擇點所區分開來，這一論述形成同時也「開

72　啓了各種不同的可能性——復興現存的主題，引起相反的策略，屈從對立的興趣，以一組特定的概念使玩不同的遊戲成爲可能」。（AK36,37）這就意味着一給定的論述形成開啓了一個可變換策略的空間，傅柯稱之爲「多種可能的選擇範圍」。（AK66）。在這一變化的空間中產生某些行爲的可能性，然後它們被利用，之後又被拋棄，傅柯認爲，這一空間應該代替主題或理論發展的目的性概念。

　　這樣一種觀點所必須回答的問題是：這些策略的可能性是怎樣分佈於歷史之中的？是什麼開啓了這一空間，而我們又怎樣來解釋其轉換？傅柯很快又找出了康德的二元對立式方法的缺陷——其中先驗的一方聲稱對同一問題的解決方法總是越來越好，必定是逐步發展的；而經驗的一方則把可能性的出現和消失當成是相應的觀念和影響的結果。傅柯提出了另一種解釋嚴肅研究策略之變更的方法：對聯結各種策略的系統方法進行描述。他尋求「理論選擇……形成的規則……、一種論述形成將被個體化，只要我們能界定被部署於其中的不同策略之形成的系統，也就是說，只要我們能揭示它們怎樣派生……自同一組關係」。（AK65,68）

　　傅柯沒有專門寫一本書來描述一個策略形成系統及其隱含的規則。但他對有限的解析所進行的既綢密又頗具啓迪意味的系統化研究則可算作一個例子，說明這種方法能夠獲得什麼樣的成果。傅柯揭示了人們是怎樣在二百年的時間內，接二連三地探索並最後耗盡了三種不同的策略——它們都是旨在識別和克服人本質上的局限性。在古典時期末葉所發現的人類的局限性被界定爲有限性，此時一系列策略被投入研究，而實踐者當然沒有意識到自己受到一有限的策略範圍的限制。他們並不認爲自己玩的遊戲是注定要輸的，而在這一遊戲中，他們不得不力圖把人夠超越所有的局限性這一假設基於人能夠認識到自己是有限的這一事實

上。站在內部，他們以為自己終於能進行一種新的、賦有成效的研究，以為這一探索會揭示有關人的真理。而只有站在外部，我們才能看到這些策略受到稀疏性原則的支配，因為這些原則限制了可供探索的餘地的空間，只有考古者才能看到：「這些辦法是……受到限定的、……實施言說可能性的方法。」（AK70）

傅柯對有限的解析的討論還使我們看到：「形成系統對於時間是位陌生客。」（AK74）我們已經看到，有限的解析確立了某些界限條件，但這一觀點提出的這組有限的策略並沒有全部被「發揭」出來，因為一旦人作為統一的表象來源而出現，他本身也必須完全被表象出來。也不存在一種真理的辯證統一法，其中策略一個接一個地得到探索，而隨着其矛盾被揭示出來，每一個策略又被揚棄（aufgehoben）以便形成一更為可行的方法。相反，它僅是一種互為交織的系列，其中某些策略逐漸被發現沒什麼希望，且只能導致毫無結果的爭論，或變成永無止境的任務而最終令人乏味。同時它又提出了新的修正方案，其纏繞的複雜性似乎為組織難以對付的論題提供了新的希望。這樣有限的解析建立起一個空間，在其中策略得以產生，使所有研究領域都捲入爭吵，然後又被其他策略所代替，因為「要素……進行許多內在的變更，這些變更又被滲入論述實踐，而總的規則性形成並沒有得到改變。」（AK74,75）

一旦我們看到形成系統變化的方式，我們便意識到「某類確定的言說……具有其自身的歷史性」。（AK165）現在讓我們來觀察一下考古者對歷史的新理解，以此來結束我們的論述形成之性質的分析。

歷史的轉換：無秩序作為一種秩序

既然考古者描述決定現代歷史言說（這一言說把歷史當作走向真理的有意義的進步）的規則，考古者也就不再認真地對待歷

史的目的發展，因而也就不再預先假定歷史的連續性。按照考古者的理解，嚴肅言說不是內在深層意義在外部的漸次表達；相反，嚴肅言說自身顯露有關系統的變化規則。「它是一種具有其自身連貫性和變更形式的實踐。」（AK169）嚴肅的歷史學家總是相信基於事實記錄之上的歷史的發展和連續性，對於他們，考古者則宣稱：「言說不是生命；它的時間不是你的時間⋯⋯。」（AK211）

那麼，在考古者，時間和歷史意味着什麼？或者更確切地說，**考古者自己**怎樣解釋間斷性，以及被錯誤地認爲是歷史有意義之前進的轉換？他的轉換規則是否凍結了所有變化？傅柯則不以爲然：「考古學並不是要把既定爲變更的東西當成是同時的；它並不想凍結時間，也不想用勾勒一靜止圖型的相互關係來代替世事之動蕩多變。所懸置的是認爲變更是一種絕對必然性這一觀點：以爲它是一種首要的、不可分離的連貫性，且言說也按照有限性的規律受其支配⋯⋯。」（AK167）

首先，考古學並不關心經驗性事件之更替，也不關注可能會決定所有變化的可能性條件的先驗性歷史規則。考古者感興趣的是一個論述形成怎樣被另一個代替的方式，也就是說，怎樣去「揭示決定論述形成之時間性特徵的關係⋯⋯」。（AK169）這些關係將決定空間範圍的更替，而它們又決定了對各種本源的不同探尋，總的來講也就是對時間和歷史的不同理解。因而「人們總是想揭示變更怎樣成爲可能，在何種不同的水準上才能發現明顯的變更」。（AK169）並不存在深層詮釋學的企圖，即要把變更重新追溯到其來源。「這樣一種言說的作用不是⋯⋯去重新發揭，在所說事物之深處，⋯⋯它們誕生的時刻（無論把它看成是其經驗性重創，還是賦予其本源的先驗性行爲）；它並不想成爲一種本源的重新收回或成爲一種對眞理的回憶。相反，它的任務是**製造**差別：把它們建構成客體，去分析它們、去界定它們

的概念。」（AK205）

但是傅柯向我們保證，代替詮釋學的辦法並不是結構主義。考古者所描述的差別之間的關係，並不是確立所有可能的轉換之空間的，非歷史性可能性條件。他們應該是僅決定存在的條件──即眞正支配實際發生的轉換──的規則。傅柯希望這樣能提出一種變化的理論，它既不去最終找出能解釋所有變化的非歷史性規則，也不使變化變得完全不可知，從而得以擺脫古典的困境。

考古者將「用對**轉換**（transformations）的分析來代替……對**變化**（change）的無差別的指稱」。（AK172）但這仍未解決這一關鍵性問題：這一變化到底如何有系統法？具有轉變傾向和互爲交織的間斷性之形成規則是否以一種系統的方式發生變化？傅柯很清楚，人們可以也必須**描述**（describe）一形成系統的不同元素是怎樣轉換的。但是這一描述是否要採取一規則系統的形式？如果存在決定規則和要素的歷史轉換的非時間性規則，那麼這些規則就將成爲可能性條件，而我們就又回到了結構主義。

我們將看到，傅柯在這一點上沒有採取最後的立場，因而在寫《知識考古學》之時，他同結構主義的重要區別就顯得較爲曖昧。對於「是否存在描述轉換的元規則」這一問題，他的回答是：「考古學試圖建立建構『變化』之轉換**系統**。」（AK173，着重號爲我們所加）但這一「系統」（system）其實更像維根斯坦的家族相似性例子（其間在一家族中某些相似性得以延續而另一些則消失，然後新的又繼之出現），而不太像皮亞傑（Piaget）或李維·史陀那種有規可循的重構。「對考古間斷的分析是要……在衆多不同的變化之間建立起類同和差別、等級層次、互補性和轉變。總之，要描述間斷性本身的散佈。」（AK175）

　　傅柯所發現的「系統性秩序」（systematic order）似乎成了一種對無秩序的精細描述。傅柯必須堅持，因其對人類學言說描述而顯露出來的複雜而纏繞的關係不管怎樣是可以被系統化的，因而也是似有規則的，只要這些規則能被當作自主的形成規則，嚴肅言說就可避開日常實踐的影響。

　　總之，一方面是完全的散佈和間斷性，另一方面是能恢復秩序和可知性的系統性變化之規則，在這兩者之間的抉擇中，傅柯似乎猶豫不決，好像他覺得兩者都有吸引力。但又發現兩者都不能完全令人滿意。像一個眞正的現象學家一樣，（無論是胡賽爾式的還是維根斯坦式的）他的解決辦法是，盡可能牢牢地抓住散佈的事實，然後把對這些事實的描述稱做—「轉換系統」（system of transformation）。很明顯傅柯想不求助於人文主義的目的性和結構主義的元規則來分析長期的趨向，並要把間斷性解釋爲並不完全是任意的變化；但在此時，他對現今採用的兩種方法所導致的問題更爲清楚，而對另一種可行的方法則未必明曉。

論述策略與社會背景

　　一種對實際上被說出來的事物進行解釋的理論還必須回答一個方法論問題：爲什麼，如傅柯在討論策略時所指出，「所有可能的方法事實上並沒有得到實現……」？（AK66）❾人文科學中某些策略很可能在現行規則下被認眞對待，但爲什麼實際上却被忽視了？此時傅柯從一些具體的例子中得出結論：在任何給定層次上之分析的局限性，要麼是由於相對具體的言說切分，比如傅柯所謂的具體模式，要麼就是由於相對抽象的，總的論述彙集。

76 　　然而，對某些策略允許或者排除其他策略的產生這一現象僅有的解釋是：**各種言說**有系統地互相限制，但這一解釋遠非是明

確的。例如，孔恩就提供了一種不同的解釋，它也涉及具體的模式，但它並沒有把這種模式當成是論述的，而仍能避免先驗的和經驗的立場。在孔恩，最重要的一類具體模式（他稱作典範或範例）是一項具體的研究，它被所有實踐者認定為一種正確進行研究的例子。有些人的觀察、思維和行動一直就以這種實踐的方式受到訓練，而典範就直接通過這些人的實踐而起作用。作為一種具體的案例，範例或典範有效地限制各種可能的理論選擇。它限制了可能產生的、能被認真對待的策略，而它自身卻無需進入理論分析。正如孔恩所說，典範體現一種「認知方式，如果按照起先取自範例的規則來重建典範，因而也就代替它們而起作用，這便誤解了這種認知方式。」❿這樣，典範便指導並限制實驗性實踐和嚴肅言說，但它們並不是概念性框架，並不能按照先驗規則或個人偏見來進行分析，也不可被分析為心理的信念系統。承認

---

❾並不是說傅柯必須解釋每一實際的嚴肅言語行動。儘管傅柯在一篇早於《知識考古學》的文章中聲稱，「關鍵是要在事件的狹小性和單一性抓住陳述⋯⋯〔並〕去揭示為什麼它很可能不是那樣」（CE17），但《知識考古學》所提出的理論似乎只是關於具體**類型的**（types）陳述的產生，而不是有關對典型陳述如何最終被選出的解釋。這大概也就是傅柯如下一段頗為隱晦的話的意思：「這兒被分析的當然不是言說的終極狀態，它們是**前終極的規則性**（preterminal regularities），在同它的關係中，終極狀態⋯⋯被其變體所界定。」（AK76）這一事實（即考古學事實上是研究可能類型的嚴肅言語行動，而不是實際的典型言說）便可解釋傅柯這一切看起來頗為詭異的說法：考古學研究的系統性關係可以「算作是『前論述的』（prediscursive）只要人們承認這一前論述仍然是論述的，也就是說，⋯⋯〔這些關係〕把言說使之實現的規則界定為一種特殊的實踐」。（AK76，譯文有所改動）

❿孔恩：《科學的革命》，p.142。

具體模式的重要性，然後再把它們當成相對具體的論述彙集，這似乎保留了言說及其規則的重要性，但却也忽視了孔恩所提出的具有說服力的證據。

但傅柯很可能這樣答辯：孔恩的解釋僅適用於像物理學這樣的常態科學，其中參與者對什麼是好的研究能達成一致的意見。而人文科學恰恰**不**是孔恩意義上的常態科學。它總是存在許多互相矛盾的學派，各自都有自己的假典範。傅柯爭辯道，假如我們要在理論上解釋這些互相矛盾的學派及其策略，我們就必須提出一種有別於解釋自然科學中之策略選擇的認知形式。

被接受的論述策略不可能是一致認同的科學典範之結果，因為在人文科學中不存在這種典範。所以傅柯提出，在人文科學中必定存在半結構主義的形成規則，它們不被實踐者所知，但它們在一特定時期內決定一特定的言說，因而也就決定能被認真對待的——即被一些學派接受而被另一些學派嚴肅反對的——策略類型的範圍。我們在第九章中將看到，傅柯後來提出了一個新概念，類似於孔恩的典範，但又不限於常態科學，它將使他能夠以更為具體，更為可行的方式，把策略的許可和排斥問題同現今的社會實踐聯繫起來。但目前他却沒有任何具有說服力的解釋。

有時候傅柯似乎贊同海德格、維根斯坦和孔恩的觀點，即至於什麼策略實際上被選出，什麼策略實際上被說出來，非論述實踐為之提供了使論述策略的選擇可以得到理解的境域、背景或要素。「考古的分析區分並描述論述形成。也就是說，它必須⋯⋯在其具體性的基礎上，把它們同圍在它們周圍並作為它們的總要素的非論述實踐聯繫起來。」（AK157）而且，傅柯所謂的非論述背景的概念遠比哲學中的概念更為具體、更為社會性。非論述因素包括「制度領域、一組事件、實踐和政治決策、一系列經濟進程，這又包括人口統計的波動，公眾援助的方法、大力需求、不同程度的失業等等」。（AK157）傅柯似乎在說，這些

非論述因素維持並圍繞論述因素。可以這樣說：非論述因素提供了論述因素的可知性，並補充了（如果不是實際影響的話）形成規律。但是，在解釋首要關係之時，傅柯仍然堅持言說的自主性，因而剛好得出了相反的結論。對界定選擇的外在權威性的分析「必須揭示，無論是……〔言說的〕佔用過程，還是它在非論述實踐中的作用，都不外在於其統一性、其特性，以及其形成的規律」。（AK68）

　　與其說非論述實踐是論述實踐在其中發生的**唯一要素**或境域，似乎還不如說它們是論述實踐佔據的**衆多要素**。這些外在的要素自身沒有創造能力，因而也就不會提出新的客體、概念和策略，它們也不會任意地擾亂所說事物。「相反，它們是……〔言說的〕形成性要素。」（AK68）它們在現行稀疏性原則允許的空間內進一步起排斥作用。

　　總之，考古者對社會背景實踐的使用剛好同存在主義—實用性主義哲學家的用法相反。在海德格、維根斯坦、孔恩和塞爾這樣的思想家，正是非論述背景實踐才使我們能夠碰到客體並述說之。❶社會實踐不是僅僅進一步純化已經被純淨了的一組可接受的陳述；它們創造並決定行爲和言說並賦予其嚴肅的內容。按照這種廣義的詮釋學觀念，論述實踐的規則性是具有影響的，但它們自己也要通過理解符合於日常有意義的人類活動中的具體論述實踐之目的而得到解釋。同傅柯相反，這些思想家以各自的方式論證道：實際的考慮決定哪些理論策略將得到認眞對待。

　　這些有關非論述實踐同論述實踐的關係問題在《知識考古學》中幾乎未被提及，這是因爲，正如傅柯指出，策略像其他形式的論述形成統一體一樣，還未成爲他早期著述的論題。「我指出了策略選擇的位置和含義……但我只是給它們定位而已，我的分析幾乎未涉及其形成。」（AK65）

　　我們將看到，在傅柯以後的著作中，策略將站在顯著的地

78

位。它們將不再被局限於理論選擇，而將被揭示爲眞正維持論述活動的要素。當策略的性質和作用得到如此擴大並成爲基本性事物之後，論述實踐同非論述實踐的相互影響這一問題也就最終得到了定論。《知識考古學》中某些潛在的矛盾也就得到了解決。傅

---

❶事實上也確實並不那麼簡單。這些思想家中的每一位，可能除了孔恩，曾經都在這一問題上兩邊搖擺，每一位都改變過立場，雖然沒有改到同一個方向。在《存有與時間》中，海德格認爲，有組織的日常特微的總體[他稱之爲「意味」（significance）]是包括言語在內的可知性的基礎：「在意味[此有（Dasein）永遠是熟悉它的]中，存在着存有論的條件，它使此有有可能……揭示像『意指作用』（significations）之類的事物；於此物上，反而建立了詞和語言的存有」（p.121）但後來，他在其《存有與時間》的拷貝的頁邊空白處針對這一問題寫道：「錯誤的，語言不是被建立的，而是首要的眞理實在。」維根斯坦朝相反的方向轉變。起初，他把所有可知性和有意義行爲的來源都歸結爲由語言表達的一共享的生活形式。但在他最後一本書《論確實性》（On Certainty）中，他把他對有意義行爲的解釋推廣到嬰兒和哺乳動物，並說他所講的是某種比語言更爲基本的東西，由此才產生了語言。「我們的講話從其他活動中得到意義。」（p.30，＃229）在這兒我想把人當作一種動物，當作一種被賦有本能而不是推理能力的原始存在。作爲一種處於原始狀態的東西……語言並不是產生於某種推理能力。」（p.62，＃475）孔恩一直就堅持非論述實踐是科學的基礎這一觀點，但這一觀點要到《科學革命的結構》第二版時才顯得明確。這時他才明確指出，這需要一種非語言技能，因爲雖然科學家能認識到這一類似性，但他們仍不能回答這一問題：「相對於什麼來講是類似的？」（p.192）同樣，塞爾也改變過他的觀點。在《言語行動》（Speech Acts）中，他隱約認爲言語行動是自主的，似有規則的；但在他最近的論文「字面意義」中，他則認爲說語僅在一非論述實踐的背景之上才決定眞理條件。

柯修正後的方法大大改善了在《知識考古學》中堅持的方法；為了
認清這一點，我們現在必須首先描繪出這些潛在的矛盾並對之進
行考察。

第四章
考古學方法論的失敗

79

第一節 解釋的能力

傅柯和詮釋學家們都認為實踐通過設立海德格所謂的「澄明」❶來「釋放」客體和主體，而在這一「澄明」中只有一定的客體、主體或行為的可能性能夠得到識別和被個別區分出來。他們也一致認為，物質和社會的因果性的首要關係，以及意向的精神因果性的次要關係都無法解釋實踐釋放實體的方式。但他們在解釋這種釋放行動如何運行時則有本質的區別。按照詮釋學家（他們站在內部描述現象），非論述實踐通過設立──可知性境域──其中僅有一定的論述實踐及其客體和主體具有意義──而「決定」人類行為。作為站在外部觀察的考古者，傅柯則反對這樣訴諸意義。他反駁道：從外在的中立性角度來看，論述實踐本身提供一個有規可循的轉換的無意義空域，其間陳述，主體、客體和概念等被參與者當成有意義的。我們現在必須提出這一問題：按照傅柯，被看成是在一純屬外在的邏輯空域中的無意義事

---

❶至於海德格對「澄明」的用法，請參見第 41 頁。海德格在《存有與時間》中談過釋放客體，比如：「我們的分析…已經顯示，我們在現世內所碰到的東西在其本身的存有狀態，已被釋放出來，以便我們進行謹慎小心地考慮。」（《存有與時間》p.114）

件的論述實踐，怎樣形成並決定述說者以及在他們看來是有意義的陳述、主體和客體？

　　首先，傅柯在解釋論述形成時，明顯反對按人文傳統慣用的主體／客體二元對立的方式組成的任何一種解釋。形成系統（system of formation）既不是形式的先驗規則，也不是抽象的經驗規律。

> 這些形成系統一定不能被當成是……靜態的形式──它們自外部強加於言說之上，並以此而永遠界定其特徵和可能性。它們不是抑制因素，其本源要在人的思維中，或在其表象作用得到發探時去發現；但它們也不是決定因素，並不是在制度和社會、經濟關係的水準上得以形成，並在言說的表面硬譯自身的決定因素。（AK73,74）

　　到底傅柯自己想提出怎麼樣的正確解釋則是頗為模糊的。他所提出的解釋原則是應該按照某種隱藏在現象之後的規律而起作用，還是應該按照實施者腦中的規則而起作用，對於這一點我們已看到他曾明顯地搖擺不定。事實上「規則」、「規律」、「系統」在像下面的一段論述中就是被當作同義詞來使用的：「使人們能夠區分有關瘋癲的一組陳述的典型關係是：在內部被命名、描述、分析、估價或判斷的各種客體的同時或漸次產生的**規則**；它們排斥或相互暗示的**規律**；決定某轉換的**系統**。」（CE22,着重號為我們所加）人們會希望把產生的規則同排斥的規律區分開來，或者把決定像概念這樣的精神實體的規則同決定像陳述這樣的物質實體的物理規律區分開來。但是傅柯要勾勒出關於論述規則性的總理論時，他却把他所提出的，同其論述形成的四個範疇有關的所有各種解釋原則都等同起來，把它們統稱為**規則**（rules）。

> 各組語言運用在陳述水準上聯結在一起……這就意味着：人─

們能夠界定支配客體，……其指稱系統的一組總的**規則**；
……能夠界定支配不同的闡說公式，至從地位的各種可能的
分配和界定並指定他們的系統的一組總的規則……；能夠界
定所有其相關的領域，它們能做到的漸次性和同時性形式，
以及連結所有這些共存領域的系統都共同的一組**規則**；最
後，也意味着人們能夠界定一組總的**規則**，它們決定這些陳
述的地位，它們被制度化，接受、使用、再使用和被結合在
一起的方式，它們受佔用的客體所依據的方式，慾望和興趣
的工具以及一個策略的要素。（AK115，着重號爲我們所
加）

　　但這又導致一個新的困難。如果人們有時遵循的規則能解釋　　81
所說的事物，這些規則是應該被當作是描述性的——以便我們可
以認爲人們只是**按照**它們而作出行爲，還是應該被當作是有效驗
的——以便我們可以認爲述說者實際上**遵循**它們。傅柯當然不願
意說規則是由述說者遵循的。規則並不存在於其行爲被規則所描
述的人的腦中。「陳述的範圍不應被描述爲對發生於別處（比如
在人的思維中，在其意識或無意識中，在先驗建構的範圍內）的
運作或進程的『翻譯』；……在其有節制的經驗層中，它被認同爲
特定事件，規則性、關係、修正和系統性轉換的所在地……。」
（AK121）於是，人們便可假定：既然它們不是主體遵循的規
則，它們必定是用來使現象系統化的規則：陳述也可以按照它們
而被賦予一致性。傅柯也確實這樣告訴我們：「這種散佈本身具
有其間隔、間斷性、糾纏性、不相容性、替代和替換，可以從其
具體性來描述——只要人們能夠決定**特定的，按照它們**其客體、
陳述、概念和理論選擇得以形成的規則。」（AK72，着重號爲
我們所加）

　　然而問題只是變得更爲困難。這樣的規則只可能具有描述價
值，但傅柯似乎給它們賦予了因果功效：「如果眞的存在統一性

的話，它並不存於可見的、水平的，已形成要素的連貫性中；它先於其形成而存於**使那一形成成為可能並決定**之的系統中。」（AK72，着重號為為我們所加）看來這些規則實際上作用於現象：「整個闡說範圍既是規則的又是警覺的，它從不睡眠，最少的陳述──即最為謹慎或最為平庸的──**使**一整套規則**投入實施**，按照這些規則，其客體，其方式，它所使用的概念，構成其一部分的策略得到形成。」（AK146，147，着重號為我們所加）

　　而且，雖然規則不為實踐者所遵循，但它們却是指定性的：「因而所謂形成系統（我指的是一組複雜的關係），它們**作為一種規則而起作用：它規定[指定]什麼必須被聯結**在一特定的論述實踐中，以便製造這樣或那樣的闡說，以便使用這樣或那樣的概念，以使組織這樣或那樣的策略。」（AK74，着重號為我們所加）當傅柯談到「安置各種〔陳述〕遵守的**規則性**」（AK108，着重號為我們所加）時，這種作為**描述的規則性**（descriptive regularities）的規則和作為**指定性運作因素**（prescriptive operative forces）的規則的類同就變得十分明顯且不可思議。

82　　　傅柯的困難一部分產生於這一事實，即他深信他所發現的產生和稀疏原則不僅僅是描述性的（這是正確的），雖然他也看到它們的運作方式既不能通過客觀的規律也不能通過全觀的規則來解釋。如果考古者是要理解有意義的言說和實踐，某種用非論述實踐來解釋論述實踐的海德格式的詮釋學方法也許能作為第三種解釋。但既然考古學忠實於以「言說─客體」（AK140）的方式來解釋意義的還原主義方法，任何按可知性的境域所進行的解釋都是不允許的。一旦人們排除了客觀的因果規律、主觀的規則以及有意義實踐的境域之後，唯一剩下的策略只能是某種修正了的結構主義理論。

　　結構主義的方法是要提出一種在形式層次上的解釋，它既不

是物質的也不是意向的。形式的規則界定客體、行為或任何其他
事物可能發生的排列，而這些規則，同物質的、社會的和心理的
界限條件一起，對現象作出解釋。如果我們考慮到語法的類推
法，這一提議似乎是可行的。語法規則是描述性的，但它是也確
實似乎決定語言行為，因為人們想被理解的話就得遵守，而這又
並不意味着人們得時刻反思並有意識地遵循這些語法規則。語言
技能是通過文化適應而習得的。某羣體的說者和聽者也許完全不
知道實踐的規則性，但也就是這些受到社會壓力加強的規則性支
配和決定哪種句子能真正被說出來。傅柯有時似乎頭腦裏想着這
一模式。他承認「在其具體的個體性上界定一形成系統，也就是
要通過一種實踐的規則性來規定言說或一組陳述的特性」。
（AK74）

　　但是傅柯不會滿足於承認在社會實踐層次上的解釋。社會的
規則性似乎需要作進一步的解釋。在語言學中，已提出了兩種模
式來解釋語法規則怎樣決定句子的形成。要麼像喬姆斯基
（Chomsky）或李維‧史陀那樣，認為語法規則是通過人腦顯
示出來決定實踐的形式規則；要麼就像海德格和維根斯坦那樣，
認為語言實踐本身就有維持規範並使之長久存在的能力，而在兩
種情況下人們都不能說規則本身實際上「支配」、「操作」、
「決定」或「限定」行為。具有因果效能的要麼是神經細胞，要
麼是社會實踐。

　　考慮到到傅柯對歷史的執着，他一定會反對結構主義對形式
規律怎麼會具有因果功效這一問題的解答。像喬姆斯基和李維‧
史陀這樣徹底的結構主義者通過把轉換規則的根基建立在作用於
人腦中的物理規律之上，便聲稱其轉換具有因果功效。但這一觀
點，即轉換規則由於被自然規律顯示出來因而具有效能，但適用
於非時間性、跨文化性規則。傅柯所說的是歷史地轉變的規則
性，它同這種客觀的功效沒有聯繫。

　　拋棄了結構主義對其形式原則的機械解釋之後，傅柯似乎熱衷於他曾稱爲的形式主義幻想（formalist illusion），「即，想像〔某一科學〕的建構規律同時也完全合法地是其存在的條件」。（CE38）當然，傅柯並不完全持這種錯誤的觀點。他對建構一種科學的形式規則進行解讀，並不是要使它們回到作爲其條件的科學。他明確指出，他所描述的規律系統作用於比科學的構架更深的層次──這一層次使這種構架成爲可能。「〔考古的描述〕使它有可能在其實際發展的規律中抓住言說。它必須能夠引出這一事實，即這樣一種言說在一給定時期內，可以接受或實施，也可以排斥、忘掉或忽視這樣或那樣的形式結構。」（AK128）因而，傅柯所提供的垂直式考古描述是要解釋（除其他事情之外）爲什麼在某一階段形式主義能夠成爲一種嚴肅的策略。鑒於這一原因，「形式的**先天**（a priori）和〔傅柯的〕歷史的**先天**（a priori）既不屬於同一層次也不享有共同的性質：如果他們互變的話，這是因爲它們佔有兩個不同的向度。」（AK128）但是，傅柯在解釋論述形成規則的因果效能時，他却不合邏輯地使所觀察到的描述論述形成的形式規則性實體化，使它們成爲這些形成得以存在的條件。

　　傅柯在因果功效這一問題上的模糊性顯然表明：考古者本來就永遠不應該提出這一問題。言說是由規則**決定的**這一主張本身就同考古者的規則有衝突。如果作爲一個完全一致的現象學家，對指稱和含義都加括號（存而不論），他只需描述變化着的論述實踐，以及隨之產生的明顯的所指物和明顯的含義（評注的衆多含義）。既然這樣一種研究置身於所研究科學聲稱的嚴肅意義和眞理性之外，它就不應該對自己聲稱具有嚴肅意義和解釋能力。相反，如果要前後保持一致的話，它將是傅柯喜歡提醒我們的那樣：只不過是「一種對言說事實的純粹描述」。（CE16）假如傅柯能夠自我克制，遵循其自身的方法論原則，他倒會對他所研

究的論述實踐進行相當有價值的描述。他對勞動、言語和生命的
研究所進行的詳盡描述極其有力地證明：在論述實踐和被稱作客
體、主體等等的東西之間存在複雜而有規則的關係。　　　　　　　84

　　但是，隨著我們接着這種純粹的描述往下看，我們便發現傅
柯跨過了他所謂的「謹愼的經驗主義；雖然他把他的方法展示爲
一種對規則性的培根式的拷問，但他似乎還是情不自禁地對他所
發現的現象進行了一種半結構主義的解釋。他似乎遠非想接受一
種描述的理論，而是要提出一種指令性理論：「對陳述和論述形
成的分析……是要決定這種原則，按照它，只有被闡說的『能指』
組合**才能出現**。它要建立一種稀疏化規律。」（AK18，着重號
爲我們所加）有時他似乎走得如此久遠，以至他不僅要求可能性
條件，而且還要求整個的決定性：「人們必須揭示，〔一個具體
的陳述〕爲什麼**不可能是**那樣而只能是這樣。」（CE17，着重號
爲我們所加）考古者應該去發揭「**決定**陳述在一文化中產生和消
失的運作規則」。（CE19，着重號爲我們所加）傅柯似乎一而
再，再而三地被迫放棄那種現象學的、中立的後行因果性描述，
而代之以某種解釋的先天性。

　　從僅僅尋求完全是描述性的解釋轉向主張對使現象成爲可能
的潛在原則進行理論解釋，這不可能是一個簡單的失策。相反，
它好像暴露了傅柯早期著作中海德格會稱之爲的非思（un-
thought）。是不是存在某種尚未定奪的思路在擾亂傅柯早期的
方法論？

　　人們可以懷疑，雖然傅柯熱衷於純粹的，雙重加括（存而不
論）的現象學，但傅柯仍然很清楚這一點：論述實踐不單單是有
規則的，而且還確實具有形成客體和主體的功能。而且，這似乎
很清楚：他所描述的規則性似乎不單單是從言說表面就可以得到
理解的偶然的秩序排列，而且還必定是某種潛在的系統化規則的
證據。然而既然在這一時期傅柯堅守論述實踐是自主的並決定其

自身的語境這一觀點，他就不能尋求似乎在這些實踐本身之外支配論述實踐的規則性效能。因而，雖然非論述影響以社會和機構的實踐、技能、教學實踐和具體模式的形式下不斷侵入傅柯的分析（雖然他對主體／客體的二元對立的基本的反對理由之一是它「促使我們避免對實踐的分析」（AK204），但他還是必須把論述實踐顯露出來的產生性效能置於這些實踐本身的規則性中，其結果是自己支配自己這一奇怪的概念。既然論述實踐的規則性似乎是他們被支配、被決定和被控制的結果，而他們又被假定是自主的，那麼考古者就必須給描述這些實踐的系統性的規則賦予因果效能。

85

第二節　超越嚴肅性與意義

　　傅柯這種新的考古方法以及由此而進行的分析歸根到底意義何在，為了避免有限的解析所特有的二元對立，他似乎也拒斥了嚴肅的真理性以及所有經驗、我思和本源的概念，而這些概念對具有這種嚴肅性的人來說都是先決條件。傅柯是在「試圖進行一種離心過程，它對任何中心都無保留之意」。（AK205）但由此而得到的方法論上的純粹性似乎使他掉進了真空之中。他對自己的困難也有自知之明「在現在以及在我所能見到的未來看來，我的言說遠非在確定它所說的場位，而是在避免它能找到維繫的根基。」（AK205）

　　對寫作《知識考古學》時的傅柯來說，似乎僅存在兩種選擇：要麼這種嚴肅性如此看重客觀真理以至言說本身變得不甚重要，要麼就是另一種立場，它打着重視言說的名義，而它自身卻站在所有嚴肅性意義之外。如果只有這兩種選擇的方法，而傅柯又宣告了各種形式的二元對立的崩潰，他就必須選擇站在外部，儘管

他很讚賞詩人和詭辯家（他們知道說話就是鼓動人們）。

考古者研究無聲的陳述，因而也就可以不介入對他所描述的眞理和意義所進行的嚴肅追尋。我們已經看到，考古學「僅僅是一種重寫的（rewriting）過程，即已所寫事物所以保留的外在形式所進行的有規則的轉換……它是對言說─客體的系統描述」。（AK140）考古者置身於一個向度，它垂直（orthogonal）所有論述形成及其有意義的客體、主體、概念、策略和發揭眞理的期望。像現象學一樣，其整個工程基於純粹描述這一概念。但對任何想要評價《知識考古學》的人來說，這就提出了最後的、最終也是不可逾越的一系列問題：一種純粹的描述是否可能？在選擇描述範疇時是否不涉及任何解釋？我們是不是一定不能問：這些描述是準確的還是歪曲了的？而它是不是重新揭示眞理？

就意義來講也有同樣的困擾。考古者聲稱他並不說自一可知性境域之內。傅柯論及自己的著述時說：「我試圖去界定這一我所說自的空白域，它緩慢地在一言說中形成，但我仍感到它非常缺乏根據，立足不穩。」（AK17）這有一個好處。考古者不必關注他的解釋是否會因置身於一更爲廣闊的境域之中而被相對化。然而，假如考古者說自所有可知性境域之外，他們的言說又怎麼可能具有任何意義？如果僅僅決意要「製造差別」，對散佈的考古研究又有什麼意思？加括了眞理、意義和嚴肅性之後，它們似乎也就一去不復返了。

在寫作《知識考古學》時，傅柯似乎在這懸崖勒馬之際躑躅不定，就徹底的、垂直現象學的（orthogonal phenomenological）考古方法而論，傅柯有時似乎也把自己當作「嚴肅的寫作者」。在這時候，他竭力保留自己言說的重要性，宣稱他也確實在類似他所加括和描述的意義和眞理的水平面內說話。這種「偏向」將導致傅柯在其七十年代的著述中所運用的系譜方法（ge-

86

nealogical method）的嚴肅性。

認為自己的解釋具有意義和眞理性的傾向——這種他曾經覺得很有吸引力而他將來仍會發覺具有吸引力的態度，明顯地體現在傅柯對歷史檔案庫（archive）的討論中。「我們不可能描述我們自己的檔案庫，因為正是從這些規則的內部我們才說話，因為正是它才給予我們所能說的……其產生方式，其存在和共存的形式，其累積的系統、歷史性以及消失。」（AK130）之所以不能描述我們自身的檔案庫是因為在於其中這一事實賦予我們言說客體，也許還有眞理和嚴肅意義，這一觀點在詮釋學循環（hermeneutic circles）中是常見的，如同傅柯對境域（不是指轉換的形式空域）這一概念的使用一樣：「對檔案庫的永遠無法完成的……揭示形成了一個總的境域，而對論述形成的描述，對實際性的分析，對闡說範圍的描繪都屬於此。」（AK131）

傅柯把這一觀點同以下這一觀點相提並論：正因為我們超越於人文科學，我們現在才可能描述其轉換系統。「對檔案庫的描述……就在剛剛停止屬於我們言說基礎上部署其可能性，其存在的界限由間斷性所確定，而這間斷性把我們從我們不能說的事物中，從陷入我們的論述實踐之外的東西中隔離出來。」（AK-130，131）這就引導出這樣一種結論：因為我們現在處理一個不同的境域，所以我們能夠看到，過去境域的眞理，同所有眞理一樣，只是一個時代性建構。因此我們就應該放棄某種對眞理的天眞觀念，認為它是對事物本來面目的一種理論；也應該拋棄某種對學說的天眞觀念，認為它們總是逐步走向眞理。其結果便是某種重視解釋作用的虛無主義。看一下尼采的系譜論，維根斯坦的語言相對主義、海德格的詮釋學以及孔恩對科學革命的描述，這種虛無主義也許就是二十世紀能有的嚴肅性的唯一誠實的形式。傅柯在《知識考古學》論檔案庫這一章的結論中，指出了同這種眞理的傳統觀念的決裂。他告訴我們，我們的檔案庫「割斷了我們

的連續性；……它切斷了先驗目的性的線索；在以前人文思想拷
問人的存在或主體性的地方，它現在開啓了彼物、外界，……它
確定我們就是有差別。我們的理性是言說的差別，我們的歷史是
時代的差別，而我們的自我是面具的差別。」（AK131）

　　但是還有一種更爲極端的虛無主義潛伏在同樣段落中，這種
虛無主義力圖把所有有意義的解釋闡述爲有規可循的陳述的稀疏
性而產生的海市蜃樓。按照這種觀點，

> 解釋就是對闡說的貧缺作出的一種反應公式，也就是要通過
> 意義的疊加來補償它，……但是去分析一個論述形成就是要
> 去尋找這種貧缺的規律，……去確定其具體的形式。因而，
> 從某種意義上講，這就是去衡量陳述的「價值」，這種價值
> 不被其眞理所界定，也不被一秘密內容的呈現所測定，但它
> 確定其位置、流通和交換的能力和它轉換的可能性——不僅
> 在言說的系統中，而且更爲廣泛地說，在稀有資源的支配
> 中。（AK120）

　　對意義、眞理和價值的信念似乎是促使人們說話的動機，但
是，旣然我們能揭示出人們所說的是由不存在於他們腦中的規則
所決定的，我們也就可以說他對意義及其效驗的信念也是虛幻
的。當他認爲意義事實上是一種附帶現象時，考古者就站到了所
有論述形成的外部，或者更確切地說，像胡賽爾式先驗現象學家
一樣，考古者也必須實行「自我分裂」（ego split），以便作爲
一超脫的旁觀來觀察一個在經驗上有興趣的自我（在傅柯那裏，
就是說者）情不自禁地介入其中的現象。傅柯這位考古者作爲一
名超脫的後設現象學家（metaphenomenologist）來觀察歷史的
傅柯，而後者如果是以一種嚴肅的方式來思考人類的話，他就情
不自禁的要考慮到由最近的論述形成決定的意義和眞理觀念。

　　這種超脫和介入的結合不僅僅是一種有關考古者（他永遠也

無法克服要認真地對待他所處的時代的科學這一傾向）的心理事
實。它也不是像胡賽爾認為的那樣，要是沒有現象學家的介入也
就沒什麼可研究的了。考古者並不聲稱要通過他所感興趣的，賦
有意義的活動來建構他所研究的現象。相反，為了實施其學說，
考古者不得不享用他所研究的言說的日常語境。要是所有的言說
對考古者來講都是無意義的噪音，那他連編排陳述都無法辦到。

　　而且，考古者僅能理解**日常**言說還不夠。除非他能理解他所
研究的思想家所關心的問題，不然他就不能區分何時兩種不同的
言說是同樣的嚴肅言語行動，何時兩種相同的說語又是不同的嚴
肅言語行動。傅柯也許會回答：人們可以通過觀察每一陳述是怎
樣被使用的來進行辨別，但這種回答只是拖延了問題而已。除非
拷問者能夠接近被拷問的活動的意義，不然他就不能區分明顯的
使用相似性和那種確證兩種不同的說語事實上是相同的陳述的使
用相似性。因而，既在他所研究的言說之中又在其外，既享用其
意義性同時又懸置它，這是考古者無法避免的條件。

　　即使嚴肅言說從來也沒有真正具有它所聲稱的嚴肅意義，而只
是考古學所顯露的，無意義的客體、主體、概念有規可循的轉
換，即使考古者的碑文歸根到底一直就是啞的，這一點仍然無可
否認；要不是他們仍對嚴肅意義的存在有幻想的話，無論是嚴肅
的科學家還是考古者都不可能進行研究。事實上，考古學就是一
種敏銳地聆聽被當作是無聲的碑文的學說。

　　如果說傅柯在寫作《知識考古學》時像胡賽爾一樣，把自己標
榜為超脫的旁觀者，並以為自然的或介入的態度是天真的，那麼
到以後，他會像梅洛龐蒂那樣，認為嚴肅性不是天真的而是不可
避免的，認為我們「命中注定要介入意義」——我們必須認真地
對待介入的態度——他還會認識到，考古者超脫的立場是一種思
想家的特權」，並認為稀疏性規律使意義變得多餘的觀點是天真
的，因為這一觀點本身事實上也有待於解釋。

　　如果堅持有意義的眞理是我們所能得到的唯一的嚴肅性（實際上也確實如此），傅柯作爲一個前後一致的考古者時，則把自己同所有的嚴肅性都隔離了開來。僅管他明顯地關注他所討論的問題，儘管他絞盡腦汁，花費了許多心血才寫出《知識考古學》及此前的著作，但傅柯顯然是毫不留情地指出他的垂直方法所隱含的虛無主義，他有時把自己打扮得同那些後結構主義者一樣，爲自己能從以往窒息的嚴肅性中解脫出來而欣喜萬分。

　　對於他杜撰的、眞切的評論家的提問：「你是否已經在準備脫身之道，以致在下一部書中某個地方你會跳出來，對你現在所做的事聲明：不，不，我並不處於你躺在那兒等我的地方，而是在這邊，正朝着你發笑？」（AK17）傅柯玩耍地答道：「你說我怎麼會花這麼多心血，如此無意義地寫作……要不是爲了準備——用一雙顫抖的手———一個迷宮，其間我可以逍遙……可以失去自我，而最終我的視線便會變得模糊，就可以永遠不再見到他……不要問我是誰，也別想要我永遠不變：留給我們的官僚和警察去照看我們的文章是否循規蹈矩。」（AK17）傅柯很清楚：「說話就是做事——去做超出表達我們思想之事；就是去翻譯我們所知之事，去做超出玩耍語言結構之事。」（AK209）但此時他只能看到一種嚴肅性：對決定某組具體論述實踐的規則唯諾是從。

　　因而，從某種重要的意義上講，傅柯的虛無主義總是一種非徹底的虛無主義，因爲考古者從未加括在日常言說中可以爲常的意義和具體的眞理主張，所以，他就可以也必須分擔體現文化實踐中的引起人們嚴肅關注的問題。因而作爲一個私自的、日常的人，傅柯這位虛無主義者同我們文化中的任何一個人沒什麼兩樣。但是，如果考古者是正確的話，不管他具有什麼樣的擔憂、願望或信奉等實際介入，這些都應永遠是私自的和個人的。這些只能在日常具體的談話中得到表達。具有有後胡賽爾式自我分裂

89

的考古者，最多只能對任何道德或社會制度的理論採取半認眞的態度。他可以是位內心非常入世的私人，但在公衆言說的區域內，他則必須帶上面具隱藏起來。

能從官僚和論述警察中解脫出來，這當然是令人振奮的。但除非能找到新的說話的立場，除非爲所說之言找到新的嚴肅性，否則考古學中的言說就沒有任何社會意義，也沒有任何理由要人聆聽它；而不管傅柯是怎樣故弄玄虛，仍然沒有任何理由要人寫作。爲什麼要花這麼多心血來建構一種垂直的理論，而超脫性又貶低並除去了這種理論所聲稱的意義或嚴肅性？從另一方面來看，假如傅柯的理論僅是另一種對由新的尚未經過詳盡闡述的規則所決定的嚴肅話語的排列組合，似乎也毫不值得如此勞神費心地來寫它和讀它。

再退一步講，即使人們樂意爲寫作而寫作，爲闡明複雜系統的奧妙而自得其樂，《知識考古學》仍然碰上它所要診斷並予以取締的問題。在下面我們會指出，考古者在放棄嚴肅性的同時，它又陷入了像病魔一樣纏繞人文科學的三個二元對立之中的兩個對立，其結果是變成對這兩個世界最糟糕的翻版。

第三節　結論：雙重困境

既然現在我們已經描述並區別了古典的、人文的和考古的言說，我們便可以來評定傅柯的成就──在我所選擇的領域並以其自身的方式來評判其可行性。我們的問題是：在人文科學的言說之間到底有多大區別？

在傅柯，這種區別有如天壤之別。兩百多年以來，人文科學歷經曲折，徒勞地試用雜技般的手腕，企圖使受生物學、經濟學和語文學規律支配的有限的認識者「就通過這些規律的相互作用

〔來解放自己〕，去認識它們，並對它們進行徹底的闡明」；
（OT310）反之，考古者則通過一雙重加括的手法，成功地把
自己抬高到嚴肅言語行動之上，而在此位置上，變化着的人文科
學的論述實踐變成了漠然分析的主體。因此，人文科學為了探討
真理，必定要陷入多變的社會和論述實踐之中，而從中又不能自
拔，對此又不能作出解釋；反之，考古學則通過一種雙重現象學
加括的辦法消除了真理和意義，最後終於達到了結構主義理論的
嚴密性，即終於使對人的研究走上了正軌，走向表象的分析和有
限的解析都無法企及的穩定而自主的理論。

　　然而，我們對新的考古學方法的詳細研究已經顯示，它自身
也有許多內部矛盾之處。我們已經看到，雖然它想成為一種謹慎
的經驗主義，僅從雙重超脫的現象學姿態對論述實踐的實證性進
行描述，但是它又聲稱，**描述**嚴肅言說之核心的規則性又**支配**其
產生。在描述和指令之間的這一搖擺還顯露了一種更為深刻的、
涉及嚴肅意義的地位的不穩定性。因為嚴肅的思想家確實發現陳
述有意義，才熱衷於對陳述進行詳盡闡述和注釋，還是有規可循
的稀疏性製造了這一幻想：即堅信嚴肅言語行動被嚴肅地說出並
具有嚴肅的意義？而對於這兩種選擇，考古者處於何種位置？看
來考古者必定是個分身的旁觀者，既享用又否定促使產生眾多他
所研究的言說的嚴肅意義。最後，考古者所發現的規律的地位如
何？他的系統是能使考古者解釋歷史變化，還是只揭示歷史本質
上是偶然性的、不可知的？我們不得不問；上述方法論的不穩定
性是否有任何秩序和道理，或者它們是否只是傅柯所承認的一種
「迷惑的方式」、一種新的「非常缺乏根據、立足不穩的」
（AK17）工程的典型特徵，因為它總是艱辛地想要從自設的陷
阱中解脫出來（而由於它缺乏經驗又時常要陷入其中）？

　　如果從這一視角來看，不禁令人疑心：傅柯的方法論問題似
乎類似於他在人文的二元對立中所發現的矛盾。當然，考古者不

91

再像人的研究者那樣相信在人中存有一深層的真理，它不斷地接近却又不斷地逃避。這樣他便使他的思想擺脫了「先驗的自戀情結」。（ABK203）如此，他便超越了這種人文言說──這一言說首先聲稱掌握了界定所有可能的經驗範圍的範疇，然後便要把這些可能性條件的基礎奠定在一先驗主體的建構性活動中。傅柯的分析也去除了理性的目的，這種目的性從以往形成的工程走向其未來的完成。所有這些仍然縈繞胡賽爾思想的目的，如今由於雙重加括都被取消了。因而正像傅柯清楚地表明，下面的看法將是大錯特錯的：即「把考古學當成是要尋求本源、尋求先天的形式、尋求奠基性行為，總是把它當作一種歷史的現象學（而事實上剛好相反，其目的是要把歷史從現象學的理解中解脫出來）」。（AK203）

傅柯非常明確地劃分了考古學同人文科學的區別。「我的目的是要以間斷性來分析……歷史，以致任何目的都無法預先縮小之；在散佈中去描繪之，以致任何預先假定的境域都無法包容之；在匿名中使歷史受到安置，以致任何先驗的建構都無法把主體的形式強加於此匿名中；把歷史展現於一時間性中，以至不會再有黎明得到復歸的指望。」（AK203）然而，人文科學典型的二元對立不是被界定為因存在一種隱藏的真理、人力圖求之而不可得所引起的矛盾，而是被界定為實證性和根基性之間的同一和差別的假定。因而，任何力圖把其可能性和所有知識的基礎定在其本身的言說是注定要構成二元對立的，「它都體現在一小寫的却又不可缺少的連接詞『與』（and）中：隱退**與**復歸，思想**與**非思，經驗**與**先驗，屬於實證性秩序的**與**屬於根基性秩序的」。（OT340）我們現在要論證的是：正是這種典型於人文科學的實證特性和根基性這一特徵也為考古學所享有，因為它也試圖從把實證性**分析**為要素這一階段進入一種為其自身的方法和客體的可能性提供基礎的**解析**（analytic）因此，考古學言說也必定打

上了某種翻版的先驗／經驗、我思／非思的二元對立的烙印（我們還將看到，考古學只是胡賽爾現象學的一種極端形式，但像後者一樣，考古學還未達到由本源的復歸與隱退這一對立所引起的問題）。

考古者研究的客體是論述實踐。我們已經看到，這些實踐是有限的、偶然的，但又受到其自身稀疏規則的支配。它們還受到非論述實踐的限定。但這一限定不是外在的，而是被論述實踐以一種特殊的方式所採用，以致它們不會限制論述實踐的自主性。因而，嚴肅的論述實踐就具有一種特殊的自我維繫的有限性，它類似於在人的研究中所發現的有限性。事實上，在傅柯對二元對立的定義中人們很容易用「言說」來代替「有限性」：「從經驗的一極到另一極，〔言說〕都能自相回應；它是在**彼同**（same）的圖型內實證性及其根基性的同一和差別。」（OT315）人們也同樣可以在傅柯對有限的解析中用「言說」來代替「人」：「在所有經驗的實證性，以及所有自我表明為一種〔言說〕存在的具體限定性的基礎上，我們發現一種有限性……這一局限性不是表現為一種從外部強加於〔言說〕的局限性，……而是表現為一種根本的有限性，它完全基於自身存在這一事實，並開啓了對所有具體有限內容的實證。」（OT315）

有了這些總的替換後，我們便可以進一步具體地看到，考古言說似乎也含有一種先驗／經驗的二元對立，只要再把「人」替換掉：「〔考古言說〕在有限的解析中，是一種怪異的經驗—先驗二元對立，因為它是這樣一種存在：所有的知識都要在〔其〕中獲得，而〔它〕又使所有知識成為可能。」（OT318）

對這一點我們不應該感到奇怪。我們已看到，嚴肅論述實踐呈現為其自身產生的條件。某些論述實踐被發現能顯露一定的規則性。當然，描述這些規則性的規則並非呈現為這些論述實踐的**可能性**的條件，因這些規則並不界定所有可能的嚴肅言語行動為

可能發生的整個空間，因此它們明顯地有別於康德和批判哲學家的先驗規則。然而它們呈現爲陳述**產生的條件**（conditions of occurrence），以致一旦考古學者掌握了描述一論述形成的規則之後，他便可以看到：那些實際被說出並被認眞對待的言語行動僅僅是那些在彼時能被認眞對待的言語行動。形成規則因而也就是先驗的，它完全等同於存在性意義上作爲實際性條件的海德格的存在實體和梅洛龐蒂的身體圖式。

這樣，考古者從後行因果的實證性進入了先天性的根基，於是人們便可以套用傅柯對存在現象學家的言說所作的評論來評價他自己的考古言說，即它是「一種混合性的言說：它導向一種具體却又模糊的層次，具體到能夠適用於一種精密和描述的語言，但也相當遠離事物的實證性，以致從一開始就決定了它無法逃脫那種天眞性，也不可能去爲之爭辯並爲它找到根基。」（OT 321）因而，從描述到指令、從規則性到支配、從經驗分析到考古解析，一言以敝之，便是以爲發現了一種「歷史的先天性」，這種轉向就不再是僅僅在表面上相似於傅柯在論人文性睡眠一章中所謂的「包折，〔其中〕先驗的功能被雙重折疊過來，以致它可用其網絡一網蓋住那呆滯而陰鬱的經驗性空間……」。（OT341）

當人們試圖把非思的基礎奠定在我思中所造成的問題，在《知識考古學》中也有相應的共鳴。除了某些地方偶然說出相反的言外，《知識考古學》總的來講持這一觀點，即決定論述形成的規則不可被眞正製造嚴肅言語行動的人所接近。考古者的規則不是實踐者遵循的規則，它們並不告訴實踐者誰有權利述說嚴肅意義，什麼值得說，什麼值得認眞對待。這些內在規則類似於塞爾的言語行動規則，它們界定（在其他條件中均相同的情況下）什麼能算作一個承諾或斷言。然而考古者所發現的規則是二檔的稀疏性規則，它們決定哪些首檔規則在一給定時期內被遵循，也就

是說哪些主體、客體、概念和策略能被認真對待。因為這些元規則不是被實際的實踐者所運用的，它們也就不必是其他條件均相同的情況下的規則；相反，它們可以被看成是嚴格適用於某幾類陳述的嚴格規則。這些規則同實踐者不相干，所以考古者也就沒有現象學家那樣的任務，要去「重新喚醒」那些「沉睡的」規則和信念（而述說者又是其未知的來源）。

　　然而，實踐者的非思在考古者的理論中得以重視，而這種理論就像現象學家對自然態度這一主題的分析一樣，最終以否定它起先要予以解釋的主題的可知性而結束，考古者所分析的論述實踐是由述說者的這一信念所促成的：他們所說的是有關人和社會的嚴肅真理，或者他們在幫助澄清那些掌握這種真理的人的隱含的思想。而考古者的分析則用一組無意義的嚴肅規則代替了這種作為其發生的條件的「天真的」信念。

　　像海德格、維根斯坦或更為晚近一點像塞爾這些詮釋學的或實用的思想家都論證過：所有有意義的活動事實上就要基於某種非思和不可思的事物之上。所有活動僅相對於一實踐背景才有意義，而這一常識性境域不能被表述或客觀化。這種解釋「不斷地捲進……一種非思的存有論，而它又自動地阻礙『我思』的重要性。」（OT326）然而在胡賽爾的現象學中，非思和常識性背景，以及在傅柯這種結束所有現象學的現象學中的嚴肅言說的非思背景，都成了研究的對象。胡賽爾把日常背景當成一組表象；而傅柯則把嚴肅言說的背景當作一個由形成規則界定的空城。這一傾向是人文科學的典型特徵，正如傅柯指出，它們「發現自己把事實上是其可能性的條件當成它們的客體。因而，它們總是被鼓動着轉向某種先驗的方向……它們從被給定為表象的東西轉而進入使表象成為可能的東西，但它仍然是表象。」（OT364）

　　在《知識考古學》中，這種從表象到客體化進行自我奠定基礎的問題只是被改頭換面罷了，事實上，作為分析決定那些述說

94

者、卻又不被它們所企及的規則和規範的考古學，按照傅柯自己的定義，似乎就是一種極端的人文科學。在人文科學中，意指作用的**無**意識（unconscious）系統必須被意識再現出來。「我們要說……一種『人文科學』的存在，不是因爲在哪個領域人成爲問題，而是因爲在那兒存在一種對……規範、規則和意指整體的分析，它把其形式和內容的條件顯露到意識層中。」（OT364）在考古學中，這種由思維對非思的再現變成了把一個**非**意識（nonconscious）規則系統再現爲一種明確的理論。因而，被探尋的不再是意識的形式和內容的條件，而是嚴肅言說的形式和內容的條件。但其結構是一樣的：「意指整體」（signifying totalies）只不過是被「散佈系統」（system of dispersion）所代替，而先驗規則被轉換規則所替代而已。

　　現象學爲了力圖把自己的觀點建立在普遍可行的基礎上，便聲稱能夠把它所發現的日常境域表達爲一信念系統，這不免就會產生不穩定性。而考古學爲了奠定自主性的基礎，便聲明它所發現的描述實證性內容完全是由形成規則決定的，這就是導致了同樣的問題。

　　這種自我奠定基礎的做法所導致的理論必定得持這種觀點：作爲意義和可知性得以成立的條件的不可客體化的境域，只是由於行爲者和述說者參與和介入所引起的海市蜃樓。但現象學和考古學都需要被它們分析掉了的自然的或稱天眞的態度。對考古學來說，意義這一「海市蜃樓」作爲分析的客體，對言說的產生是必要的。這個系統只有當考古者獨佔這種明悟的位置時才有效。假如每一個人都從垂直於嚴肅言說的位置來說，那麼垂直地說就失去了意義。從嚴肅眞理和意義的虛幻中解脫出來，這一光明前程必須不斷地被允諾，但也必須不斷地被拖延。如果考古學要避免自取滅亡，要麼它就只能研究過去，要麼像心理療法和現象學那樣，它必須承認其任務是永無止境的。

考古學同我思／非思二元對立之間的最後的相似性現在就變得可以理解了：考古者的虛無主義。考古者必定身陷其所處的時代的日常實踐之中，而他既在他的時代的嚴肅言說之內同時又在它之外，這樣他便無法提出一種是非確實的理論。他也許實際上同別人一樣享有隱含於日常實踐中的、以及那些嚴肅科學家所具有的信念，但作為考古者，他已變成所有嚴肅言語行動超脫的旁觀者。對所有嚴肅陳述的真理性和意義進行雙重加括，這已使他避免了嚴肅說者的海市蜃樓般的虛幻信念，但它也使他無法說定哪些社會問題應該被嚴肅對待、對它們應該採取什麼處置辦法。考古學作為對無聲碑文的漠然研究，無法參與圍繞它所研究的碑文進行的激烈爭論。事實上從考古學的角度來看，這些碑文從來就是啞的。引起爭論並反過來由爭論而引起的矛盾起源於一種神秘的、不可避免的海市蜃樓——考古者分享它的目的只是為了去除之：對此不可能存在什麼值得爭論的問題。

這就剩下最後一組二元對立——本源的復歸與隱退——在《知識考古學》中沒有產生反響。它是否也縈繞考古者的心頭？鑒於考古者對人文主義歷史的摒棄，答案似乎亦是如此；它當然不會以人文主義形式出現。我們要記住：「〔考古〕言說的作用不是要去驅趕被忘却的事物，不是要在被說事物的深度，在其沉默之處去重新發揭其誕生的時刻，……它不是要成為對本源的追憶或是對真理的回憶。」（AK205）考古言說不去尋求一有意義的來源（在此基礎上人可以從中完全理解並重新獲得散佈於歷史中的實證性），因而也就避免了對本源的探尋（這一本源在製造歷史的同時又不斷地逃避歷史的研究，隱退到過去和未來）。正如傅柯在《知識考古學》的頭幾頁中指出，考古言說必須避免兩種平行的、典型於人文科學的、對實際言說的存有論重要性的否定：其一認為歷史就是對一本源詞語的含義的澄清，而這一本源詞語是其無法接近的來源却亦是永遠無法得到明確闡述的；其二是某

96

些思想家共有的互為關聯的看法，他們認為存在一種非語言的實
在，無論它是對先語言實踐的澄明（如在早期海德格中），還是
無聲的知覺（如在梅洛龐蒂中）。在考古者看來，不存在任何深
層的意義，在歷史之內或在歷史之外沒有任何「隱藏的本源」，
因此，身處歷史之中去尋找一位於歷史之前、之後或超出歷史的
根基這一詮釋學企圖便可遭到摒棄，因為它只是另一種不可成功
的人文牽強附會之招。既然考古者的言說不具備嚴肅意義，也不
聲稱任何嚴肅的真理性，他的話也就是非歷史性的。考古者發現
了這樣一種言說：它不是生命，其時間也不是那些生於歷史中並
嚴肅地對待其進步、矛盾和沒落的人的時間。（AK211）

　　這樣，考古學便超出了人文科學中的本源對立。但考古者的
工程卻是起於有限性（在這兒，這一有限性便體現為考古者介入
於其時代之中，並散佈於決定其日常和嚴肅言說的各種歷史範圍
之內），並終於這一有限性（它被用作抵達一種理論的框架，而
這一理論最終便能夠否定初始之介入的合法性）。這樣看來，考
古學似乎正是打上了有限的分析的烙印。考慮到它對經驗的半先
驗性複製和對非思的理論性再現，人們便不難預料，考古者對歷
史的解釋只是一種對本源的復歸和隱退的後人文主義翻版。因為
像人文科學家一樣，考古者也正是在既肯定又否定這種有限性
——雖然它顯得深晦莫測，但卻是似非而是的。考古者何以能作
為純粹的非歷史性思想為出現**於**歷史**之中**，並漠然地編制人和上
帝的死亡？

　　既然傅柯現在自己也認為：不可能存在這種非歷史性的、行
使「知識分子特權」的思想家，也不可能存在這種純粹的、考古
者自封的言說，人們便可預料；《知識考古學》中對歷史的處置必
定存在矛盾衝突——要麼是言之無理或講不通的說法，如描述的
指令性功能；要麼是獨出心裁而又自我顛覆的論點，如考古者既
享有嚴肅言說同時又消解其嚴肅性。然而，如果這些自相矛盾和

唐突之言存於考古學對歷史變化的理論之中，我們却無法使它暴露出來。考古者聲稱浸於歷史之中，旨在從中跨越出來，於是對它也就達到了完全肯定的理解，因而考古者講的故事乃是天衣無縫的。他自身的言說在考古者來說不存在任何問題，因為他不像詮釋學家，而是如現象學家那樣，根本就沒提出歷史語言的問題。語言學家竭盡九牛二虎之力去揭開「歷史語言的遙遠的不透明性」，因其本源和解釋都掉進了歷史的深淵；海德格在其後期著作中則竭力揭示他所使用的詞語的本初意義；然而考古者的語言（分析、系列、系統、闡說功能，要素、規則、知識型），如同現象學的語言（分析、綜合、意識系統，意向活動、要素、精密規則、生活世界）一樣，似乎沒有任何歷史，而只是專為其自身目的生造出來的透明的技術詞滙。

　　有時傅柯似乎也偶有轉念，覺得要使其言說言之成理便不得不尋求這種可能性：把言說同存於過去並有希望在未來一嶄新的時代得以復現的存在正確地聯繫起來，好像考古言說不得不在解釋繁榮於歷史之前並將在其末端重新得到繁榮的言說的生產性中，才能找到其合法性。但考古者這種賦予其描述一種家譜源頭的企圖，並不導致一無窮無盡的追尋並隱退至過去和未來，它只是把實際歷史事件勾劃出來，作為一種不同的言說和存在的聯繫的可能性的證據。這些初始的事件並不「隱退」，因為它們並沒有被作為使歷史成為可能的事件而提出來。考古學僅僅是一門具有非歷史性技術語言的非歷史性學說，它能夠探訪並指令歷史正是因為它不在歷史之中。作為一種極端的胡賽爾式的現象學，它既廢棄真理、意義和先驗主體，同時又在經驗實踐背後尋求一種能在一先驗性規則系統中被抓獲的非思；這樣，考古學同現象學一樣，根本無需提出本源的問題（或者，假如一定要問及本源的話，人們只會找到某些有名有姓的先輩——在胡賽爾是柏拉圖，在傅柯則是詭辯派）。

在我們對人類學二元對立的研究中，我們已經看到，它們大致具有續列特徵。只有當一個策略被玩膩後，思想家才應付另一個策略。因此，僅當先驗／經驗的二元對立（如在康德之中）再也激不起人們的興趣去費勁地把它從一邊還原到另一邊，而是得到固定和認同的時候，才有可能產生一個新的問題，即把非思再現到我思之中（如在佛洛伊德和胡賽爾之中），於是這一問題便佔據了人們的所有智能，並判定什麼才算值得述說。同理，僅當這種把知識的基礎奠定在非歷史性的個體主體的企圖被認為是徒勞無效之時（如海德格反胡賽爾之辯），費盡周折地試圖在對文化和歷史的解釋中，而不是在被闡明的個體意識中去尋找意義的本源，似乎才成為場內唯一的遊戲。按照對二元對立的這種續列續解，《知識考古學》作為一種沒有涉及眞理和人的、對有限的解析的重複，它僅完成了對我思和非思的後人文主義翻版。因而它只陷入了胡賽爾式二元對立的翻版，却從未企及海德格的層次。僅當現象學雙重加括（存而不論）失敗之後，傅柯才有可能面臨由於考古者的歷史介入而引起的問題。到那時將不得不提出這樣的問題：考古者能否避免對一隱藏的、不可接近的本源的追尋，就像他對現象學的極端化處理一樣，也來一個詮釋學的極端化──所謂結束所有解釋的解釋？這樣一種後人文性形式的解釋是否必定會既肯定又否定其有限性，從而陷入某種復歸／隱退二元對立的新的結構式變體？不然，是否還存在某種不用超脫就能處置考古學的辦法？

不管對這些問題會有何種答案，我們認為這一點是確定無疑的：超越眞理和深層意義、因而也就超越人的《知識考古學》，沒有能從兩種新的二元對立的翻版中解脫出來。這些二元對立重新在考古話語中出現這一事實證明：傅柯的新的存有論（在其中繼稱表象的時期和人的時期之後，存在又同言說直接聯繫了起來）仍是一種有限的解析的變體。這一點應不足爲怪，因爲《知識考

古學》旨在揭示所有有限的論述實踐的知識性的合法性限度，但它同時又聲稱，從一擺脫了其影響的視角來看，它可以把這些實踐清晰而完整地看成是「許多科學—客體」。（AK207）於是考古學便斷定：所有嚴肅言說都受決定諸如客體、主體的產生的規則的支配——這些規則也就是考古言說自認爲所發現和描述的。事實上考古者也極想提出一種有關這種產生的總理論。「就有可能建構一種有關產生的總理論來講，考古學作爲一種對適用於不同的論述實踐規則的分析，或許可以稱爲其**隱晦的理論**（enveloping theory）。」（AK207）但是，通過避而不談眞理和嚴肅性，考古言說便自認爲逃脫了由這樣一種總的理論所引起的問題。難怪考古學通過這樣既肯定又否定其自身言說的有限性，到頭來卻同以前的學說一樣不穩定。這樣看來，據稱是頗有前景的、後現代的人文科學，遠非已擺脫了現代思想內在的不穩定性，而只是對古老的康德式主題的新變種而已。

傅柯以他的謙遜和遠見，在《知識考古學》中已經預示，垂直的考古言說有可能並不像它所自許的那樣自主。在下結論時，他再一次申明：「檔案庫、論述形成、實證性、陳述，及其形成的條件，〔揭示了〕一個特殊的領域。這一領域至今還未作爲任何分析的對象（至少，對之進行解釋和構架是最不切實際和最無效的）……。」他還頗具先見地補充道，他「毫無意思來保證——在我目前所處的這一仍爲粗略的描繪階段——〔這一領域〕將會保持穩定性和自主性」。事實上，「很可能考古學結果只是給我們整個當代理論總滙的一個分支所起的名稱而已」。（AK207, 208）

我們在下篇將論證，像所有其他的言說系統一樣，考古學也確實只處於幼年時期，因而考古言說本身也必須得到解釋並予以相對化。傅柯對古典時期的分析也表明，儘管他堅持從表象的時期到人的時期是一種巨裂性突變，但它們之間還是有一種深層的

連續性。在古典時期，所有存在已呈現在一完整的圖表中，雖然勾劃圖表的表象者還未出現，但是那一位置已經在等候着他，而就在此位置，他將作為人──這一「所有可能的知識的困難性客體和自主性主體」──而出現。在人之後，我們現在又看到考古的旁觀者既介入又超脫於他所研究的言說系統。在現代思想的這三個階段，對人的各種理論都不能確定地解釋它們自稱是自主的言說這一可能性，也不能證明既由這一言說提出又使這一言說成為可能的實證性。正如傅柯已經為我們指出，所有這些有關人的理論都必定失敗，因為這些理論要想不露瑕疵就得對使客體化成為可能的條件進行客體化。

　　任何想要解釋現代思想的工程本身也一定不能再提出另一種言說，來為世界描繪圖畫而自身卻又不介入它所描繪的圖畫之中。它不可能是一種超脫的、有關表象、先驗建構或論述產生內部來解釋為什麼這種描繪世界的方式得以提出，並成為具有啓發性的有關人的科學。

　　在《知識考古學》的結尾處，當傅柯考慮到考古學最終有可能100　成為不是他所企望的那種穩定和自主的學說時，他指出，在這種情況下，它所對付的問題以及它所引用的工具，也許會「在以後別的地方得以提出，以一種不同的方式、在一更高的層次或使用不同的方法」。（AK208）這些可能性比傅柯當時認識到的更為切實。就在幾年之後，他自己承認了這一任務，於是他便最終成為像維根斯坦和海德格那樣少有的幾位思想家之一，他們的著述都既有內在的連續，又有重要的顛覆過程，這不是因為他們早期的努力沒有用，而是因為在把一種思維方式推到極限時，他們都能意識到並克服這些局限性。

　　寫完《知識考古學》後，傅柯自己決定沉默一個階段，這絕不是偶然的；這種沉默最終被兩部書打破，而在這兩部書中，作者仍在使用考古學的技巧，但同時他已不再自許他是說自一現象學

超脫的位置。

下　　篇

現代個體的系譜學：
權力、眞理和身體的詮釋
解析法

下篇前言

　　從理論的首要性到實踐的首要性的倒置，將爲本書下篇提供
分析的框架。在傅柯的半結構主義和後詮釋學兩個階段，即在
《知識考古學》的言說理論以及《監督與懲罰》和《性意識史》的詮釋
性方法中，傅柯爲詮釋理論與實踐的關係提出了一種相當獨到的
見解。要闡明這些解釋極爲困難，因爲傅柯分析的論題以及他所
運用的方法具有相當複雜的聯繫。在每一個階段傅柯都認爲，人
文科學不能爲自身提供可知性。而且，所介入的人文科學家在方
法論上的自我意識以及他們所提出的理論，都無法解釋爲什麼在
某些時期某些人文科學得以建立、生存，爲什麼它們會有其所具
備的那些客體、主體、概念和策略。這些理論也無法解釋人文科
學在其中得以發育而最終又衰竭的制度策源地。然而，如果這些
社會科學的表面細節得到正確讀解的話，它們便可爲我們理解事
情的眞相提供關鍵性線索。

　　在《知識考古學》中，我們已經看到，傅柯把他的早期著述解
釋爲：通過一種獨特的方法（我們把它稱做垂直的雙重加括）來
研究作爲言說一客體的人文科學理論。他力圖按某些規則來理解
人文科學的歷史，這些規則不爲所介入的行爲者所知，但却支配
和決定他們所有的言語行爲。社會和制度的實踐，被認爲僅在它
們符合起支配作用的知識型規則時才具有可知性和影響，僅管它
們用人文科學的聯繫不可忽視。（當然，這並不否認像經濟因素
之類的首要關係以及像行爲者對他們自己行爲看法之類的次要關

係具有各自的可知性和獨立性。）這樣，實踐和實踐者的人文科學理論便從屬於決定它們的理論結構。

在傅柯的方法論方面，我們也發現一種類似的理論超過實踐的偏重。考古者的任務是要在理論上描述決定論述實踐的規則。通過對眞理和嚴肅性的雙重加括，考古者便聲稱他達到了一個層次——它擺脫了他所研究的理論以及實踐的影響。無論他發現什麼樣的可知性，他總認爲自己絲毫沒有介入實體之中。不像他所研究的理論那樣，他自己的理論卻能擺脫制度的、理論的，甚至是知識型的束縛。

我們在第三章已經看到，這種理論重於實踐的雙層偏袒，使得人文科學之言說和實踐的首要、次要和言說關係同它們相對的因果作用問題沒有得到解決——也很可能永遠無法得到解決。再者，考古者聲稱他完全超脫於他所處時代的嚴肅言說領域，這使其研究工程的意義及其重要性具有概然性。

在傅柯後期的著述中，實踐在所有層次上都被認爲比理論更爲根本。人文科學的可知性不能在其自身理論中去尋找。它也不能在某種形成規則的系統中去發現；這層規則整個兒被丟棄了。它也不能在由參與者共享的意義境域中去發現。相反，傅柯現在發現，人文科學可以作爲一組更爲廣泛的、受到組織和進行組織的實踐的一部分而得到理解，而在這些實踐的蔓延中，人文科學起着一種關鍵的作用。

傅柯自己與人文科學的立場也發生了劇烈的轉變。探究者不再是啞的言說碑文的、超脫的旁觀者。傅柯意識到並強調了這一事實，即他自己，同其他探究者一樣，也是介入於、並在很大強度上產生於他正在研究的社會實踐。（在他的後期著述中，他將認識到《知識考古學》的方法本身也受到結構主義在人文科學中的表面成功的巨大影響。）傅柯提出要以系譜作爲從內部來診斷和把握社會實踐的要害的方法。考古學雖然作爲一種從人文科學的

實踐和理論中獲得一相對程度的超脫性的工具，仍然起着重要的作用，但它要從屬於系譜學。

　　這樣，傅柯開啓了一個新的實踐層可知性，這一層次無法以理論抓獲；同時，他提出了一種新的「譯解」（deciphering）這些實踐之意義的方法。通過使用這一新的方法，理論不僅從屬於實踐，而且被揭示爲進行組織的實踐所運作的主要組成部分之一。我們將詳細討論傅柯如何擬出他的系譜學方法，尤其是他如何用系譜學方法來診斷他所謂的「生命權力」（bio-power）——即一組產生被結構主義系統化的人類客體和得到詮釋學闡明的人類主體的歷史實踐——的發展。

第五章
詮釋解析法

104

第一節　系譜學

　　把傅柯分成早期、中期和後期這種類分遊戲是徒然的，尤其是他的整個著述還會有相當大的發展，但我們仍能看到，在他的早些時期，傅柯以各種形式使用了一種嚴格的言說分析（考古學），却只是粗略地留意到那些構成論述形成的條件、限定它們並使它們機構化的方面（系譜學）。**並不存在一個前考古學的傅柯和後考古學或系譜學的傅柯。**然而，這些方法的着重點和概念內容隨着其著述的發展也起了變化。

　　很明顯，一九六八年五月之後，傅柯的興趣開始從言說中轉移出來。無論怎樣，不管傅柯的自身經歷有多少變動（這是一個非常非傅柯型的話題），這一點則很明確，權力的問題以前還未曾着重指出：「我的著述中所缺的東西便是『論述政體』（discur-sive regime）的問題，即適應於闡說運作的權力效果。我把它同系統性、理論形式或某種像典範的東西很糟糕地混淆在一起。在《瘋癲史》和《詞與物》之間，在兩個不同的方面都涉及權力的問題，但它還是找到合適的位置。」（TP105）到七十年代末，我們在下篇中將揭示，權力的問題確實已找到了合適的位置。

　　一九七〇年他在法蘭西學院的就職演講「語言的言說」（'The Discourse on Language'）一文中，傅柯簡要地論及了

系譜學及其同考古學的關係。這時候傅柯仍在力求維護其考古理論，並試圖用系譜學來補充它。這一點可以幫助我們理解他某些轉彎抹角的說法。他說：

105　　批判的和系譜的描述要互相替補、互相維繫和互相完善。分析的批判性一面涉及系統的包裹性言說；並企圖稱出和區別言說中的秩序化、排外性和稀疏性原則。說得俏皮一點，我們可以說它實行一種全然的超脫（une désinvolture appliquée）。相對來看，分析的系譜學方面則涉及一系列有效的言說的形成，它企圖在其肯定性的權力中來抓獲之；這兒我不是指一種相對於否定性來講的權力，而是一種建構一客體範圍的權力，而人們可以就這一範圍內來肯定或否定真或假的命題。讓我們把這些客體領域稱做實證性，如果再把話說得俏皮一點，讓我們這樣說，如果批判的風格是一種認真的隨便性（la désinvolture studieuse），那麼，系譜的基調便是一種輕率的實証主義（un positivisme heureux）。（DL ＃ 234，譯文有所改動）

這樣，傅柯在陳述（他在《知識考古學》中賦予其規則）的稀疏性和由非論述實踐引起的有效的論述形成之間提出了一種互補性。這種考古學和系譜學互相交替、互相維繫、互相補充的結合應該說是相同奇怪的。一方面，我們有某種按定義來講是無意義的東西，它由考古者非常認真地對待。另一方面，我們又有某種有意義和嚴肅的東西，而它又被系譜學家輕率地對待。這結果導致一種雙重的疏離。在考古學方面，論述形成的規則性被賦予一種後行因果的獨立性。在系譜學方面，通過揭示沒有什麼東西隱藏在表面背後、而形上學也已完結之後，傅柯似乎在得出這樣的結論：一切都是無意義的一切都缺乏嚴肅性。這導致一種怪異而複雜的態度，我們一定得認真地對待嚴肅言說的世界，因為我們

身處其中，但同時我們又無法認眞地對待它，首先因爲我們已努力從中撤離了出來，其次因爲它也沒有根基性。

在《監督與懲罰》和《性意識史》第一册中，傅柯直截了當地倒置了系譜學和考古學的重要性。現在，系譜學的重要性超過了考古學。系譜學家是一位診斷學家，他着重於現代社會中的權力、知識和身體的關係。（對這一點後面我們還有詳盡闡述，但在這兒強調這一點很重要：考古學仍然是這一工程的重要組成部分。）在被系譜學孤立出來的、較長的文化實踐的延續性內，考古者仍然起一種純化作用。展示出間斷性和意義的轉換仍是一項重要的任務。作爲考古言說者的傅柯從內部出發，然後又從他所研究的言說中撤出一步，並把它當作一個言說─客體。考古學仍然弧立並指出詮釋學意義境域的任意性。它顯示出：看來像是一種意義的延續發展，事實上被間斷的論述形成所間隔。他提醒我們延續性並不揭示任何最終定局、任何隱藏在深處的意指作用，也不揭示任何形上學的穩定性。

傅柯對系譜學的闡述爲提出一種更爲令人滿意、更爲自覺、也更爲複雜的權力分析跨出了重要的一步。傅柯在一篇發表於一九七一年，題爲〈尼采、系譜學、歷史〉（'Nietzsche, Genealogy, History'）的論文中跨出了這一步。我們已經看到，傅柯在寫屬於同一時期的〈語言的言說〉一文中已經指出，系譜學要由考古學來補充和維繫。因而，不應認爲對系譜學的闡述包羅了傅柯所有的方法論要素。然而，雖然要理解傅柯以後著述的進展不可過分強調這篇文章的重要性，但可以說所有其七十年代著述的蓓蕾確起因這一篇討論尼采的文章。

這並不是說傅柯同尼采完全一致，無論像尼采這樣一位繁雜、隱晦並徹底地反系統性的思想家應該怎樣理解。至於傅柯對尼采的讀解的本文精確性，我們持中立態度。尼采解釋這一近年來在法國頗爲興旺的事業，是一個充滿危險和爭議的領域，我們

106

把它留給裝備更爲充分的人去搞。我來關注的是傅柯。我們將根據他論尼采的文章來幫助我們勾勒出出現於傅柯七十年代的主要著述中的系譜學的主要輪廓，並引出他的一些中心主題——權力、知識和身體。

但首先，何謂系譜學（genealogy）？系譜學反對傳統的歷史方法，其目的是要「在任何單向的最終性之外記錄事件中的奇特性」。（NGH139）在系譜學家，不存在任何確定的本性、任何統一的規律、任何形上學的最終性。系譜學在別人發現延續的發展之處找到間斷性。它在別人發現進步和嚴肅性之處找到循環和遊戲。它記錄人類的過去，以揭穿進步的聖歌。系譜學避免深入的追尋。相反，它只尋找事件的表層、微小的細節、次要的轉變和微妙的輪廓。它不去推究我們的傳統所產生和崇敬的大思想家的深奧莫測性；其頭號敵人便是柏拉圖。正如傅柯在一篇較早的，爲另一目的而寫的，題爲〈尼采、佛洛伊德、馬克思〉（'Nietzsche, Freud, Marx'）的文章中指出：「詮釋者得像一位

107 挖掘者一樣挖入事物的深淵，而瞬間性詮釋（系譜學）則有如從越來越高的上空進行概觀，它使深淵在一種越來越眞切的可見性中呈現在他面前；深淵得到重新置位，結果發現它完全是一種膚淺的秘密。」（NFM187）

作爲系譜學家的詮釋者從遠處看事物。他發現，傳統上一直被認爲是最深奧、最朦朧的問題實際上道道地地是最膚淺的問題。這當然不是說它們既毫不足道也無甚重要，而只是說它們的意義應該在表面實踐中去發現，並不是到神秘的深淵去發揭。例如，早自柏拉圖的《饗宴篇》（Symposium）愛慾（eros）在我們的文明中似乎就一直是一種深奧和神秘的因素，只有詩人和先知才能使之豁達，而這一力量又隱含着人類動機的秘密的原動力。同樣，在整個十九世紀，性慾一直被認爲是一大串實踐的意義的最深刻源泉。然而，從系譜學角度來看，這一對深層和隱藏意義

的執着便變得直接能爲觀察者所達及，只要他從對深奧意義的文化信念中疏離出來。看來似乎是隱藏的東西（因爲它們被假定爲非常重要）也就變得並不是那麼回事。原先被假定的隱藏性本身起着一種關鍵的作用，一旦它被系譜學家指出之後，它就可以直接得到透視。他的方法論觀點（這在傅柯詳盡的分析中得到清楚地說明）是：一旦從合適的距離並以適當的視角觀察的話，一切事物都完全是可見的。

系譜學家意識到，深奧隱藏的意義，不可企及的眞理頂端，朦朧的意識內心都是無稽之談。系譜學的標誌會寫道：反對深奧、最終性和內在性。它的旗幟上會寫着：不要相信歷史的同一性；它們只是面具、號召統一的口號。系譜學家要揭示的最深的眞理便是「這一秘密：〔事物〕沒有什麼實質、或者說它們的實質是按外來的形式零零碎碎地捏造起來的」。（NGH142）

在系譜學家，哲學已經完結。詮釋不再是一種對隱藏的意義的發揭。在〈尼采，佛洛伊德、馬克思〉一文中，傅柯闡明了類似的觀點：「如果詮釋是一種永無止境的任務，就是因爲沒有什麼可以詮釋的。不存在任何絕對首要的東西要去詮釋，因爲當一切都已被說、被做之時，在它下面一切都已是詮釋。」（NFM 189）人們越詮釋就越會發現，本文的意義，世界的意義都不確定，都只是其他詮釋。這些詮釋都是由他人創造和强加的，而非出自事物的本性。發現了這種無根性，也就揭示了詮釋的內在任意性。因爲如果一切都沒什麼可詮釋的話，那麼一切也都爲詮釋敞開了大門；唯一的限度就是避免那些被任意强加的詮釋。這一見解隨着傅柯著述的進展而得到進一步具體地發揮。以後他將從總的哲學觀點轉向一種系譜學觀點。如果「歷史是一規則系統强行的和鬼祟的運用（而它本身又無任何實質的意義），以便强加某種指令，使之屬於一種新的意志、迫使其參與另一種遊戲，使之屈從於次要的規則，那麼，人類的發展就是一系列的詮釋」。

（NGH151）❶系譜記錄這些詮釋的歷史。一般我們所接受的人文主義信念被顯示爲只是由強加的詮釋所產生的結果。

按傅柯理解的尼采來說，歷史就是卑鄙的惡意、粗暴強加的詮釋、罪惡的目的，唱着高調僞裝起最卑陋的動機的故事。對尼采式的系譜學家來說，道德的根基，起碼自柏拉圖以來，就不能在理想眞理中發現。它要在「低俗的起源」（pudenda origo）中，要在惡毒的爭鬥、猥瑣的殘忍、無休止的、惡毒的意願衝撞中去發現。歷史的故事就是一個意外、散佈、機遇和謊言的故事──而不是眞理的崇高發展或是自由的具體體現。在尼采──這位典型的系譜學家，眞理的歷史就是謬誤和任意性的歷史：「我們對科學的信念仍是一種形上學的信念……基督教的信念，它也是柏拉圖的信念：上帝就是眞理，眞理就是神性……但要是這一

---

❶這兒所指的「規則」顯然不同於傅柯認爲他在《知識考古學》中所發現的嚴格的形成規則。那些規則已肯定被丟棄了。在較早和以後的著述中，規則和原則用以一種常識性的概念，或者起碼以一種典型的法國方式來指規則性、規範、強制、條件、常規等等。雖然「規則」這種用法無可非議，也不引起《知識考古學》中的方法論困境，但在使用這樣一個詞彙時仍然存在一種傾向，它過分強調那些可以被弄清的規範，而忽視了那些不能被弄清的，通過訓育或那種孔恩稱做典範或範式的具體例子所習得的規範。

傅柯現在關注的是對規範、規則和系統的使用，而他在《詞與物》中已把它看作是人文科學的典型特徵。這種關注絕然相對於傅柯早期的企圖──去找出能進一步加強「思想和知識總構架」（OT383）的規則。傅柯已不再關注「是否有可能不用玩文字遊戲就能運用結構這一概念……的問題；……這種要想知道……正當的構架的條件和局限性是否關鍵的問題」。（OT382）傅柯在他的新的考古學和系譜學的結合中正是沒有保留這種形式規則。

等式變得越來越難以置信，要是我們唯一仍可認定是神性的東西也是謬誤、盲目和謊言，要是上帝本身（眞理）結果也發現是我們**最悠久**的謊言呢？（GM288）

傅柯這位系譜學家已不再因爲發現客觀性的聲稱只是主觀動機的面具而像尼采那樣義憤塡膺了。傅柯關注的是科學家客觀性和主觀意向性如何在不是由個人，而是由社會實踐確立的空間內互相融合在一起。

按照傅柯，系譜學家的任務就是要摧毀本源和不變眞理的首要性。他要力圖摧毀發展和進步的教義。摧毀了理想的意指和本源的眞理之後，他看到的便是意志的玩耍。在他所見之處都發現屈從、操縱和爭鬥。他何時聽到高讀意義和價值、美德和善意，他便要尋找出操縱的策略。尼采和傅柯之間的一個重要區別在於：尼采似乎經常把道德和社會機構奠基於個體行爲者的策略之中，而傅柯則對這種方法進行徹底的解心理學（depsychologizes）分析，他並不把所有的心理動機都看成是本源，而只是把它看成是沒有策略者的策略結果。傅柯這位系譜學家發現的不是本源、隱藏意義或明確的意向性，他發現的是勢力關係在特定的事件、歷史性運動和歷史中的自身運作。「不要去看一個眞理或權力本身的穩定佔有」，傅柯會這樣說，好像兩者都是心理動機的產物；相反，要把它們看成一種策略，這就能使你看到「其支配效果不應歸屬於『佔用』，而應歸屬於佈置、誘騙、策略、技藝和運作；人們應該在一不斷處於張力、活動之中的關係圖中來譯解之……。」（DP26）

從這一視角的劇烈轉變中可以得到許多啟示，首先，「沒有人要對一件新生事物負責，也沒有人能爲此炫耀，因爲總是產生於間隙（insterstice）之中」。（NGH150）在系譜學家，沒有任何主體（無論是個體的還是集體的）能夠推動歷史。這一概念並不新鮮，但間隙的概念却是令人驚奇的。各種勢力在任何特定

歷史境況中的運作都是由於界定它們的空間才成爲可能。正是這
一空地或「證明」才是首要的。我們已經看到在《知識考古學》
中，傅柯已經有了主體和客體在其中產生的空間或「證明」的觀
念。但那時，他認爲這一空間是由間斷地產生，却也沒有更深的
可知性的規則系統所決定的。而現在，這一空地或「證明」則被
理解爲長期實踐的結果，在這一空地中，這些實踐得以展開。還
有，在此空地中發生的當然已不光是無意義的嚴肅言語行動的排
列。它們是對那些介入的人具有嚴肅後果的社會策略。系譜學家
不去力求發現實在的整體（主體、美德、動力），或去揭示它們
同其他整體的關係。相反，他研究界定和證明一個空間的鬥爭如
何得以產生。主體並非早先就存在，只是後來才進入爭鬥或達成
和諧。在系譜學中，主體產生於一場爭鬥，並在那兒，也僅是在
那兒才發揮其作用。世界並不是一種掩蓋了存在於佈景背後的更
爲眞實的眞相的遊戲。世界就是看上去的那個樣子。這就是系譜
學家的見解的深度。

110　　　　系譜學可以說是與歷史中的進步和最終性觀念絕然相對的，
但是，「在某種意義上講，在這一非地點中上演的僅是一齣戲
劇，一齣不斷得到重覆的操縱的戲劇」。（NGH150）在系譜學
家，這齣戲劇不是意義的表演，也不僅是主體間的角逐。相反，
它是因衝突而產生的一結構空地。在這一空地中，系譜學家看
到，操縱的鬥爭不僅僅是統治者和被統治者、支配者和被支配者
之間的關係：「與其說支配的關係是一種『關係』，不如說是它產
生於其中的一個位置；而正是由於這一原因，它在整個歷史中都
被固定於把權利和義務強加於人的儀式和精細程序之中。」
（NGH150）這些權力的精細儀式不是主體的創造者，也不僅僅
是一組關係；它們也不是很簡單地置於一特定的位置；在它們產
生的背後也沒有輕易就能分辨出來的歷史發展。把「權力的精細
儀式孤立出來，這是傅柯以後著述重要的概念基礎。在《監督與

懲罰》和《性意識史》中，傅柯將確認出權力的儀式得以發生的具體場所——邊沁（Bentham）的「圓形監獄」（Panopticon）以及告白術（confessional），他將用這些來對權力如何運作，它做什麼、怎樣做等問題進行具體地分析。

　　從這些儀式中產生的規則和義務被刻寫於民法、道德準則和人類的普遍規律之中，而這些法則、規律據稱能減輕和阻止要是沒有這些文明法規的限制就會存在的暴力和混亂。但是，系譜學家抗議道，宰制正是由於這些崇高的言辭和文明的方式才得以推進和鞏固。正是由於權力儀式的運作，人類才以一種宰制推進到另一種宰制。「規則本身是空洞的、粗暴的、零碎的；它們是非人性的、無人情的，可以被調節，運用於任何目的。」（NGH 151）特定的集團抓住它們，並在它們之上強加一種特定的解釋。

　　系譜學家寫的是「效果歷史」（wirkliche Historie）。他反對一種超歷史的視角，反對去把歷史整體化、去追溯其內在的發展，反對以一種舒適的方式去認識我們的過去，也反對提出一種保證：歷史一定向某一目的前進。「歷史學家的歷史在時間之外找到其維繫，並貿然把其判斷基於一種啓示錄性的客觀性。」（NGH152）相反，效果歷史力圖把一切都置於歷史運動之中。所有有關真和美、有關我們的身體、本能、感情的理想概念看起來似乎都超越了相對性。效果歷史學家就是要力圖消解這種有關同一性、確定性和穩固性的輕鬆愉快的幻覺。在系譜學家，不存在任何固定不變的東西。「在人——甚至在他的身體中，沒有任何東西穩定不變、足以用來作爲自我認識或理解他人的基礎。」（NGH153）

　　這一觀點（傅柯把它歸功於尼采）代表一種有關身體之韌性的極端立場。按傅柯的解讀，尼采似乎在說：不僅身體可以許多不同的方式得到使用和體驗、慾望也可隨文化的詮釋而改變，而

111

且只要使用適當的技術，身體的每一方面都能得到徹底的修正。另一種主張意味着一種更為極端的觀點，身體甚至不能作為自我認識的基礎。薩特當然主張；甚至身體的習慣行為每天都有任意和完全不同的變化；去斷定尼采是否一直持這兩種觀點，或者其中一種，或者他到底持不持這種觀點，這不是我們的任務。但是這兒提出的問題，對評價傅柯的著述却有根本的重要性。

雖然傅柯把身體精闢地分析為大量微妙和具體的社會實踐因為權力的大規模組織而得以連接在一起的場所（這在下面三章中將詳加討論），但是至於人類身體到底具有多少韌性，傅柯却一直頗為隱晦。他當然反對自然主義的觀點，即身體具有固定的結構和固定的需求，只有有限的文化配置才能表達和滿足它。考慮到傅柯對人們如何對身體行使作用以及這種建構性控制到底具有多少穩定性的闡述，他也很可能反對沙特的存在主義極端觀點；因為如果身體是那樣不穩定的話，社會將無法組織和隨時控制它。但要說清傅柯到底持何種立場，則更為困難。

為傅柯敞開着的另一個重要途徑便是梅洛龐蒂 “Le corps propre”（即有別於物理身體的活的身體）的概念——現代法國思想最重要的貢獻之一。活的身體，即各種行為模式和各種感官領域之間的相互反應系統，用以詮釋所有人類知覺的共同性。在《知覺現象學》（*Phenomenology of Perception*）中，梅洛龐蒂詳細地論證道，存在着超文化、超歷史的知覺範圍結構。比如尺碼恒量、亮度恒量、上下不對稱性，以及對有意義的手勢、面部表情和性意義所作出的反應等社會恒定行為。他把這些都稱做「身體相互性」（intercorporeality），並斷定它們都相應於活的身體中的結構。梅洛龐蒂還計劃要擴展這些不變結構，以包括概念性恒量和文化可變性的界限條件，但他從未真正把他的計劃付諸實施。

傅柯明顯地受到尼采對身體的詮釋的影響，但他也知曉戰後

由梅洛龐蒂提出的身體現象學。考慮到傅柯在現象學方面的資力，他很可能覺得雖然尼采對身體的強調正中要害，但他賦予身體太多的任意性。另一方面，我們似乎覺得傅柯很可能又發現梅洛龐蒂的結構不變性觀點太泛，因而也就無法用它來理解身體塑造技藝的歷史具體性。如果讀梅洛龐蒂的話，你永遠無法知道身體有正面和背面，而它又只能應付處於其正面之物，也永遠無法知道身體向前移動要比向後移動容易，以及一般都有左、右撇子之分等等。

但這種身體的具體事實無疑影響了那些提出監督技術的人。而傅柯感興趣的正是這些特徵，他問的是身體如何被社會分隔、重建和操縱。❷

就算身體不變性可以得到比梅洛龐蒂更為具體的描述，這一問題仍然存在：這種不變結構的歷史重要性是什麼？人們很想知道它們重要到何種程度、它們在監督技藝的成功部署中到底起什麼作用。也許，是否還有其他這樣的結構、它們的發現和運用會有重要的社會後果？這些結構真地具有多少不變性？傅柯處於極為有利的地位來回答這些由他的著述所提出的問題。但是，至今為止，他對此一直緘默不語。

不管怎樣，系譜學的任務就是要揭示「身體直接介入一個政治領域，⋯⋯權力關係同它有直接的聯繫；它們掩蓋之、標明之、訓練之、折磨之，迫使它執行任務，履行儀式並發散符

112

---

❷ 塞繆爾・托茲（Samuel Todes）已在其哈佛博士論文《作為世界物質主體的人體》（*The Human Body as the Material Subject of the World*）（1963）中指出並討論了這些特徵。另參見他的〈知覺和想像的比較現象學，第一部分〉：知覺（Comparative Phenomenology of Perception and Imagination, Part Ⅰ: Perception），見《存在主義季刊》（*Journal of Existentialism*），1966 年春季刊。

號」。（DP25）這同經濟體系直接有關，因為身體既是有用的
又是生產性的。但要使人有效地工作並生產，這只有在這一前提
下才有可能：它們已經被「困於一屈從系統之中（其間需求也是
一種政治工具，它經過精細地準備、策劃和使用）；身體僅當其
既是生產性的又是屈從的身體時才成為一個有用的因素」。
（DP26）

　　這段話引出了我們在討論《監督與懲罰》和《性意識史》中將要
碰到的中心主題。傅柯的主要成就之一便是能夠孤立出身體成為
現代社會權力關係之運作的主要成分的方式，並對之進行概念化
闡述。顯然，身體在現代時期之前就已介入政治運動之中。例
如：在「古代政體」（ancien régime）中當有人觸犯法律時，
罪犯將會遭到公開地折磨。這就是傅柯以極為令人感觸的筆法詳
加描述的「示眾折磨」（Supplices）。統治者的權力明確地、
公開地在罪犯的身體上刻下印記，而刻印的方式還要盡可能得到
控制、示眾場景要盡可能壯觀、盡可能要使每個人都引起警覺。
在我們的現代政體統治下，身體繼續起着一種極為重要的作用。
113　以後我們將詳細討論系譜學對身體如何被用作現代權力的擴散和
集中的不可或缺的組成部分的精確描述。但現在有必要指出在傅
柯的方法中對身體的方法論的——即系譜學的——孤立。他說：
「很可能存在一種身體的知識，它不完全是有關其運作的科學；
也很可能存在一種對其動力的掌握，它勝於征服它們的能力；這
種知識和這種掌握構成所謂的身體的政治技術。」（DP26）這
兒傅柯孤立出了一個很重要的手段。我們在第一章已經看到，在
《瘋癲與文明》和《醫院的誕生》中，傅柯就開始分析生物知識和現
代權力的相互關係。自此以後，他便擴展並進一步完善了他的方
法。從一開始起，他便關注由科學家直接探究的身體以及存於專
業化機構中的權力。近期來他已經認識到，這種具體體現於身體
中的知識和權力的有力組合，實際上是西方社會最重要的權力的

普遍機制。

　　還有一點需要進一步闡明。傅柯著述的獨創性——因而也就是其難懂處，便是他始終拒絕接受通常的社會學分析範疇。身體的政治技藝——即權力關係、知識和身體的相互交叉——不能在一個單一的機構，或在單一的權力機器，亦即在國家中得到發現。雖然他不斷地關注通常所謂的制度分析，但他的着重點從未是制度本身；他着重關心的是權力技藝的成長。監獄是這一歷史的重要部分。但它並非與之等同，並非與之共同發展。顯然，傅柯認為，監獄和國家在現代權力關係的聯結中起着重要的作用。但他力圖孤立出技藝的特定機制——通過它權力同身體才被眞正地聯結在一起。

　　傅柯要寫的是有關這些身體的政治技藝的表象、聯結和擴散的效果歷史。在這樣做的過程中，他將詳細地描述這些技藝同國家和特定機構的相互關係。但這些關係從未是其研究的眞正重心。用他的話說，身體的政治技藝「不能具體地固定於一特定的機構類型和國家機器。因為它們求助於它；它們使用、挑選並迫使產生它的某些方法。但是，在其機制和其效果中，它置於一相當不同的層次。在某種意義上講，機器和機構所運作的是一種權力的微觀物理過程，其有效性範圍從某種意義上講置於這些大規模的運作和具有其實體性和原動力的身體本身之間。」（DP 26）很難過分強調傅柯在這一點上的獨創見解的重要性。他聲稱已經孤立出權力運作的機制：權力的精細儀式。他聲稱已經發現了權力得到具體固定的方式：身體的政治技藝。他還聲稱已經揭示了權力運作的動態過程：一種權力的微觀物理過程。傅柯在這一點上顯得極為玄隱；我們仍不知這一微觀物理過程到底是什麼，以及它到底怎樣運作。系譜學仍需得到進一步的系統闡述。

　　傅柯以討論知識的問題來結束〈尼采、系譜學、歷史〉一文。在系譜學家，知識完全陷於卑劣、惡意的技術爭鬥之網中。知識

並非「逐漸地把自身從其經驗根源、從其得以產生的原始需求之中解脫出來，以便成爲僅符合於理性需求的純思辨性主體……宗教曾經要求犧牲身體，而現在知識則號召我們對自身進行實驗，號召我們犧牲知識的主體」。（NGH163）現在，所有領域都有可能進行科學的探究。如此也意味着，一切也都有可能陷入權力網之中，而我們已經看到，這一權力網已越來越同知識的推進糾纏在一起。我們現在瀕臨於爲我們最大的謊言而獻身的危險，這一謊言便是我們認爲知識獨立於權力而存在的信念。傅柯源引尼采論「人類爲自己而獻身的觀點。似乎這一點是無容置疑的；假如這一新的星宿要出現於境域的話，只有尋求眞理的慾望，帶着其巨大的特權，才能導引並維繫這種獻身。因爲，在知識面前，任何獻身都算不了什麼」。（NGH164）在下面三章中，我們將探討傅柯對這一尼采觀點的詳盡發展。

如果說在傅柯近期的著述中還有另一個同有關身體的主題同樣重要的主題，這便是他的這一主張：權力和知識並非相互外在、無不關聯。它們在歷史上以一種相互生成的方式而運作。不能用任何一方來詮釋另一方，也不能把任何一方還原到另一方。從許多方面來講，這是傅柯的著述最爲極端的向度。雖然，毫無疑問，他已爲我們理解身體在歷史中的位置增添了新的複雜性和精確性，但這一點只要被理解之後，不會引起太多反對意義；事實上，它很可能激發更多的研究和大量的「論文」。但很清楚的是，知識和權力具有內在聯繫性這一點則是不太會較易得到認同的。因爲這已不僅是一個指導我們的歷史、人類學和社會學研究的問題，而是整個兒質疑這些研究的客觀本質的問題。

115　在《監督與懲罰》中，傅柯頗爲躊躇地、也相當拘謹地提出了這一挑戰：「也許，我們也應該拋棄整個這一傳統——它使我們虛妄地認爲知識僅存在於權力關係被懸置之處，而知識也只有在其（即權力的）指令，要求和利益之外才能得到發展。」（DP-

27）應該立即指出，這並不是知識社會學或馬克思對知識的產生和認可的階級條件所進行的分析的簡單翻版。它比兩者都更爲徹底，意義也更爲深遠，雖然它顯然產生於這些傳統——並因傅柯對尼采的反思而受到質疑、從而得到徹底地推進。因而：

> 我們應該承認……權力和知識直接地互相隱含；沒有一知識範圍的相關建構也就沒有權力關係，也沒有任何知識不同時預先假定和建構權力關係。因此，對這些權力／知識關係的分析不應基於權力體系有關或無關的知識主體，相反，它應基於認識的主體和被認識的客體；而知識的樣式必須被認作這些權力／知識的根本含義及其歷史轉換的衆多效果。總之，不是知識主體的活動產生了一個知識體，一個對權力有用或抗拒權力的知識體，而是權力／知識，以及穿越它並由此而產生的過程和鬥爭決定了知識的形式和可能的研究領域。（DP27,28）

從某種意義上講，這種權力和知識的內在聯繫將是我們這本書餘下部分所要討論的主題。

有必要再一次講清楚傅柯是在何種層次上進行他的分析，因爲在這一點上他一直被誤解。他對身體的政治技藝的分析旨在從生物功能性的身體和制度機器（institutional apparatuses）的身體之間孤立出一個層次。所以，傅柯也想要孤立出在特定類型的科學中的知識和權力之間所具有的關係。在一九七六年一次題爲「眞理和權力」的專訪中，傅柯這樣提出了這一問題：

> 如果我們對像理論物理學或有機化學這樣的科學提出它同社會的政治和經濟之關係的問題，我們提的問題難道不是太困難了嗎？我們難道不是在一太高的層次上提出了詮釋的界限（barre）？但是，假如我們考慮像精神病學這樣的科學，提出它同社會的關係問題而能得到答案的可能性不是要大得

116

多嗎？精神病學的「知識性外貌」較差，而精神病醫療實踐
又同一系列制度，迫切的經濟要求、政治要求和社會控制聯
結在一起。在像精神病學這樣一種不穩定科學中，人們可以
更爲確定地抓獲知識和權力的互爲纏繞關係，難道不是這樣
嗎？（TP109）

　　傅柯並未排除掉理論物理學同社會的關係，而只是在暗示，
如果我們關注的只是物理規律和概念本身而不是其技術上的運
用，那麼它們肯定是不那麼直接易於抓獲的。實際上，傅柯把他
關注的重點幾乎完全指向那些可疑的科學──社會科學。

　　我們在第三章已經看到，傅柯贊同尼采和海德格的觀點，即
在任何時候都是文化實踐決定什麼能作爲嚴肅研究的客體。但傅
柯還想要作一個重要的區分：把各種實踐同每一種實踐所「釋
放」的客體區別開來。如果按照傅柯，我們撇開日常實踐及其客
體不論，我們就面臨兩種明顯不同的類型：一方面是那些孔恩所
謂的常態科學──也就是傅柯所謂的超越了科學性界限的科學
（AK181）──的相對穩定的實踐和客體；而另一方面，是那
些沒有跨越這一界限的起變化的科學實踐和客體。這第二種類型
起碼包括某些像氣象學這樣據說是正走向規範化的科學，以及像
人文科學這種按傅柯的診斷是根本不走向常態化的可疑性學科。
我們在《詞與物》中已經看到，按照傅柯，人的科學困於各種二元
對立之中，根本就無法變成常態的。但這並不排除對人的其他研
究也是可能的，儘管從傅柯近來對它們同權力之滲透的分析來
看，這似乎也已很明顯是極爲不可能的。

　　既然按照傅柯，自然科學也是產生於具體社會制度的實踐之
中，人們也就想要知道，人文科學是否也同樣會從它們同權力的
滲透中解脫出來？如果不會，爲什麼不會？無論怎樣，似乎傅柯
都一定得詮釋爲什麼我們可以把某些科學，如物理學，當成好像
它們確實是在告訴我們有關事物本來面目的眞理，即使它們也是

產生並被運用於社會語境；而爲什麼我們卻永遠不能輕信科學所作的聲稱。區別不可能僅僅在於自然科學帶給我們巨大的權力和控制。傅柯的觀點正在於：社會科學也同樣產生極爲有效的技術。我們也不能證實任何擺脫了權力因素的科學就自然具有可行性；煉金術（alchemy）並不因爲同政治無關就更爲眞實。我們很想從傅柯那兒再多聽到一些他到底如何能區分嚴肅科學和可疑科學，以及他認爲常態科學到底以何種方式算是眞實的。

　　也許，傅柯似乎在論證道，有必要看一下具體的論述形成，其歷史，以及它在更大的權力語境中的位置，這樣才能來評斷它是否眞地在描述眞理。無論我們是在分析物理學還是顱相學的命題，我們都可以用一種不同的可知性——即用其在論述形成中的位置——來代替其明顯的內在可知性。這是考古學的任務。但因爲考古學已加括了眞理和意義，所以它也只能告訴我們這一點。考古學總是一種技藝，它能使我們從一種殘存信念：即我們能直接達及客體中解脫出來；在任何情況下，「所指物的暴政」還有待於被克服。但是，當我們加上系譜學後，我們便有了一個第三層次的可知性和鑒別能力。當考古學完成其任務後，系譜學家便可以進一步詢問這些科學所起的歷史和政治的作用。如果已經確定一個特定的論述形成還沒能跨越知識化的界限，那麼，考古學便能使我們轉向這一問題：這一假科學、這一可疑性科學在一較大的語境中起什麼作用。這並不能證明物理學就眞正是「眞實的」，而人文科學由於存在某些致命的社會沾污因而就是「假的」。但是它確實能提供一種診斷性手段，由此我們便可以開始區別並確定不同類型的言說的作用。

　　這樣，我們便被引向詢問這些論述形成到底起哪些作用。而這又促使我們提出有關權力及其同知識的關係的更爲廣泛的問題：

　　眞理並非置身於權力之外或缺席於權力之內……眞理是在這

個世界之中；它是眾多強制因素的產物……每一社會都有其
真理的政體、有其關於真理的統一政治學……爲了真理，或
者起碼是圍繞着真理，總存在一場戰鬥——只要我們不把真
理理解爲那些有待於被發揭的真實的事物，而把它理解爲一
整套則規，依此我們區別出真與假、並爲「真理」附上特殊
的權力效果。（TP131）

要是這一着行得通，傅柯便給我們提供了一種權力和知識的
全新的詮釋：人們不應把權力看成是一羣人擁有和另一羣人缺乏
的東西；人們也不應把知識看成是客觀或主觀的東西，而應把它
看成是各種權力和真理的政體的歷史轉換中的主要組成部分。而
這，無疑正是系譜學所企望提供的。

118　第二節　現時的歷史和詮釋解析法

在我們開始討論傅柯對現代權力的詳細分析之前，有必要提
出最後一個主題。正如傅柯運用了一個相當新穎的的分析水準，
他的歷史寫作實踐也是不落窠臼的。爲了避免對傅柯的研究工程
以及我們對它的詮釋產生可能的誤解，有必要指明傅柯試圖提倡
的到底是哪種歷史分析。

在《監督與懲罰》中，傅柯說：「我想用監獄聚集在其封閉的
建築中的、所有對身體的政治投注來寫一部監獄的歷史。爲什
麼？只是因爲我對過去感興趣？否，如果那樣說意味着按現在的
觀點來寫過去的歷史。是，如果那樣說意味着寫現時的歷史。」
（DP31）傅柯在這一曖昧的聲明中其實作出了一個重要的區
別。他並非試圖抓獲一個過去時期的含義或意義。他並非在試圖
獲得過去一個時代、人物或制度的總面貌。他並非在找出歷史的
潛在規律。甚至，他也不是在把現今的關注、制度和政治讀進歷

史、讀進其他的時期，並從而聲稱他發現這些早期的制度具有某種現實的意義。很清楚，以上的做法就是歷史分析中典型的「展示主義」（presentism）謬誤。按展示主義的謬誤，歷史學家從現時中舉出一個模式、一個概念、一個機構、一種情感或一個符號，並企圖——幾乎可以說是不知不覺地——去發現它過去同樣具有相應的意義。我們可以把種族中心主義看作這一謬誤的另一常見形式。例如，如果我們完全按照個體心理學而忽視等級的和宇宙的現實去詮釋中世紀基督教或一件原始的儀式，我們便是在「按現時（present）的觀點寫過去的歷史」。

　　展示主義的另一面可以稱做「終結主義」（finalism）。這種歷史把現時的核心追溯到過去某個遙遠的時刻，然後展示出到這一點到現時走向最終目標的必然性發展。任何在這期間發生的事物都由這種發展推向前進，否則便被擋進歷史的垃圾堆，因為世界歷史的精神總是在從次要事件中區分並區別出首要的事物。一切都具有一種意義、一個位置；一切都受到歷史將要獲得的最終目標的安置。現在大多數歷史學家都認為展示主義和終結主義是應該避免的謬論。他們都認同：當代的關注，如環境、家庭或監獄，很可能激發出新的方式來對過去進行拷問。但即使這種讓步仍是傳統性歷史。這不是傅柯在做的。

　　「撰寫現時的歷史」是另一碼事。這一方法首先確定無疑地、也是具有自知之明地着眼於現今狀況的診斷。它毫不含糊、毫不隱含地把焦點指向當代。歷史學家找出一特定的「權力精細儀式」或「身體的政治技藝」的顯着表現形式，以觀察它在何時產生、何時形成、何時變得重要等等。比如，在《性意識史》中，傅柯把告白孤立為一個重要的權力儀式，在其間一具體的身體技藝得以形成。因為這是系譜研究，所以人們不是在尋找一個簡單統一的意義或功能，或一個不變的含義。按傅柯的分析，告白在十三世紀、十七世紀或十九世紀並不具有和現在同樣的意義。甚

119

至更重要的是，爲了我們現今的目的，傅柯並非企圖要爲——比
如十九世紀的社會——勾勒出一幅完整的圖畫。他並不在爲我們
撰寫傳統的歷史，然後再提出這樣的問題：如果考慮那一歷史，
告白對我們今天意味着什麼？相反，他只是在說告白是現代權力
的至關重要的組成部分。他然後便問：我們是如何達到這一地步
的？他便可以回答道：「把性轉成言說的計劃早就在禁慾和寺院
的場景中被設計出來了。十七世紀使它成爲每一個人都得遵循的
規則。在實際情形中它似乎只能運用於一小撮精英分子……一種
強制手段得以建立……基督教牧師制訂出規定，要把通過不斷地
演講來傳達任何同性有關的東西作爲一項基本的任務、職責。」
（HS20,21）傅柯並非在爲我們寫十七世紀的歷史。甚至他也不
在聲稱這一強制手段在當時具有最重要的意義。相反，他只是在
孤立出現在政治技藝的重要組成部分，然後把它們追回到過去適
當的時候。傅柯撰寫十七世紀告白的歷史爲的是撰寫「現時的歷
史」。

　　這兒有必要強調兩點。首先，這一立場並不意味任何任意的
建構都行。傅柯非常明確地在試圖分析和理解告白；他詢問它在
早期是怎麼回事，而現今又變成了什麼樣子。他並非在主張如果
有人主要感興趣的是十七世紀，那他就一定得考慮告白。他所涉
及的論題在早些時期都是邊緣性的，都是相對次要的；事實上這
正是他的意旨所在。他之所以選擇它們是因爲這些論題後來在一
定程度上滲入權力形式之中。但他也不想犯展示主義的謬誤，說
因爲他在寫現時的歷史，他便可以任意地把現今的意義投射回歷
史之中。

　　其次，系譜學家拋棄了撰寫過去的「眞實」歷史的假想以
後，便再也沒有這種自我安慰——自己寫的就是「眞實」的歷
史。因現實對應的理論已經死亡。對最終目標的追尋也已完蛋。
傅柯再也無法聲稱他在爲我們撰寫過去的眞實歷史，說它完全同

過去事實相符、正確地表達過去。並寫出了整個歷史全貌。傅柯
對自身介入以及自身實用目的的系譜闡述，使他擺脫了對他來講
其本身就成問題的東西──傳統歷史。

　　拋棄客觀的、整體化的分析，這似乎會導致一種主觀主義。
傅柯通過着力撰寫現代主體的系譜學來回擊這一威脅。正如他所
說：「我們必須把我們自己從建構性主體，從主體本身之中解脫
出來，這就是說要達到一種能在歷史解釋之內解釋主體的分
析。」（TP117）傅柯在七十年代的努力主要着重於建構一種對
主體、主觀主義和現代個體的位置的解釋。傅柯系譜學的中心主
題現在是要揭示目標對準個體的權力技藝的發展。「個體性既不
是社會的眞實原子性基礎，也不是一種自由經濟的意識形態幻
想，而是一相當長、相當複雜的歷史過程的有效製成品。」
（DP194）傅柯已試圖孤立出了兩個趨向（我們在以下章節中將
完全按照這一綫索來討論）：首先，對我們文化中的客體化趨向
的系譜學；其次，對近年來其重要性和影響得到不斷加強的主體
化實踐的系譜學。總之，傅柯在力圖建構一種分析模式，來分析
在我們的文化中那些爲使現代個體成爲主、客體兩者而起重要作
用的文化實踐。

　　傅柯分析的着重點正是在於那些在其中權力和知識得以互爲
交叉，我們現今對個體社會和人文科學的理解本身也在其中被編
制出來的文化實踐。傅柯的研究策略是：研究那些完全滲入文化
實踐中的可疑性科學，它們儘管有其傳統，却沒有任何迹象表明
能成爲常態科學；用這種方法來研究它們：它揭示眞理本身也是
現代權力的重要組成部分。這樣，排除掉了所有其他方法之後，
傅柯運用的只能是唯一剩下的方法：一種具有實用的取向的、歷
史的詮釋。

　　爲了進行這種解釋，傅柯又引進了另一個技術詞彙設置
（dispositif）。這一麻煩的術語在英語中沒有令人滿意的對等

詞。傅柯的譯者用了「機器」（apparatus）一詞，它包含了傅柯的實用性關注，即概念應被用作工具來幫助分析，而不是為概念而創造概念。但這仍然極為模糊。另一種同我們即近的目的更為一致的選擇可以是，「可知性框架」（grid of intelligibility）。我們承認，這樣翻譯的缺陷是：它低估了傅柯要揭示有關實踐本身的事物的企圖，但如果我們記住「可知性框架」是效果歷史學家的方法，以及他在探問的文化實踐的結構，那麼也許我們能夠更為充分地理解傅柯使用之"dispositif"所隱含的意思。

　　雖然傅柯用這一術語到底指什麼意思還未完全弄清，但它所指的範圍却相對來講是清楚的。「設置」同「知識型」不同，主要是因為它既包含非論述實踐也包含論述實踐。它是絕對多元的，包括「言說、制度、建築安排、條例、法律、行政措施、科學陳述、哲學命題、道德、慈善等等」。（CF194）把這些不相干的成份聚在一起，這是要力圖建立一組鬆散的關係，並把它們融化成一種單一的機器，以便孤立出一個具體的歷史問題。這一工具把權力和知識一起帶進一個具體的分析框架。傅柯這樣來定義"dispositif"：只要人們成功地孤立出「維繫各類知識的動力關係的策略以及維繫各類動力的知識關係的策略」，那麼人們便具有了「設置」。然而他還是沒有明確講清技藝的限度：是否存在某些必要的組成部分需要加以考慮？在這一框架中是否存在一複雜性的需求？對那類可以加以分析的實踐是否存有限度？

　　這一「設置」當然是一個由歷史學家建構的分析框架。但它同時也是實踐本身，它作為一種機器而運作、建構主體並組織它們。傅柯力圖要孤立和建立的正是實踐所具有的那種可知性。問題是：當人們無法求助於一建構主體（或一系列實踐者），無法求助於客觀規律，或某種傅柯曾經認為可以避免這些辦法的規則之時，人們怎樣來確定和理解一套組織社會現實的連貫性實踐？

「設置」是由他來命名、或起碼是提出問題的最初企圖。

也許我們舉一個例子可以更清楚地理解傅柯到底是指的什麼意思。傅柯告訴我們，佛洛伊德是夏科（Charcot）的醫院裏一名專心認眞的學生。夏科在對性慾——尤其是對歇斯底里的婦女進行廣泛的醫療實驗。他們給這些婦女服 "amelye nirate"（一種刺激藥——譯者）以刺激她們，然後便把她們帶到夏科及其實習醫生面前，於是這些婦女便可任意發洩、任意述說她們的幻想。在夏科的指導下，有一整套戲劇性儀式過程得到貫徹執行。性慾不是什麼隱藏在這些良醫所安排的表演行爲之後或之內的東西。佛洛伊德的發現，他的突破並不是性向度本身——這個已經由夏科發現了。佛洛伊德的獨創性在於認眞地、象徵性地對待這些表現行爲。他認識到這些表現行爲應該按照其含義來得到詮釋。於是我們便有了《釋夢》（*The Interpretation of Dreams*）一書，而這按照傅柯的說法同某種神經病因學相差甚遠。概要地講，夏科尋求的是這些行爲的客觀原因；弗洛伊德則認識到，如果我們要想理解到底是怎麼回事，那麼這些行爲者的隱藏目的就一定要得到詮釋。傅柯把這一過程更推進了一步。「我以『性慾的設置』（dispositif de sexualité）——這一根本的歷史給定出發，而要討論這些問題都一定得以此爲出發點。我嚴肅地考慮它並按字面意義（au pied de la lettre）來對待它。我並不把我自己置身於外，因爲這是不可能的，而這樣做之後我便被導向其他事物。」（CF218）在以上例子中，這些「其他事物」旣不是性神經的客觀原因，也不是歇斯底里婦女的隱秘目的，而是所有組成夏科醫院裏的表演行爲的實踐的組織、相關性和可知性。傅柯力圖要分析這些實踐到底在做什麼。

傅柯把這些稱做「譯解」（decipherment）。但譯解聽起來太像對一種對符碼的分析——這一符碼本身沒有意義，但却構成實踐的基礎並賦予它們任何它們所能具有的相關性。我們更願意

122

把傅柯的方法稱做「詮釋解析法」（method interpretive analytics）。我們對「解析」（analytic）一詞的使用源自這一線索：它起自康德的先驗解析法，並經過《存有與時間》中的存在解析的再思。康德通過尋求可能性條件和理性分析的限度來使啓蒙思想受到質疑。海德格則又通過探究人類自我理解的超歷史的、超文化的存在性先決條件，來使在認識主體中尋求先驗根基的現代企圖受到質疑。康德和海德格都把研究人的意義當成無容置疑的前提。他們兩者都想提供一種普遍的理論，都想了解由他們的先輩們所預先假定的概念的來源及其合法的用途。傅柯接受了這一工程，但他反對企圖在思想或**存有**中尋求一種普遍的根基。在今天，解析必須找到一種既嚴肅地對待問題以及過去的概念工具，而又不必認真對待基於它們的解決辦法和結論的方式。傅柯（像後期海德格一樣）以一種特殊的歷史——它注重於使我們變成現今這個樣子的文化實踐——替代了存有論。

我們對「詮釋」（interpretation）的使用源自這一線索：它起自尼采的系譜學概念，並在海德格的詮釋學中得到再思。系譜學接受這一事實：我們除了是我們的歷史之外什麼也不是，因而我們也永遠無法對我們所是或我們的歷史得到一個全面的、不偏不倚的概貌。海德格則揭示，尼采的見解似乎只爲同樣是任意的詮釋提供了任意運作的可能性。但這看來是不可避免的，不然我們就會忘記：正是因爲我們除了是我們的歷史之外什麼也不是，我們才能在任何時候，僅在一狹小範圍之內獲取可能性；我們無論如何都得基於我們現今的實踐來讀解我們的歷史。

「詮釋」一詞也並非理想。它有許多非常含糊，也易於誤解的含義。首先，它暗示某種傅柯在《醫院的誕生》中稱做評注的含義。評注，按照我們所使用的意思，對正在被詮釋的本文或實踐的表面意義進行釋義和說明。現代對這一觀點最有影響的系統闡述便是海德格在《存有與時間》第一篇中所使用的詮釋學方法。這

一方法是要闡明人們在一共享的意義語境中所運用的事物和言語行為的日常可知性。傅柯已在《醫院的誕生》中表明了這一觀點的反對意見，即這種詮釋只能加多言說的疊加，却不能抓獲真正發生的事情。到了《知識考古學》時，傅柯認為由變化着的形成規則系統所決定的稀疏化過程和嚴肅言說的控制應是正確的分析層次。關鍵不在於增加更多的言說，而在於尋找出決定或控制現有的言說的規則。在他最近的著書中，傅柯仍然批判評注，說它錯誤地把重點放在行為者所能達及的意義之上。但他現在認為這種對行為者觀點的過分偏重忽視了社會實踐的至關重要性。不是說行為者沒能理解他們所說和所做的表面意義。只是評注對這樣一個問題：它們所做的效果是什麼？不能作出任何回答。評注所能做的只是進一步詳盡闡明由行為所共享的背景意義。

反對行為者對其行為的意義的詮釋，這並**不**導致傅柯去接受另一種注解形式，即傅柯所謂的詮釋，而我們按照保羅・利科（Paul Ricœur）把它稱做「追疑詮釋學」（hermeneutics of suspicion）。這一觀點認為，行為者不能直接達及其言說和實踐的意義，而我們對事物的日常理解也是表面的和扭曲了的。事實上，這種理解是對事物本來面目的動機和遮蓋。這一方法由佛洛伊德和海德格在《存有與時間》第二篇中所提出，它仍基於這一方法論假設，即在日常可知性以及日常觀點企圖掩蓋的那件更為深層的可知性之間存在一種基本的連續性。既然假定有更為深層的可知性在引起日常水準上的曲解，那麼人們只要通過對這些曲解予以足夠詳盡的注意便可達及這種原動性真理。某種特殊體驗，無論是創傷還是存有論之煩，便是入門之徑。但因為深層意義首先是促成曲解的東西，行為者只能在被某種權威迫使而面臨它時才能企之；他要從外部來體驗它。而最終的權威仍然是行為者，因為正是他的認可才建立了深層詮釋的真理。也僅通過承認這一真理，行為者才成為真實的或自由的。

　　傅柯同意這兩種注解形式的某些見解。在第三章我們已經看到，針對詮釋學的方式，傅柯着重強調的是，在一種明顯的意義上，嚴肅述說者完全知道他所說的意思。另一方面，他也贊同追疑詮釋學，認為事件表面行為可以被理解為一種對意義的曲解，而對此行為者能感覺到，但却因受某種動機影響而忽視了。傅柯對追疑詮釋學的主要反對意見是，這些行為者可能被迫面臨的秘密不應該被理解為其表面行為的眞實的和最深層的意義。相反，他竭力表明，行為者受權威支使去揭示的更為深層的意義同樣也隱藏了另一個更為重要的意義，而它却是無法直接為行為者所能企及的。這就是詮釋學必須予以拋棄的地方，因為它本身就存在問題；而也就是在這兒，傅柯轉向了我們現在所謂的詮釋。行為者可以看到他的日常行為是什麼意思；他可以經過引導而看到由這一日常行為偽裝起來更為深層的意義。但是，他以及指導詮釋學詮釋的權威兩者都不能看到的是：詮釋的語境在對他們兩者做什麼、以及為什麼這樣做。既然隱藏的意義並非有關現在所發生事物的最終眞理，找到它也就並非意味著解放，事實上，正如傅柯指出，它很可能偏離那種也許會有助於行為者抵抗現今操縱實踐的理解。

　　要是有人想獲得詮釋性理解，那他就一定得分享行為者的介入，並同時要與之保持距離。這個人必須承担診斷和分析現今文化實踐的歷史和組織這一艱巨歷史的工作。這樣得出的詮釋是對社會的實踐的連貫的、帶有實用傾向的讀解。它既不聲稱對應於行為者共享的日常意義，也不聲稱在任何簡單的意思上揭示了實踐的內在意義。這就是為什麼可以說傅柯的方法是詮釋性的，但却不是詮釋學的。

　　它也不是一個普通的方法。傅柯並非在試圖建構一種有關生產的總理論[像皮埃爾・布爾迪厄（Pierre Bourdieu）或許多新馬克思主義者在做的那樣]。相反，他只是在為我們提供一種對

我們現今狀況的詮釋解析。正是傅柯的考古學和系譜學的獨特結
合，使他得以超越理論和詮釋學而同時又嚴肅地對待問題。詮釋
解析法的實踐者認識到，他自己也是由他在研究的東西所產生
的；因此他永遠也無法置身其外。系譜學家看到，文化實踐比論
述形成（或任何理論）更為基本，而對這些言說的嚴肅性只能被
理解為社會正在進行的歷史的一部分。為了看清我們社會的實踐
的怪誕性，傅柯便採用了考古學的方法，往後撤了一步，但這一
考古的撤退已不再把這些實踐當作是無意義的了。出於某種理由
（這在以後看得更為清楚），他並非在竭盡全力地涉入他所診斷
的生產和實踐之中。但傅柯能診斷我們的問題，因為他共享之。
我們已不能再搞理論了。我們不能再尋求深層的、隱藏的意義。
既然我們仍然要嚴肅地對待我們文化的問題，那麼我們就必然會
被引向一種像傅柯這樣的立場。從某種意義上講，如果不想倒退
到站不住腳的傳統立場，又不想追隨對慾望或「能指的任意運
作」的時髦分析，這一立場便是剩下的唯一選擇。

　　顯然，這並不意味着要迫使人們贊同傅柯對我們現今狀況的
具體診斷。但它確實意味着，某種形式的詮釋解析法是當今最有
力度、最為可行、也是最為誠實的選擇。既然我們同他人共享有
文化實踐，既然這些實踐使我們變成如今這個樣子，因而我們也
就必然具有某種共同的立足點——我們從此出發、去理解、去行
動。但這一立足點已不再是某種普遍的、有保障的、經過證實
的、或具有根基的東西。我們在試圖理解我們文化的實踐，而這
些實踐按定義本來就是詮釋。用維根斯坦的話說，它們非常眞實
而實在地隱含一種經過歷史建構的「生活形式」（form of life）。
這種生活形式沒有任何本質、沒有任何固定性、也沒有任何隱藏
的、內在的統一性。但是，它却具有自身特殊的連貫性。

125

第六章
從壓抑假想到生命權力

126

在傅柯於七十年代發表的演講、專訪錄和著書中可以看出，他已轉到了對社會實踐的分析。在《監督與懲罰》（1975）和《性意識史》（1977）兩本書中，他提供了對現代性作出一個涉及面更為廣泛、意義更為深遠的詮釋的重要部分。在我們這本書的這一章，我們將對傅柯的整個論述作一綜合性概述。毫不奇怪，這一概述將遵循這兒所運用的總的論證線索。我們要強調的是，傅柯的著述還從未以這種形式出現。他的著述仍處於不斷變化和修繕之中。其著述中也存有不甚清楚和過於粗略之處，甚至可說是模糊混亂，或者，包容一點的話，則可以看作他只是開啓了問題，以待他以後的著述或由別人來作進一步的探究。

傅柯所著重挑選的歷史細節同更為標準的史學研究之間的關係也仍存在著問題，且頗有爭議。❶我們這兒根本不可能來評價 127
傅柯所用的特定歷史細節問題，因而我們只想以盡可能清晰、盡可能合適的方式來勾勒出傅柯的歷史素材。這就必需省去傅柯這位系譜學家用來展示具體性、區域變化和肌理的大量細節和精細的描述。同時也要省去某些傅柯用來掩蓋其歷史思路的迷宮式表達。我們的目的不是去解決事實性的問題，而是弄清傅柯在追求的是那種方法。如果這一點能弄得更為清楚一點的話，那麼，也許對傅柯列舉事件的不凡特徵的辯論起碼得以在一個其輪廓範圍為雙方的參與者都知曉的語境內展開。

　　顯然，傳柯還應該給我們更爲明確地說明他在許多領域到底
是怎樣展開研究的。他的詮釋解析法或現時的歷史大概確實存有
論證、反駁和詮釋的限度和標準，但如果人們反用傳柯自己的著
書來作範例的話，我們只能對之揣度琢磨。這並非意味傳柯應該
爲我們講述一種歷史的理論或一種方法論指南。但旣然已有越來
越多的人擁護他的詮釋，而它們也業已成爲促進深入研究的因
素，所以這些問題就一定得加以更爲明確地闡述，否則它們就非
常有可能落入經驗主義的歷史程序分析。（這一最後趨向不是傳
柯所能避免的，但他顯然不想鼓勵這一發展。他的緘默無濟於其
事業的發展。在巴黎的知識界可被算作是一個有效的策略，到了
美國的學院廳堂就不是那麼回事了。）

　　圍繞傳柯七十年代的著述有兩個互爲相關的概念：「壓抑假
想」（repressive hypothesis）和「生命──技術──權力」
（bio-technico-power）（或稱「生命權力」）。在《性意識
史》中，傳柯針對壓抑假想寫道：這一觀點認爲眞理同權力本質

---

❶顯然，在評價傳柯的歷史論述時不能簡單地訴諸於所涉及的事實。在法
　國的歷史界，對其著述的評價存在尖銳的分歧。在《不可置信的監獄》
　（*L'Impossible Prison*, Paris: Editions de Seuil,1980）一書中，一批 19
　世紀專家討論了《監督與懲罰》。他們不是顯示出謹小愼微的態度，就是
　表露出屈尊俯就的恩賜姿態，儘管他們根本沒擧出幾處傳柯確實是不符
　合「事實」。正如傳柯刻薄地指出，這些歷史學家大多數都誤解了他的
　論據，因而他們對細微事實的糾正簡直就是不著邊際。這次討論顯然失
　之偏頗；希望今後會有比這次更有成果、更有見地的討論來關注歷史細
　節。另一方面，法蘭西學院羅馬歷史教授保羅・韋納（Paul Veyne）則
　在一篇題爲「傳柯震動了歷史」(Foucault revolutionne l'histoire.) 摘自
　Comment on Ecrit L'Histoire (Edition de Seuil, 1978)一文中讚揚傳柯
　是一位傑出的、精確的、敏銳的歷史學家。

上就是相對抗的，而眞理也就必定起一種爭求自由的作用。這一立場不能說是那一個特定的個體或學派所直接擁有的。它是一種對現今既定觀點的尼采式批判的傲效──起碼對法國左派圈子來講是這樣。（至於傅柯給我們展示的歷史材料，在其理論主張上也存有一種法國地方主義色彩。雖然其他國家當然也被提到──舉的例子有取自英國美國和其他國家的，但是大量的歷史素材、其眞正的指稱框架，以及傅柯秘密地與之角鬥的理論對手則全是法國的。）但也應該看到，《性意識史》是一範圍很少的宏大規劃，它需要許多年才能完成。因此，傅柯所提供的一般性詮釋可以被認爲是一種解釋性誇張，一種指出範圍標記以得到注意、挺出問題以得到討論、指出習已爲常之處以重新估價、以及指出人物以予重新評價的方式。

針對壓抑假想這一幻念，傅柯提出了一種極不尋常的，對性、眞理、權力、身體和個體的詮釋。他把這種綜合體稱作生命──技術──權力或稱生命權力（bio-power）。壓抑假想和生命權力之間的並列，爲我們在這兒擺出人們在傅柯著述中所遇到的主要問題提供了一種方式。德勒茲（Gilles Deleuze）曾隱晦地說過，傅柯不應被看成是位歷史學家，而應被看成是一種新穎的製圖者──製造用以實際用途而不是用以反映地形的地圖。

第一節　壓抑假想

總的來說，壓抑假想的觀點是：在整個歐洲歷史中，我們從一個對我們的身體和言談都相對開放的時期走向了一個越來越受到壓抑和虛僞的時代。比如，按這種說法，十七世紀仍充滿了一種天眞活潑的誠實感：「這是一個舉止直率、言談自由、無拘無束的時代，人體解剖可以公開展示，並能任意混合，機靈的小孩

走到那兒就能博得眾人的歡笑。」（HS 3）而到了十九世紀中
葉事情就發生了劇烈的變化——越來越糟。歡笑被「維多利亞時
代資產階級的沉悶夜晚」所代替。性慾〔不管把這餘下的稱做什
麼），現在被限於家門之內，甚至只限於父母的臥房。一種沉默
規則得到強行制定。一切都受到禁嚴。以前所有的性現在變得索
然寡味，性變成了實用的東西。在核心家庭中，性只是被用於再
生產。一切不符合一種嚴格的、壓抑性的和虛偽的準則的行為、
言語和慾望都要受到嚴厲地禁止。法律、壓抑以及最卑鄙的功利
手段支配了一切。這一邏輯甚至延展到維多利亞社會的邊緣：對
放蕩淫逸的讓步是極不情願的。甚至在那，或者說尤其在那，一
宗受到控制、有利可圖的交易被算作例外而得到允許，而它又加
固了這條規則。維多利亞時代的反叛者僅僅進一步證實了這個面
容拘謹的女王所代表的呆滯道德教義的勝利。

　　對持這一觀點的人來講，這種壓抑觀點的最大吸引力便是：
它極其方便地同資本主義的興起聯結在一起。「次要的性史及其
經歷被並入宏偉壯觀的生產方式歷史之中；其微不足道的方面也
就消失了。」（HS 5）性受到壓抑，因為它同資本主義秩序所
要求的倫理行為不符。所有的能量都應運用於生產。歷史的辯證
法巧妙地把細微瑣碎和意義重大的事物織進了同一塊布中。性慾
只是歷史的真實故事——資本主義的興起——的附屬品，但它是
一個很重要的附屬品，因為壓抑是資本主義制度支配的總形式。

129　　　這個圖表這兒也可以轉過來套用傅柯。如果我們在以上引語
中用「權力」一詞來替換「生產」，這樣來概述傅柯的工程將不
會是不公正的。雖然傅柯不在企圖揭示歷史的規律，也不在試圖
否認資本主義的重要性，但他在為我們揭示的是：為什麼性慾在
我們的文明中正是由於其同權力的聯繫而在最近獲得了如此的重
要性。既然他並不認為存在一種超歷史、超文化的性慾，正如我
們將要看到的，所以他便竭力揭示：我們的性慾是同某種別的東

西聯結在一起的。這種「別的東西」結果便被顯示為權力的具體
形式，起碼部分來講是如此。怎樣提出一種權力的觀念——它既
不能是一種潛在的本質，又不能是一種形上學的概念，也不能是
一種什麼都是的空洞之物，這是傅柯最近的著述面臨的中心問
題。

壓抑假想內含的另一誘人之處便是這一結論：爭取性解放或
抵抗壓抑總是一場很重要的戰鬥，儘管它很難取勝。（按這種觀
點甚至佛洛伊德也所得甚微，因為它的著作很快就被並入醫學和
精神病學的科學機構之中。）自從十九世紀以來，公開而勇敢地
談論性慾，這本身當然已被看成是一種對壓抑的攻擊，被看成一
種潛在的政治行為。畢竟，性解放和推翻資本主義仍被提在同一
個政治議事日程之上。按這種論點，當我們在談論性時便是在拒
斥既定的權力。我們為自己提供了「這個機會，去公開反對現存
的權力，述說真理和允諾幸福，去把啟蒙、解放和許多種快樂聯
繫在一起；去宣稱一種言說，它能結合追求知識的熱情、改變法
律的決心以及對現世歡樂園的渴望」。（HS 7）。誰能抵擋這
種誘惑？

壓抑假想牢牢地嵌入這一傳統：它把權力僅僅看作是強制作
用、否定因素和高壓管治。作為一種對實在的系統扼斥、作為一
種壓抑性手段、作為一種對真理的禁閉，權力因素阻礙或起碼扭
曲知識的形成。權力要達到這一目的便要壓制慾望、培植虛假意
識、讚允無知無識，以及運用一整套其他的詭計。因為既然權力
懼怕真理，那它就得把它壓制下去。

如此推理，作為壓抑的權力便受到言說之真理的最佳抵抗。
當真理得到述說、當要求解放的挑釁呼聲得以發出，那麼，一般
就認為，壓抑性權力也就受到了挑戰。真理本身不可能完全沒有
權力，但它的權力只是為了服務於明晰性、正確性和這樣或那樣
的更佳事物，即使這種更佳事物根本不含有比明晰性更為實在的

東西。即使傅柯這兒只是在泛泛地冷嘲熱諷，其矛頭却是經常有
所指的。也許當今最爲複雜和精緻的相反研究工程便是哈伯瑪
130 斯（ Jürgen Habermas ）的思想，它要求以一種半先驗性的理性
概念爲方式來批判和抵禦被扭曲了的支配控制。

傅柯把這種權力觀點稱做「司法—論述性的」（ juridi-
co-discursive ）。（ HS 82 ）它完全是反面的、否定的，權力和
眞理絕對互相排斥。權力只是產生「限制和缺陷」。它頒佈法
規，然後司法言說便起限定和約束作用。對不服從的懲罰總是易
如反掌。權力在任何地方都是一樣的：「它總是按照簡單和不斷
得到重覆再生的法規、禁忌和審禁的機制而運作。」（ HS 84 ）
權力就是支配。它所能做的只是禁止；它所能強行贏得的只是服
從。權力最終便是壓抑；壓抑，最終便是法律的強行制定；而法
律，最終便是迫使服從。

傅柯提出了另外兩個額外的原因，來解釋爲什麼這種權力觀
念會如此適宜地容納進我們的言說。首先，存有一種他所謂的
「言者之惠」（ Speaker's benefit ）。「普通性知識分子」
（ universal intellectual ）以大肆宣揚人性、博愛的姿態，莊嚴
地號召人們走向未來，因爲他告訴我們，這個未來肯定是更爲美
好。先知的口吻同其所允諾的快樂巧妙地結合在一起。不管怎樣
「述說眞理和允諾幸福」，這畢竟是一個相當具有誘惑力的述說
立場。作爲艮知和覺醒的發言人的知識分子把自己置於一個特殊
的位置。他處於權力之外、眞理之內。他的演說詞——揭露壓
迫、號召新的秩序——旣悅耳動聽又易於接受。當然，這也可以
看作是對傅柯自身特殊立場的描述，而在一定程度上他也不能免
於這一指責。然而，作爲系譜學家，他當然已不再聲稱他是置於
權力之外，也不再給我們允諾一條通向烏托邦或極樂天堂的光明
大道。

傅柯指出的第二個原因便是：接受這一觀點極爲舒坦。他論

證道，現代權力之所以顯得可以容忍是因為它基於這一條件：它把自身偽裝了起來；而這，它是做得非常有效的。如果真理處於權力之外而與之相對的話，那麼「言者之惠」僅僅是一種偶然的附加因素。但如果真理和權力並非互相排斥，正如傅柯顯然是要堅持的那樣，那麼，「言者之惠」以及有關的手段則構成為現代權力運作的主要方式的一部分。它通過製造一種言說把自身偽裝起來，這一言說看起來與權力相對，但實際上卻是現代權力更為廣泛的部署的一部分。用傅柯的話說：「權力作為一種對自由的純粹限制，它起碼在我們的社會是其可接受性的一般形式。」（HS 86）

　　這一原因的根源是歷史的。按照傅柯；在權力把性作為主要目標之前，它實際上是通過禁令和限制而運作的。權力的主要制度——君王和國家——產生於大量地方性的矛盾衝突因素。由於大量的具體約制和爭鬥，君主國家在進行大規模地調節、仲裁和劃分疆界的過程中得以興起。同時，它也力求掙脫封建傳統和習俗的束縛。它力圖從這些眾多紛雜的分封領地中建立起更為集中化的秩序。「面對大量的衝突勢力，這些龐大的權力形式打著代表正義原則的旗號，它們超越所有的地區性主張，宣稱它們具有三個不同之處：它們是一個統一的政體、它們使自身的意願同法律一致，它們通過禁令和法令的機制來行動。」（HS 87）這樣產生的權力還遠非是統一的。它的運作依靠許多武器，但它的語言則是法律。法律即使君王言之成理也使其臣民滿意服貼。當然，這種權力的司法合法化的特定歷史實情是極為複雜的。考慮到喬治·杜比及其學生最近論及這一階段的著書，考慮到這些主題的重要性，我們期望在以後的著書中對這些問題會有更為詳盡的闡述。

　　傅柯的主要論點之一便是：作為合法化的法律言說至今仍以一種形式招搖過市。他指出，甚至一個政治體制的反對者在談到

法律時，其言說同政體本身的口吻也不謀而合。在古典時代，對法國封建王朝的批判主要指責它對法律的濫用。後來，對國家的激進批判力圖揭露資產階級政體如何操縱法律規則來爲其自身利益服務。這種操作出差的原因大概是因爲歪曲了法律的規則。從某種意義上講，這也可以適用於傅柯自己，他對現代制度和權力言說作出挑戰，暗示法律的理想形式同由政治技術建立的社會秩序處於一種永恆的緊張狀態之中。

　　傅柯已明顯地把壓抑假想當作應該予以揭露的騙局。他不會只是通過提出相反的觀點，只是通過改變言說的術語來進行他的反擊，因爲這兒的問題不是那種言說是眞的，甚至也不是哪種言說是眞正批判權力的問題。他也不會聲稱壓抑假想的概念忽視了最近發展起來的經驗事實，因而只要通過正確的信息就能得到糾正。相反，傅柯認眞地對待在當時被其擁護者所認眞對待的立場；他的目的在於對壓抑假想如何產生以及它在我們的社會中已經起了何種作用進行系譜研究。他並不把壓抑假想的各種組成部分看成是難以捉摸的東西，而是把它們看成他正在診斷的現代眞理和權力相互作用的根本組成部分。然而，這一解析向度在《性意識史》中仍未得到全面發展。也許隨著以後幾卷的發表，整個輪廓會變得越來越清晰。

　　相對於他對壓抑假想的描述來講，傅柯自己到底站在什麼立132　場，却不是那麼明確的。至於他是否能幸免於他所提供的描述這一問題，他則躲在一邊，不肯表達。這一點似乎很清楚；他對權力和眞理作出分析，但是因爲他認爲它們在我們社會中的聯繫存在某種問題。其他人談論這些問題時目的在於爲我們揭示這種聯繫根本不是絕對的，而傅柯則要對這種方式進行系譜學質疑。這也許會導致出這樣的一個前提：即傅柯把自己看作是超越了這些問題的糾纏。但是，正如我們一直在論證的那樣，作爲一個知識分子，傅柯再也不把自己看作是外在於他所分析的東西。考古的

方法使他能夠獲得局部的疏離——但也只能是局部的。而且，系譜學的方法是一種投入的方法。但試圖揭示出真理和權力的關係因許多原因而被誤解為互有對立的關係，這仍是一個運用一種新的、經過修正的理性來反對一種更為複雜的權力變種（它包括一個真理的組成部分作為其最典型的要素之一）的問題。在這一點上，傅柯同阿多諾（Adorno）甚至同韋伯相差並不甚太遠。

在方法論上，傅柯確實同韋伯有別。在傅柯看來，韋伯的理想型是一種手法，它往後追加並思忖一系列歷史機緣，以便凸顯出所研究的歷史對象（比如喀爾文主義、資本主義、世俗禁慾主義）的「本質」。正是這一理想型把分散的現象帶進一個有意義的模式，從中歷史學家便可對它們進行解釋。傅柯堅持認為他的方法是不同的，他關注的是像「圓形監獄」這樣「具體、明確的程序」，即行為和改革的實際項目。它們沒什麼隱匿之處，它們不是由於歷史學家要收集一種解釋才被發明的。因此，他對一批法國歷史學家說道：「監督不是一種『理想型』（ideal type）（受監督的人的『理想型』）的表達；它是對不同技藝的一般化和聯結，而這本身就是為了符合具體的目的（學校的訓育，能夠使用槍支的軍隊的形成）。」（IP 49）同時，這些具體、明確的程序從未在制度中得到直接和完整地實現，這並不是因為現實從未照搬一種理想形式，而是因為存有相對抗的計劃、具體的衝突，以及其他完全可以得到分析的策略，即使它們最終同原初的程序不盡相同。傅柯作為系譜學家，力求盡量站在事物的表層，以免訴諸於理想的意指作用、總的類型或本質。但如果我們略去韋伯在很少幾處為其歷史分析而提及的方法論闡述（對他論及理想型的幾行文字歷來給予如此多的注意，實是不恰當的），那麼，傅柯同韋伯之間的距離也就大為縮小了。

實際上，對於傅柯這一論點：應該歷史地而不是形上學地來對待「理性的問題」，韋伯和阿多諾都是肯定會同意的。傅柯說

得很清楚：「我認為我們必須把『理性化』（rationalization）一詞的意思限定於一種工具的和相應的運用……以便來看清理性化形式如何體現於實踐或實踐系統之中。」（IP 47）。傅柯勝過尼采、韋伯和阿多諾之處是：他已把這一傳統引向深入，對這些具體的歷史實踐就其中的真理和權力問題進行了詳盡的分析。他以一種比韋伯更為細膩的分析手法把合理化權力的機制孤立和識別了出來。但這應該看成是對韋伯的工程的推進，而不是反駁。

最後，傅柯並不是在攻擊理性，而是在揭示一種歷史的合理性形式如何已得到實施。如他所說：「如果在這一分析中看到對一般理性的批判，就去假定理性總是產生**好事**，而**壞事**總是由於拒絕接受理性而產生，這就沒什麼意思。可惡的合理性是一個當代歷史的事實。這並不賦予非理性任何特殊權利。」（IP 31）我們在這本書中一直在論證，傅柯的詮釋解析法是一種有力而必要的方法，它可避免纏繞韋伯的價值自由論的困境，以及法蘭克福學派思想家們從未擺脫的非理性主義和絕望（或求助於藝術）的誘惑。傅柯是極為有理可循的；這使得他把自己的著述集中於處在現代權力政體中的「真理」的實際運作。

第二節　生命權力

傅柯通過找出壓抑假想在歷史上的成分來對它進行系譜學的重審。這些成分可以追溯到希臘的城邦、羅馬軍隊、羅馬共和國、羅馬帝國，以及基督教東部基地。然而，只是在十七世紀生命權力才得以產生，成為一個系統一致的技術，但甚至那時它實際上也不是古典時期佔主導地位的技術。但在這一時期，生命瞻養，人口增長及其照管成了國家的中心議題，而一種新型的政治合理性和實踐也就形成了一種連貫一致的形式。傅柯把新的政治

合理性方式的重要性同自然科學中的伽利略革命相提並論。在自然科學中，把事物從傳統的理解結構中解脫出來，這成功地導致了巨大的理論變革。然而在政治領域，哲學家則繼續信奉並一本正經地看待傳統的主權理論自然法規和社會契約。傅柯的論點是：這一言說幫助把實際上在文化實踐層次正發生的巨大轉變掩飾了起來。現代「權力之所以可以容忍是因為它把自身的一大部分偽裝了起來。它的成功和其隱藏自身機制的能力成正比」。（HS 86）

在堅持先前的政治理論的同時，古典時期提出了一種新的技術和政治合理性。在十七世紀中葉，對歷史、地理和人口條件的系統性、經驗性研究導致了現代社會科學的產生。這種新知識脫胎於舊的倫理或拘謹的思維方式，甚至脫胎於馬基維里（Machiavellian）對君王的忠告。於是技術社會科學開始在行政管理的範圍之內成形。這並不是像在自然科學中正在形成的那種一般的超語境的、普遍的、「趨向於定形」的知識。相反，它是一種著眼於具體目的的理解方式。現代社會科學從尋求實際智慧的傳統政治理論，以及尋求一種類似於自然科學的社會總理論的霍布斯式（Hobbesian）思想中分岔出來。在第七章中我們將討論人文科學和權力結構這種裙帶聯繫對當代的社會科學將意味著什麼。在這兒我們主要關注的是：某些社會科學如何逐漸同生命權力的技術聯結在一起。「生命權力把生命及其機制帶進了一個赤裸裸的計算領域；並使知識／權力成為轉變人類生活的代理人……現代人是一種動物，其政治使其存在成為問題。」（HS 143）

按照傅柯的說法，生命權力在古典時期初，圍繞兩個極點同時得到發展。這兩個極點在十九世紀初之前一直是分離的，十九世紀初之後它們才結合起來，形成了至今仍為我們現狀之顯著特徵的權力技術。

　　一個極點是對自然人種的關注。科學的類別——物種、人口及其他，而不是司法的類別，在歷史上首次連續而持久地成爲政治關注的對象。試圖理解人類繁殖之過程的努力緊緊地同其他的、更爲政治的目的聯結在一起。這些對生命活力的調節性控制將是傅柯《性意識史》第六冊的重點。我們則將在本書第八章詳細討論傅柯目前對性和性慾的分析。

　　生命權力的另一極則注重於身體——不是作爲人類繁殖手段的身體，而是作爲一種可以被操作的客體。一種新的科學，或更爲確切地說是一種作爲權力客體的身體的技術，逐漸在分散的、邊緣的地方得以形成。傅柯給它取名爲「監督權力」並在《監督與懲罰》中對之進行了詳細的分析（參見本書第 7 章）。「監督權力」的基本目的是要製造出這樣一種人：他可以被當作「馴良的身體」而任人擺佈。這一馴良的身體也得是一個有生產能力的身體。監督技術在工作坊、兵營、監獄和醫院裏產生並得到完善；在任何這些地方，其總的目的都是要獲取個體和大眾的「有用性和馴良性的平行增長」。監督身體的技藝主要被運用於工人階級、下層無產階級，雖然這也並非絕對，因爲它也在大學、學校得到實施。

　　「監督性控制和馴良身體的製作無疑與資本主義的興起聯繫在一起。但產生於資本積累的經濟變化和產生於權力積累的政治變化並不完全獨立，它們要想得以擴散和成功就得互相依賴。比如，許多軍事方法被大量照搬到工業管理，這就是按照權力格式的模型來組織勞動分配的例子。但這一格式並非產生於經濟領域，也不局限於經濟領域。」（DP 221）傅柯以一種非因果性的平行方式來表達兩種主要的變化，但他的暗示甚爲明顯，按他的詮釋，政治技術的發展要先於經濟技術的發展。他堅決主張監督技術支配著經濟上的資本主義的成長、擴散和勝利。要是沒有紀律嚴明、規規矩矩的個體被嵌入生產的機器之中，資本主義的

新要求就一定得落空。同樣，要是沒有大規模地對人口的固定、控制和合理的分配，資本主義就會成為泡影。傅柯論證道，這些監督技藝維繫並支配了生產機構中更為廣泛、更為顯著的變化。起碼在法國，監督技術的緩慢成長要先於資本主義的興起──無論在時間還是在邏輯意思上講。這些技術並沒有引致資本主義的興起，但它們是其得以成功的技術上的先決條件。

我們曾指出，傅柯堅信監督技術在其擴散過程中是相對隱匿的。它們並不簡單地取締政治理論、法律、權利、責任和正義的言說。監督技術的實施者事實上運用好幾個絕然有別的國家理論，每一個理論都在過去某一特定時期得到著重闡述。這些不同的理論可以共存於不同的權力場所中：比如在工廠、學校、大學，以及國家行政機構。這並不意味這些理論並不重要。相反，這些理論之間的微妙複雜關係、甚至它們之間的競爭都掩蓋了這一事實：當時完全新的實踐，即生命權力的實踐正贏得廣泛的接受。舉一個例子，十八世紀人文主義要求平等的言說激起了一場史無前例的政治運動。但同時，以一種不易被人察覺的方式，工廠作工的紀律得到加強、遊民的勞役得到嚴密管轄、警察對社會中每一員的監視得到加強，這些都確保了一系列關係的發展，而這些關係不是，也不可能是平等、博愛、自由的關係。政治代表性和平等性在國家機構中取得了某些進步，這是無容置疑的，但同時，監督紀律也確定了社會中的所有成員不可能平等，也不可能具有同等的權力：「真正的、身體的監督，建構了形式和法律上自由的基礎。契約可以看成是法律的理想基礎；監督技術建構的技藝使高壓和屈從得到普遍擴散。」（DP 222，譯文有所改動）

雖然這一政治技術擺脫了傳統政治理論的框架，但它並不是非理性的或無主題的。實際上它有其自身顯明的政治合理性。傅柯試圖分析的正是這種合理性、這種同新的生命權力技術聯繫在

一起的合理性。要理解這一具有顯著特徵的政治思想體系，我們必須把產生於古典時期的觀點同更爲早些時期的政治和知識理論作一對比。

從傳統上來講，在西方文化中，政治思想關注的是正當和美好的生活。實踐理性力求基於一更爲全面的對宇宙秩序的形上學理解來改變人的品性，以及集體和政治生活。基督教的理論；比如像聖・多瑪斯（St. Thomas）的理論；同亞里斯多德（Aristotle）是一脈相承的。多瑪斯關注的是一種善的秩序，它基於一種本體理論的世界觀。政治要爲一更高的目的服務。這一更高的目的基於一更大的秩序，而它是可以被認知的。政治思想就是一種在一個不完善的世界中引導人們走向美好生活的藝術，一種模仿上帝管治自然的藝術。第二類政治合理性產生於文藝復興時期，也通常同馬基維里這一名字聯繫在一起。他給君王出了許多忠告意見，談論怎樣才能最佳地掌管國家。君王的權力同他所統治的國家之間的聯繫成爲審查的對象。正如許多人所指出，這是早期西方政治思想傳統的一個巨變。這兒沒有任何形上學的考慮，也沒有對超越君王權力的目的賦予任何嚴肅的關注。這種權力的增強和鞏固——而不是公民的自由和美德、甚至也不是他們的平安和安定——才是這些忠告意見的終極目的。實用的和專門的知識被抬到了形上學的考慮之上，策略性的考慮佔了絕對上風。

137　　政治思想上的第三種類型同前面兩者都有區別，它通常被稱做「國家利益」（raison d'état）理論。雖然這種理論的最早代表和馬基維里同處一個時期，而且也經常同他歸在一起，但是傅柯却認爲他們絕然有別，因爲傅柯尤其注重治理措施的具體制定者以及那個時代的專門技術手册。他指出，正是這些人（他們的名字都鮮爲人知）制定出實際運用的政策。他們一方面爲治理和監督個體制訂精細的技藝，而同時又使用西方政治思想的主要傳

統來偽裝其具體的策謀。但是他們却代表了一種政治哲學上的變化。「國家利益」的策略家關注的是作爲其自身目的的國家；國家脫離了一個較大的倫理制約**以及**特定的君王的命運。這些策略家的目的，傅柯論證道，是最爲徹底，最爲現代的。對他們來講，政治合理性不再只是要力求獲取美好的生活，也不只是要幫助君王；而是通過對國家之臣民的身體實行更爲嚴密的監督，來增強權力的範圍——僅爲其自身的目的。

這種新的政治合理性的第一個原則是：國家，而不是人或自然的規律，才是其自身的目的。國家的存在及其權力才是新的專業和行政知識的適當主題，而司法言說則同它相對；因爲司法言說涉及權力時還有其他目的：比如正義、善、或自然規律。這並不意味法律已變得無關或已消失，只是它在現代社會中逐漸具備了其他功能。

行政知識要理解的對象不是人民的權利，也不是神性或人性規律的本性，而是國家本身。然而；這種知識的重點不在於提出一種總的理論；相反，它是要幫助界定一個具體的、歷史的國家的具體性質。而這就要求收集有關國家的環境、人口、資源以及所存在的問題的信息。我們在前面已經看到，一整套經驗的調查方法得到提出，並促進了這種知識的產生。了解某一特定國家的歷史、地理、氣候及人口不再僅僅是一個好奇的問題。它們成爲一種新的權力和知識情結的關鍵要素。政府，特別是行政機構，爲了有效地運作就需要具體、專門和可以測算的知識。這使它能夠精確地了解其力量狀況：哪兒較弱、怎樣才可以得到扶持？因此，生命權力的新的政治合理性便同新生的經驗性人文科學掛上了鈎。例如，起初是對人口的一種研究馬上便成了政治算術。這兒人們可以想到孟德斯鳩（Montesquieu·）《法律的精神》（ *Spirit of the Laws* ）一書論及氣候、地理、人口等等諸如此類的衆多章節，而這些章節却經常被現代評論家省略，或者避而不談。　138

按傅柯的窺視，正是這些段落，而不是那些論美德的段落，才是
該書最有意義，最重要的部分。

這樣，行政管理者不僅需要這種有關他們自己的國家，而且
還需要有關其它國家的詳細知識。如果這種政治合理性的目的是
國家的權力，那麼它就一定得按力量大小來測算。既然所有其他
國家都在玩弄同樣的政治遊戲，那麼他們之間的比較也就十分重
要。福利，甚至生存都是爲了勢力，而不是爲了美德才起作用。
同樣，在這兒，經驗的知識，而非道德理論，才是主要因素。

政治因而也就成了「生命政治」（bio-politics）。一旦生命
的政治佔了主導地位，那麼這些人口的生命，以及他們的毀滅，
也就成了政治選擇。既然這些人口只不過是「國家爲其自身目的
所介意」的東西，那麼國家也就有權利對他們進行調動或殺戮，
只要這樣做有利於國家的利益。總之：

> 從國家有其自身性質及其自身最終目的這一觀念，到人是國
> 家權力的真正客體──只要他生產剩餘能量，只要他是一個
> 生活、工作和說話的存在，只要他建構一個社會，只要他屬
> 於一個環境中的一員──這一觀念，我們可以看到國家對個
> 人生活的干預在不斷得到增加。生命對這些政治權力問題的
> 重要性增加了；由此產生的是一種通過最複雜的政治技藝而
> 進行的、對人的動物化過程。人文和社會科學之可能性的發
> 展，以及保護生命和大屠殺同時並行的可能性，也就在歷史
> 上應運而生。」（SL）

傅柯在分析這種新型的政治合理性之時，孤立出一種政治和
歷史之間的新關係。一個聰明的立法者再也不能把所有國家的要
素歸結並聯繫在一起，以創造一個完美和諧的環境。相反，他們
必須不停地監視一系列不斷變化著的勢力，它們受到一個政體所
作出的政治選擇不斷的增強或削弱。既然不再有可能強加任何外

在的和諧原則或外在的限制；因而對一個國家所能達到的實力也
就沒有任何內在的限定。權力，一旦掙脫了自然和神學的限定之
後，便進入了一個可以——起碼原則上講可以——進行漫無邊際
的擴張的世界。擴張——或者毀滅——便登上了歷史舞台。當
然，在歷史的進程中存在著物質因素。這一政治時代的產生明顯
地同主要的經濟和人口變化，尤其是同資本主義的興起聯繫在一
起。但是，馬克思主義的歷史學研究已有一個多世紀之久，而這
一特殊的政治合理性的特殊重要性却相對來講仍未被加以分析。　139
傅柯研究的中心正是要對這些具有顯著特徵的政治實踐進行識別
和分析。

　　例如，雖然新型的行政官員關注的主要是人口，但同時也伴
隨著一種政治和個體的行政定義。在現代國家不斷擴張的活動範
圍及其行政機構中，人在一給定範圍內被看作是一種資源。對個
體的興趣完全僅在他能為國家的實力作出貢獻這一範圍之內。個
體的生命、死亡、活動、工作、痛苦和歡樂僅在這些日常關注變
得政治上有用時才有所重要。有時候，按照國家的利益觀點，個
體必須按某種方式生活、工作和生產；而有時候他就得去死——
以便加強國家的實力。作為政治和科學關注之客體的現代個體的
產生，以及這在社會生活中的網狀散佈，現已成為傅柯所關切的
主要問題。

　　警察的工作是對生命權力之技藝進行明確地闡發並進行行政
管理，以便加強國家對其公民的控制。在十七、八世紀，法國的
警察是司法機關的一部分，他們處理的不是作為法律主體的個
體，而是作為能工作、做生意和生活的人的個體。（這一向度在
《詞與物》中得到詳細的考古討論）通過閱讀那個時代的行政管理
資料，傅柯揭示道，警察的作用（它隨著時間的推移變得越來越
重要）是負責掌管某些個體和一般大眾在涉及國家福利方面的事
務。因而警察的功能實際上是相當廣泛的：「涉及到人和事物與

財產的關係，他所生產的東西；人在一個地區的共存，以及在市
場上所交換的東西。它還包括他們的生活方式，他們會碰到的疾
病和事故。」警察所照顧的是一個活著的、能動的和有生產能力
的人。路易十四（Louis XIV）時期的一份資料冊上寫道：「警
察的眞正對象是人。」（SL）國家先前曾經注重具有權利和義
務之主體的人。而現在警察關注的則是在其日常活動中的，作爲
國家實力和活力之主要組成部分的人。正是警察及其行政上的助
手承擔了人的福利——以及對他們的控制。

國家的行政機構按照人們的需要和他們的幸福來安排福利。
這兩者當然也是先前政府所盡力而爲的目標，但現在它們的關係
被倒置了。人類需求不再被看成是爲了其自身目的的東西，也不
再被看成是一種尋求發揭其本性的哲學言說的主體。它們現在得
140 到工具性和經驗性地看待，被當作是增強國家權力的手段。這
樣，傅柯便展示了新的人類福利的行政管理概念同生命力的增長
之間的關係，國家行政官員就諸如繁殖、疾病、工作和痛苦等生
物性問題來表達他們對人類福利和國家干預的概念。

生命權力的兩個極點——身體的控制和自然人種的控制——
在十八世紀是互爲獨立地發展的，而在十九世紀由於對性的關注
而被引到了一起。除了國家以外，其他形式的權力也開始運作，
而它們也使用一種有關性慾的言說和新的策略來控制實踐。性成
了權力藉此把身體的活力和自然人種的活力聯結起來的建構，性
慾以及被賦予的意義現在也成了生命權力藉此擴散的主要手段。

我們將在第八章討論傅柯對性的（他把它稱做性慾的設置）
問題的重要見地。在這兒，我們只想強調這一問題的產生如何成
爲不斷增長的生命權力範圍的一部分。這一有關性慾的言說不應
該按韋伯的方式把它理解爲一種世俗禁慾主義的興起。在生命權
力的解釋性框架中，性慾的設置並沒有導致對性慾的興趣的減
弱，而是導致了對身體之活力的關注和言說的暴增。傅柯認爲，

存在「一種對身體的強化、和對健康及其操作手段的質疑：這是
一個如何極端抬高生命價值的技藝問題。其首要的關注是……身
體、活力、長壽、生育，以及『統治』階級血統的裔傳。」
（HS123）似乎有史以來第一次，如此多的注意力都集中在身體
的每一方面及其性的每一向度。性成了意指作用、權力和知識的
主要投注對象。

　　到十九世紀末，性慾的總設置已滲透到整個社會機體。正如
十九世紀初中產階級以貴族性及其「血統象徵」（symbolics of
blood）來標榜自己身份一樣，現在他們又同被墜入性和生命權
力之網的工人階級劃清了界限。在十九世紀初，資產階級道德家
竭力提醒他們階級的成員小心注意性，要求他們注意隱藏在裏面
的生命活力以及它所具有的危險。到十九世紀末，性所產生的危
險引起了更爲廣泛的關注；他們便勸告其階級要進行壓抑和採取
保密措施。正如傅柯所揭示，這一新言說的特徵是：「性不再如
良知導師、道德家和教育家以及醫生對上一代人所說的那樣，是
一種令人生畏的秘密，現在我們不僅必須去尋覓它所隱藏的眞
理，而且，如果它本身帶有衆多危險性的話，這是因爲——不管
是由於拘謹、由於過分敏銳的罪感，還是由於虛僞——我們長久
以來一直沒有把它說出來。」（HS128，129）一旦個體和大衆
的性慾化得以在社會上擴散，階級的區分標誌就不再是資產階級
對性慾的成見。作爲意義的性現已擴展到作爲行政控制的性。

　　正是在生命權力擴散的這個時候，社會福利項目變得專業化
起來。正是在資產階級談論和書寫亂倫幻想的同時，他們也在農
村和城市貧民區組織起社會福利項目。各種改良社團力求取締工
人階級中實際的亂倫和其他不可容許的性反常實踐。無數的報告
和新聞報導激起公衆對這些一直存在的危險的警覺。另外，市政
當局也建立起診所來醫治性病，同時一整套醫學材料和持證營業
的機構也在試圖控制賣淫活動。這一監督框架的瀰散是打着公共

141

衛生和担心民族退化的名義而得到實行的。對性實踐的大量關注似乎被大大地轉移到了對民族和國家命運的關切。

不久以後，精神分析加入進來——這是說對資產階級而言。這是壓抑假想登峯造極之物，是慾望和法律最純粹的聯合，是秘密的和絕妙的意指作用的極端；這是解脫壓抑的靈丹妙藥，至少對某些人講是如此。精神分析宣告：性慾與作爲壓抑的法規的聯繫是絕對普遍的，它是文明的**唯一**基礎。但是，以壓抑行爲創建起所有社會的亂倫慾望可以——通過精神分析——被安全地置入言說之中，當資產階級放棄他們對有關性慾之言說的絕對支配之時，他們又爲自己發明了另一種特權：能夠述說被壓抑的性慾，述說最深奧的慾望。「眞理的任務現在同對禁忌的挑戰聯結了起來。」起碼對這個階級是如此。告白也同要求述說權力所禁止人們去做的東西聯結了起來。

生命權力的監督性和告白性成分雖然因其被各階級的運用而有所不同；但它們又通過兩者對性的重要性的公認而統一起來。傅柯所舉的例子之一便能說明這一點。在上世紀末，本世紀初，亂倫禁忌被科學地宣佈爲所有社會的普遍規律，同時，行政機構則力圖把這一概念銘刻在每個農村和工人階級人員的頭腦中；也是在同時，知識份子通過精神病科學使自己確信：通過談論這一禁忌他們便是在抵禦壓抑。這樣，這一循環也就得到了封閉。壓抑假想成了推進生命權力的基石。

這樣，回到傅柯在《性意識史》一開頭就提出的詰問，即對壓抑的批判言說到底是阻擋了權力，還是構成它所譴責的權力機制的一部分，我們現在便可以回答：它是權力機制的重要組成部分。傅柯總結了這一點：「因而法律便可穩坐泰山了，即使是在新的權力機制中。因爲這一社會的吊詭是，它從十八世紀至今，已經創造出了比衆多的有背於法律概念的權力技術：它懼怕這些技術的效果和滋長，便試圖去把它們以法律的形式重新編碼。」

（HS109）

　　傅柯的論證到此也已經轉了一整圈。生命權力已經吸收並體現了壓抑假想。產生壓抑假想的歷史條件——即性慾理論由此而產生的文化實踐——現在也同認同它的條件遙相呼應。按照正確的詮釋方式，它們兩者要能得到理解，只有把它們置入一個更為綜合的「歷史譯解框架」（grid of historical decipherment）之內。有了這一框架，我們現在便可倒過來更為詳細地考查這些技術及其有關的合理性。

第七章
作爲客體的
現代個體的系譜學

143

　　在《監督與懲罰》中，傅柯通過揭示出監督技術和規範性社會科學的相互作用，把現代個體系譜地描繪成馴良的、緘默的身體。如他所說：「這本書旨在撰寫一部現代靈魂和新的審判權力的相關歷史；一部現時科學—法律情結的系譜學——從這一情結懲罰的權力獲得其基礎、辯詞和規則；也是由這一情結它擴展其效果，並掩蓋其極度的單一性。」（DP23）傅柯的書顯然不是一部頌揚進步的著作。相反，它是對監督技術在更大的生命權力的歷史框架內之成長的陰沉描述。在傅柯，現代個體的興起和社會概念（即在社會科學中所理解的概念）的興起是同步的發展。然而，傅柯講的故事並不是涂爾幹（Durkheim）那種科學勝利的故事，其間一門有關社會之科學的產生便宣告個體的自主權和社會的客觀性得到了加強。傅柯的故事則剛好相反。傅柯講的是一門客觀的社會科學——即把社會事實當成事物的科學——以及現代個體「牢固的緘默性」的產生，以便揭示這兩種發展都是他所謂的權力之具體歷史形式的工具—效果。

　　傅柯在《監督與懲罰》中提出，我們應該把懲罰和監獄當成一個複雜的社會功能，而不是僅僅把它們當成一組壓抑機制。懲罰不應被當作是一件純粹的司法事務，也不應被當作是一種社會結構的反思，或一種時代精神的象徵，相反，傅柯看待監獄是爲了孤立出一種特殊權力技藝的發展。懲罰既是政治的也是法律的；清楚這一點是很重要的。雖然《監督與懲罰》的副標題爲《現代監

144　獄的誕生》，但其研究對象並非眞的就是監獄；而是監督技術。傅柯在回答法國歷史評論家時說得很清楚：

> 《監獄的誕生》中討論的是什麼？某一特定時期的法國社會？否。十八和十九世紀的犯罪情況？否。一七六○年至一八四○年法國的監獄？也不是。而是某種更爲微妙的東西：當決定要爲一種舊的監禁實踐而引入一種新形式時，監獄改革所體現出來的目的，那種計算方式以及提出的「比率」。總之，我是在撰寫「懲罰理性」之歷史的一章。（IP33）

傅柯研究的對象是體現於一具體技術之中的我們文化的客體化實踐。

傅柯所分析的總的策略發展可以用這一命令句來總結：「使權力技術成爲刑罰制度人道化和人的知識兩者的原則。」（DP23）在這一策略中，身體是主要的目標。因此，傅柯分析了「一種身體的政治技術，它可以被解讀成是權力關係和客體關係的共同歷史」。（DP24）很明顯，這些關係是相當複雜的。傅柯在《監督與懲罰》中所描述的正是它們的相互生產、歷史關聯及其系譜學。

然而監獄是傅柯用來凸顯西方對監督本身之不斷變化所持的態度的主要圖型。一種描繪這一權力關係與客體關係之歷史的簡明辦法，便是去概述傅柯給我們提供的三種懲罰圖型。它們是：作爲王權武器的折磨、古典時期人道主義改革者的夢想、現代監督權力技術之體現的監獄和規範化監視。在每一種情況，其懲罰類型都表明社會把罪犯當成可以被支配的「客體」。在所有三種情況中，一個主要的目的便是要糾正權力關係在一較大社會中的平衡，而同時一個次要的、但却是相關的目的──起碼在後兩種圖型中──便是要改造罪犯。現在讓我們來概述一下這三種懲罰形式的策略和目的。

第一節　懲罰的三種圖型

王權折磨

　　在第一種圖型——即王權的圖型中，折磨是懲罰的範例性形式。爲什麼，傅柯問道，罪犯被架上拉肢刑架、被拉得四分五裂、被澆上滾油，被砍成萬段？爲什麼，在死前的片刻，他們被迫要在衆目睽睽之下向「人民」坦白承認其罪行？

　　這種示衆折磨是一種政治儀式。法律被認爲是代表了王權的意志；誰要是侵犯了它就必須遭到國王憤怒的回報。觸犯法律被看成是一種挑戰行爲，一種對國王身體的猛烈攻擊；君王也就必須以牙還牙。更確切地說，他必須以最大武力來回敬；法律所隱含的權力的巨大威力必須公開地展示出來，使人望而生畏。在這一暴力儀式中，罪犯受到肉體的摧殘、被毒打、身體被肢解，這象徵性地炫耀了君王的權力。於是，權力和法律的完整得到再度捍衞；君王的面子也得以挽回。

　　這種極權的形式是一種殘暴的儀式。但這一儀式也體現了其自身的極限：「一個被抹掉痕跡、被拋回塵埃的身體，一個被君王的無限權力切割地粉身碎骨的身體，不僅構成理想的效果，而且也構成懲罰的眞正極限。」（DP50）這是一場兩種人之間的戰鬥，儘管是一場受到儀式化的戰鬥。君王一般都肯定會獲勝，但是挑戰者被踐踏的身體同時也耗盡了君王的勢力，暴露了它的限度。雖然國王的權力威猛無比，但是每次法律遭到破壞、每次權力受到挑戰，它都得被迫重新調節和恢復。一旦某次炫耀失敗，那就需要有更大規模的權力炫耀來重新建立起君王的威力。

　　即使懲罰的最後行爲是「極度殘暴的頂點」，但要達到最後

145

的戲劇性表演，其間也有形式的法律程序。起訴的提出以及證實這一控告的程序完全是法官的特權。他們遵循一種極為細緻的程序法碼，要求證據、證詞等等，其詳情細節這兒我們無需關注。重要的一點是，在這些秘密舉行的程序過程中，被告被完全與之隔離。為了建構其證據，刑事調查得是書面的、秘密的、受到支配的，必須嚴守規則，它是一種得以在被告缺席的情況下製造出真理的機器。」（DP37）

　　法律滿足了它對起訴的真理性要求之後，按理說，它的程序到此也就應該停止了。然而，法律還要求有一個坦白。「坦白，這一犯了罪的、負有責任的和述說的主體的行為，是對書面的、秘密的原初調查的補充。」（DP38）它通過示眾折磨的儀式而獲得。折磨，傅柯指出，並不是某種毫無羈絆的動物野性爆發的行為，而剛好相反，它是把痛苦有節制地運用於身體之上。有一些精緻的程序被用來精確地測定和控制痛苦的運用。「折磨是基於大量痛苦之運用的藝術……死亡折磨是在痛苦中維持生命的藝術，它把生命瓜分成『成千上萬個死』，並讓人在死亡之前忍受最痛苦的煎熬。」（DP33,34）這一精緻藝術的發展直接同法律準則有關。特定類型的罪行要求有特定程度的折磨；身體的痛苦應該適合所犯的罪行。最後，折磨也是一種司法儀式。罪犯的懲罰，一定得被刻印在其身體之上。

　　但在這兒受到儀式化的不僅僅是君王的權力。按所假定的預想，控告的真理性經由折磨展示出來之後便可導向坦白。到十八世紀，這種製造真理的方法已成為一個始終如一的儀式。罪犯被折磨之時，他也被迫要坦白。因為法律的權力被刻印在其身體上，他也就被迫要證實折磨之正義的真理性以及控告的真理性。儀式的頂點——處決，也就是審查的終極：真理和權力便結合在一起了。

　　總之，折磨圖型使權力、真理和身體併入一個情結。殘暴的

折磨同時也是顯露眞理的權力表演。它在罪犯身體上的運用旣是一種報復行爲也是一種藝術。然而，君王的權力被間斷性地運用於每一次這樣的表演之中。被運用的場所——身體——以及示衆地點隨着權力的交替變更都要重新進行戲劇性表演。

伴隨並完善權力表演的、對眞理的儀式性坦白也是相當脆弱的。它的技藝和地點的特定性也隱含了一種具體的抵抗形式。在作爲折磨的權力圖型中，抵抗和權力都依賴於觀看這一殘暴情景的觀衆。要是沒有衆人圍觀，整個儀式的目的就將化爲烏有。但在權力表演時大量羣衆的在場也具有兩面性。原先的目的是要衆人望而生畏，但這些示衆表演同時也激發了抗議和反抗。假如判決被認爲是不公正的——無論是由於對罪犯的指控不公正，還是出於劊子手的藝術的緣故，罪犯很可能被釋放，而執行官員則被暴亂的羣衆追趕而倉皇逃命。罪犯，在坦白的行爲中，很可能——事實上也是經常——抓住這一機會來宣揚其淸白無罪並痛斥當局權威。總之，在這些殘暴的示衆中，也「存有一種狂歡的一面，其間規則被顚倒、權威當局受嘲弄、而罪犯則變成了英雄」。（DP61）權力的場所很容易變成社會騷亂、甚至反抗起義的場所。

這種反抗體現於「就義演講」文學之中。在這種奇特而矛盾的文學類型中，或者連篇累牘地記載罪犯的懺悔錄，或者莊嚴地歌頌所犯的罪行。在任何一種情況下，傅柯告誡我們，對罪犯的歌頌旣不僅僅是對抗議的大衆化表達，也不是「由上面强加的道德敎化」。相反，它應該被理解成「某種圍繞罪行、懲罰和回憶的戰場」。（DP67）很明顯，官方容忍了這些奇怪的演講，而他們本可以禁止它們的發展。臨刑前的演講界定了一個權力和抵抗的範圍；正義及其冒犯在其中都能找到頌詞。傅柯認爲，權力需要抵抗作爲其運作的基本條件之一。正是通過對抵抗要素的連接，權力才擴散至社會領域。但同時，當然也正是由抵抗，權力

才受到擾亂。抵抗既是權力運作的要素，又是其永恒的不安的來
源。通過這樣一種概述，傅柯只不過是在爲我們提供一種挑戰性
的宣言。儘管他的說法非常令人鼓舞，但他所舉的這些歷史事件
的例子還遠不足以構成一個有關權力的總理論。儘管傅柯聲稱他
不是在試圖建構這樣一種理論，但別人却經常以爲他是在這樣
做，而他也顯然對權力作爲一個總的問題很感興趣。我們將在本
書最後一章回過來討論抵抗作爲生命權力之瀰散的重要組成部分
的具體場所。

人道主義改革

在十八世紀期間，一批人道主義改革家闡述一個新的言說，
它抨擊過分濫用暴力、炫耀君王權力以及歌頌亂民復仇。越來越
多的觀察者注意到，示衆處刑非但沒像預期的那樣嚇住多少人，
反而激怒了許多人。改革家打著人道的名義，把「以折磨的殘暴
方式贖罪」譴責爲一件應該予以糾正的邪惡，是不合理的行徑，
應該以一種更爲合理的權力和正義的分配來取代之。當時的法官
總結道，法國大革命時期的請願是：「讓刑罰受到控制，並同所
犯罪行相符，讓死刑只用於殺人犯，讓違背人道的折磨徹底廢
止。」（DP 73）由於這一言說，我們便看到出現了一種對懲罰
的新解釋。

人道主義改革家要求廢除殘暴的戲劇性表演。照他們的觀
點，這種儀式的本質就是暴力——極端的暴力，既是君王的暴力
也是人民的暴力。在這些改革家看來，「在這種暴力中，……暴
君同反叛者相對抗；每一方都使對方充滿義憤……刑事正義不應
該是報復，而應該只是懲罰」。（DP 74）而且，雙方都太過
分，以致整個制度都無法有效地運作。君王這種炫耀式的、但也
是個人性的、不規則的權力證明，他的這種儀式越來越無法阻止
犯罪。在人民的一方也存在過分地使用暴力以及非法行爲，而儘

管存在精細而錯綜複雜的法律規則，人民還是創造了無數巧妙的　148
辦法來蔑視和逃脫它。要是犯罪涉及財產、特別是涉及那些社會
地位相當高的人的財產時，就尤為如此。按改革家的觀點，舊體
制的每一層都有過分和不足之處。他們提出了一種新的懲罰格
式，它要把寬容和更高的實用效率結合起來。

他們的主要理論根據在於社會契約理論，即社會是由個人組
成，他們聚集在一起並通過一種契約安排形成一個社會。犯罪現
不再被看成是一種對君王身體的攻擊，而是對契約的冒犯，整個
社會成了受害者。因而，社會就有權糾正這種犯法罪行，於是懲
罰也就成了社會的職權。主持正義的標準不再是君王的權力或坦
白的真理性，而是社會契約各方都享有的「人道」。與此相應，
懲罰也必須是有節制的，應該更為寬容，因為不光是罪犯，而且
整個社會都同每個人的行為有牽連。因而懲罰的限度、及其目
標，應是每個主體的人道、德性。

這樣，新的懲罰形式既必須糾正對社會造成的犯法行為，而
且也必須把犯罪者帶回他在社會中適當的、有用的位置。這種對
主體的重新審定依賴於「一整套表象技術」。（DP 104）正如
我們在第一章所示，表象在古典時期是所有事物得以認知的手
段。按此推理，一種操縱性表象的藝術可以為正確地整理和重新
整理社會生活提供一種技術。

基於這種司法表象（judicial representations）的理論，改
革家提出了一系列措施。首先，懲罰要有效地起作用的話，必須
盡可能有根有據。一個完美的懲罰應該「與它所懲罰的罪行一樣
顯明」。（DP 105）一種表象式的懲罰應該使旁觀者一下就看
清罪行本身的性質以及所強加的糾正措施。這樣一種懲罰應該起
一種制止、一種對社會的補償和一種教訓的作用，所有這些都要
使罪犯和社會一下子就能清楚。懲罰不應該再受君王意志的任意
擺佈，從今往後它得符合於社會的真正秩序。1791 年提出的新

的刑事立法規定：「在犯罪性質和懲罰性質之間必需有精確的關係；使用暴力犯罪的人必須受到體罰；懶惰的人必須以苦力處之；行為卑鄙者必須使其聲名狼藉。」（DP 105）一旦在所犯的行為和所採取的糾正措施之間獲取了一種顯明性之後，那麼懲罰就可以被認為是有效率的、生效的和人道的。

　　其次，按照這些改革家，這種恰如其分的表象的新技術所起的作用應該是減少重覆犯罪的可能性。它在社會中應起制止因素的作用。而且它也應該在罪犯身上起作用，以便使他重新成為合格的司法主體，為社會而獲得新生。獲取這一目的的方法體現在實施恰當的懲罰過程中，因為這些懲罰被認為是針對了犯罪主體所犯罪行之根源的原動力。更使懲罰行之有效，要麼應該攻擊罪行本身的溫床，使罪犯在考慮了快樂和痛苦的得失之後發現它不合算，要麼就機械地使促成犯罪的勢力互相抵抗。這就可以使一系列表象在罪犯頭腦裏轉動，而善的最終能戰勝惡的。總之，「形成穩定和易認的符號的刑罰同時也必須重組對利害關係的經管和感情的動力」。（DP 107）

　　但是很明顯，要使所有這些都能正確地起作用，它一定得基於一種精確的知識。十八世紀的改革家力求建構一種包羅萬象的知識圖表，在其中每一種罪行及其恰當的懲罰都能找到精確的位置。糾正措施都得並入法律條例之中。各種類型的罪犯必須得到極為詳細的類分。從這些類分中可以很清楚地看到；同一種罪行對來自不同社會羣體、或具有不同性格結構的罪犯實際上很可能具有不同的效果。因而就需要對罪犯的類分進行更大程度的區分：「個體化作為一種得到精確改編的信碼的終極目的而產生。」（DP 99）同時，這種向個體化的推進也導致了對罪行和罪犯的客體化。恰當地運用準確的懲罰，這就需要一個作為個體而得到固定、並得到細緻地認識的客體。這兒，在有關社會的科學和以後會把人當作客體的學說的成長發展中，我們已跨出了重

要的一步。

法國的人道主義改革家聲稱，他們把知識運用於人的「靈魂」。他們並沒有忽視身體，但他們主要的目的是要使之能夠成功地作用於靈魂對表象的準確操作應該能夠完成它所要求的所有任務。表象的理論，同社會契約觀點和對效率（和實用性）的迫切需求聯繫在一起，它產生了「某種對人行使權力的總方法：把『思維』作為一種權力的表面印記，以符號學作為工具；身體通過思想的控制而屈從」。（DP 102）

對人道主義者來講，懲罰的理想形式不是對罪犯進行示眾折磨，或像在下一個時期那樣，對他們進行監禁。它應該是公共勞役。罪犯應該在法國的公路、運河和公共廣場幹苦力活。他應該是明顯可見的，應該帶著其罪行的表象在火地上到處行走。社會也可受益於其勞動及其教訓。「因而，罪犯以他所得提供的勞動和他所產生的符號，付出了雙倍的代價……罪犯是利潤和意指作用的焦點」。（DP 109）在改革家看來，利潤當然好，但道德更要緊。懲罰成了一種公眾道德教育。社會通過使這些罪犯在各個領域遊行，也加強了其正義體制。法律的功能越是完善，懲治措施越是完善，懲治措施越是恰當，對大家也就更為有利。應吸取的教訓越是奏效，對那些誤入歧途的公民以及那些可能偏離正義、對整個社會產生危害的人也就越有利。「懲罰的示眾性不應具有肉體的恐怖效果；它應該是一本敞開著供人閱讀的書」。（DP 111）

在這過程中，以前那種趨向於讚頌罪犯的大眾抵抗也受到了削弱。因為如果罪犯本身就是吸取教訓的來源，大家都可從他身上得到道德教誨，而他也已得到公開展覽，那麼，有關他的行為的公眾言說也就在理論上進一步加深了旨在為別人吸取的教訓：「人民的詩人終於將同自封為『永恆的理性的使者』結合在一起；他們將成為道德家」（DP 112）。通過嚴密地經管，每個人都

150

將吸取一個教訓，懲罰的目的將同時是靈魂的改造和社會的道德化。整個社會都要成爲懲罰的場所，只要準確的表象得到巧妙地操作，以便在公民中產生恪守規矩的習慣，因爲「在柔軟的腦纖維上可以找到帝國最堅而不可摧的根基」。（DP 103）

151　　　在第一種圖型中，懲罰的場所是固定的，懲罰也只是間斷地進行，而在第二種圖型中，其目的是要盡可能連續和廣泛地使符號得到最大限度的流傳。在第一種圖型中，君王的權力被直接刻印在罪犯的身體上；而在第二種圖型中，一種準確地操作表象的技藝通過大腦思維而得到運用。在折磨的圖型中，犯罪的知識絕對秘密地由法官收集，然後通過罪犯的坦白而得到公開展覽；而人道主義改革家則大量收集詳細的知識以建構一種信碼，其間各種各樣的罪犯和懲罰都可以得到客觀地、詳盡地和公開地認識。罪犯在折磨過程中通過坦白而述說其罪行；司法主體則通過社會迫使其在全國各地流傳的符號把他的道德教訓公佈於世。

　　　在第一種圖型中，抵抗作爲社會動亂和權力的頌揚，伴隨有殘暴的戲劇性表演；而第二種圖型堅決拒絕罪犯積極地發揮作用，這就貶低了這種道德的戲劇性表演。更爲重要的是，反對人道主義改革家的呼聲從未眞正有機會提出，因爲這些改革家的大量計劃也從未得到徹底貫徹。雖然在法國大革命時期提出了大量建議，但由於大革命的戲劇性進程及其後果、以及隨之而來的拿破崙時代，歷史的進程似乎缺了一段，因而這些計劃只得到很少地貫徹。不管怎樣，某些人道主義建議的要素還是並入了第三種刑事懲罰圖型，即監督技術的圖型。

監禁的規範化

　　　監獄作爲懲罰的範式性形式產生得很突然，但它在古典時期並不是完全沒有先例。到十八世紀中葉，好幾個荷蘭的勞改所已經體現了一種基於經濟要求而組成的社會和個人勞改制度。這些

機構中最著名的便是「根特監獄」（Maison de Force at Ghent）。在那兒，罪犯和流浪漢被關在一起，被迫幹活。這有助於減緩荷蘭人對罪犯行爲日益加深的擔憂，但是這種政治─社會因素同某種經濟因素綜合了起來。監獄的花費很大，因而囚犯應該幹活，以支付其自身的改造。這不僅從眼前利益看是經濟的，而且從這些監獄中會產生出新的工人出獄後立刻就能爲社會的生產和福利作出貢獻。難以管教的青年會被迫到勞動的樂趣。他們在監獄裏的勞動也會得到報酬，因爲在新教社會所有勞動都得有報酬。在這一理想的勞改場所，經濟的和道德的、個體的和社會的因素都愜意地結合在一起。但在這個時期，這一模型僅得到很有限地實施，因爲人道主義者對監禁的不信任感面對北方模型的實用性似乎仍佔上風。

荷蘭的勞改模型在英國的改革家那裏得到完善、發展，他們的努力在由布萊克斯通（Blackstone）和霍華德（Howard）於1779 年闡明的監獄改革原則中達到了高峯。除了勞動以外，他們還加上了隔離。個體會發揭出「在其良心深處的善的聲音；單獨的勞動將不再僅僅是一種訓育，而且也將是精神轉變的訓練；它不但要重新組織適合於經濟人（homo oeconomicus）的利益情結，而且也要重組道德主體的要求」。（DP 123）這些技藝的目的，起碼在這些場所內，主要不是「屈從性的」。它們被認爲是一種有效的辦法，可以使囚犯返回他們能夠自行改造自己的狀態。

在開辦於一七九〇年的費城貴格教派（Quakers）模式──華爾納街（Walnut Street）監獄中，荷蘭和英國體制的最重要經驗都被融滙進了一個完整的制度。經濟要求被滿足了，監獄的負擔由囚犯的勞動來承擔。每位個體都受到小心地監視，他的時間以最有效的方式受到組織，整個一天都被分割成好幾段勞動時間。道德要求也得到實施：對每一個囚犯都進行教育和精神訓

導。另外，貴格派教徒還提出了他們自己的新發明。對罪行的懲罰現在是秘密地、在監獄的牆內進行。公眾把懲罰的權利委託給恰當的、最合適的權威機構。這些權威機構可以任意行使權力，他們不僅把抗拒的囚犯改造成本份的，而且對囚犯生活的各個方面進行完全徹底地重新改造。要達到這一目的的關鍵手段便是知識、詳細的觀察、完整的檔案資料，以及嚴格的類分。對犯罪環境的詳盡盤問、罪犯的行為、他在監禁下的進步，以及不斷得到完善的有關罪犯的犯罪行為的一般知識，同經濟的、道德的改造要求一起，構成了這一新的懲罰圖型的要素。

看守性監禁的產生，以及它很快就被接受爲主要的刑事懲罰形式，這是很驚人的，不是因爲它滙入了某些由啓蒙改革家所提出的原則，而是因爲它違背、顛倒和抵觸了許多其他的原則。這些差別可以總結如下：懲罰不再尋求有意義的示眾性表象以及說教性道德頓悟，而是通過精確地運用知識和權力的行政技藝，企望獲取行為上的改正──既包括身體的改正、也包括靈魂的改正。懲罰只要產生出「馴良身體」（docile bodies）就算獲得成功。懲罰的實施仍舊刻印於身體之上，但其目的已不再是去鎮壓、分化和戰勝之。相反，身體要受到訓練、鍛煉和監視。一種新的控制機構的產生是必要，因爲它可以執行監督的任務。它應該是一個完整的、延續的和有效的監視設置。折磨、坦白、以及改革家的懲罰性示眾的儀式都是公開地進行，然而這種新的懲罰技藝卻需要秘密地進行。其運作也需要有越來越高的自主性，以免胡亂干預的影響。「一種對罪犯的身體和時間的負有責任的仔細設想，一種通過一個權威和知識系統而獲得的對其活動和行為的支配；一種應用於囚犯以逐個改造他們的、經過策劃安排的矯形術；一種對這一嚴格地從社會機體和司法權力孤立出來的權力的自主行使。」（DP 130）

第二節　監督技術

153

　　應該強調指出，監獄只是這一監督、監視和懲罰技術的許多例子之一。傅柯強調的其一主要論點便是：監獄本身，以及宣傳懲罰的理想形式的政論文章，都僅僅是更為廣泛的監督個體和大眾之實踐的明顯表達形式。在整個十八世紀，尤其是在十九世紀，這些策略擴展到其他人口區域、其他改革地點和其他行政控制部門。醫院和學校制度實際上並非傅柯的靶子，監獄也同樣如此。相反，他關注的是監督程序本身。我們現在便可以來觀察一下這些實踐並孤立出它們的總特徵。

　　監督是一種技藝，而不是一個制度。它以這樣一種方式運作，以致它可以在某些機構（監禁所、軍隊）中得到大量地、幾乎是完全地運用，或者在其他機構（學校、醫院）中被用於確定的目的；它可以被早先存在的權威（疾病控制）所利用，或者被某些國家司法機器（警察）所利用。但它却不能還原到或等同於任何這些特殊的例子。監督並非就是僅僅代替存於社會中的其他權力形式。相反，它「覆蓋」或支配它們，把它們聯結在一起、擴展它們的管轄範圍、加快效率，「尤其是使之有可能把權力的效果帶到最細微、最邊遠的要素中去」。（DP 216）

　　它如何運作呢？按照傅柯，監督主要行使於身體之上，起碼在其部署的早期階段是如此。當然，在所有社會中都能發現某種社會控制強加於身體之上。在監督性社會中所不同的是這種控制所採取的形式。身體被當作一個客體，以便加以分析和把它分成幾個組成部分。監督技術的目的是要鑄造一個「馴良的身體，它可以被屈從、被利用、被轉變和被改進」。（DP 136）

　　而這又是如何運作的呢？首先，身體被分成幾個部分，比如

腿和手臂。然後這些部分又得到區別對待，並受到精心計算的、有針對性的訓練。目的是要獲取對部分以及整體兩者的控制和運作效率。人們可以想到皇家軍隊不遺餘力所進行的操練。比例極為關鍵；最佳的、最精確、最具有生產能力和最為綜合性的控制人的制度建立於最微妙和最精細的基礎之上。從作為被操作之客體的身體出發，來建構一種「微觀權力」（micropower），這是監督權力的關鍵所在。

154 　　其次，意指向度不斷受到輕視、貶低和忘却。在古典時期，當大部分注意力被集中於表象的準確操作，當示眾坦白仍為君王權力的主要儀式之時，監督──尤其是在軍隊和學校──則悄悄地發展出各種技藝和策略來把人當成被加以鑄造的客體，而不是被聆聽的主體或被流傳和閱讀的符號。作為意指符號携帶者的身體不再顯得那麼重要了。比如，傅柯稱做「身體的榮譽言辭」的軍事勇氣低落了；而現在的重點則被放在形式的組織、身體各部位的訓練要素的回應、以及手、腿和眼睛的自動反應。傅柯也舉出了軍事訓練的例子。儘管他把這種訓練的最早形式追溯到羅馬軍隊，但它們在十八世紀得到更為廣泛地普及。身體的訓練成了權力運作不可或缺的一部分，因為它主要集中於對戰士身體運動之內在協調性的經管。這兒所奉行的規則可作如下總結：考慮細小的單位、除掉它們的所有意指向度，使聯繫這些單位的運作得到固定，然後大規模地運用之。

　　第三，微觀權力導向一種特殊的時間運用。監督性權力，這一「矯正過程」要能既有效率又有效果地運作，它就必須作用於它所力求盡可能連續不斷地使之變成馴良的身體之上。控制不能是斷斷續續地，甚至也不能每隔一段時間而進行。運作、效率的標準化，以及意指作用的貶低要求不間斷地使用控制。而且，所企望的目的和為此目的而設計的技藝逐漸融為一體。為實現這種徹底的馴服性（以及相應的權力增長）的夢想，所有空間、時間

和運動的向度都必須受到持續不斷地編碼、訓練。因此，在整個古典時期，監督技術變得更爲經濟、易於分析、專門、具體和實用。「監督的歷史性時刻在於一種人類身體之藝術的誕生之時，這一藝術不僅旨在其技法的增長，不僅旨在其屈從作用的加固，而且旨在形成一種關係——它在機制本身之中、隨著身體變得更爲有用而使之更爲馴服；反之，……人的身體則進入了一個對之進行探索、毀滅和重新安置的權力機器之中……監督產生出……馴良的身體……〔它產生出〕日益增大的能力和日益增強的支配」。（DP 137,138）

　　空間的控制是這一技術的重要組成部分。監督通過對個體在空間中的組織而進行，因而它也就需要有具體圍定的空間。在醫院、學校和軍地，我們發現它有賴於一個秩序井然的框架。一旦這一框架建立起來，它便能使個體得到確定的分佈、得到監督和監視；這一程序有利於使危險的大眾或遊手好閒者變成固定的和馴良的個體。

　　在監督技術中，空間的內部組織有賴於要素被瓜分成有規則的單位時所遵循的原則。這一空間基於一種在場的缺席原則。在這樣一種簡單的編碼中，框架中的每一格都具有一種價值。這些格子有助於實施對身體的監督技藝。一旦這一框架建立起來，其原則便是：「每一個體都有一個位置，而每一位置也都有其個體。」（DP 143）個體以一種極爲經濟的方式受到置位、轉換和觀察。對於最有效和最具生產能力的運作，有必要事先就界定所使用之要素的性質；事先就找出符合所提定義的個體；把它們置於規定的空間；擺平作用於空間結構中的功能分佈。結果，在一封閉範圍內的所有空間都必須得到安排；不應該存在任何浪費、任何間隔、任何空隙；必須做到無一漏綱。「在監督中，要素是可以置換的，因爲每一要素都由它在一個系列內所佔有的空間，以及使之從其他要素中隔離出來的間隔所界定。」（DP

145）因而，監督空間的成功有賴於一「結構式」組織的編碼。

人們不禁要指出，這種對空間組織的描述，同法國結構主義思想家認爲是普遍原則的要素、轉換和系列等定義幾乎完全相對稱。如我們前面所示，傅柯寫《詞與物》是作爲一種對結構主義的考古學。我們現在把《監督與懲罰》基本上讀成是一種對結構主義論述及有關實踐的系譜學。

傅柯列舉了這種對空間的「結構主義」組織的兩個例子：軍事醫院和工廠。位於羅什福爾（Rochefort）的軍事醫院是監督空間最早的實驗之一。軍港是極爲合適的監督實驗的場所，因爲它接待各種各樣最爲危險的身體。在這兒，海員、逃兵和流浪者帶著世界各地的疾病和傳染病聚集在一起。醫院的任務是要調整和控制這些危險的混雜交配。在這樣一個海港，對空間的嚴格分離會同時達到多種目的。隔離傳染病。抓獲逃兵。看管物品。醫院的秩序首先通過藥物來加以控制。然後這一框架擴展到去識別病人，並把他們置於一種分解性觀察之下。基於他們的年齡、疾病等等因素，他們被分隔成不同類型。「逐漸地，一種行政的和政治的空間被聯結於醫療的空間之上；它旨在個體化區分身體、疾病、徵兆、生命和死亡……從監督之中，一個醫療上有用的空間得以誕生。」（DP 144）

156

在古典時期末的工廠裏，空間和操作的組織則更爲複雜。它不僅是一個控制人口的問題，而且還要把這種控制同生產結合起來。傅柯舉了儒伊（Jouy）的 Oberkampf 工廠的例子。該工廠按功能分成一系列專業化車間（印刷車間、處理車間、配色車間、鐫版車間、染色車間）。最大的廠房建於 1791 年，規模非常宏偉，三層樓高，有 110 米長。每一層安放有兩排工作台，共132 張。在每張工作台上工作的有一名印刷工和一名助手，這樣一共就有 264 名工人。成品都小心地堆放在每張工作台的角落處。要進行嚴密地監督也很簡單，只要讓一名監工在兩排工作台

之間的中央走廊來回巡走就行。可以嚴格地監視整個車間的操作，而每一對工人的具體生產同所有其他人的生產也很容易相比較。在產生泰勒主義（Taylorism）的一百年之前，初步的操作方式就已得到界定，這一因素的各種要求——力度、準時性、恆定的熟練技能——都受到考察、對比、並被賦予特定的等級。「這樣，工作量以一種完全清晰可讀的方式散佈於一整系列的個體身體上，因而它也可以按個體單位得到分析。在大規模工業產生時，人們同時也可以在區分生產過程中，看到個體化分割勞動力，分佈監督性空間常常使兩者都得到保證。」（DP 145）在這樣一種制度中，個體工人、病人或學童都能受到精確地監視、並能準確地同他人進行比較。在同時，通過同樣的方式，對整個集體大眾也就能成功地進行秩序化、指令性控制。這種對單個細胞的控制同整體操作的秩序是相伴隨的。

這樣，監督對身體的作用是區別對待、對症下藥的。「監督『創出』個體；正是權力的一種特殊技藝把個體既當成是客體，又當成是其運作的工具。」（DP 170）

它達到如此目的不是通過鎮壓他們或對他們進行演說，而是通過「微不足道的」訓練和分佈程序。它是通過一種層層監視和規範化批判的結合而運作。這些都融匯入監督權力的一種主要技藝：查檢。

層層監視是查檢中的一個主要因素。其目的是要使監視成為生產和控制的不可或缺的一部分。監視和被監視的行為要成為使個體聯結在一個監督空間內的主要手段。身體的控制有賴於一種權力視覺。這種通過監視的控制、通過凝視的效率以及通過結構的秩序的第一個模式便是軍營。在這兒，完全徹底的組織和監視成為可能。在這兒起作用的功能是有限的，但整個模式很管用；以後它擴散到大規模城市規劃、工人階級住宅規劃、監獄、學校等等的建構之中。軍營模式在很大規模上提供了層層監視的控

157

制。但在其他場所它還首先得加以提煉。

不斷加強的內在可見性使持續不斷的查檢成為可能，但它也成了古典時期建築師的普遍問題。他們為為建造學校、醫院和烏托邦提出了各種各樣的計劃，其間可見性要達到最大限度。比如建構巴黎軍事學校的例子。學校的目的相當苛刻：「練就出強壯的身體，以滿足健康的要求；培養成有能力的軍官，以達到智力的要求；培訓出服從的戰士，以滿足政治的要求；阻止淫逸和同性戀，以滿足道德的要求。」（DP 172）達到這些目的的手段部分同建築有關。建築房屋是長長的寺院式大排房，每十個房間有一個軍官。每一個人都有一個封閉的套間以同其鄰居隔離──但每一間房都安有一個窺視孔，使他受到監視。在食堂、監察員的桌子要高於其他的桌子，這樣他能更好地監視新兵。厠所四周都有牆，但只有半扇門。這些以及許多其他的細節看上去好像非常支離破碎、微不足道，但它們實際上是監督技術的重要組成部分。個體化和監視聯結於這個結構空間之內。

當這些監視性細節被融滙入一個生產性機器時，複雜程度也就更深一步。欺詐、懶惰、故意破壞、拙劣的工藝、疾病、無能，要是再加上越來越大的工業機器，這些就會變得極為昂貴。《百科全書》中解釋「製造」（Manufacture）一詞時把監視中的具體化定義為生產方式不可缺少的一部分。監工在等級上同工人有別，但他們也包括在新的生產組織之中。監視體現出一種關鍵的經濟功能，盡管同時也起著監督的作用。權力，通過在這些工廠裏受到加工提煉的監視，被組織為「大眾的、自動的和匿名的」（DP 176）──或者幾乎如此。當然它由人來執行，但却是這種組織使其如此這般地運作。「監視者，也永遠受到監視。」這意味著，從工業歷史的早期開始，權力和效率就被併入一個體系；空間和生產通過一種監視視覺被聯結在一起。

為使這一監督體系良好地運作，就必須有一種標準，它要能

統一其操作，並進一步鞏固其懲罰，使其達到一種更為精細的具
體化水準這一標準便是「規範化評判」（normalizing judg-　
ment）。傅柯把它概述為一種「微觀處罰」，通過這種「微觀
處罰」，權力便得以控制越來越廣泛的生活細節，而它們曾因太
微小、太瑣碎而被排除在法網之外。而現在出現了「一整套對時
間（遲到、缺席、任務的中斷）、對行動（分心、疏忽、缺乏熱
情）、對行為（無禮、不服從）、對言語（閒聊、高談闊論）、
對身體（不準確的姿態、不規則的姿勢、不乾淨）、對性（不純
潔、不正派）的微觀處罰」。（DP 178）通常對日常行為最細
微方面進行具體化，幾乎所有一切都有可能受到懲罰。不協調一
致者，那怕是暫時的不協調一致，都會成為監督注意的對象。

於是，所有行為都被分為兩極，要麼就是好的，要麼就是壞
的。在這兩極之間，可以識別一系列精確的分等步驟。人們可以
按量確定和排列出一個具體、細微的差錯。貫徹實施一種「刑事
會計」（penal accountancy）的可能性。通過這種計量性分析
方法，對每一個體都可以編制出一份客觀的檔案材料。因此，
「通過精確地評價行為，監督便『以真理』來評判個體；它所執行
的刑事處罰也就融滙入一套有關個體的知識。」（DP 181）一
種客觀的等級體系也就得以建立，而按照這一體系，個體的分佈
也就得到合理化、合法化，同時也就更有效率。

規範化評判的效果是複雜的。它開始要基於一種原初的前
提：即個體之間具有形式上的平等。這導致一種原初的同類性，
而從此又引出了協調一致性規範。但是一旦機器運轉之後，就開
始有越來越精細的區別和區分，它客觀地把個體分門別類、按次
序排列。

我們很容易認出，使監視和規範化評判聯在一起的程序就是
查檢。在這一儀式中，現代權力形式和現代知識形式——在兩種
情況下都是個體的形式——被歸入一個單一的技藝。在其中心，

查檢「體現爲被看作客體的人的屈從和受屈從的人的客體化」。（DP 185）起碼初看起來，這可以是相對有益的發展。比如看一下醫院的例子。在十七世紀，醫生到醫院就診，但他對醫院的行政管理則幾乎沒有或根本沒有發言權。從此以後，由於他所尋求的那種知識的本性以及他要獲取那種知識所運用的方法，他逐漸轉向一種越來越介入的立場。隨著醫院成爲訓練和實驗性知識的場所，醫生在其運作中起著越來越大的作用；他擁有越來越多的助手；醫院的形式本身變得有利於其巡視和查檢，而它們也已成了醫院行政管理的主要中心。正如傅柯在《醫院的誕生》中令人信服地分析，井井有條、監督有序的醫院成了醫學監督的物質對應體。這些變化既不是有益的、無足輕重的，也不是無關緊要的。

　　查檢在醫院或其他結構中的重要性首先基於一種微妙但又重要的倒置。在傳統的權力形式中，就像君王權力形式一樣，權力本身是可見的，被帶到亮敞處，並不斷地進行展示。大衆被關在陰影處，只出現於權力的閃耀金光之末端。監督權力顚倒了這些關係。現在，權力本身在尋求不可見性，而權力的客體——即權力行使於上的客體——則被變成最可見的。正是這種監視的事實、這種始終不斷的可見性才是監督技術的關鍵所在。「在這一支配性的空間，監督權力主要是通過安排客體而呈現出其功效。查檢可以說是這種客體化的儀式。」（DP 187）正是通過這種可見性的倒置，權力才按現在這樣運作。

　　其次，通過編制檔案材料，查檢使每一個個體都成爲一個被認識的實例。在傅柯看來，這代表了一種重大轉折。日常生活和個人傳記的細節以前曾逃脫了正式法律體制和任何類型的寫作網絡。而現在它們則受到極大的關注。以前曾經是被用來讚頌英雄的手法——固定於寫作中的、對其燦爛生活的關注——現在被顚倒了過來。最平常的活動和思想也被詳細地記錄。個體化的功能

因而也就轉變了其作用。在像封建制的政體中，個體性處於最高
的地位。誰行使的權力越大，誰就越能算作一個個體——憑其榮
譽、威望，甚至憑其被葬於其中的墳墓。但在一個監督政體中，
個體化地位下降。通過監視、永恆的監視，所有受到控制的人都
受到個體化。查檢的儀式產生出含有細緻監視的檔案材料。兒
童、病人和罪犯比成人、健康的個體和守法的公民受到更爲爲細
緻入微地認識。檔案材料代替了史詩叙述。

　　現在，權力不僅把個體性引入了監視範圍之內，而且還把客
觀的個體性固定於寫作範圍之內。一種廣泛的、精細的記錄工具
成爲權力增長的主要組成部分。檔案材料使權威當局得以確定出
一個客觀編碼的網。知識越多，具體化程度也就越高。個體文件
資料在一系統性秩序化中的結果，使得「對整體現象的測定，對
羣體的描述，對集體事實的概述，對個體間隔閡的測算，以及他
們在一旣定人口中的分佈，成爲可能」。（DP 190）受到客體
化、受到分析和受到固定的現代個體是一種歷史的創造。不存在
任何普遍的人物權力可以在上面實施其操作。運用其知識和履行
其要求。相反，個體是某種權力和知識相互交叉的成果和對象。
他是在權力範圍內複雜的策略發展和人文科學內的各種發展的產
物。

　　隨著對個體的醫療科學的產生，我們現今所熟悉的人文科學
也跨出了重要一步。這種大量的數據編制，不斷增多的檔案材
料，以及持續擴大的新的研究領域，都得到日新月異的發展，與
此同時也伴隨著監視和分析身體，以使它更適合於操縱和控制的
監視技藝的完善和繁榮。在傅柯，這並不是一個光榮的時刻：
「人的科學的誕生……大概要到……卑鄙的檔案庫中去發現，因
爲現代對身體、姿態和行爲的壓制正是在其中生根發芽。」
（DP 191）

　　傅柯斷言道，人文科學把自己定義爲學術性「學說」（dis-

160

ciplines）（正如我們今天習以稱道的那樣），這本身就同監督技術的瀰散緊密聯繫在一起。這不單單是一種言詞上的湊巧。社會科學（心理學、人口統計學、數據學、犯罪學、社會衛生學）起初都置於特定的權力機構（醫院、監獄、行政機構）之內，其間它們的作用就是進行專業化、具體化。這些機構需要新的、更爲精煉的、已受到操作的言說和實踐。這些言說、這些假科學、這些社會科學學說提出了其自身的論證規則、自身的取捨方式，其自身的學說分界方式，但所有這些都在一更大的監督技術的語境內而得以進行。

　　這並不是說人的科學是監獄的直接反映，而只是說它們產生於共同的歷史策源地，自身也還沒有脫離籠罩著監獄的權力／知識技術。旨在產生馴良的、有用的身體的權力監督技術「需要一種主從化和客體化互爲交叉的技藝……監獄網路建構了這種使人文科學在歷史上成爲可能的權力／知識的許多盔甲之一。可認識的人（靈魂、個體性、意識、行爲，不管它叫做什麼）是這種剖析性關注、這種支配─監視的客體─效果」。（DP 305）

第三節　社會科學的客觀化

　　傅柯對個體被建構成客體的解釋對社會科學提出了重要的問題。一旦我們看到社會科學是從權力策源地中發展而來之後，我們馬上要問：社會科學能否像自然科學那樣從這一策源地中脫離出來？但如果我們遵循傅柯，我們便會把重點轉到另外兩個不同的問題：一種自主的、客觀的社會科學（它系統地排除所有有關其自身可能性的問題，會不會有可能產生出有意義的、有關人類活動的綜合性見解？而且，更重要的是，這種渴求自主性和客觀性的根源和效果是什麼？於是，傅柯似乎又不得不回答這樣一個

問題，社會科學能否承認其可能性依賴於一種社會實踐的背景，然後再來科學地對待這一背景？然而傅柯又會把問題倒過來問：如果人們能擁有一種使具體的社會科學成爲可能的背景實踐的理論，那麼這樣一種理論能否解釋由這種理論本身所起的社會作用？

　　這些對我們認爲是有關的問題的系統性變換，看上去似乎是對有關的基本哲學問題的逃避，但要按傅柯所持立場的邏輯，事實上就得這樣。首先，傅柯始終拒絕介入有關何種立場表明眞理的辯論。在《知識考古學》時期（參見本書第三章），他通過加括所有具體的眞理聲稱，以及所有爲尋求客觀理論的嚴肅工程進行辯證和奠基的企圖，對現象學進行了極端化處理。而且，從一開始起，傅柯就已經通過加括主體自己賦予其經驗的意義而超越了現象學。在考古者那裏，嚴肅性和意義的問題根本就無法發生。然而，加上了系譜學之後，傅柯便又可以提出有關嚴肅性和意義的問題，這種嚴肅性並不聲稱具有客觀的理論，而是嚴肅地關注那些聲稱具有客觀性的理論所起的作用。我們把這稱做解析的向度。傅柯現在所發現的那種意義也同由於所謂的客觀社會科學的傳播而對我們社會所產生的意義有關。要弄清楚這種意義就需要傅柯介入我們所謂的詮釋。

　　現在回到我們的第一個問題：社會科學能否像自然科學那樣，從使它們成爲可能的社會實踐的背景中解脫出來？如果能夠的話，它們所能獲取的科學成果的意義是什麼？要弄清楚背景實踐在人的研究中所起的特殊作用，我們必須首先記住：自然科學同樣也預先假定一個背景，它包括技藝、共享的區別、共享的關聯感——所有那些在訓練過程中習得的技能，它們構成孔恩所謂的一門科學的「學說策源地」（disciplinary matrix）❶的一部

----

❶孔恩：《科學革命》（*Scientific Revolutions*），P.182

分。

　　傅柯簡要地（却也並沒有完整地）指出了自然科學的進展同　162
人文科學的進展之間的聯繫，並對之進行了比較。他對十八世紀
監督技藝的增長和中世紀司法探究技藝的發展進行了比較。獨立
確定事實的技藝產生於十二、十三世紀新形成的法庭，自此以
後，它們便朝著許多方向分岔開來。「也許這樣說沒錯：在希
臘，數學起源於測量的技藝；而在任何情況下，自然科學在某種
程度上起自中世紀末，源自探究的實踐」。（DP 226）正是在
宗教法庭時期，探究提出了其運作的模式。實踐者加工、提煉了
探究自然科學的程序的方法，並使之從其早期和權力的聯繫中脫
離出來。誠然，正是在一種皇族和基督教會權力的策源地中，觀
察、描述和確立「事實」的探究技藝才得以產生。

　　在人文科學方面，情況則有所不同。人文科學「已使我們人
類欣喜了一個多世紀了，但其技術發源地却來自對日常細節卑鄙
的惡劣的監督及其探究之中」。（DP 226）但至今它們仍未能
夠從其脫胎處掙脫出來。同自然科學比較來看，社會科學從未有
過像伽利略（Galileo）那樣的「大觀察家」。查檢和註册的程
序一直──如果不是完全的話，起碼也是緊密地──同它們在其
中得以發育的監督權力聯結在一起。當然，也有過大的變化、技
藝的推進。新的學說方法也曾出現過並呈現出同權力的複雜聯
繫。然而，傅柯堅持認為，這些僅僅是修修補補而已，並非盼望
已久的掙脫性轉變，或者是跨越了某種界線，從而得以成為一門
獨立的科學。

　　監督策源地在自然科學和社會科學中所起的功能為什麼具有
歷史的區別呢？❷要回答這一問題，我們首先必須更為詳細地考
察背景實踐在自然科學中運作的方式。不斷變得複雜和精緻的技
藝和技能使得現代科學家能夠不斷地「重新操作」❸客體，以便
使他們適合一個形式框架。這就使得現代科學家能夠從與人有關

的語境中孤立出其特徵，然後便運用如此孤立出來的、無意義的
特徵，並用嚴格的規律使它們發生聯繫。同任何技能一樣，使自
然科學成爲可能的實踐也涉及一種可以通過嚴格的規則而獲得的
技能，孔恩（正如我們在第三章已經看到）强調指出，這些技能
是通過解決範例性問題而獲得的，而波蘭尼（K. Polanyi）補充
道，這些技能常常不能從教科書中學到，而必須從訓育中獲得。
而且，這些科學技能預先假定了我們的日常實踐和區別，以致這
些技能不能像它們所揭示的超語境物理屬性那樣受到解語境處
理。由於這兩個原因，科學家的實踐無法受到這些實踐使其能夠
得到詳盡闡述的那種明確規律的制約。按照孔恩，它們是「一種
認知方式，它比隱含於規則、規律、或鑒別標準中的知識較缺乏
系統性和可分析性。」❹而自然科學的重要特徵便是：自然科學
之所以成功，正是因爲它限於這一範圍之內：**這些使科學成爲可
能的背景實踐可以被科學家不以爲然而忽略不計。**

　　人文科學家不斷地試圖照搬自然科學使其理論脫離任何同背
景的關涉的成功方法。人文科學實踐者希望，通過尋找出有關何
爲相關事物的共享意見，並通過提出共享觀察技能，社會科學家

----

❷有關回答這一問題所涉及的哲學問題，請參見德雷福斯（H. Dreyfus）
　〈整體主義與詮釋學〉（Holism and Hermeneutics），*Review of
　Metaphysics*, 1980 年 9 月.

❸按照海德格，科學所處理的客體是由一種特殊的精密活動所產生的，他
　把這種活動稱作 bearkeitung（加工操作）。「每一種產生於某一科學領
　域的新現象都被加工提煉至如此一種程度，以致它能適合規範的、客觀
　的理論連貫性。」參見《有關技術的問題》（*Questions Concerning
　Technology*）中。〈科學與思考〉（Science·and Reflection）一文。
　（New York: Harper and Row, 1977, pp.167, 169.）

❹孔恩：《科學革命》，第 2 版，p.192.

的背景實踐也就可以被視為當然而不予考慮,就像自然科學家的背景被忽略不計那樣。比如,現在研究者已把像計算機模式這樣的背景類推視為當然,並且都要受訓於某些像程度編制那樣的技藝;他們希望這樣便能用嚴格的規則把由這一視角而顯示出來的屬性和因素聯繫起來。有了這種定形化技藝,常規性社會科學也許確實能建立起來;然而,要達到此目的,它就必須撇開使特徵或屬性的孤立成為可能的社會技能、機構或權力安排。然而,這種它們所預先假定的技能和社會實踐語境是**內含**於人文科學的,就像科學家的實驗室技巧內含於科學的歷史和社會學一樣,因為**假如人文科學聲稱要研究人類活動的話,那麼,人文科學就不同於自然科學,它必須考慮那些使其學說成為可能的人類活動。**

因而,在自然科學中,總是有可能,一般來講也需要建立一種不容置疑的常態科學,它能界定並解決有關物理世界的結構問題;但在社會科學中,這樣一種不容置疑的常態科學的建立不僅將表明一種正統教條的建立——不是通過科學成就,而是通過忽略背景並取締所有的競爭對手。它將意味著探尋實踐背景及其意義的基本任務受到了壓制。問題的關鍵在於:自然科學僅能作為常態科學而存在。當然,常態科學也必須允許革命,否則科學就不會有完全新的觀念產生,但革命意味著已存在詮釋的衝突——缺乏對有意義的問題以及合理的程序的一致認同,而沒有這種認同,常態科學的進步是不可能的。而另一方面,任何特定的社會科學的常態性都將意味著:它已成功地想盡辦法忽略了使其客體及其學說方法成為可能的社會背景,而人們可以預料,這樣一種系統地自我限定的科學將只會帶來高度限制的、武斷的一言堂。查爾斯‧泰勒(Charles Taylor)在其重要論文〈解釋與人的科學〉(Interpretation and the Science of Man)(1971)❺中力圖論證這一點。他指出,客觀的政治客體,同其社會經濟範疇的系統框架一道,本身就預先假定了我們西方的文化實踐——它已

把我們製造成孤立的個體而進入同其他個體的契約關係，以滿足我們的需求並形成社會集體。泰勒論證道，因爲客觀的社會科學毫無批判地把這些背景實踐視爲當然，所以它也就必定無法預測和解釋像嬉皮士運動這樣的現象，以及它所部分表達出來的普遍的文化焦慮。泰勒認爲，只有通過理解背景文化實踐對所涉及的行爲者意味著什麼，社會科學才有可能——如果不是預測的話，起碼也能事後倒過來——理解這樣一種現象的意義。

這一點泰勒當然是對的，如他所提倡的那種詮釋學社會科學，在理解那些像發生於六十年代後期那樣的運動方面，將勝過客觀的社會科學。但是，正如我們在第五章中已經指出，從傅柯的觀點看，詮釋學科學，或着叫主體際性（intersubjectivity）的科學，也具有內在的局限性，而且和客觀的社會科學中的局限性同樣嚴重。

確實，如果他是對的話，用行爲者有關背景實踐之意義的觀點來代替一種排除掉背景實踐的客觀框架，雖然這是一個進步，但它同樣也碰到根本的方法論困難。因爲，從詮釋解析法的觀點看，像嬉皮士這樣的社會行爲者，甚至比客觀的科學家更沒有觸及發生於社會中的不斷客體化進程。反文化運動按其自我理解無疑是正確的。這些行爲者確實是在叫人注意並抗議某種社會其他成員以及社會科學都視爲當然和必需的一致認同。但他們自以爲有多麼重要則是謬誤的，而某種企圖深入內部去闡明其觀點的詮釋學也必定同樣是錯誤的。按照傅柯的分析，背景實踐不可能以詮釋學的方法按其主體際性意義而到理解。正如社會科學的客體是以福利（即傅柯所謂的生命權力）的名義對事物進行不斷的秩

❺ 重印於保羅·拉比諾和威廉·蘇利文（William Sullivan）編：《解釋性社會科學》（*Interpretive Social Science*），Berkeley and Los Angeles: University of California Press, 1979.

序化的產物一樣，泰勒用來作爲其分析之基礎的主觀性的或共同的意義，本身同樣也是我們文化中長期的主體化趨勢的產物。

針對客觀的社會科學企圖排除掉其自身的學說策源地，泰勒這種要把實踐之背景包括進分析之中的詮釋學企圖，是一個重要的糾正。但是他對反文化運動之社會重要性的過分強調——這是由於他企圖共享行爲者的觀點所導致——表明，我們不能夠假定行爲是清醒地或者朦朧地意識到他們的行動意味着什麼——起碼在傅柯所謂的「意味着」的意思上講，即，他們的行動如何服務於進一步加強「在一給定社會中的複雜的策略情境」。（HS93）只有像傅柯的這種詮釋解析法才能夠使人——起碼是事後倒過來——理解反文化運動如何輕易地就受到調和，並被用來爲那些正是他所反對的文化趨勢服務——這些趨勢既產生了客觀的，也生了主觀的社會科學，因而這些科學也就必然無法抓獲之。

一旦人們認識到背景實踐的重要性之後，接下來的問題便是：這些實踐本身能否成爲一種社會理論的對象？對這一問題現代最有力度的回答可以在韋伯（M. Weber）的思想中發現，他企圖對合理性和我們社會生活中不斷增長的客體化提出一種理論的詮釋。韋伯意識到，合理性——以官僚化（bureaucratiza-tion）和計算性（calculative）思維的形式出現的合理性，正成爲理解我們時代之現實的主要方式，於是他便開始對這種思維形式如何逐漸支配我們的實踐和自我理解進行一種理性的、客觀的解釋，通過這種科學分析，他便看到計算性思維所帶來的「解除世界魔咒」（disenchantment of the world）具有巨大的代價，他甚至看到他自己的理論性分析也是他所哀悼的發展的一部分，但是，正如許多評論家已經指出，他的科學方法無論如何也無法證實他的判斷，即合理性的代價要大於它所能帶來的任何利益。要是按韋伯的出發點，他所能做的只是指出其分析的吊詭性結果

和我們的文化不斷增大的危害。

海德格和阿多諾（T. W. Adorno）避免了韋伯的吊詭性結
論，他們斷然認爲，人們不可能對使理論成爲可能的文化背景實
踐獲得客觀的解釋，因而人們在進行社會分析時也無需訴諸於客
觀化，雖然人們當然也可以，而且大多數社會科學家事實上也仍
然在這樣做。而且，正如海德格和阿多諾所示，人們總是處於特
定的歷史情境，這就意味着人們對自己文化實踐之意義的詮釋永
遠不可能是價值中立（value free）的，而是永遠要涉及一種詮
釋。認知者也是由他所要分析的實踐所產生，而遠非能置身於所
有語境之外。這一觀點與其說是通過證據，不如說是通過詳細的
分析而得到維繫：在海德格，是通過分析人的置入性（situated-
ness）的總結構，在阿多諾，則是通過對知識之產生進行批判性
歷史分析。

在我們對傅柯的思想進行逆向重建的過程中，接下來的重要
人物便是梅洛龐蒂，他指出認知者是必定置入的，因爲知識產生
於知覺，而知覺是一個介入的，因而本質上也就是置入的觀察者
的工作。然而，正如我們已經指出，梅洛龐蒂對介入的詮釋過於
空泛，以致他求助於把身體作爲一種置入性的解釋，這僅僅是對
問題的一種定位和重新命名。而且，從其在知覺中的基礎來討論
客觀知識的問題，梅洛龐蒂忽視了。因而也就根本無法闡明存在
於情境中的身體的歷史和文化維度。

在我們看來，傅柯集所有這些立場之所長（儘管他誰也沒有
提及），並以某種方式發揚光大之，因而這也就使他能夠克服他
們所遇到的某些困難。從韋伯那兒，他承繼了對作爲我們文化之
主要趨勢和我們時代之最重要問題的合理化和客體化的關注。但
通過把韋伯式科學轉變成系譜學解析，他提出了一種精密的分析
方法，它把實用關注置於一中心地位，並一開始就把它作爲先決
條件，把它視爲其智性工程的必要組成部分，而不是到最後才認

識到這一點，因而與之產生吊詭的對抗。同海德格和阿多諾一樣，他也強調指出，歷史的實踐背景（即那些使客觀的社會科學成為可能的實踐）不能由超語境，超價值和客觀的理論而得到研究；相反，這些實踐產生出探究者，因而也就需要一種對他和他的世界的詮釋。從梅洛龐蒂那兒學到認知者總是介入的之後，傅柯便能找出一個位置，從此出發來證明探究者總是不可避免地置入的。

167　　　這種對置入性的證明所採取的形式是：揭示出介入的探究者，以及他們所研究的客體，是怎樣由一種特殊的支配和形成技術所產生的。它同樣也使傅柯能夠解釋這一事實（而阿多諾把它弄得很神秘）；探究者具有一種由此可以批判這些實踐的立場，這一立場遠非僅僅是一種對合理性的非理性拒斥。如果活的身體不僅僅是使之產生的監督技術的結果，那麼它也許能提供一種由此來批判這些實踐的立場，甚至也許能提供一種解釋走向合理化的趨向以及這種趨向隱藏自身趨向的方法。梅洛龐蒂已經論證過，活的身體是一個「初生的邏各斯」（nascent logos），它希望獲取對世界的最大理解，而這既產生了理論和客體化，同時也隱藏了這種產生作用。梅洛龐蒂設計了一種基於身體的「真理系譜學」（Genealogy of Truth），很明顯，傅柯的基於身體的真理系譜學將會與之相差甚遠，但不管怎樣整個工程是相同的。雖然梅洛龐蒂沒有實現其規劃就離世而去，但傅柯最近的著述似乎在朝這個方向挺進。

第八章
作爲主體的現代個體的系譜學

　　作爲系譜學家的傅柯嚴格地從歷史的角度來提出性慾的問題；性慾是一個歷史的建構，而不是一種隱藏在內部的生物指稱物。傅柯對普遍接受的性的概念——即它是一種內在的本質，是一種古老的驅動力——提出了質疑，他指出這一概念同樣也是產生於一特定的、有關性慾的歷史言說。他措詞非常謹愼，並把他對其意義的分析同有關身體及其慾望的策略的變化過程相聯結：「我們從十八世紀開始有性慾，從十九世紀開始有性。在此之前我們所有的無疑只是肉慾。」（ CF211 ）

　　在十八世紀，尤其是在十九世紀，性慾開始成爲科學探究、行政控制和社會關注的對象。在醫生、改革家和社會科學看來，它似乎是個體健康、疾病和身份的關鍵。我們已經看到（ 參見第六章 ），正是通過對一種新的性符號的詳盡闡述，資產階級才得以把自己同貴族的「 血緣 」信碼以及攜帶各種性危險的工人階級劃清了界限。按傅柯的說法，性慾作爲一種權力策略的主要組成部分而得以產生，且這種權力策略成功地把個體和大衆融滙進生命權力的瀰散之中。

　　傅柯的論點是，性慾是作爲一種生命權力擴散中的工具這一效果而產生的。傅柯事實上並非在質疑標準的歷史時間劃分，按這種劃分法，在十八世紀，尤其是十九世紀，性慾從相對自由的、同日常生活和諧一致的一部分逐漸轉變成受控制的、受監視

169　的東西。傅柯的觀點是隨著這些控制的產生，對性的議論、書寫、思考也空前劇增。傅柯並不把最近幾個世紀看成是一段性慾抑制不斷得到加强的歷史，相反，他暗示，存在一種不斷增長的疏通、導引作用，「一種使言說得到劇增的有調節的、多元的刺激作用」。（HS34）這一言說把性當作一種極爲有力、極爲非理性的驅動力，以致必需有强有效的個體自我審省和集體控制形式，才能使這些動力受到制約。

　　通過性慾的設置，生命權力使其網路擴散到身體最細小的筋骨之內和靈魂最微妙的神經之中。它的成功是通過建構一種特殊的技術：個體主體的坦白，無論是以自我反思還是以傾訴方式。正是通過坦白的技術，我們在分析生命權力時所碰到的好幾個因素——身體、知識和權力——才能被帶進一個共同的定域。廣義地說，這種技術主要被運用於資產階級，正如監督技術，廣義地說，產生對工人階級和下層無產階級的控制手段。（在這兩種情況中，這種圖例式的簡單化概述，都不應按字面意思死板地去理解，而應把它看作是某種啓發式誘導。）在現代主體的系譜研究中，傅柯是在把主體和主體化的技術同他先前對實體和實體化的技術的分析並置起來研究。

　　傅柯分析了關涉到坦白的主體的特殊技術和言說，正如他分析那些依賴於監督的技術和言說一樣。他把兩者都置入一更大的解釋框架——即生命權力的框架——之中來研究。因而，認識到這一點很重要；他並不把性特徵和性解放看成是生來就倖免於、或必定相對於我們社會中的支配。在這一點上，他經常受到誤解，尤其是被那些主張性的自我表現運動必定同對現在權力形式的「有意義的」政治抵抗運動相聯繫的人所誤解。在傅柯則剛好相反，他認爲同性特徵聯繫在一起的支配形式，是我們社會近來的發展的典型特徵，因而也就較難識別。如我們在討論壓抑假想時所示，傅柯論證道，壓抑本身並不是最普遍的支配形式。事實

上，認爲人們是在抵抗壓抑的信念——無論是通過自我認識還是通過述說眞理——恰恰維繫了支配，因爲它隱藏了權力的眞正運作過程。

第一節　性與生命權力

性慾的歷史建構，即作爲一種明顯的同權力的言說和實踐相連接的言說，完成於十八世紀初。一種「專門大談特談性的現象」伴隨著對大衆福利的行政關注而產生。對性活動的經驗的、科學的類分在關注生活的語境中得以進行。在這個早期階段，在很大程度上他們仍然處於早期宗教言說（它把肉慾，罪感和基督教道德聯繫在一起）的陰影籠罩之下。但是逐漸地人口統計專家和警方官員開始經驗地考查諸爲娼妓、人口統計和疾病分佈之類的問題。「性不是什麼簡單地由人判斷出來的東西；它是一種由人進行控制管理的東西。它是帶有公衆潛能性的東西；它需要有管理程序；它必需由分析的言說來負責掌管。在十八世紀，性成了一件警察事務。」（HS24）

對人口的數據研究越來越受到重視，這便是一例。在整個十八世紀，人口統計學及其有關的領域逐漸形成爲一種學說。正如我們已經看到，行政管理者把人口當作某種應該加以認識、加以控制、加以照管並使之得到繁殖的東西：「去分析出生率、結婚年齡、合法生育和私生情況、性關係的早熟和頻率、使人不育和多產的方法、非婚姻生活和非法婚姻的效果以及使用避孕手段的反映，這都成爲必要的東西。」（HS 25,26）法國行政當局從對人口重要性的一般性關注起，到十八世紀逐漸開始制定干預人們性生活的措施。從這些政治經濟的關注出發，性成了關涉國家和個體兩者的問題。

　　在十八世紀，性慾和權力的聯繫集中於人口問題上。十九世紀初發生了一次重要的轉折：有關性慾的言說重新轉向醫學方面。正是這一變化引起了整個資產階級社會有關性慾言說的暴增。這兒關鍵的轉折點是把性醫學同身體的醫學區別出來，這一區別基於對一種「能夠代表先天性異常、後天性失常、病癥或病理過程的性本能」（HS 117）的孤立。通過這些「科學的」突破，性慾同一種強有力的知識形式聯繫在一起，並在個體、羣體、意義和控制之間建立起一種聯繫。

　　這兒傅柯把性和性慾相對比較。性是一件家庭事務。「可以毫無疑問地說，性的關係在每一個社會都導致一種聯姻的部署。」（HS106）直至十八世紀末，西方法律的主要條例都集中在這一聯姻的部署：一種通過把婚姻的宗教或法律義務同法規聯結在一起，以利於財產和親屬關係的傳承而產生的有關性的特殊言說。這些法規創造出身份地位、得到允許和禁止的行為、並建構一種社會體制。通過婚姻和生育，聯姻同財富、財產和權力的交替和轉讓聯結在一起。

　　傅柯所謂的「性慾」的言說和實踐的歷史形式產生於性從聯姻中掙脫出來之時。性慾是件個人的事情：它關涉到內在的私人快樂、危險的身體極度興奮、秘密的幻想等；它逐漸被認為是每個人的本性和個性的核心。要了解某人身體和思想的秘密也是有可能的，只要通過醫生、精神病學家、以及其他某人向其表白自己的私人思想和實踐的人的媒介。這一發生於某一特定歷史時期的性的個人化、醫學化和意指化，用傅柯的話說，便叫性慾的設置（deployment of sexuality）

　　在有關性慾的言說的生產和滋長的點的擴散中，傅柯孤立出四種「大的策略統一體」，其間權力和知識按照特殊的、建構於性慾周圍的機制而結合在一起。性慾的設置中每一個這種策略開始都獨立於其他的策略，無一個策略起初都是相對孤立的。詳細

情況要等傅柯已答應的《性意識史》的其他幾卷出來以後才能見分
曉；然而，主要論點明顯地同我們一直在進行的、對生命權力的
解釋有關。

　　首先，一種對女人身體的歇斯底里描述。女人的身體被分析
爲全身都遍佈著性慾。由於這種醫學的「進步」，女性身體便可
以「通過一種內在於其身體的病理學」而孤立出來，並被置「於
同社會身體（女人的身體應該保證它得到有節制的繁殖）的有機
交流之中」。（HS104）這種性的完整部署的所有要素都包括於
此：一種非常重要的、神秘的、無所不在的性慾存在於身體中某
個部位和所有地方；正是這種神秘的在場使女性的身體被帶進醫
學的分析言說之中；通過這些醫學言說，女人的個性特徵以及未
來人口的健康被聯結於一個知識、權力、身體的物質性的共同契
約之中。

　　第二，對兒童的性教育。爲宣傳禁止手淫而使用的策略，便
是生命權力以產生（而不是以限制）言說的方式而得以擴散的明
顯例子。這一言說基於這樣一種信念，即所有兒童都賦有一種既
自然又危險的性慾。因此，個體和集體利益都要求爲這種有可能
出錯的潛在性慾盡量負起責任。兒童手淫被當作一種傳染病一樣
被重視。「在整個這一使成人世界圍繞兒童的性而展開的大衆化
運動中，它實際上必需把這些微妙的快樂作爲一種後盾，把它們
建構成秘密（也就是說，迫使它們隱藏起來以便使它們今後能夠
被發現）。」（HS43）細緻的監視、控制技藝、無數的圈套、
沒完沒了的道德教育、永遠保持警惕的要求、不斷得到提醒的罪
惡感、建築環境的建構、家庭聲譽、醫學進步——所有這些都被
挪用到這一運動中，而這一運動雖然從一開始就注定是要失敗的
——如果其目標實際上是要滅絕手淫的話。然而，如果把這一運
動看成是權力的生產而不是對性慾的限制，那麼它就獲得了巨大
的成功：「權力總是依靠這種支持而得到推進，得以成倍增大其

172

作用範圍和效果，同時其目標也得到擴展、得到細分、得到延伸並進一步穿入現實深處。」（HS42）

第三，生育行為的社會化。在這一策略中，大婦兩人被賦予醫學的和社會的責任。在國家的眼裡，夫婦現在對國家具有一種責任；他們對性慾應該小心謹慎，以防操之過度而使國家遭受疾病的影響，並應該通過小心注意生育的調節來限制（或為使其恢復元氣而繁殖）人口。一般都認為，夫婦在性方面的疏忽或疾病很容易導致性反常和生出怪胎。要是不小心監視人們的性慾情況，它就會對個體家庭以及社會機體造成危險的健康下降。到十九世紀末，「一整套社會實踐呈現出一種惱怒的、卻也是連貫的、為國家利益服務的種族主義形式，它為性的技術提供了強有勁的權力以及深遠的影響。」（HS119）

優生學運動當然可以這種方式得到理解。然而，不是所有為對付人類性問題而產生的科學都有這種生物監控的作用。傅柯指出，尤其是在早期（不管它後來起了什麼規範化作用），精神分析一直是勇敢地抵抗所有有關遺傳退化的理論的。在所有為使性得到規範化而提出的醫學技術中，它是唯一竭力反對這種生物定義的。

第四，對變態享樂的精神病學化。到十九世紀末，性已被孤立為、或按傅柯的說法已被建構為一種本能。這一本能的驅動力被認為作用於生物的、以及心靈的層次。它會發生變態、會被扭曲、會變的反常、變的乖戾；它也可以自然地、健康地發揮作用。在任何一種情況中，性本能和個體的本性立刻被聯在一起了。科學——性科學——建構了一龐大的有關反常、變態和性畸性種類的圖式。十九世紀末的精神病學家尤其擅長這種分類遊戲。「有……混雜視淫者、見陰就起者、遠視淫者、性唯美變態者、性麻木婦女。」（HS43）這種基於某種科學水準的類分大大有利於對個體進行具體化、微切分。這就為對個體生活進行精

細地算計和控制開啟了一系列新的可能性。在精神病學家，性慾 173
穿入變態者生活的每一個角落；因而其生活的每一個方面都必須
得到認識。「雞姦以前曾是一種暫時的失常；而現在同性戀成了
一個種類。」（HS43）曾經是一組受禁止的行為現在也變成了
一種意指生物和行為的混合體的癥狀。同以前許多次一樣，注重
於這種外來壓力的權力機制不是要使之屈服，而是要賦於其某種
分析的、可見的和永恆的實在。（HS44）所有行為現在都按照
對這種神秘的性本能的規範化和病理化水準而被類分。一旦對變
態的診斷得以建立，糾正的技術——既為了個體，也為了社會的
利益——就能夠、也必須得到實施。一整套新的性「矯正術」便
冠冕堂皇地產生了。因而，正如在其他三種策略中一樣，身體、
新的性科學、和對控制和監視的要求被聯結在一起。它們通過某
種深層的、無所不在的和有意義的性慾概念而被串到一起，而這
種性慾遍及它所接觸的一切——這幾乎就等於是遍及所有一切。

　　所有這些策略導致一種奇怪的權力和快樂的聯結。既然身體
是性慾的場位，而性慾也不能再被忽視，於是科學就必須極為詳
細地認識所有身體所具有的生理和心理秘密。結果當然就導致一
種科學的推進，但也產生「一種權力的肉體化以及一種快樂的贏
得」。科學進步被賦予一種附加的驅動力、一種隱藏的刺激，它
成為其自身的內在快樂。診察成為這些新方法的技術中心，正是
在此過程中，潛在的性言說被賦予可接受的醫學詞匯。因為醫學
問題是隱藏在內的，所以診察就需要病人的坦白。它「預先假定
鄰近關係……需要一種言說的交換——通過使承認和相信受到歪
曲的問題，而這些承認和信念也已超出了所提的問題。」
（HS44）而且，受診察的人也被賦了一種具體的快樂形式：所
有這些仔細的關注，這種對最親密的細節的愛撫性逼供，這種壓
榨式探究。「醫學診察、精神病學探問、教學報告和家庭控制可
能具有綜合的明顯的目的：阻止所有任意的和非生產性的性活

動,但是事實上它們作爲具有雙重激素的機制而起作用:快樂和權力。」(HS45)醫學之穿入權力和病人的逃避快樂使雙方都受到誘惑。

第二節　告白技術

在傅柯,十九世紀的醫學診察,像在其他範圍內的告白形式一樣,爲權威當局揭露出個體最秘密的性幻想和最隱秘的實踐。而且,個體被確信:只要通過這樣一種告白(Confession),就有可能認識自己。性僅是這種告白傾訴的一個(儘管是主要的)主題,它僅自十九世紀以來才日益興盛起來。「告白已經傳播出相當深遠的效果。它在司法、醫學、教育、家庭關係和愛情關係中,在日常生活最瑣碎的事務中,在最莊重的儀式中都發揮作用;人們告白其罪行、其原罪、其思想、其慾生、其疾病和煩惱……人們自我傾訴(無論是在快樂還是在痛苦中)那些無法告訴別人的事情、那些人們用來寫書的事情……西方人已經成了一種告白的動物。」(HS59)

傅柯把告白,尤其是對自己性慾的告白看成是對身體、人口和社會本身之技術得以擴張的重要組成部分。作爲系譜學家,他要探究告白、及其同宗教、同政治權力、同醫學的聯繫的歷史。在《性意識史》第一卷中,他把我們這種訴諸性的科學的文化同其他力求通過情愛藝術了解性的文化相對比。在以後的各卷中,他將分析告白的進化過程,分析由希臘人、羅馬人,早期基督徒和宗教改革者所使用的特定技藝和各種言說。在這一「現時的歷史」中,目的不是要發揭告白,尤其是對自己性慾的告白作爲一種自我的技藝得以全面興旺的確定時刻,相反,它是要理解這種自我的技藝——這些據稱能揭示我們最深層的自我的特定言說和

特定技藝——的運作。這一許諾是如此地具有吸引力，以致它使我們陷入難以察覺和掙脫的權力關係之中。起碼在西方，即使是最為私自的自我反省也同强有力的外在控制系統——科學和僞科學、宗教和道德戒律——聯結在一起。要想了解有關自身的眞理的文化慾望慫恿著人們去述說眞理；在對自身和對別人的一個接一個的告白中，這種「言說狀態」（mise en discours）把個體置於權力關係網中，而由此人們便聲稱掌握了解釋的關鍵要害，因而也就能夠從這些告白中汲取眞理。

在《性意識史》第一卷中，傅柯尤爲關注科學在這種告白、眞理和權力的相互作用中所扮演的角色。因爲，科學規範和一種中立的科學分析言說（尤其是醫學言說）在西方社會已佔有絕對的優勢，以致它們似乎簡直就是神聖的一樣。另外，由於科學方法的擴展，個體已成爲一種知識的客體（既對他自己也對別人來講），一種爲了認識自己，爲了使自己得到認識而述說有關自身的眞理的客體，一種努力使自身發生變化的客體。這些便是與自我的技藝中的科學言說聯結在一起的技藝。

很明顯，這一過程類似於某個權威爲使「緘默而馴良的身體」隨時變形而使用的監督技術。一個明顯的區別在於現代主體不是啞的；他必須傾訴。傅柯現在力圖在揭示這兩種技藝之間的關係、在揭示它們如何被融匯入操縱的複雜結構中。同樣，在傅柯，權力並不是嚴酷的暴力或僅僅是高壓管制，而是監督技藝和較爲不明顯的自我技藝的相互作用。研究現代主體的系譜學家的任務就是要孤立出各個組成部分並分析這些組成部分相互作用。

自我的技藝的關鍵在於這一信念：即人們在專家的幫助下講出有關自我的眞理。不僅在精神病科學和醫學中，而且在法律、教育和愛情中，這都是一個關鍵的信條。眞理能夠通過對意識的自我反省和對自己思想及行爲的告白而得到發揚，這一信念現在看來是如此自然、如此不容置疑，也確實是如此地不言而喻，以

175

致似乎都毫無道理來斷定這樣一種自我反省是權力策略的主要組成部分。這種適宜性出於我們對壓抑假想的信念；如果眞理本質上是同權力相對的話，那麼發揭眞理也就必定把我們引向解放之路。

告白揭示眞理這一信念，在我們對性慾的關注中得到最強烈的表現：人們堅信，身體及其慾望只要通過解釋稜鏡的透視，便能呈現出有關特定的個體乃至整個人類的最深刻的眞理形式。從基督教的補贖直至今日，身體的慾望在告白中一直起著關鍵的角色。從中世紀開始，然後通過宗教改革一直延續到今天，運用於宗教懺悔（即告白）中的語言和記憶已變得更爲精煉，而它們的範圍也不斷得到擴大。傅柯將在《性意識史》的以後幾卷中分析教會告白的漫長而複雜的演變過程。到現在爲止可以肯定地說，他把這一演變過程概括爲一種總的驅使作用，它要求把身體和靈魂的每一個慾望都轉換成言說。「基督教牧師制訂出規定：要把通過不斷地演講來傳達任何同性有關東西作爲一項基本的任務、職責。」（HS21）個體被誘使對其靈魂及其身體的色慾狀況進行不斷地傾訴。權威所指定的代表──牧師──誘發並接著判斷了這一吐露行爲。

這種促使告白的誘惑力在數量以及質量上都已得到了空前的增長。傅柯舉了十三世紀初對基督教徒所制訂的規定的例子：基督徒必須對他們所有的原罪起碼一年進行一次懺悔；從那以後，情況發生了巨大的變化。傅柯還揭示出告白的範圍和場所也得到了擴展。早在十六世紀，告白技藝便從純粹的宗教語境中掙脫出來，開始擴散到其他領域──首先擴散到教育，然後到監獄以及其他禁閉機構，接著，在十九世紀，便擴散到了醫學。這種告白得以瀰散的詳細情況要等傅柯以後幾卷書發表以後才能分曉，但他所描述的趨向已相當明確了。從基督教起，告白已成了一個總的技術。通過告白，最具體的個體快樂、靈魂深處最微妙的騷動

都可以被誘發、認識、測定和控制。基督教對性的關注導致出這一假定：性是有意義的，有關性的想法及其行為都必須得到告白，這樣才能了解個體靈魂的狀況。把告白，尤其是性的告白置於一個權力關係網中的趨勢在十九世紀發生了一次重要的轉折，此時個體被迫要向其他權威告白——尤其是向醫生、精神病學家以及社會科學家。

然而，傅柯並不是在聲稱對性的興趣就一定囿於自我的技藝和權力關係之中。對待性有兩種廣為流傳的方法：「情愛藝術」（ars erotica）和性的科學（scientia sexualis）。在不同於我們的偉大文明中，性被當作一種「情愛藝術」，其間「真理取源於愉樂本身，被理解為一種實踐並作為經驗而得到積累」。（HS 57）愉樂就是其自身的目的。它並非從屬於實用性、道德，當然也不從屬於科學真理。性慾也不是了解個體自我的秘訣。而是一組師長教導入門徒生的實踐和奧秘。這些儀式允諾「一種對身體的絕對掌管、一種異常的福樂、對時間及其極限的忘卻、生命的延年益壽、死亡及其威脅的消匿」。（HS58）

西方走的則是另一條道路，即性慾科學的道路。它著重的不是愉樂的增強，而是同愉樂有關的每一個想法和行為的嚴格分析。這種對慾望的無窮無盡的闡述已製造出一種知識，它據稱掌握了個體的精神和身體健康以及社會福利的秘訣。這種分析知識的目的要麼是實用性、道德，要麼就是真理。

在十九世紀，有關性慾的言說同現代人文科學交叉在一起。逐漸地，一個「巨大的愉樂檔案庫」得到建構。醫學、精神病學和教育學把慾望轉變成系統的科學言說。類分系統得到詳細地製訂，眾多的描述得到審慎整理，而一種告白的科學——一種對付隱藏和不可言說的事物的科學，也應運而生。這種性科學家的問題是怎樣處理發自內心的傾訴。要產生一種言說爆炸似乎沒有任何問題。問題是如何把它組織到一門科學中去。

　　傅柯在此作出了一個重要的區分。他指出，有關性慾的醫療科學是從生物科學中分岔出來的。性慾科學的標誌是一種「從初級的合理性（而根本談不上是從科學性）的觀點而得出的虛而不實的內容，它使這些科學在知識歷史之外獲得一席之地」。（HS54）這些模糊的學說遵循一組相當不同的標準，而不像涉及繁殖的生物學那樣，它遵循一種頗爲標準的科學發展進程。性的醫學一直同政治的關注和實踐混雜在一起。這些有關性慾的醫學言說把生物學的先進之處用作一種僞裝，用作一種合法化的手段。但是卻沒有什麼概念上的互相滲透：「就好像一種根本的抗拒力量阻止了有關人類的性，及其伴隨關係和效果的話語能夠得到合理地形成和發展。這種差別表明，這樣一種言說的目的不是在表述眞理，而是要阻止其產生。」（HS55）

　　傅柯有時候聽起來——而他的評論家在此也經常誤以爲——好像他的目的是要把所有科學都說成僅僅是一種權力的產物。這是一個誤解。相反，他的目的一直是要把知識和權力的相互關係孤立出來。在他整個的知識旅程中，他所選擇出來作爲研究對象的一直就是那些「假科學」或「近科學」——主要就是人文科學。其他人（著名的有喬治・康基葉姆（Georges Canguilhem）和加斯東・巴歇拉（Gaston Bachelard）則集中注意力專攻「成功的」科學。傅柯則選擇了另一種研究對象，即那些打著合法科學的旗號自稱是在向前進步，但事實上卻一直同權力的微觀實踐親密地勾搭在一起的言說。

　　十九世紀有關性慾的醫學言說就是這種假科學的一個絕好的例証。傅柯是在分析實踐者通過其研究的對象——性——而把一種眞理的言說同權力實踐聯結在一起的方式。「性的眞理成了某種根本的、有用的或危險的、珍貴的或可怕的東西——總之，……性被建構成一個眞理的問題。」（HS56）性被認爲是統一我們現代有關性慾的討論的客體，有了它就有可能把解剖學元素、

生物學功能、舉止行爲、情感、知識和愉樂都歸結在一起。要是沒有這種深層的、隱藏的和有意義的「重要東西」，所有這些言說都會朝著不同方向分崩離析。或者，更爲確切地說，（而這也是傅柯論點的關鍵所在）它們也就不會脫落成現在這個形式。自十九世紀以來，性一直是隱藏的因果原則、無所不在的意義、到處可以得到發揭的秘密。「這是一個可以賦予一種歷史建構的名稱；不是一個躲躲閃閃、難以捉摸的實在，而是一個巨大的表面網路，其間身體的刺激、愉樂的增強、言說的增強、特殊知識的形成、控制和抵抗的加強，都按照權力和知識的一些主要策略互相聯繫在一起。」（HS105,106）

　　性是歷史的虛構，它使生物科學和生命權力的規範實踐聯結在一起。一旦性被類分爲本質上是自然的、很可能是不以人的意志爲轉移的功能，接下來的邏輯便是：這種驅使力也就必須得到壓抑、控制和引導。既然性是自然的，因而它也就被認爲是外在於權力。但是，傅柯反駁道，正是因爲在文化上成功地把性建構爲一種生物動力，才使它能夠同生命權力的微觀實踐聯結在一起。「性是性慾的設置中最爲純粹、最爲理想和最爲內在的元素，它通過權力對身體及其物質性、動力、能量、情感和愉樂的控制而得到組織。」（HS115）

第三節　社會科學的主觀化

　　在結束對監督技術的討論時（第7章），我們看到一系列客觀化的社會科學產生自監督技術的瀰散之中。以某種同樣的方式，一系列解釋性科學也因告白技術的瀰散而產生。兩種科學的目的和技藝都是相當明確的。把性建構成最深層的隱藏意義，以及把性慾建構成一概念和實踐網，這關涉到──事實上也需要─

——系列主觀方法和程序來詮釋告白，而不是要一組客觀化方法來控制身體。

檢查和告白是主觀化科學的主要技術。正是通過診察和聆聽的醫療方法，性慾才變成一意指範圍，而具體的技術才得以提出。同其他形式的、並行於而又獨立於醫療科學的發展醫療檢查相對，某些十九世紀的醫學和精神病學檢查需要主體述說並需要一公認的權威來詮釋該主體所說的。因而，從根本上講，這些方法、程序都是詮釋學的。

首先要改變告白的場所。在一個醫療場景中，醫生便可以把對告白的議論同診察的技藝結合起來。我們前面已經看到，這些
179 技藝曾經在「客體」方面產生出結果。現在的任務是要詳細制訂出檢查方法，它們可以譯解和控制主體有意義的言說。行使於緘默而馴良的身體的干預本質上是糾正性的，而對主體方面的干預本質上則是治療性的。性慾現在成了一個醫學問題：「說於時間之中，對合適的一方而說並由既是其所者又對其負責的人而說出，真理也就得到癒合。」（HS67）

然而，至於如何運用這些告白技藝仍然存有理論上的困境：人們應該如何對待通過內省而獲得的素材？體驗所提供的是哪種類型的證據？人們如何把意識當作經驗探究的對象？總之，一種有關主體的科學是否有可能？用傅柯的話說，問題就是，「人們能否按照舊的司法—宗教的告白模式來闡明真理的產生，能否按照科學的言說的規則來闡明對秘密證據的強行索取？」（HS64）人們為何能把這種傾訴匯入一種科學（即使是一門雜種科學）之中？

需要創造一個科學結構來詮釋性，這反過來就意味著：只有受過訓練的科學家，而不是個體主體，才能夠理解所說的言說。在告白的範式中，主體說（或被迫說）得越多，科學也就知道得越多。對意識的合法檢查越大，告白技術之網也就更為精緻，更

為廣泛,隨著這種權力的擴散,這就變得很清楚:主體自己無法成為其自身言說的最終主宰者。既然性是一種秘密,主體自己也就不只是出於含蓄、道德或恐懼的緣故而在隱藏之;主體並不、也不能知道其自己性慾的秘密。

源自一個醫療場所的性慾意義,最終只有通過一個能動的、有力的他人才能呈現出其所有的重要性。聆聽這一言說的醫生具有對它進行譯解的責任。他人成了一位意義上的專家。他擅長解釋的藝術。聆聽的人成了一位「真理的掌握者」。以前曾是一個審判的、說解的角色,現在變成了一個分析的、詮釋的角色。「就告白來講,他的權力不僅是要在它被製成之前就命令它、或決定緊跟著它的將是什麼,而是要在對它的譯解的基礎上來建構一種真理的言說;而通過使性慾成為某種被詮釋的東西,十九世紀給自己賦予了這種可能性:使告白的過程在一科學言說的有規則的形成中而運作。」(HS67)詮釋學——這一對付深層意義、對付必定是遠離主體、卻又可能通過詮釋而企及其意義的學說——現在已佔據了人文科學的一極。

在傅柯,現代這些詮釋學的發展大致經過了兩個階段。在第一階段,主體通過告白能夠使其慾望轉入合適的言說。聽者引 **180** 誘、判斷或安慰主體,但起碼原則上講主體自己仍可企及言說的基本可知性。傅柯舉了一個十九世紀中葉的精神病學家呂麗雅的例子,這位精神病學家使用了沖冷浴的技藝;其治癒的基本向度不僅包括對瘋癲的告白,而且還包括病人對自己瘋癲的認識。在第二個階段(大約等同於佛洛伊德時期),主體便不再被認為能夠完全使自己理解自己的慾望,儘管他仍然必須用言語告白它。其基本意義已離開他而隱匿起來了,無論是由於無意識的本性,還是由於只有一位專家才能夠詮釋的深層的身體不透明性。主體現在需要一個詮釋的他人來聆聽其言說,並使它實施,從而掌握它。但儘管要強過這一根本的迂迴曲折,主體仍然必須承認,從

而使自己確信這一專家詮釋的眞理。這樣，個體性、言說、眞理和強制被置於一共同的定域。

詮釋和現代主體互相包容。詮釋性科學起自這一假定：即存在一種既可以認識又是隱藏的深層眞理。詮釋的任務就是要把這眞理轉成言說。這當然不是說所有的詮釋性科學都可以按這種性慾的設置中的告白技術圖式來看待。正如傅柯並沒有聲稱客觀社會科學的作用就是簡單地反映監獄一樣，他在這兒也不是在把詮釋的藝術和科學（它在 19、20 世紀思想中已起著極爲顯著的作用）都還原到精神病學的檢查。去分析其他詮釋性實踐的成長，並揭示它們同傅柯所討論的實踐的關係和區別，這將是非常重要，也將是頗有成效的任務。（人們只要想一想大約在同一時期人類學突然賦予參與者觀察的重要性。但人們不能簡單地挪用傅柯的圖式。）

然而，這些詮釋性科學之所以具有權威的部分原因是由於它們聲稱能夠揭示有關我們的心理、文化、社會的眞理——這些眞理只能被專業詮釋學家所理解。傅柯在《性意識史》結尾處這樣寫：「這一設置的反諷意味在於：它使我們堅信我們的解放仍有待於完成。」（HS159 ）只要詮釋性科學繼續尋求一種深層眞理，即繼續實施一種追疑詮釋學，只要他們繼續從這一假定出發，即只有偉大的詮釋者才具有企及意義的特權，而同時又堅持他們所發揭的眞理處於權力範圍之外，那麼，這些科學似乎就注定要爲權力的策略添磚加瓦。他們自許一種特殊的外在性，但實際上也是權力部署的部分。

在此，由對主體的詮釋學研究以及由可能是客觀的和社會的科學所起的方法論問題具有一種驚人的相似之處。在兩種情況中，我們都發現一種「膚淺」的社會科學方法，它不加任何鑒別就把人當成主體或客體，然後便研究其自我詮釋或客觀屬性，好像這樣就能使研究者弄懂社會世界的眞相。在兩種情況中，也存

在某種批判的視角，它指出人們不能夠按表面意義去輕信主體對行爲的意義的詮釋，或客觀社會科學家對社會世界的解釋。批判的反思一方面導致對企圖弄淸其行爲的眞實意義的主體（他無法認識此意義）的深層詮釋，另一方面又導致企圖提出一種有關使客觀化和理論成爲可能的歷史背景實踐的客觀理論。

在兩種情況下，這種爲拯救主觀和客觀的社會科學而走向「深入」的企圖都碰上了問題。正如尼采和傅柯所指出，要到表層之下尋找深層意義的工程本身很可能就是一種幻想，這種工程自以爲抓獲了事情的眞相。追疑詮釋學具有這種不自主的疑慮：它還不夠多疑，這當然是正當的。客觀的社會科學，只要它們想提出一種整體的理論，就一定會遇上這一問題：他們所研究的實踐的意義似乎構成整體的一部分、卻又超出他們研究的範圍。這迫使他們把行爲者的觀點，尤其是背景實踐本身的意義當成是好像能夠得到客觀地抓獲似的。這就導致出綱領性斷言：所以這些「意義」最終都將以「信念系統」、「基於遺傳學的方案」、或「半先驗性基本規則」而加以考慮。在我們的討論中，我們已經看到（第四章）「傅柯的考古學」（對這第三種方法的最爲複雜的變種之一）是如何失敗的；其他兩種方法（認識論科學和社會生物學）也同樣存在嚴重的問題。❶並不是說這些根本的方法論問題無法削弱所有形式的社會科學工程的數量和影響，而只是說其主張的眞理並不是維繫它們成立的東西。

詮釋性社會科學存在明顯的局限，就算按照它們的自稱是處 182

---

❶有關對認識論科學的批判，請參見德雷福斯：《計算機不能做什麼》（ *What Computers Can't Do* ），New York：Harper and Row,1979。有關對社會生物學的批判，參見Aniter Siluers 寫編的《社會生物學和人性》 *Sociobiology and Human Nature* 一書中的幾篇論文。San Francisco：Jossey－Bass Press, 1978.

於權力策源地之外，也是如此。客觀的社會科學無法解釋其自身的可能性、合法性以及它們如何能接近其客體，因為使客觀化成為可能的實踐超出了他們研究的範圍。同樣，「主體」社會科學也必定永遠是不穩定的，也永遠不可能成為常態的科學，因為它們把最終的詮釋權訴諸於日常意義或深層意義，而使主觀性和意義成為可能的東西又逃脫了它們。表面意義和深層意義都是在特定的歷史實踐內得以產生的，因而也只有考慮到這些實踐時才能得以理解。

然而，趨向於客觀化的文化實踐也並不是必然就注定要失敗的。這又使我們回到生命權力的問題。我們已經揭示，現代權力最顯著的特徵之一便是把知識描繪成外在於權力。而壓抑假想──生命權力的關鍵所在──正是基於這種外在性和區別的假定。要想滿足人文科學得以客觀化的條件，要獲得一種有關人的完全客觀的科學的唯一合乎邏輯的方法似乎就是要把人完全成功地製造成客體。傅柯並沒有排除這一可能性。但即使這有可能發生（況且有足夠的理由認為它沒有也不會發生），即使到那時，這樣一種理論仍將會掩飾產生其現實性的實踐。

每一種社會科學都有各自重要的見解。處於日常事務中的個體主體確實知道（只要具有某種恰當的實用精確程度）他們所說的和所做的。但是（這就是追疑詮釋學的見地）同一個行為很可能具有不為行為者所知的另一種意義。在客觀性方面，社會生活的許多方面也確實受到機械地編制，因而也可以由客觀的社會科學恰當地處理。但是──在此，那些想對整個型態（包括背景實踐）提出一種理論詮釋的社會科學家確實言之有理──由「天真的」客觀社會科學所研究的特定的客觀特徵也是一範圍更廣的、有組織有結構的型態的一部分。

最後，如果傅柯是對的話，糾纏社會科學的困境正是由於大量的不規則現象的存在。這種不規則性最終會走向程序化──這

一許諾使社會科學能夠名正言順地提出經費要求、擴大其研究設施，接受政府的資金贊助，於是社會科學便由此得到養育和擴展。正如在監獄的例子中，雖然它們並沒有能夠實現諾言，但這並沒有影響其聲譽；事實上，它們正是利用這種失敗來論證它們還需要得到進一步擴展、加強。要想理解社會科學的認識論進展及其社會成功之間的這種倒置關係，我們就必須來考察社會科學在我們社會中所起的作用，以及長期的告白和監督的背景實踐的發展爲何使這種作用變成必然和具有意義的方式。

　　但是傅柯對客體方面和主體方面的並列分析到此便嘎然而止了。在《監督與懲罰》中，傅柯並沒有爲一個更爲客觀的社會科學作出任何允諾。而在《性意識史》中，他倒是確實提供了一種更佳的詮釋的範例。通過描述詮釋性科學如何被歷史地建構成生命權力的組成部分——其間這些科學的功能是建構一種並不存在的客體：性，進而再去發揭它——傅柯在爲我們提供一種對這些事件的詮釋。它並不是一種理論，也不是一種基於深層意義、一種統一的主體、本質上根深柢固的意指關係、或詮釋者特有的理解權力的詮釋。如果我們把那種誤入歧途的詮釋方法稱做「詮釋學」，那麼我們便可以把傅柯現在的方法稱做「詮釋解析法」。詮釋解析法不求助於理論或深層的隱藏意義而對人的嚴肅性和意義進行分析，從而避免了結構主義和詮釋學的缺陷。正如傅柯在《知識考古學》中試圖對其早期的著作進行方法論反思，以便給我們在理論上描述出正確研究理論的方法，現在他同樣也應該給我們做出一種詮釋性描述——說明他自己如何正確地進行詮釋的方法。他至今還未能提供這樣一種描述，雖然《性意識史》和《監督與懲罰》當然是這樣一種方法所能產生的例子。在等待傅柯提出這種詮釋的詮釋的同時，以下章節中我們將勾勒出它所必須面對問題的大致輪廓、以及它所必須闡明的立場。

第九章
權力與眞理

　　我們已經薈萃了傅柯探究中的三個方法論主題。首先，他在六十年代中期從完全注重於言說形成轉向一更爲廣泛的、再次包括了非言說問題的解析關注：即轉向文化實踐和權力。其次是他對權力的精細儀式的注重，即著重於某些使知識和權力結合在一起的文化實踐。再者是他對生命權力的孤立，這一概念聯結了各種身體的政治技藝、人文科學的各種言說，以及自上兩個半世紀（尤其是自 19 世紀初）以來已得到明確闡述的支配結構。這三個主題（而尤其是第 3 個主題）提出了有關這種闡述，其意義及其含義之性質的問題。權力是什麼？它如何同眞理相關聯？傅柯的立場方法對思想和行爲將意味著什麼？

第一節　權力

　　傅柯對權力的解釋並非旨在建立一種理論。也就是說，它並不是一種超語境，超歷史和客觀的描述，它也不是要對整個歷史進行普遍化概述。相反，傅柯在提倡一種他所謂的相對於理論的權力解釋法。'他說：「如果人們想要建立一種權力的理論，那麼他就永遠不得不把它看成產生於某個特定的地點和時間，然後再去推演、去重新建構其生成過程。但如果權力事實上是一組開放

的、多少是能夠同化的（到頭來無疑是同化出惡的效果）關係，那麼唯一的問題只是去提供一種分析框架，它使對權力關係的詮釋成為可能。」（CF199）

185　　　為了這一目的，傅柯在«性意識史»中對權力提出了一系列觀點、主張、並在本書的跋文中進一步發揮了這些觀點。這些觀點實在只是小心謹慎的粗線勾勒，而不是條理清晰的論述。首先，權力關係是「非均等和流動的」（nonegalitarian and mobile）。權力不是一個商品、一個地位、一個獎品或一個策謀；它是政治技術貫穿於社會機體的運作。正是這些權力政治儀式的**運作**建立了非均等的、非對稱的關係。傅柯把它們描述為「流動的」，所指的正是這些技術的擴散及其日常的運作，它們在空間上和時間上都有固定的區域。如果權力不是一件事物，不是一組制度的控制，也不是隱藏於歷史之中的合理性，那麼，解析者的任務就是要識別出它是如何運作的。在傅柯，目的「是要走向一種權力的解析法，而不是走向一種權力的理論：就是說，要界定權力形成的具體領域、並決定使其分析成為可能的工具手段」。（HS82）

　　傅柯的目的是要孤立、識別和分析由政治技術所建立的不均等的關係網絡，因為這些政治技術支承卻又破壞了由法律和政治哲學家所假定的理論上的平等性。生命權力逃脫了權力作為法律的表象、並在其庇護下推進。其「合理性」並不能為我們仍在述說的政治語言所抓獲。要想理解權力的實質性、要想理解其日復一日的運作，我們就必須到微觀實踐的層次，到我們的實踐在其中得以形成的政治技術中去探究。

　　從這第一步可以引出傅柯以下的提議。權力並不限於政治制度。權力起著一種「直接生產性的作用」，「它來自下層」，它是多方位的，既自上而下，也自下而上地運作。我們已經看到，政治技術不能以特定的制度來進行識別。我們也看到，正是當這

些技術在具體的機構（學校、醫院、監獄）內找到一定域時，正是當它們「投入」這些機構之時，生命權力才開始眞正地起作用。當監督技術在這些機構性場所之間建立起聯繫時，那麼監督技術也就眞正生效了。正是在這種意義上，傅柯才說權力是生產性的；它不是處於一種外在於其他類型之關係的立場。雖然權力關係同機構相當鄰近，但是權力和機構卻不是等同的。但它們的關係也不僅僅就是架空的，超結構的零碎細節。例如，不能說學校只有監督功能。歐幾里德的幾何學內容並沒有因學校房屋的建築結構而改變。然而，學校生活的其他許多方面確實因監督技術的運用（苛刻的時間安排、對學生的隔離、對性慾的監視、排名次、個體化、等等）而發生了變化。

權力是一給定時間，一給定社會中動力關係的總策源地。在監獄中，看守者和囚犯被置於同一個具體的監督和監視運作中，他們都處於監獄建築的具體限制之中，雖然傅柯說權力來自下層，我們都困於其中，但他也並不是在暗示就不存在支配。梅特雷（Mettray）監獄的看守者毫無疑問在這些安置中佔有優越地位；建造監獄的人壓制著別人；兩者都爲其自身目的來利用這些優勢。傅柯並不否認這一點。然而他在證實的是：無論他們具有何種不平等和優越的地位，所有這些人都介入權力關係之中，而無論怎麼說他們絲毫沒有控制這些關係。在傅柯，除非這些不平等的權力關係被追溯到其實際的，具體的運作過程，不然它們就逃脫了我們的分析，並繼續自由自在地運作，不受到任何質疑，還使人保持這一幻覺：權力僅是上層的人對下層的人的作用。

因此，支配並不是權力的本質。當提及階級支配時，傅柯舉了十九世紀末法國社會福利立法的例子。很明顯，他並不是在否認階級支配的事實。相反，他的觀點是：權力被行使於被支配者，也同時行使於支配者；其間關涉到一個自我形成或自我主宰的過程。在十九世紀，資產階級爲了建立其階級支配的地位，它

186

就必須使自己形成爲一個階級。正如我們所示，首先要對其自身成員行使有力的、嚴格的控制。告白的技術以及有關對生命、性、健康的關注起先是運用於資產階級自身的。生命權力是資產階級自我建構的主要策略之一。只是到了十九世紀末這些技術才開始運用於工人階級。傅柯說：

> 人們可以說，對工人階級的道德教育策略（健康宣傳，工人的住房、醫療所等）也就是對資產階級的道德教育策略。甚至還可以說正是這種策略把他們界定爲一個階級、使他們能夠行使其支配。但是，要說資產階級在其意識形態及經濟改革計劃的層次上，作爲某種眞實而又虛幻的主體，發明並強行實施這種支配策略，這可不能這麼說。（CF203）

除非政治技術已經成功地作用於具體的層次，否則就不可能有階級支配。除非政治技術首先已成功地形成了資產階級，否則就不可能有同樣類型的階級操縱。正是在這種意義上，傅柯把權利看成是作用於整個社會。

187

這就爲我們引出了也許是傅柯最具挑戰意味的有關權力的觀點。他說，權力關係是「目的性的、無主體的」。它們的可知性產生於這種目的性。「它們連續不斷地受到算計：沒有任何權力不是按一系列目的和目標而得到行使的。」（HS95）在具體的層次上，政治活動經常得到很高程度的、有意識的決策、計劃、策謀和協調。傅柯把這稱做「權力的具體嘲諷」。這種對有決斷能力之活動的認可，使他能夠按表面意思來看待具體層次上的政治行爲；他沒有被驅使著去搜尋隱藏在行爲者之行爲背後的秘密驅動力。他並不需要把政治行爲者看成本質上是僞君子或權力的爪牙。行爲者做事時多少都知道他們在做什麼，而且經常能清楚地表達出來。但這並不能推導出這些具體行爲的更爲廣泛的後果就能得到考慮和協調。個體對具體政策自己作出決定或個別團體

為自身利益欺詐誘騙，這一事實，並不意味一個社會中的權力關係的整個活動性和方向性就隱含著一個主體。當我們分析一個政治情境時，「邏輯相當清晰，目的也易於理解，只是往往誰也沒有在那兒發明之，而且也可以說基本上沒有誰在進行系統闡述。」（HS95）

這是遠見卓識，但這也是問題。怎麼能夠談論沒有主體的目的性、一個沒有策略者的策略？答案必定在於實踐本身。因為正是集中於技術和無數獨立的定域的實踐，才真正隱含了解析者所要理解的東西。為了企及「一種社會秩序的可知性框架……我們必須是唯名論的，毫無疑問：權力不是一個制度，也不是一個結構；它也不是我們所擁有的某種勢力；它是人們賦予一特定社會的複雜的策略關係的名稱。」（HS93）實踐具有某種邏輯，也存在一種趨向於一策略目的的推動力，但就是沒有人在推動之。目的產生於歷史之中，呈現出特定的形式，碰到具體的障礙、條件和抵抗。意志和計謀都介入其中。然而，整個效果卻逃脫了行為者以及任何其他人的意願。用傅柯的話說：「人們知道他們所做的，他們也經常知道為什麼他們在做他們所做的；但他們所不知道的是他們所做的做什麼。」（引自我們同傅柯的個人交流）

這不是一種新的功能主義形式。體系無論如何也不處於均衡狀態；它也不是一個體系，除非在最廣泛的意義上講。也不存在任何內在的穩定性邏輯。相反，在實踐的層次上存在一種由卑劣的計謀、意願的衝突和低俗的利害關係所產生的趨向性。權力的政治技術把這些塑造出來並賦於一個方向。這種趨向性沒有什麼內在的實質，因而也就無法進行推演。它不是一個理論的合適客體。然而，它卻可以加以分析，而這也就是傅柯的研究工程。

傅柯拒絕詳細闡明一種權力理論，這源自他這一見解：即理論僅當它相對於特定的文化實踐並處於其中時，才能存在並得到理解。這也許就是為什麼他經常避開對權力作出總的論述的原

因。相反，他只是提供了對權力技術的系統分析，並聲稱它具有某種意義和通則，儘管作爲一種概述，這些論述仍顯得太空泛且頗爲神秘。因此，現在讓我們轉回來討論傅柯以邊沁（Bentham）的「圓形監獄」爲例對監督技術進行的分析，以便使我們認清這種規範化權力如何運作、以及從這種分析中能得到什麼一般性結論。

第二節　權力的精細儀式

　　傅柯選出傑里米·邊沁的「圓形監獄」計劃（1791年），作爲一種監督技術的典範例子。它並非像某些人認爲的那樣顯示了權力的本質，而是一個顯示權力如何運作的明顯例子。以類似方式運作的其他的技術也存在，它們也可以作爲傅柯描述的例子。傅柯告訴我們，「圓形監獄」是一個「能夠推而廣之的運作模式；一種按照人的日常生活來界定權力關係的方式……它是還原到其理想形式的權力機制的圖例……事實上它是一種可以、也必須從其具體運用中脫離出來的政治技術圖型……它在其運用中是多功能的。」（DP205）

　　邊沁的「圓形監獄」初看起來似乎就是一個無足輕重的個人計劃，或只是一個理想化的社會改革和提議。但這種觀點是失之偏頗的。邊沁並非首先探尋他所使用的技術，雖然他的發明是最爲完善、最爲著名的一種。他的「圓型監獄」並不是一個烏托邦，它沒有任何固定的地點，也不是旨在爲社會所有方面進行徹底的批判和重新組建，相反，它是爲具體的權力機制而製訂的計劃。邊沁把這一方案設計成無懈可擊的封閉型式，這不是爲了設計出一種完美的形式來自我欣賞，而恰恰是爲了能夠適用許多各種各樣的制度和問題。「圓形監獄」的傑出之處正在於它結合了

抽象的圖式化和具體的實用性。最主要的是，它是可伸縮的、可以靈活運用的。

　　讓我們簡要地回顧一下「圓形監獄」的建築功能。它包括一個大的院子，中間有一個監獄堡，四周有一羣樓房，它們被分成各個層次和各個單人牢房。每一間牢房都有兩扇窗：一扇帶進光線，另一扇面對獄堡，而在獄堡內設有巨大的瞭望窗戶，用來監視牢房。這些牢房就像「小型劇場一樣，其間每一個演員都是單獨表演，受到徹底的個體化並永遠是可見的。」（DP200）囚犯不僅能被監視者看到，而且也只能被監視者看到；他同鄰近牢房裏的人沒有任何接觸。「他是信息的客體，而永遠不是交流的主體。」（DP200）邊沁聲稱其「圓形監獄」的主要優點是能夠實行最大限度的有效組織。傅柯強調，它之所以能達到這一點，是因爲它使囚犯處於一種客觀性、一種永恒的可見性狀態，囚犯無法得知看守人是否在堡內，所以他必須時刻注意其舉止行爲，好像監視是不間斷的、無止境的和絕對的。建築造型是如此之完美，以致即使沒有看守者在場，權力機器也照樣能行使。

　　這一新的權力是連續性的、監督性的、和匿名性的。任何人只要處於恰當的位置都可以操作之，而任何人也都有可能受到其機制的支配。其設計具有多種目的。在獄堡內的監視者很容易就能觀察到一個罪犯、瘋人、工人或學生。如果「圓形監獄」完全運轉正常的話，幾乎所有的內部暴亂都會被取締。因爲一旦囚犯永遠不能肯定他何時受到監視的話，他自己也就成了自己的看守者。而且，作爲一個最後的步驟，通過這一機制的運用，控制者也同樣受到了控制。那些在「圓形監獄」中佔據主要地位的人自身也完全纏入對其行爲的定域和秩序化之中。他們監視別人，但在這一過程中，他們也受到定位、受到調配，也屈從於行政控制。

　　「圓形監獄」不僅僅是一個極爲有效和精明的、控制個體的

技藝；它還是一個對他們進行最終轉化的實驗室。實驗很容易在每一間牢房中得到實施，並從獄堡中觀察和收集其結果，在工廠，學校或醫院中，監視者可以極爲清晰地監視擺在其視線面前的經過編碼和區分的框架。

在傅柯看來，「圓形監獄」把知識、權力、對身體的控制和對空間的控制融滙進了一個監督技術的整體。它是一種對身體在空間進行定位、對個體進行相互安置、進行層層等級制組織和對權力的重心和渠道進行配置的機制。「圓形監獄」是一種羣體進行秩序化和個別化處理的靈活而中立的技術。無論何時需要把個體或大衆置入一個他們可以進行生產和受到監視的框架內，那麼就可以使用圓形監獄式技術。

190　「圓形監獄」在一定程度上通過它對空間的組織來使其對身體的控制奏效。這兒必須作出一個很重要的區別、一個建築模式並沒有怎麼代表或隱含權力，它只不過是促使權力在空間內得以運作的手段。與其說是建築本身，不如說是使用這一結構的技藝使得權力得以有效的擴張。

我們現在插進來看一下傅柯的另外一個例子，這將有助於我們弄淸有關空間和建築的問題。把痲瘋病人聚居在一固定地點和爲免疫而對城市進行分區隔離，是古代歐洲在空間上控制個體的兩種辦法。在十七世紀，分區隔離作爲一種控制鼠疫的方法，通過對空間進行嚴格分隔而得以進行。行政官員把整個城市及其周圍郊區分成行政管轄區域。在死亡的威脅下，任何越出房屋的活動都是不允許的。只有官員和那些不幸地被指派去搬運屍體的人才可以在街上行走。每一間房屋及其居住者每時每刻都處於警覺和監視之中。那些不露面的人都必須得到考慮。所收集到的情況按等級層層遞到行政官員手裏。要是有人死了，他們甚至有權挪用其私人財產：滌罪的程序必需包括清除有毒的居所，然後再用煙薰消毒。所有醫療措施都經過仔細安排；所有病毒都必須讓主

管當局知道；所有空間都由他們控制；所有活動都被調配。

　　這是在空間上進行實施的監督機制，它必需有對地理區域的分析，對其居民的監管，對個體的控制，對信息資料、決策權和對日常生活最瑣碎的細節調配的等級制度。「鼠疫作為一種既眞切實在又可任意想像的混亂形式，起著醫療和政治的相互監督作用。在監督機制背後，可以產生令人難以忘懷的記憶：傳染病、鼠疫、反抗起義、犯罪、流浪生活、遺棄、在混亂中出現和消失、活著和死去的人。」（DP198）在分區隔離的城市中對空間的規定、配置就是這樣一種技術，它聲稱控制了這種混亂。

　　對麻瘋病人的圈地拘禁提供了另一個對應的例子，其目的在於通過權力在空間上的實施來對人口進行控制。麻瘋病人被從社會隔離出來，他們受到區別對待，其名聲也遭到玷污。各種各樣烏七雜八的麻瘋病人都被歸入一夥。權威當局把麻瘋病人驅逐出社會、把他們集中併入固定的，他們必須生於其中、也必須死於其中的拘禁圈內，這是一種「在一組人和另一組人之間進行大規模的二元區分」的行為。（DP198）這兒的關鍵問題在於當局有權利把麻瘋病人從一個地方隔離出來、並把他們限定在另一空間之內，而對麻瘋病人拘留地內部空間的劃分卻一直沒那麼嚴格，即便傅柯把它同實現「一個純社區」的政治夢想聯繫在一起。　191（DP198）

　　總起來考慮，在分區隔離的模式中通過利用空間進行的監督，再加上為麻瘋病人拘留地而實行的隔離辦法，它們為新的「圓形監獄模式」控制技術提供了先例。這些技術通過利用空間而行使權力。由此而產生的空間形式包括對搬遷和財產的臨時緊急法令、受到嚴格區分的人口居住疆界、像「圓形監獄」那樣的建築模式、以及實際上營造和使用的機構場所。每一個對空間的法律定義。每一個建築模式都提供了越來越微妙複雜的、行使權力的方法。它們同時也證明了權力正在得到鞏固，因而它們也就為

這種鞏固的擴展提供了基礎。

> 把麻瘋病人當成鼠疫的受害者，把微妙的監督隔離體現於拘
> 禁的混亂空間之內，把它同適當的權力分析性分配方法結合
> 在一起，使被隔離的人個體化，但又使用個體化方法來表明
> 這種隔離——這便是自十九世紀初以來監督權力所不斷進行
> 的運作：在精神病院、在監獄、在勞教所、收容所、在某種
> 程度上也包括在醫院裏。（DP199）

當對鼠疫的恐懼被成功地轉變成反常的恐懼、而對反常者進行孤立處置的技藝也得到提出之時，監督範式也就大功告成了。

讓我們回到作為一種權力圖式的「圓形監獄」，我們可以把它看成一個設計得完全適合其目的的場所：即對其居住者進行永恒監視的場所。它的運作是通過倒置可見性，這一倒置是現代權力的主要因素之一，它以其形式得到完善地表達。在君主政體中，君主才有最大的可見性，然而在生命權力的機構中，正是那些受到監督、監視和理解的人才被變得最為可見。邊沁的「圓形監獄」抓獲並體現了這種在空間組織中的可見性倒置。建築本身只是這種可見性以及它所擁有的、微妙的控制形式的手段。「圓形監獄」並不是一種權力的象徵；它並不指稱任何東西。它也不具備任何深層的隱藏意義。它於其自身之中就擁有自己的解釋、某種透明性。其功能是要加強控制。其本身的形式、其物質存在性、每一方面最微妙的細節（在此邊沁闡明得極為透徹，連篇累牘地描寫眾多有關建築的詳情細節）都顯露出對它所做事物的詮釋。機制本身是中立的，按其自身方式它也是普遍的。它是一種理想的技術。僅當它「投入」並貶低其他機構時它才呈現出其自身的威力。

192 「圓形監獄」給我們展示了對身體和空間的控制之間的精確聯繫，同時它清楚地表明這種控制的行使有利於權力的加強。在

這一點上，讓我們來槪括一下傅柯從「圓形監獄」的例子中所引出的權力的基本構成因素。他的主要見地便是：權力是行使的，而不是簡單地被擁有的。權力受到非個人化，得到瀰散，變得處於關係之中、並具有匿名性、而同時又使社會生活各個向度受到越來越多的整體化，這一趨向在「圓形監獄」技術中得到抓獲，成爲可能並得到總結。邊沁觀察到，在「圓形監獄」中，「每一個同伴都成了一位看守者」。用傅科的話說：「也許這就是這一主意以及它所帶來的運用的最爲殘暴的一面。在這種管治形式中，權力並非被全權授於某人、而他可以某種絕對的方式獨自對他人行使權力；相反，這種權力運作使每一個人都困於其中，不僅包括那些行使權力的人，同時也包括那些屈從於它的人。」（EP156）

因而，「圓形監獄」便是一種範例性權力監督技術。其主要特徵是：它能夠使權力的擴散極爲有效；能夠使權力以有限的人力、最小的代價而得到行使；通過對其靈魂施加影響而盡可能以隱蔽的方式對個體進行監督；最大限度地增加那些受屈從的人的可見性，在其運作中把所有同其工具有接觸的人都涉及進去。總之，「圓形監獄模式」是一個地地道道的權力的精細儀式的範例，它通過其運作方式建立了一個身體的政治技術得以在其中運作的場所，在此權利和義務得以建立並得到加強。

「圓形監獄模式」的最後一個構成因素便是身體、空間、權力和知識之間的聯繫。對「圓形監獄」的廣泛興趣爲促使形成一種新的、對日常生活的連續管理和控制形式提供了途徑。「圓形監獄」本身必須被理解爲「一種還原到其理想形式的權力機制的圖型，其運作功能被從任何障礙，抵抗或摩擦中提煉出來，得到抽象化槪述，它必須被認作是一個純建築的或純視覺的系統。實際上它是一種可能也必須從任何具體用途中脫離出來的政治技術圖型」。（DP205）正如傅柯自己指出，即使「圓形監獄」永遠

沒有真正建造出來，有關其運作和潛在功能的大量討論也大大促進了系統地形成有關糾正和控制的觀念。因而它為我們展示了現
193　代監督技術的整個圖式：「權力的自動運作功能和機械性操作過程完全不是《監督與懲罰》的主題。相反，它是十八世紀的這一觀念，即這樣一種權力形式是可能的和有必要的。正是理論上和實踐上對這種機制的探尋，正是不斷得到證實的、企圖組織這種機制的意願，構成了我的分析對象。」（IP37）

　　構制出「圓形監獄」技術是要對產生於十七世紀和十八世紀的各種監督進行概括性總結。監督技術起初高度集中並孤立於具體的運作場所，而現在它卻逐漸地溢出機制界限。「圓形監獄」的技藝以某種公認的、不甚清晰的形式運作於各種機構之中，而這些機構又僅僅用來嚴密地監視不反是牆內的而且也包括牆外的個體。例如醫院就不僅僅負責照管院內的病人，它成了觀察和組織整個人口的中心。我們已經看到，監督措施最為成功的地方是那些人口、實用性和控制聚集在一起的社會部門：工廠生產、知識的傳播、技能和技藝的擴散、戰爭機器」（DP211）在這兒，權威當局也逐漸地把工人看成是需要加以研究、訓練和監督──首先是在他們工作的地方，後來也包括在家裏、在學校、在醫院──的個體。監督技術把有用的和馴良的個體的生產同受到控制的和有效率的人口的生產結合了起來。

　　「圓形監獄式」技術也還帶有一種特殊的合理性，它是有自制力的、非理論的、有效率的和生產性的。「圓形監獄」似乎沒提出任何判斷標準，而只是提供了一種有效的技藝，它用來分配個體、認識他們、在任何機構場所中按一定的等級水準對他們進行編排次序。因而，「圓形監獄」具有集中滙聚文化實踐的效果：它為這些實踐的可見性提供了一個範例形式。人們──起碼是受過教育的改革家──都會認同：應該盡可能使用個體區分、而不用顯明昭著的暴力來有效地、科學地、成功地管理工廠、學

校、監獄、甚至皇家後宮（可以想一想傅立葉主義者，或邊沁）。「圓形監獄」的配置提供了這種普遍化的公式。在一種初步的、易於轉換的機制的水準上、在一個社會的基本運作過程中，其程序計劃隨監督機制而得到步步深入地貫徹。」（DP 209）

　　隨著監督技術逐漸撕毀並越出其中立的假面具，它也就為自己賦予了一種規範化的標準，並把它定為唯一可行的標準。逐漸地，在權力範圍以外的法律和其他標準都屈就於規範化。我們在監獄的例子中最為明顯地看到這一趨勢。「圓形監獄」的主題——既是監督又是監視，既是保安又是知識，既是個體化又是整體化，既是孤立又是透明性——在監獄中找到其特殊的實現場所。（DP249）這種「圓形監獄式」辦法的集中反過來又促使產生了特定的知識學說，它們在監獄中得到成功地運用。在十九世紀初突然出現於歐洲的新監獄制度除了其他功能外，主要是被用作建構一個有關罪犯及罪行的知識體的實驗室。要滿足新產生的有關人的知識型以及監督權力的技術「發揮」的雙重需求，對一個既是新的科學研究的客體，同時又是監督權力的客體的主體來說，便是一個理想的場所。科學的心理學誕生了，而它很快就被運用到監獄之中。「對正常狀態的監管完全在一種醫學或精神病學內得以進行，因為這種精神病學為之提供了某種『科學性』；它得到司法機構的支持，並直接或間接地在司法上得到了認可。」（DP296）正是在這兩位完美無缺的監護者之間，「規範化權力的規範化」得以向前推進。

194

　　傅柯對知識和權力之關係的觀點並不是還原主義的。有時候，比如在自然科學中，知識能夠把自身從它在其中得以形成的實踐中脫離出來。各種結合必須按具體的例子進行具體地分析，而不應該事先就予以假定。他解釋道：「我並不是說人文科學產生於監獄之中。但是，要是它們能夠得以形成並在知識型中產生

出如此衆多的深刻變化，這是因爲它們已經由一種特殊的、新的權力模式所傳播……[這種權力模式]必需了解知識在權力關係中的確定關係……可以被認識的人（靈魂、個性、意識、行爲或不管把它稱做什麼）是這種全面分析、這種支配─監視的客體─效果。」（DP305）很明顯，這並不是說每一門社會科學的每一個方面都具有一種直接的監督效果──傅柯也從未持這一觀點。然而，在許多人文科學中，這些關係也確實存在延續而持久的互相作用和支助。

就這樣一種例子來看，正是這種雜交因素產生出罪犯：「違法者被同犯罪者區別開來，這樣一種界定與其說同他的行爲有關，不如說同他的生活有關。」（DP251）罪犯成了一個半自然的人種，他被新產生的精神病學和犯罪學等人文科學識別出來、孤立出來並得到認識。因而，僅僅懲罰其罪行並不夠，罪犯必須得到重新改造。要使罪犯重新做人，就必須理解和認識他的個體性，並把他類分爲特定類型的罪犯，在要求規範化的旗幟下，知識一下子便陷入爭吵之中。正是通過這一策略，犯罪──這一曾經主要只是一個司法的和政治的事務，現在具備了科學知識和規範化意圖的新向度。

違法者和新的監獄制度同時出現；它們互相補足、互相擴充。「違法者使這成爲可能：把[道德和政治壞蛋同司法主體]結合在一起，並打著醫學、心理學和犯罪學的權威來建構一種個體，而法律的觸犯者和科學技藝的客體都疊加於這一個體之上。」（DP256）現代權力和人的科學找到了其共同的表達方式，還會有其他的方式接踵而至。規範化權力眞正有效的擴散起自這種結合。

然而，監獄制度運作的一個極爲重要的向度是：它從未成功地實現其諾言。從其一開始到現在，監獄從來沒有管用過。傅柯列舉出衆多的慣犯以及一致要求改革的呼聲，這是很有說服力

的。它們並沒有完成其鼓吹者所聲稱的，唯有它們才能夠做成的事情：把變壞的罪犯改造成正常的公民。而這也並不意味監獄改革者就必定沒能達到其目的。在上一個半世紀中，一直有人把監獄制度當成是懲治其自身罪惡的良藥。因此，這兒的問題不是：監獄為什麼失敗了？而應該是：這種失敗促成了哪些其他的目的，或許它根本就不算失敗？傅柯的回答是直率的：「人們將不得不承認：監獄，無疑也包括整個懲罰，並非旨在取消犯罪，而是旨在區別之、分配之和使用之：與其說它們要把那些有可能違犯法律的人轉變成馴良的臣民，不如說它們要把對法律的侵犯同化於一個總的屈從策略之中。」（DP272）監獄制度，或許也包括所有的規範化權力，僅當它們獲取部分成功之時才得以成功。

　　規範化技術的一個基本特徵是：它們本身也是對社會機體中的反常事物進行系統性創造、類分和控制的組成部分。它們的「存在理由」（raison d'être）是它們聲稱已經孤立出這些反常事物並許諾要對它們進行規範化。正如傅柯已經在《監督與懲罰》和《性意識史》中詳盡地顯示出，生命權力的推進是同權力技術和知識本打算要取諦的各類反常事物——犯罪者、變態者等等——的產生和滋長同時並行的。規範化的擴散通過創造出它接著又必須對待和改造的反常事物而得以進行。通過對反常事物進行科學的識別，生命權力技術便處於完全適宜的地位來對它們進行監視和管理。

　　這就把本來可被看作是整個運作制度的失敗有效地轉換成了一個專業技術問題——而由此也就轉換成了權力得以擴張的領域。政治技術之所以得以推進，是因為它首先把本質上是一個政治的問題從政治言說的範圍中轉移出來，然後再以一種中立的科學語言加以重新闡述。❶一旦這一過程得到實現之後，餘下的便是由專家來辯論的專業問題。事實上，改革的語言從一開始起就是這些政治技術的基本組成部分。生命權力打著為使人們健康和

保護人們的旗幟而得以擴散。當受到抵抗或沒能夠達到其標榜的目的時，這被看成恰恰證明了必需加強和擴大專家的權力。於是一個專業策源地得到建立。按理來說，應該存在一種解決所有專業問題的方法。一旦這一策源地得到建立，生命權力的擴散也就毫無問題了，因為已不存在任何別的選擇；任何其他標準都可以被顯示爲是不正常的或只是呈現出專業性問題。通過科學和法律，我們得到了規範化和幸福的允諾。當它們失敗之時，這只是證明了它們還不夠受到重視、必須進一步加強之。

一旦生命權力的控制已萬無一失之後，我們所得到的不是一種眞正的、有關效率、生產力或規範化之終極價值或意義的詮釋衝突，而是一種（可以把它稱做）執行的衝突。生命權力得以成功地建立的問題在於怎樣使福利機構運作。它並不去問：它們意味著什麼？或用傳柯的話說：它們做什麼？

傳柯列擧了一個這種執行的衝突的典型例子，他討論了十九世紀早期有關哪一種美國模式的監獄制度——奧伯恩（Auburn）還是費城——能夠更好地解決孤立囚犯的問題的辯論。奧伯恩模式從寺院和工廠中尋求解決辦法的要素。於是，囚犯被規定睡在獨自的單人牢房中，但他們可以在一起吃飯和工作，儘管無論在吃飯還是在工作時都嚴禁他們互相說話。按照奧伯恩模式的改革家，這種制度的優點在於它以一種純粹的形式複製了社會的條件——以秩序爲名的等級體制和監視——因而也就爲罪犯回到社會生活作好了準備。與之相對，貴格教派的費城模式強調個體通過孤立和自我反省進行良知的改造。只要把罪犯置於特久的禁閉之中，他就應該會在性格上產生深刻的質變，而不是只在

197

---

❶哈伯瑪斯和其他許多人都提到了這一點。他們所提供的總的解析框架要比傳柯的更爲系統。而傳柯的更爲成功之處是他明確地指出了這一過程得以運行的具體機制。

表面上改變其習慣和態度。貴格派教徒認爲通過取締任何社會性接觸，罪犯便可以發現其道德良知。

傅柯已孤立出了兩種不同的執行模式；兩種不同的有關社會和個體的模式；兩種不同的屈從模式。每一種都基於某種心照不宣的、對監督技術本身的認可。兩種制度的提倡者都認同：對囚犯應該進行孤立和個體化。唯一的衝突只在於這種個體化和孤立應該怎樣貫徹執行。

一系列不同的衝突起源於兩種模式的對立：宗教的（悔過自新是否必須成爲糾正的主要因素？），經濟的（哪一種方法花費較少？），醫學的（完全的孤立是否會使囚犯變瘋？），建築的和行政管理的（哪一種形式能保證最佳的監視？）。無疑，這便是爲什麼這一辯論持續如此之久的原因。但是，在這一辯論的中心並使一辯論成爲可能的，是監獄行爲的主要目的：通過取締所有未受到權威當局監管或未按照等級層次安排的關係以進行強制性個體化。（DP239）

整個工程計劃本身並非爭論的焦點。正是未受任何質疑的、對層層分等式和強制性個體化的認同使一系列執行技藝成爲可能。通過這些分歧和認同（無論它們是怎樣心照不宣地隱含於實踐之中），在科學和法律的引導下，規範化和監督也就得到了推進。

第三節　典範和實踐

熟悉孔恩對科學如何得以建立和進展之論述的讀者，會看出孔恩對常態科學的論述和傅柯對規範化社會的論述之間驚人的相似之處。按照孔恩，某一領域的實踐者都一致認同，某個特定著作確定了一個領域最重要的問題並表明了一部分這類問題如何能

得到到成功地解決，這時這門科學也就成了常態科學。孔恩把這樣一種得到一致認同的成就稱做典範或範例，並指出牛頓的《數學原理》（*Principia*）就是一個明顯的例子。典範把常態科學塑造成這樣一種活動，它尋找某些初看上去似乎拒絕理論闡述的令人迷惑不解的現象，而常態科學按其本來定義最終又必須用其自身術語對之作出詮釋。常態科學的觀念是：所有這些不規則現象最終都將被顯示為同理論和諧一致。孔恩指出，「也許常態研究問題……最驚人的特徵……是：它們幾乎根本不是旨在產生出重大的新的突破，無論是概念上的還是現象上的……起碼對科學家來講，在常態研究中所取得的成果要是具有重要意義，這是因為它們增加了適用於典範的範圍和精確性」。❷

規範化技術具有一種幾乎是相同的結構。它們要想得以運作，就得建立一個有關目的和方法的共同定義，它的表現形式是宣言，或者更為有力一點的話，是得到一致公認的、有關一個秩序井然的人類活動領域應該如何加以組織的例子。這些範例，比如圓形監獄和告白術，立即就會界定出什麼是正常的。同時，它們又把超出其系統的實踐界定為不正常的行為，需要對之進行規範化。這樣，儘管科學的或社會的典範都不具備任何內在的合法性，但是它們通過決定什麼能算作一個應該予以解決的問題，以及什麼能算作一個解決辦法，把常態科學和規範性社會建構成了整體化的活動範圍，而這些活動範圍卻無時不在擴大其預言和控制的範圍。然而，在常態科學的操作和規範化技術的運作之間也還存在一個重大的區別；常態科學原則上旨在最終同化掉所有反常現象，而監督技術則不斷地建立和保留區別得日益精細的反常事物，而這正是它使其知識和權力擴展到越來越廣泛的領域中去的方法。

---

❷孔恩：《科學革命》，p.35～36

　　當然，兩者之眞正重要的區別還在於政治方面。常態科學已
被證明是一種結累有關自然界之知識的有效手段（在此知識意味
着預言的精確性，得到解決的不同問題的數量等諸如此類，而不
是有關事物本質性的眞理），而社會的規範化則顯露爲一種强有
力的、陰險狡詐的支配形式。

　　傅柯有力地論述了規範化典範的劇毒效果，但問題仍然存
在：是否會存在建立其他類型社會的其他類型典範？傅柯並沒有
明確點明——更不用說概括地總結出——他的見解，使之發揮共
享範例的主要角色作用，以便用來對付分散的實踐，把它們滙集
起來，並對隱含於其中的策略指明方向。但這一發現畢竟是極具
挑釁意味的，也似乎值得進一步加以關注。去探究在我們文化的
過去或在將來是否曾經存在或將會出現這樣的典範——它們以某
種方法關注文化的重要問題，却不用事先就以規範化的方式規定
什麼樣的答案才算是合適的，這將是很有意義的。那時我們就可
以問：這樣的典範是否僅因爲不是規範化的就比圓形監獄和告白
術優越，或者，要評價它們我們是否還需要其他的標準？

　　不管怎樣，一旦人們看到一個文化的典範的重要性之後，人 199
們也就看到它們在理解社會中的方法論重要性。人們可以按詮釋
學的方法來使用它們，正如我們看到孔恩所做的那樣把它們作爲
一種探入研究者（其行爲在典範內具有意義）的嚴肅意義內部的
方法。但人們也可以把它們用來（孔恩也這樣做）揭示科學家行
爲的某個方面，對此科學家既非直接知曉、甚至根本就沒有意識
到，而它對理解其行爲的意義却又是至關重要的。因而自然科學
家並不認爲——甚至還拒絕討論這一可能性：他們研究工作的有
效合法性僅僅基於某種一致認同，而非基於眞正的意見一致。但
是，如果孔恩是對的話，常態性自然科學的整個意義在於典範如
何指導和產生按這些典範行事的科學家的行爲。孔恩並沒有混淆
這兩種詮釋。他把深入某個學派思想之內部的企圖稱做詮釋學。

就我們所知，他還沒有賦予科學常態和革命之結構所進行的分析任何名稱，儘管是他最有創見和最爲重要的貢獻。我們認爲這第二種方法同我們所謂的詮釋解析法的解析向度相當接近。

正如傅柯沒有把其實在的見地概括進典範的運作過程之中，他同樣也沒有爲詮釋解析法歸納出其方法論的重要寓意。但他目前的著述明顯地遵循這一道路──它運用這些見解，如果不是運用言語本身的話。他現在所進行的研究首先把言語描述爲一個典範的歷史表達，然後便以一種相當依賴於對社會典範的孤立和描述，及其實際運用的方式來進行解析研究。在傅柯，言語的分析不能再按知識型的形成規則而得到系統化。應該允諾言語在其利害關係及研究範圍上存在差別，這樣，傅柯大概會同意孔恩的說法：「規則……產生於範式，但典範即使在沒有規則的情況下也能指導研究。」❸而且，同《詞與物》和《知識考古學》中分析相對（在那兒言說及決定它的抽象性系統結構在方法論上具有特殊的優越地位），傅柯在其後期著作中把言說看成是一更爲廣泛的權力和言說範圍的一部分，而它們的關係由不同的典範按不同的方式得到表達。嚴格確定這些關係是傅柯的著述同孔恩共享的解析向度。

然而，傅柯在社會方面的興趣需要他提出一種在孔恩的著作中無法佔有任何地位的詮釋向度。當孔恩堅決主張幾世紀以來牛頓的著作一直被自然科學家用作一個範例之時，這並不是一個詮釋的問題。要決定自然科學在西方的興趣所產生的總的效果帶有哪些應該支持、哪些應該予以抵制的後果，這也不是作爲科學史學家的孔恩的任務。然而，研究社會現象卻需要一種詮釋的向度。首先，對於我們現今文化的主要組成典範並沒有明顯的一致認同；其次，即使我們能認同某些範式的中心地位，怎樣來評價

❸孔恩：《科學革命》，p.42

其效果的問題仍然有待於百家爭鳴。

這種詮釋作用並非某種累贅多餘的說教，它也不可能是某種個人偏好的問題。它基於三個互爲依賴又互相維繫的因素。首先，詮釋者必須基於某種得到社會公認的有關事物進展情況的觀念而採取一種實用的立場。這意味着他不能僅憑個人感情（無論是出於沮喪或一時高興）而任意亂說。但是，在任何給定社會，任何給定時期，當然會有不同的羣體，對事物的狀況具有不同的共享觀念。比如，儘管幾乎所有法國的知識分子自法國大革命以來都感到社會處於重大危機、重大危難之中，但是在行政官員中大概却存有這樣的一致認同（這在他們的來往便函中得以表達）：事情基本上進展順利、人口的整個福利和生產率也不斷得到改善和增長。因而這一點應該是很明顯的了：即使對社會的狀況產生了一個總的一致認同，這僅僅表明某種正統觀念得到了確認，而並不意味有關事物的公衆意見已假定了客觀眞理的地位。

其次，研究者必須對社會機體中已發生的和正發生的事物提出一種有理可循的診斷，以詮釋有關危難或福安的共享意見。正是在這兒，在檔案庫和實驗室內進行着詳盡的，「陰沉的、精細的工作」，以便確定曾經說了和做了什麼，現在正在說什麼，誰對誰說，誰對誰做，以及有什麼效果。這種研究屈從於其自身的精確標準，但傅柯至今對此基本上沒作什麼詳細的評論。當然，人文科學中大多數研究者花費主要精力從事於研究工程的這一方面，因爲它像常態科學一樣，按其自身的內在價值能夠解決大量困惑的問題，儘管它忽視了學說策源地以及它所不以爲然的，更爲廣泛的社會語境。如果某種制度化的傅柯式人文研究會得以廣爲流傳的話，大多數研究者還是會繼續進行這種實證主義的工作。

要完成這種傅柯認爲所有詮釋都必需具備的，自我維繫的「循環工程」（circular project），研究者還應該給讀者說明爲

什麼他所描述的實踐應該產生導致進行研究工作的共享疾患或滿

201　足。不用說，如果為了證明哪種社會配置能產生福安，哪種會產
生混亂和危難而去求助一種有關人性的客觀理論，這肯定違背了
這種分析的整個意義。同樣，要想證明其言說合理正當，人們也
無法求助於昔日的黃金時代，或求助於決定一個理想的未來社會
的原則。唯一剩下的可能性似乎只是：我們歷史言說中的某種東
西已經——起碼現在是如此——把我們界定為某種存在，他們在
敏感之時會拒絕屈從於和進一步加強那種整體化指令（傅柯的分
析已把它揭示為我們當今實踐的典型特徵）。這並不意味着求助
於一個黃金時代，因為它沒有聲稱在過去某個時期一切都是好
的，而它雖訴諸於這些歷史實踐，但也沒有整天夢想着它們有朝
一日會得到復興。相反，如果人們聲稱對事物為什麼會出差已經
作出了一種具體的診斷，他所必需提出的似乎是某種具體的健康
典範。

　　散見於傅柯的著述中有某些啟發性暗示表明，他已認識到這
一問題。例如，他指出，古希臘理論認知的產生是我們歷史上的
重大轉折點。他說，早期希臘文明的通用和詩的言說都被這種理
論的興起破壞了：「詭辯派被清除了……自偉大的柏拉圖二分法
時代開始，〔柏拉圖式的〕真理意志便具有其自身的歷史……〔它〕
依賴於制度的支持」。（DL218，219）這一變化改變了希臘生
活的所有方面：「當希波克拉特（Hippocrates）把醫學歸納為
一個體系，觀察便被放棄了，哲學開始被引入醫學之中」。
（BL56）或者，西方已設法……把性並入了一個合理性領域
……我們自希臘時期以來便已習慣這種征服」。（HS78）也許
我們通過研究在詭辯時代，在形上學和技術一統天下之前的社會
是什麼樣子，可以在社會領域學到點東西。但很明顯，傅柯並非
在力圖直接尋回前蘇格拉底的希臘。這是一個歷史的虛構。也許
可以被用作診斷的援助手段，以看清對事物的整體化指令的開

端；也許它還可以幫助我們尋找那些至今仍逃脫於技術整體化之外的社會實踐。

傅柯在對付那些逃脫或成功地拒絕了生命權力之擴散的實踐時面臨着一個困境。當被疏散開來的時候，這些實踐逃脫了監督性整體化但却基本上無法抵制這種整體化的進一步擴散。然而，假如傅柯要提倡直接以一種有條有理的方式對它們進行着重討論，即使打着反傳統或反抗的名義，他也會冒着重操它們的舊業對之進行規範化的危險。旣然傅柯對這一極爲棘手的問題沒給我們任何答案，他似乎還有責任用其著述來確定那類抵抗實踐是有危害的，並考慮它們如何能以那整體化、非理論化和非規範化的方式得到加強。如果眞理要在社會中得到正常運作，以抵抗技術權力，那麼我們就必須找到一種方法來使之成爲正面的、具有積極意義和具有生產能力的。至於這樣一種可能性是否存在，這仍是一個可以爭論的問題。

要總結詮釋解析法這三個互相維繫的方面，其中一個辦法便是去看一下它們同醫學診斷的並行關係。醫生看病的出發點是基於病人對自已病情的好壞感覺，雖然醫生不能完全相信這一感覺。於是醫生所進行的診斷必須對病人爲什麼會有這種感覺作出專業性詮釋，而這又需要訴諸於每個人都認同的，一個健康的身體是什麼的例子。傅柯對尼采的一段話進行了選擇，並大概地同意尼采的觀點：「歷史意識同醫學比同哲學更有共同之處……其任務是要成爲一個治癒性科學」。（NGH156）

第四節　權力與眞理

醫生可以站在病人外部客觀地對待病人，但是詮釋解析法的實踐者却沒有任何這種外在的位置。他所力圖治癒的疾病也是已

經感染了他自己的傳染病的一部分。因而，我們必須最後再一次回到解析者的問題。因爲這些全新的對權力關係的概述必定會使解析者處理一種不同於傳統的知識份子和哲學家的立場。傅柯對他如何看待這一問題有一些暗示。來自始至終一直批判那些自我標榜的眞理和正義的掌握者，那些自稱是針對權力述說眞理，因而也就抵抗了權力的所謂抑制效果的知識份子。「言者之惠」已被揭示爲助長生命權力之推進的組成部分。

傅柯歸納了這一點。他勸告知識份子放棄他們普遍性的、先知性的腔調。他力勸他們甩掉預告未來、甚至自我扮演立法者的角色的僞裝。希臘的智者、猶太人的先知和羅馬的立法者仍是今天操持言說、書寫之職業的人朝思暮念的偶像。」（Telos 161）在更爲晚近的時期，我們知識份子的榜樣一直是那種作者—法官，他們聲稱爲處於當事人利益之外，能以普遍性口吻言說，代表了上帝神法或國家的法律，肩負着使理性的普遍指令人人皆知的使命。古典時期的的典型人物也許就是伏爾泰（Voltaire）——他宣揚人權、揭露欺詐和虛僞、攻擊專制主義和虛僞的等級制度，同不公和不平之事進行鬥爭。而現代知識分子的功能則是要促使眞理來表明事物的清晰性。

203　　在今天，自認爲是自由的主體——普遍性的知識份子，幾乎不能爲我們提供任何行爲指導。但這並不意味那些力求理解人類並力圖改變社會的人要麼是處於權力之外，要麼就是無力可使、無所作爲。相反，傅柯對生命權力的興起和擴散的詮釋已經明確表明：知識是現代世界權力運作的定義性因素之一。

知識並不處於權力關係的超層結構之中；它是工業和技術社會之形成和進一步發展的基本條件。僅舉一個我們剛討論過的例子，即監獄的例子，對囚犯的類分和個體化是這一權力範圍之運作的基本組成部分；要是權力和知識完全是互不相干的話，這種監督技術就不可能呈現出如此的形式，不可能獲得如此的擴散，

也不可能以如此的方式產生出犯罪者。但是權力和知識也不是互相等同的。傅柯並不在力求把知識還原到紮根於權力中的假定基礎，也不在力求把權力概念化地說成是一種永久連貫的策略。他只是企圖揭示它們相互關係的具體性和實在性。它們擁有一種相互的，但不是一種因果的關係，它必須在其歷史具體性中加以確定。這種權力和知識的相互促進和生產是傅柯的主要創見之一。普遍性知識份子之所以仍在玩權力的遊戲，是因爲他們沒有看到這一點。

　　傅柯並不聲稱他處於這些權力實踐之外；但同時他也並非與之等同。首先，當他揭示我們文化的實踐已產生出客體化以及主體化兩者之時，他已經鬆解了這些實踐所具有的理解力和表面上的自然性和必要性。生命權力的威力既在於界定現實也在於產生現實。這一現實把世界當成是由主體、客體以及對它們的整體性規範化所組成的。任何不考慮這些條件的解決辦法——即使是反對它們的——都將爲生命權力的支配添磚加瓦。通過詮釋解析法，傅柯便能夠揭示出一直在產生這一現實的具體和實在的機制，同時他也以極爲詳盡的筆法描述了這些機制得以隱藏於背後的透明面具。

　　這把我們引入了第二點。傅柯之所以能夠診斷我們的現狀，正是因爲他也共享之。他從內部給我們提供了帶有實用傾向的詮釋。他給我們提供了對組建我們文化之趨向的系譜學。顯然，傅柯並不是在說我們文化的所有實踐都是監督性或告白性的，也不是在說每一個知識的產生都立刻就起一種權力—效果的作用。規範化的趨勢還沒有成功地使所有實踐都整體化。事實上，鑒於這一趨勢，鑒於傅柯認爲眞理不是外在於權力的立場，他得出了這一結論：「哲學的問題……是有關我們自己是誰的問題。這就是爲什麼當代哲學完全是政治的和歷史的。它是內在於歷史的政治，同政治不可分隔的歷史」。（Telos 159）我們無法求助於

204

客觀規律，無法求助於純粹的主體性，也無法求助於完整的理論。我們有的只是已使我們變成現今這個樣子的文化實踐。要想知道那是什麼，我們只能這搞現時的歷史。

傅柯得出的另一個結論便是：要完成的任務不是去把真理從權力中解脫出來。在人文科學中，所有這些企圖似乎都僅能為我們社會中的監督和技術趨向提供催化能量。相反，應該去做的是使這種實用的詮釋在權力範圍內起不同的作用。

> 我完全清楚地知道，我只不過是在寫小說而已。儘管如此，我也不想說它們都在真理之外。使小說在真理之內述說，把真理—效果引入—虛構的言說之內，並以某種方式使言說產生、偽造出某種還未存在的東西，也就是虛構出某種東西，這在我看來都是可行的。人們從使之變成真實的政治現實出發來「虛構」歷史，人們從某種歷史真理出發「虛構」出一種還未存在的政治。（ILF75）

總之，詮釋和解析法能使虛構歷史的實踐者避免傳統哲學的「嚴肅精神」（esprit sérieux）和當代的玩耍姿態。解析法尊重已經得到確認的問題和概念，承認它們涉及的是重要的問題；它如此做的結果與其說是揭示了終極實在，不如說是揭示了更多有關社會及其實踐的內容。詮釋以當今社會及其問題作出發點。它賦予它們一種系譜學歷史，但並不聲稱抓獲了過去的真理。人們為努力理解自己而使用的概念提供了考古的穩定因素；認真地對待當今的問題能夠阻止人們用我們過去的這些概念來玩耍知識份子的遊戲。

結　語

205

　　米歇爾‧傅柯的著述仍然會有很大的「進展」。雖然主要的輪廓已很明顯，但他將來的創作肯定會有出人意料之處的輾轉反側。因此，與其作出一種定義性結論，我們寧願提出一系列在我們的探究過程中產生出來的問題。我們覺得這些問題有助於指明傅柯現今爲止的整個研究工程的主要論題和主要懸疑，同時也提出了當代思想必須予以關注的最一般性問題。

　　我們把這些問題表述爲一系列困境。在每一組問題中都存在一種表面上的矛盾：一邊是某種要回到傳統哲學的觀點，即描述和詮釋最終必須同事物的眞正存在方式相一致；另一邊是某種虛無主義的觀點，即物體實在、身體和歷史都是人們想怎麼認爲就怎麼認爲的東西。我們擺出這些問題——以及寫這本書——的目的是爲了顯示傅柯怎樣力圖避免投入這兩種觀念的懷抱。他的研究工程巧妙地界定了可供探尋的路程，同時也巧妙地避免了對這些問題的傳統和現今的回答。他的「具體展示」已標出了一種地形。但它們還不能被認作是一個完整的令人滿意的地圖。傅柯自己把他的策略描述爲在傳統哲學和拋棄所有嚴肅性的態度之間進行的一種「障礙滑雪運動」（源自我們與傅柯的個人交流）。然而，傅柯一味拒絕跨越其具體的展示，這雖然能夠保持一致，甚至值得欽佩，但却也沒有使問題消失；它也不能完全滿足我們這種也許仍是傳統的、要想看到整幅畫面的慾望。因而，讓我們把這些問題提出來，使之作爲現代思想家必須遵循的路標。

206   **問　題**

⑴**眞理**

A)　在眞理的一致性理論和把每一門學說都當成是一種論述形成的方法之間，非模糊性科學（物理學、生物學等等）能否佔有一席之地？它們相對於社會關係到底有多少自在性和獨立性？在何種意義上講它們是眞實的？孔恩是否已經爲回答這些問題開啓了道路？如果還沒有的話，哪種趨向會提供更佳的答案？要麽，這樣的哲學問題是否已屬過時？

B)　主要的哲學任務是否應該去充實梅洛龐蒂對「活的身體」之分析的內容？或者，這種要在身體中找出超歷史、超文化結構的企圖也是誤入歧途了？假如存在這種結構的話，人們能否不用回到自然主義就可掌握之？抵抗生命權力的基礎之一是否要在身體中去找尋？監督技術能否使身體徹底變形？梅洛龐蒂把身體看作具有一種趨向於合理和明確性的「意向」（telos）；假如他是正確的話，爲什麼在其他文化中權力和組織上的合理性很少聯繫在一起？另一方面，假如權力和合理性並非牢固地奠基於身體要對世界獲得最大控制的必要性之中，那麼身體的能動力和權力之間的關係如何？

C)　現時的歷史應該在何種程度上，以及應該怎樣對過去的事實負責？是否每一種產生於實用關注的分析都是同等有效的、或者是否還存在其他正確性標準？分析和眞理的關係如何？經驗證實和否定的作用是什麼？

⑵抵抗

A) 監獄式社會哪兒出了毛病？系譜學貶低了以自然規律或以人類尊嚴為根基來反抗這種社會的立場，這兩種立場都以傳統哲學的假定作為先決條件。系譜學也貶低了基於主觀的偏好和直覺來反抗監獄式社會（或把某些團體標榜為能夠反抗監獄式社會的人類價值的傳導者）的做法。那麼，什麼樣的辦法能使我們保持一種批判的立場？

B) 對生命權力的抵抗怎樣能夠得到加強？求助於對人類和社會的正確的理論理解的辯證法論證根本說服不了多少人，而按照傅柯的分析，它們本身也是當今問題的一部分。果然，修辭雄辯在這兒是一個重要的向度。要是柏拉圖的真理概念是「我們最悠久的謊言」，那麼我們是否就必須回到柏拉圖把修辭和實用言說僅僅當作是可以任人擺佈的東西的概念？或者，是否還存在某種詮釋藝術，它運用其他辦法來為使言說能用來對付敵對的操縱開啟可能性？

C) 除了理解監督社會如何運作並一有時機便阻撓之以外，是否還有其他抵抗它的辦法？是否有一種使抵抗成為正面性的方法，也就是說是否存在朝向一種「新的身體和愉樂之經管」的方法？

⑶權力

A). 權力在傅柯的著述中是一個企圖理解社會實踐如何運作，卻又不想陷入一種傳統的歷史理論的概念。但這一概念的身份是頗成問題的。在傅柯，權力顯然不是用來作為一種形上學的基礎。但如果權力是「唯名化的」，那麼它以何種方式可以得到說

明？

B) 眞理和身體的系譜學現在已被大大地向後擴展到我們的文化歷史之中。權力是否也應該同樣向後擴展？如果是，怎樣擴展？如果左是，爲什麼不？

C) 什麼是權力？它不可能僅僅是組織具體的相互作用的外在動力；它也不可能是被還原至個體相互作用的整體性，因爲以某種重要的方式它還產生相互作用和個體。然而，假如它要成爲一個有用的概念，對其身份狀況一定得有個具體的說法。權力怎麼能夠既是實踐本身的生產性原則，同時又僅是一種用來爲實踐賦予一種事後性可知性的啓發性原則？

跋：主體和權力

第一節　爲什麼研究權力：主體的問題❶

我這兒想討論的觀點旣不代表一種理論，也不代表一種方法論。

首先，我想說一下最近二十年來我寫作的目的是什麼。我並不是要分析權力的現象，也不想詳細闡述這種分析的基石。

在我們的文化中人類通過不同的方式被變爲主體，我的目的在於創立一種有關這些方式的歷史。我的寫作討論了三種把人轉變爲主體的客觀化方式。

第一種探究方式試圖賦予自身以科學的地位。比如，在「普通語法」，語文學和語言學中說話主體的客體化。再有，在這第一種方式中，生產主體——財富分析和經濟學分析中勞動的主體的客體化。還可以有第三個例子：在自然歷史和生物學中對活著這一事實的客體化。

在我著述的第二部分，我研究了我要稱之爲「分離實踐」中的主體的客體化。主體要麼在內部被區分，要麼從其他事物中被分出來。這一過程使其客體化。例子有，瘋人與正常人、病人與健康人、罪犯與「好人」。

---

❶爲什麼研究權力：主題的問題由傅柯用英文論著；「權力是怎樣被行使的」是由華斯利・索耶（Leslie Sawyer）譯自法文。

最後，我力圖研究──這也是我目前在做的──一個人怎樣把他或她自身變為主體。比如，我選擇了性慾領域，研究人如何學會把自己當成「性慾」的主體。

209　　因而，我研究的中心主題不是權力，而是主體。

沒錯，我在許多地方都涉及權力的問題。因我馬上察覺，正像人類主體位於生產和意指關係之中一樣，他也同樣置於極為複雜的權力關係之中。在我看來，似乎現在經濟歷史和理論為研究生產關係提供了良好的手段；語言學和符號學也為意指關係提供了手段；唯獨權力關係還沒有研究的工具。我們只得求助於基於法律模式上思考權力的方式，即：什麼使權力合法化？或者求助於基於機構模式思考權力的方法，即：國家是什麼？

因而有必要擴大權力定義的面向，如果我們想在研究主體的客體化中使用這一定義的話。

我們是否需要一種權力的理論？因為理論預先假定一種客體化，因而它不能定為分析工作的基礎。但這一分析工作如果沒有持續的概念化過程就無法進行。而這概念化則意味著批判的思想──不斷的檢驗。

要檢驗的第一件事是我應稱為的「概念需要」。我的意思是，概念化不應基於一客觀理論──概念化的客體不是衡量概念化好歹的唯一標準。

我們必須知道促成概念的歷史條件。我們對現今環境需有歷史的意識。

第二個要檢驗的是我們所對付的現實性類型。

有一位作家曾經在一份知名的法國報刊上驚詫地問道：「為什麼今天這麼多人提到權力這概念？它真是如此重要的主題嗎？它是否如此自成一體，以致可以不考慮其他問題而對它進行討論？」

這位作家的驚詫目標使我感到驚愕。我懷疑這個問題在二十

世紀才首先被提出來。不管怎樣，對我們來講，這不僅是一個理論問題，而且也是我們經歷的一部分。我只想提出兩種「病態形式」（pathological forms）兩種「權力疾病」，法西斯主義和斯大林主義。為什麼它們在我們看來是如此迷惑不解的眾多原因之一是，雖然它們具有歷史的獨特性，但卻並不是首創的。它們使用並擴大了在大多數其他社會中已存在的機制。還不僅於此：它們儘管具有內在的瘋狂性，但在很大程度上它們使用了我們政治合理性的觀點和方法。

　　我們需要的是一種新的關於權力關係的經管──「經管」（economy）一詞用其理論以及實用上的含義。換句話說，自康德以來，哲學的作用旨在阻止理性超越在經驗中所給予的限度；但同時，即隨著現代國家以及社會政治管理的發展，哲學的作用亦旨在監視政治合理性對權力的濫用，這畢竟是一相當高的指望。

　　誰都清楚這些老生常談的事實。但是老生常談並不意味事實不存在。對於這些老生常談的事實，我們應該去發現──或者試圖去發現──那一特定的、也許是本原的問題同它們有聯繫。

　　政治權力的合理化同其濫用之間的關係是明顯的。我們不需要等到出現了官僚主義和集中營才能認識到這種關係的存在。但問題是：對於這樣一個明顯的事實怎麼辦？

　　是否應該試用理性？在我看來，沒有比這更為徒勞的了。首先，因為這一領域同有罪或無罪毫無關係。其次，因為把理性當作相對於無理性的整體是沒有意義的。最後，因為這會使我們陷入任意而乏味的角色扮演：要麼是理性主義者，要麼是非理性主義者。

　　是否應該拷問這種源自啟蒙時代，似乎為我們現代文化所特有的理性主義？我想這是法蘭克福學派某些成員使用的方法。然而我的目的不在於對他們的著作展開一場討論，雖然這些著作很

重要，也很有價值。我想建議用另外一種方法來拷問合理化同權力之間的聯繫。

　　也許不應把社會或文化的合理化當作一個整體來研究，更為明智的是分析好幾個領域中這種合理化的過程，在每一領域舉出一基本的事例，比如瘋、病、死亡、罪惡、性慾等等。

　　我覺得合理化（rationalization）這一詞是危險的。我們應該去分析特定的合理性，而不要總是去引出一般的合理化過程。

　　即使啟蒙運動在我們的歷史和政治技術的發展中是一個非常重要的時期，我仍覺得如果想要弄清為什麼我們會掉入我們自己的歷史的陷阱，我們還應考慮更為遙遠的歷程。

211　　我想指出另一種進一步朝向一種新的權力關係的組織經管方法，它更具經驗意味，更直接地同我們的現狀有關，它也意味著更多的理論與實踐之間的聯繫。它包括把對各種權力形式的反抗形式作為出發點。打一個比喻說，它包括用這種反抗作為一種化學催化劑，以便揭示權力關係，找到它們的位置，找出其他應用特點以及所使用的方法。與其說它包括從其內在合理性的角度去分析權力，不如說是通過策略的對抗性（antagonism of strategies）去分析權力。

　　例如，要想知道我們的社會所說的神智正常意味著什麼，也許我們應該探問一下精神錯亂指的是怎麼回事。

　　又如，要知道合法是什麼意思，先得問一下非法指的是什麼。

　　同樣，要想了解何謂權力關係，也許我們應該拷問反抗權力的形式，以及旨在分解這些關係的企圖。

　　作為一個出發點，讓我們來看一下近幾年發展起來的一系列的反抗：反抗男性對女性、父母對孩子、精神病學對精神病患者、醫學對大眾、行政管理對人們的生活方式的權儡。

　　只說它們是反對權威的鬥爭還不夠。我們應該力求更為精確

地闡明它們的共同點。

(1)它們是「橫向性」（transversal）鬥爭，這就是說，它們不限於一個國家。當然，在某些國家它們更易於發展，深及面也廣，但它們並不限於一特定政府的政治或經濟形式。

(2)這些鬥爭的目的是反抗權力所產生的效果。比如，醫學行為受到批評，主要不是因為說它光顧賺錢，而是因為它對人們的身體、健康、生與死行使一種肆無忌憚的權力。

(3)它們是「即近的」（immediate）鬥爭，這樣說有兩個理由。在這種鬥爭中，人們批評的是最接近他們的權儡例子，那些行使於個人頭上的例子。他們不去尋找「首要敵人」，而是去找眼前的敵人。他們也不期望在未來某一天為他們的問題找到一個解決的辦法（那就是，解放、革命或消除階級鬥爭）。理論上的解釋和革命命令使歷史學家分為兩派，但同這兩者相比，這些鬥爭則是無政府主義的鬥爭。

但這些還不是它們最明顯的特徵。在我看來，以下的似乎更具獨特性。

(4)它們是拷問個體之地位的鬥爭。一方面，它們肯定具有與眾不同的權力，強調一切使個體真正成為個體的東西。另一方面，它們又反對一切離間個體、破壞個體同他人的聯繫、破壞社區生活、強迫個體返回自我並把他束縛於自我個性之上的東西。　212

這些鬥爭嚴格來講既不是贊成也不是反對「個體」（individual），而是反對「個體化的管治」（government of individualization）。

(5)它們是反對同知識、競爭能力、資力聯繫在一起的權力效果的鬥爭——反對知識特權的鬥爭。但它們亦反對強加於人頭上的機密、變形和神密化表達。

在這兒沒有什麼「科學性」可講（即對科學知識價值的教義信仰），也不是對所有已證實真理的懷疑主義的或相對主義的拒

絕。被拷問的是知識流傳及發揮作用的方式，以及它同權力的關係，也就是：知識的政體（régime du savoir）。

(6)最後，當前所有的鬥爭都圍繞這一問題：我們是誰？它們拒絕所有抽象概念，拒絕忽視我們作爲個體存在的、經濟的或精神上的國家暴力，也同樣拒絕確定人們是誰的、科學的或行政的決定。

總之，這些鬥爭的主要目的並不是在於攻擊這樣或那樣的某個權力機構、或某個組織、精英集團或某個階級，而是反對某種權力的技術、權力的形式。

這種權力形式體現於眼前的日常生活中，它爲個體分類，用其自身個體性爲他註上標誌，使他依附於自身的個性，並在他身上强加一種個體必須認可、別人也不得不從他身上識別出來的眞理規律。這是一種使個體變爲主體的權力形式。主體一詞有兩個意思：通過控制和依賴**主從**於（subject to）別人，和通過良知和自我認識束縛於自己的個性。兩種含義都意指一種使個體屈從並處於隸屬地位的權力形式。

總的來說可以有三種鬥爭：反對支配的形式（種族的、社會的、宗教的）；反對剝削的形式，它把個人同他們所生產的東西隔離開來；反對使個人束縛於自身並以這種方式屈從於他人的權力形式（反對主從關係、反對主體性和隸屬性形式的鬥爭）。

我認爲在歷史中可以發現許多這三種社會鬥爭的例子，要麼互爲獨立，要麼互相融合在一起。但即使它們融合在一起，大多數情況下總是其中一種佔上風。例如在封建社會，反對種族或社會支配的鬥爭佔上風，即使經濟剝削很可能是引起反抗的很重要的原因。

213　　在十九世紀，反對剝削的鬥爭站到了前沿陣地。

而當今，反對主從形式──反對主體性的屈從性──的鬥爭變得越來越重要，即使反對支配和剝削形式的鬥爭並沒有消失

——遠非如此。

我想我們的社會也不是第一次面臨這種鬥爭。所有發生於十五、十六世紀、的「宗教改革」爲名義及宗旨的運動應該被分析爲西方主體性所經歷的一次巨大危機，也是對使這種主觀性在中世紀得以形成的那種宗教和道德權力的反抗。要求直接參與宗教生活、參與拯救工作、直接參閱聖經所言的眞理——所有這些都是爲爭取一種新的主體性的鬥爭。

我知道會有怎樣的反對意見。有人會說各種主從關係都是派生現象。它們只是其他經濟和社會過程的產物：決定主體性形式的是生產力、階級鬥爭和意識形態結構。

研究主從關係的機制可以不管它們同剝削和支配的機制的關係，這是肯定的。但它們不僅僅構成更爲基本的機制的「終點」（terminal）。它們還包含同其他形式的複雜而循環的關係。

這種鬥爭在我們的社會中趨於盛行的原因是由於自十六世紀以來，一種新的政治權力形式不斷得到發展。衆所周知，這一新的政治結構就是國家。但國家一般被看成這樣一種政治權力，它輕視個體的利益，只關注整體的，或者可以說只關注民衆中某一階級或集團的利益。

這一點當然無可非議。但我想指出這一事實，即國家的權力旣是一種整體化也是一種個體化的權力形式（這也是它爲什麼如此強有力的原因之一）。我認爲，在人類社會的歷史中——即使在古代中國社會，也從未出現這樣一種微妙狡猾、掩人耳目的結合：把個體化技術同整體化程序結合於同一政治結構中。

這是因爲現代西方的國家在新的政治型態中融滙了一種源自基督教機構的舊的權力技術。我們可以把這種權力技術稱爲牧師權力（pastoral power）。

首先來談一談這種牧師權力。

我們經常說基督教給人帶來了一套完全不同於古老世界的倫　214

理準則。但這一事實卻很少有人談：它提出並在舊世界傳播了新的權力關係。

基督教是唯一能把自己組織起來，建立教會的宗教。這樣，它原則上假定一部分個人可以憑其宗教的優良品德爲其他人服務，而這些個人不是王子、法官、先知、算命家、慈善家、教育家等等，而是牧師。然而，這一詞指出一種非常特殊的權力形式。

(1)這種權力形式的最終目的在於使個體確信在來世得到拯救。

(2)牧師權力不僅僅是一種下命令的權力形式。它還必須樂意爲羣體的生活和拯救獻身。因而它不同於要求臣民獻身以保全王位的皇族權力。

(3)這種權力形式不光考慮整個社區，還要考慮到每一個具體的個人，他整個的一生。

(4)最後，這種權力形式要得以實施，還一定得了解人們的心靈深處，挖掘他們的靈魂，揭示他們內心的秘密。它包含一種良心的知識和指導它的能力。

這種權力形式是傾向於拯救的（同政治權力相對）。它是獻身宗教的（同王權原則相對）；它是個體化的（同法律權力相對）；它同生活相處共存；它同眞理──個體自身的眞理──的產生聯結在一起。

但你也許會說，這都已成爲歷史的一部分；牧師制如果沒有消失的話，起碼已失去了其主要效能。

這沒錯，但我想我們應該區分牧師權力的兩個方面：教會的機構化──它自十八世紀以來已經停止，起碼已失去了其活力；以及其功能，它在教會機構以外得以傳播並成倍增長。

一個重要現象發生於十八世紀左右，即這種個體化權力的新的分配、新的組織。

　　我並不認為我們應該把「現代國家」當成一種整體，它凌駕於個體之上而得到發展，忽視個體的特徵甚至他們的存在。相反，應該把它當成一個極為複雜的結構，在其中個體可以被融合起來，只要有一個條件：這一個體性將以新的形式形成，屈從於一套非常具體的型式。

　　在某種程度上，我們可以把國家看成現代個體化的策源地，或者把它看成一種新的牧師權力形式。　　215

　　再來談一談這種新的牧師權力。

　　(1)我們可以發現它在目的上有個變化。它不再是引導人們獻身以求在來世獲得拯救，而是向人們保證在現世獲得拯救。在這一語境中，拯救（salvation）一詞呈現出不同的意思：健康、好日子（即足夠的財富、生活品質）、安全、事故防範措施。一系列「現世的」（worldly）目的代替了傳統牧師性的宗教目的。這一變化相當容易，因為由於各種原因宗教目的已經附帶性地達到了一部分這類目的。我們只要看一下長期以來為天主教和新教教會所保證的醫學的作用及其福利功能。

　　(2)同時，牧師權力的實施者增多了。有時這種形式的權力由國家機器來行使，或者不管怎樣也是通過諸如警察之類的公眾機構來實施（我們不應該忘記在十八世紀，警察勢力的產生不光是為了維持法律和秩序，也不是為協助政府進行反對其敵人的鬥爭，而是為了保證城市供應、衛生、健康以及工業和商業必備的標準）。有時，這種權力由私人企業、社會福利機構、資助人以及總的來說由慈善家來行使。但古老的機構，比如家庭，這時也得到改變，發揮牧師性功能。它也由像醫學這樣複雜的結構來行使，它們包括以市場經濟的原則進行服務銷售的私人動機，但也包括像醫院這樣的公眾機構。

　　(3)最後，牧師權力的目的和實施者的倍增集中於有關人的知識的發展，它圍繞其兩個作用：其一，人口的全球性與眾多性；

其二，個體的分解性。

這就意味著：這種幾個世紀（一千多年來）一直同一確定的宗教機構聯在一起的牧師型權力，突然散播到整個社會機體，並獲得大量機構的支持。而且，不是存在一個牧師權力和一個政治權力，兩者多少互為聯結，互為對抗；而是存在一種個體化「策略」（tactic），一系列權力都具有這種特徵，比如家庭權力、醫學權力、精神病學權力、教育權力和雇傭者權力等。

在十八世紀末，康德在一份德國報刊《柏林月刊》上寫了一篇短文，題目為〈何為啟蒙？〉（Was heisst Aufklärung？）它長久以來一直至今仍被認為是一篇相對來講不太重要的文章。

但我卻禁不住發覺它非常有趣而費解，因為這是第一次由一位哲學家作為一種哲學任務提出來，去考查不僅是形上學的系統或者科學知識根基的問題，而且是一個歷史事件———一個近代的、甚至是當代的事件。

當一七八四年康德問「何為啟蒙？」時，他指的是：目前進行的是怎麼回事？我們發生什麼事了？此時、此刻，我們正生活於其中的這個世界是什麼？

換句話說就是：我們是什麼？是「啟蒙」，啟蒙運動的一部分？試比較笛卡兒的問題：我是誰？作為獨一無二而又是普通的、無歷史性的主體的我，是誰？對笛卡兒來講，我，在任何時候、任何地點，都是任何人？

但康德問了別的東西：我們是什麼？——就在歷史的此時此刻。康德的問題似乎是一種對我們和我們現時的分析。

我認為哲學的這一方面越來越呈現出重要性。黑格爾、尼采……

「普遍哲學」（Universal philosophy）的另一方面並沒有消失。哲學把對我們的世界進行批判分析作為其任務，這變得越來越重要。也許所有哲學問題中最確定的乃是關於現時的問題，

關於此時此刻我們是什麼的問題。

　　也許在今天，我們的目標不是去發現我們是什麼，而是去拒絕我們所是。我們得設想並逐漸建立我們可能所是的，以擺脫這種政治的「雙重枷鎖」，即現代權力結構的個體化和整體化的同時並行。

　　結論是：我們時代的政治、倫理、社會和哲學問題不是如何試圖把個體從國家、從國家機構中解放出來，而是如何把我們從國家和與國家聯結在一起的那種個體化兩者中解放出來。我們必須通過反抗這種強加於我們頭上已有好幾個世紀的個體性，來推動新的主體性形式的產生。

第二節　權力是怎樣被行使的？

　　在某些人看來，如果對權力提出「如何」的問題，他們就只能描述其後果，而永遠也無法把後果同原因或某種基本性質聯繫起來。它會使這一權力變成一種神秘的實體，以致他們會猶豫不決，不願去拷問其本身，難怪他們寧願不去提這個問題。這一傾向從未被充分證明是正當的，而通過這樣做，他們似乎在懷疑是否存在一種宿命論。但是，難道不正是這種懷疑表明了權力之存在具有三種明顯的特徵：其起源、其基本性質和表現形式這一前提嗎？　217

　　如果眼下我把「怎樣」的問題置於某種特殊重要的地位，這不是因為我想取消「什麼」和「為什麼」的問題，而是因為我想以一種不同的方式提出這些問題，或者更確切地說，是想知道去設想一種一身囊括一個什麼、一個為什麼、一個怎麼樣的權力是否有道理。乾脆地講，以「怎樣」的問題開始分析權力就意味著要表明這樣一種權力並不存在。最起碼，它要求人們問一下自

己：當你使用這一包羅萬象而又非常具體化的術語時，頭腦裡想的是什麼內容；它也要人們警惕：光無休止地拷問「權力是什麼？」「權力來自哪兒？」這兩個問題，某種極為複雜的事實框架是否被落掉了。「發生了什麼？」這一小問題雖然直率而賦有經驗意味，但一經細加推究便可發現，它避免了把一種有關權力的形上學或本體論說成是具有欺騙性的責難；相反，它要做的是對權力的主題內容進行批判性考證。

　　問「怎樣」的問題，不是要問「權力怎樣表現自身？」而是要問：「它以怎樣的方式被行使？」以及「當某些個體對別人施行（就像一般所說的那樣）權力時，發生了什麼？」

　　就這種權力而論，我們首先有必要區分出被行使於事物之上並賦有更改，使用，消耗或毀滅事物之能力的權力——一種產生於體內固有的本能、或由外部手段釋放出來的權力。讓我們說這是一種「能力」的問題。一方面，我們所分析的權力所具的特徵是：它使個體（或羣體）間的關係發揮作用。我們不要自欺欺人；如果我們讀及權力的結構和機制，它只是在我們假定某些人對他人行使權力這一範圍內而言。「權力」這一術語意指夥伴之間的關係（這不是說我是指一種一方得而一方失的遊戲，而是暫時停留於最廣泛的概念上，只概括地指某種行為整體，而這些行為導出其他行為並互相遵循）。

　　同時也有必要把權力關係同通過一種語言，一個符號系統或任何其他符號手段來傳播信息的溝通關係區別開來。無疑，溝通總是某種作用於他人的方法。而意義要素的產生和流通無論是作為目的或作為後果，總會在權力範圍內有所反映，但後者不單單是前者的一個方面。權力關係具有一種特殊的性質，不管它們是否經過溝通系統。因而，我們不能混淆權力關係、溝通關係和目的能力。這不是說存有三個不同領域的問題。也不是說一方面是

有關事物、完善的技術、運作和轉化現實的領域，另一方面是有
關符徵、溝通、相互性和意義產生的領域，最後是有關強制手段
之支配、不平等和一些人作用於另一些人的領域❷。相反，它是
有關三種關係的問題，事實上這些關係總是互為交叉、互相利
用，並以此作為手段以達到某種目的。目的能力的運用在其最初
級的形式中，也蘊含溝通關係（無論是以先前所獲信息的形式還
是以共同運用的形式）；它同權力關係聯結在一起（無論它們是
包括義務性任務，是包括由傳統或訓育強加的表現姿態，還是包
括勞動的細分以及多少是義務性的勞動分配）。溝通關係也蘊含
最終行動（即使只是把意義要素正確地付諸實施），並通過修正
夥伴之間的信息範圍，而生產出權力的效果。這些溝通關係幾乎
完全不能從形成最終階段的行動中分離出來，無論它們是哪些使
權力的行使成為可能的行動（比如培訓技巧、支配過程或強迫服
從的方式），還是那些為了發揮其潛能而必須運用權力關係的行
動（比如勞動的分配和勞務的等級制度）。

　　當然，這三種關係之間的協調既不一致也不連續。在既定的
社會中，最終行動、溝通系統和權力關係三者之間沒有一種總的
均衡。有的只是不同的形式、不同的地點、不同的環境和場合，
在其中這三者按照一種特殊的模式建立起相互關係。但也存在一
些「區域」（block），在其間能力的調節、溝通的來源和權力
關係構成協調一致的系統。就舉教育機構的例子：空間的配置、
決定其內部生活的精細規則、各種在那兒組織起來的不同活動、
各類生活在一起或互相碰頭的人（他們具有各自的功能和界定清
晰的性質）──所有這些構成一種能力──溝通──權力的區
域。由於存在調節的溝通整體（上課、問答、命令、告誡、服從

❷當哈伯瑪斯區分支配、溝通和最終行動時，我並不認為他把它們看成是
　三個不同的領域而是把它們當作三個「先驗物」（transcendentals）。

219　的信碼符號以及個體「價值」和知識水準的區別標誌）以及一系列權力過程（禁閉、管制、獎懲和金字塔式等級制度），確保訓育及水平或行爲類型之習的活動在那便得到發展。

　　在這些區域中，技術能力之實施、溝通的遊戲和權力關係按照精心策劃的公式互相調節，而這些區域構成人們所謂的監督（disciplines）這一詞義要稍微有所擴大）。正因爲這一理由，對某些被歷史地建構起來的紀律進行經驗的分析，就具有一定的意義。這是因爲，首先，（按照得到闡明和表露出來的系統這些監督顯示了目的之最後確定系統以及溝通和系統權力能夠熔接在一起的方式。其次，它們也展示了不同的連接模式，有時突出權力關係和服從（比如在寺院和告白式的監督中），有時突出最終行動（如在車間或醫院的監督中），有時突出溝通的關係（比如在訓育的監督中），有時也突出這三種關係的相互滲透（比如，或許在軍隊監督紀律中，在那兒一大串符號繁瑣累贅地表明緊扣的權力關係，它們經過精心策劃，以造成一定的技術效果）。

　　十八世紀以來歐洲社會不斷走向紀律監督化的原因，當然不應該被理解爲是因爲構成社會一部分的個體變得越來越馴服，也不是因爲他們開始營造使人聚合在一起的兵營、學校或監獄；而是因爲在生產性行爲、溝通途徑和權力關係的運作之間，監督過程不斷得到調節而日臻完善──變得更爲合理、更爲經濟。

　　因而，通過分析「如何」的問題來探討權力這一主題，就是要改變一種有關權力基本概念的假設，從而引入一些不同的批判角度。這種分析的對象不應該是權力本身，而應該是權力關係────同目的能力和溝通關係都明顯不同的權力關係。這也等於是說，權力關係可以在其邏輯、其能力同其相互關係的多種層次上得到掌握。

什麼構成權力的特有性質？

　　權力的行使不單單是夥伴（不管是個體的還是集體的）之間的關係，它是某些行為修正其他行為的一種方式。當然這也就是說，被假定為以一種集中或擴散的形式普遍存在著的某種稱為權力〔（Power）不管它是不是大寫〕的東西，其實並不存在。權力僅當被付諸實施時才存在，當然，即使它被融入一毫無聯繫的、只為同永恆結構發生聯繫而產生的可能性領域，這一點也不會錯。這也意味著權力也不是一種表示意見相同的功能。權力本身並不意味著丟棄自由、轉讓權利或一小撮人代表所有人的權力（這也不排除表示意見相同可以作為權力之存在和得以維繫的條件這一可能性）；權力的關係可以是一個先在的或永恆的共相之結果，但它本質上不是某種共識（consensus）的表現。

220

　　這是不是說，我們必須在暴力中尋找適合於權力關係的特徵？——因為這種暴力必定是其最初形式、是其永恆的秘密和最後的應變對策，因為在最後的分析中，當其面具被迫撕掉，並被迫顯露其真相時，這種特性便會以本來面目出現。但事實上，確定權力關係的是既不直接也不立即作用於其他關係的一種行為方式。這種行為方式作用於它們的行為：一個行為作用於另一個行為，作用於現存的行為或作用於現在或將來會產生的行為。暴力的關係作用於身體或物體；它強迫於人，使人屈從，它把人處於死地，它摧毀或堵絕所有可能之路。它的極端對立面便是被動性，如果碰到反抗，它便別無選擇，只有試圖盡量把它壓小至最低限度。另一方面，權力關係如果要真正成為權力關係，只能基於兩個互為依賴的要素而聯結起來：其一，「他人」（權力行使的承受者）必須徹底被識別出來，並自始至終做一位行為者；其二，面對一種權力關係，一系列反響、反應、結果和可能產生的新事物將呈現出來。

　　很明顯，權力關係要起作用，並不排除使用暴力，也同樣不排除取得意見一致；無疑，權力要得以行使，這兩因素都不可或缺，而往往是兩者同時具備。但即使意見一致和暴力是手段和結果，它們卻並不構成權力的原則或本性。權力的行使要想使人承受多少威力就能產生多少威力：它可以使死者堆積如山，而它自身卻可隱藏在任何可以想像的威脅之後而不露。就其自身而論，權力的行使不是暴力，也不是可以被悄悄地更改的意見一致。它是一個行為總結構，其形成同可能產生的行為有聯繫；它煽動、它引誘、它誘惑、它使事情變得更為容易或更為困難；在其極點，它壓制或禁止一切；然而它總是一種憑其行動或能夠行動的特點作用於某個行動主體或一些行動主體的方式。總是一組行為作用於其他行為。

　　也許，"Conduct"（引導，行為）一詞的多義性，是最有助於確定權力關係之特性的辦法之一。因為動詞"Conduct"同時意為「引導」他人（按照在不同程度上嚴格的强制機制），以及在多少是開放的可能性範圍內的行為方式❸。權力的行使在於決定引導（行為）的可能性和理順可能產生的後果。基本上講，與其說權力是兩個對手之間的對抗或一方依附於另一方，不如說它是一個「管治」（government）的問題。"Government"這一詞必須在十六世紀時所具備的廣義上來理解。「管治」並不僅指政治結構或國家的治理，而是指個體或羣體的行為被指引的方式：兒童的管治、靈魂的管治、社區、家庭和病人的管治。它不僅僅包括政治或經濟征服的合法形式，它還包括行為方式，它們多少經過深思熟慮和精心策劃，並注定要作用於他人行為之可能

221

❸傅柯在運用法語動詞"Conduire"的雙重意義；"Conduire"意為引導或驅使，但其自反形式"se conduire"意為行為或為人，因而其名詞形式"la conduite"也可以指引導，或者行為——英譯者註。

性。在這種意義上，管治就是去決定他人行為之可能產生的範圍。因而，適合於權力的關係不應在暴力或鬥爭方面去尋找，也不應在自願的依附方面去尋找（所有這些至多只能是權力的手段），而應在單一的行為方式領域內去尋找，這種方式既不具有戰鬥性，也沒有法律意味——它只是管治。

　　當我們把權力的行使定義為作用於他人行為方式時，當我們把這些行為的特徵指定為一部分人對另一部分人的管治（在這一詞的最廣義上而論）時，我們包括了一個重要的因素：自由（Freedom）。權力僅行使於自由的主體，也僅在他們具有自由的範圍內才有效。這樣說，我們指的是個體或眾多主體，他們面臨一可能性範圍，而在這一範圍內，好多行為方式，反響和各類不同的舉動可以得到實現。如果決定性因素滲透到一切地方，就不可能存在權力的關係；人帶著鎖鏈的奴隸制不是一種權力關係（在這種情況下只是一種身體性強制關係）。因而並不存在權力同自由面對面的對抗，兩者互相不能包容（只要有權力被行使的地方自由就消失），存在的是更為複雜的相互作用。在這一遊戲中，自由很可能作為行使權力的條件而出現。（同時也作為他的先決條件，因為權力要得到行使必須有自由的存在；同時還是它永恆的支持，因為如果沒有抗拒的可能性，權力便等同於一種身體性制服）。

　　因而，權力同拒絕屈從的自由之間的關係不能被隔離開來。權力的關鍵問題不是自願服役的問題（我們怎會願意去做奴隸呢？）。在權力關係的中心、並不斷激發它的是意志的抗拒和自由的不妥協性。與其談論本質的自由，最好還是談論一件「較量」（agonism）❹——一種相互誘發同時又是互相鬥爭的關係；與其說是一件兩敗俱傷的面對面的對抗，不如說是一件永恆的挑釁。

怎樣分析權力關係？

人們可以把注意力集中於精心界定的制度，來分析這樣的關係，我或許得說這樣做完全是合理的。這些制度構成了特殊的觀察點，它們具有多樣化、集中、秩序井然以及被運轉到最高效益等特點。作為初次的粗略估計，這樣做人們可以看到其基本機制的形式和邏輯。然而，僅在某些限定的機構內對權力關係進行分析會出現一些問題。首先，由某一制度付諸實施的相當重要的一部分機制是為了確保制度本身的保存，這一事實帶來了只是譯解本質上屬於再生產性功能（特別是在制度之間權力關係中）這一危險。其次，站在制度的角度來分析權力關係，人們便會陷入從制度中尋求權力關係的解釋和本源，而最終也就陷入以權力解釋權力的困境。最後，制度主要是通過發揮了詳盡闡述的或心照不宣的規則和具體的機器形態這兩種因素的作用而起作用，就這一點而論，人們只會冒這一危險：在權力關係中過分偏重一方，而結果在後者中只看到法律和壓制的調節。

這並不否認制度在建立權力關係中的重要性，我要指出的是，我們應該站在權力關係的角度來分析制度，而不是相反；即使這些關係包含於並集中體現於制度中，它們最基本的立足點也要在制度以外去發現。

讓我們回到對權力的行使的定義，即它是某些行為建構其他可能發生之行為範圍的一種方式。因而要適合於權力關係，它就得是作用於諸行為的行為方式。這就是說，權力關係深深地紮根於社會裙帶關係之中，而不是作為附屬結構建構於社會「之

---

❹傅柯造的這一詞來源於希臘語"δθωνισμα"，意為「格鬥」（或爭論）（combat），因而這一詞也意指一種體育競賽，其間雙方擺出一種反應和互相奚落的策略，就像在摔跤比賽中那樣——英譯者註。

上」，人們也別夢想能徹底取消它。在任何情況下，生活在社會中就意味著以這樣一件方式生活，它使作用於其他行為的行為成為可能——事實上也正在發生。一個沒有權力關係的社會只能是一種不存在的抽象概念。順帶來講，這也使得在政治上更有必要去分析在一既定社會中的權力關係，它們的歷史形態、他們強盛或脆弱的原因以及要轉換某部分或取締其他部分所必需的條件。因為說沒有權力關係就沒有社會，這並不等於是說要麼那些被建立起來的關係是必要的，要麼在任何情況下，權力存在於社會的心臟是命中注定的事情，以致根本無法削弱它。而我要說的是，對權力關係進行分析、進行詳盡闡述並提出質疑，以及權力關係同永不妥協的自由之間的「較量」，都是內在於所有社會存在的永恆的政治任務。

　　具體來講，對權力關係的分析需要確定以下幾點：

　　(1)使人們作用於他人的行為成為可能的區分系統（system of differentiations）：即，由法律和傳統地位和特權所決定的差別：財富和貨物之佔有中的經濟差別，生產過程中的轉換，語言或文化的區別、實際技能和能力的區別，等等。每一個權力關係都會促成既是其條件同時又是其結果的區別。

　　(2)那些對他人之行為行使作用的人所追求的**目的類型**（types of objectives）：特權的維繫、利潤的積累、表明地位之權威的實施，以及一種功能或一宗交易的實施。

　　(3)**促使權力關係存在的手段**：行使權力是通過武裝威脅，還是通過外交辭令，或通過經濟力量的懸殊，或通過較為複雜的控制手段，或通過監督系統（不管有沒有檔案庫），或者是按照經過詳盡闡述還是沒有經過詳盡闡述的，固定的或可修改的，有或者沒有技術手段來使所有這些事情付諸實施的規則。

　　(4)**制度化形式**（Forms of Institutionalization）：這些形式可結合傳統的預先安排，法律結構以及同習慣或風氣有關的現象

（比如像人們在家庭制度中看到的那樣）；它們也可以呈現出自然封閉的機器形式，具有某特定的**地點**、自身的法規，以及等級制度結構──它們被精心確定，功能上相對自在（比如學院或軍隊制度）；它們也可形成具有多種機器的相當複雜的系統，比如像國家，它的功能是要把一切掌握在它手中，實行全面管制，實施控制原則；在一定程度上也促成權力關係分佈於一給定的社會整體之中。

(5)**合理化程度**（The degrees of rationalization）：作爲行爲的權力關係在一可能性範圍內的實施：是較爲複雜的，這要看手段的有效性和結果的確定性（適用於權力之行使中的技術改進是多還是少），以及同可能的消耗之代價的比例（是付諸實施之手段的經濟代價，還是按它所碰過的反抗所構成的反應而付出的代價）。權力的行使不是一件赤裸裸的事實，不是一種制度的權利，也不是可以自立或被摧毀的結構：它是被精心策劃的、被轉換了的、有組織的；它自身賦有根據情景而進行或多或少之調節的過程。

人們可以看到，爲什麼分析社會中的權力關係不能只限於研究一系列制度，甚至也不能只限於研究所有那些賦予「政治」名義的制度。權力關係紮根於社會網的系統之中。然而這也不是說沒有首要的和基本的操縱著所有社會細胞的權力原則。但是，如果把作用於他人行爲的行爲可能性（它共存於每一個社會關係）作爲出發點，如果把不同的個體、目的、權力在他們自身或他人身上的既定的運用，把在不同程度上部分或普遍的制度化、把多少是特意的組織等多種形式作爲出發點，我們就可以確定權力的不同形式。在一既定的社會中，人與人間互相管治的形式和情景是多元的，它們被疊加在一起，他們跨越並制定自己的限度，有時候互相取締，有時候又互相加強。可以肯定，在當代社會中，國家不單單是行使權力的形式和特定的情景之一（即使它是最重

要的）；而且，所有其他的權力關係形式都得以某種方式涉及到它。但這並不是因爲所有其他形式都從國家這一形式中派生出來；而是因爲權力關係越來越落入國家的控制之中（雖然這種國家控制沒有呈現出同教育的、司法的、經濟的或家庭的系統一樣的形式）。如果我們這兒在狹義上談及「管治」一詞，我們可以說權力關係受到不斷加強的管治，也就是說，以國家制度的形式或在國家制度的保護下，權力關係被擴大化、合理化和集中化。

權力的關係和策略的關係

目前使用策略（strategy）一詞具有三種含義。第一，指爲了獲得某種目的所運用的方法；這是一個合理性的問題，其功能是爲了達到某個目的。第二，指在某個遊戲中合夥者一方根據他認爲應該是別人的行爲以及他認爲別人以爲是他自己的行爲而採取行動的方式；這是一種人們試圖制服別人的方法。第三，指使用於對抗情景中的步驟，它要使對方喪失戰鬥手段並促使他放棄戰鬥；因而這是一個決意要獲取勝利的手段的問題。這三種意思在對抗的情景中（無論是戰爭還是遊戲）結合在一起，此時的目的是要以如此的方式對敵手採取行動，以致使他在戰鬥中必敗。因而策略是由獲勝辦法的選擇來定義的。但必須記住這是一種非常特殊的情景類型，還有許多其他情況，在那些情況下必須保留**策略**一詞的不同含義。

就我所指出的第一種含義而論，人們可以把權力策略稱做爲有效地執行權力和維持權力而付諸實施的一整套方法。人們也可以在權力關係所構成的作用於可能發生之行爲（即他人的行爲）的行爲方式這一範圍內，談及適合於權力關係的策略。因而人們可以用策略來解釋在權力關係中發揮作用的機制。但最重要的顯然是權力關係同對抗策略之間的關係。因爲在權力關係的中心並作爲它們存在的永恆的條件，鑒於自由的原則，總存在一種不服

225

從性和某種根本的倔強性——如果這一點是眞實的話，那麼，權力關係必定得具有逃脫或可能的逃跑方法。起碼在潛在可能性上講，每一種權力關係都含有一種鬥爭策略，其間兩股勢力並不疊加在一起，並不失去各自特有的性質，也不最後變得互相混淆。每一方都爲另一方構成一種永恆的極限，一個可能的轉折點。當對抗關係達到其極限，達到其最後極點（敵對雙方有一方取得勝利），這時穩定的機制就代替了敵對作用的任意發揮。通過這種機制，一些人便可以一種相當穩定的方式，頗爲理所當然地指示另一些人的行爲。對於對抗關係來講，一旦它不再是一種殊死的鬥爭，固定權力關係立刻成爲其目標，這一目標既是它的完成，又同時是它的終止。鬥爭策略反過來也爲權力關係構成一個邊界，在這一邊界內，人們不是以精心策劃的方式來支配和誘發行爲，而是必須滿足於在事件發生之後對它們作出反應。如果沒有不服從方法，亦即逃脫方法的存在，也就不可能有權力關係的存在。相應地，爲了使不屈服者屈服的每一次權力關係的加固和擴張也只能導致權力的限度。權力要麼是通過一種完全使別人變得無力的行爲（在這種情況下戰勝對手的勝利代替了權力的行使），要麼是通過被統治者同被轉變成的對手之間的對抗而達到其最後的界限。這就是說，每一種對抗策略都夢想變成一種權力關係，而每一種權力關係都傾向於這一觀點，即如果它遵循自身的發展路線而碰到直接的對抗，它就可能成爲獲勝的策略。

其實，在權力關係和鬥爭策略之間存在一種遙相呼應，一種永恆的聯結和永恆的倒轉。在任何時候，權力關係都可能成爲兩個對手之間的對抗。同樣，社會中對手之間的關係也可以在任何時候讓位於權力機制的實施。這種不穩定性的後果便是，不管從鬥爭歷史的內部，還是站在權力關係的立場，都能夠譯解同樣的事件和同樣的轉換。而所產生的解釋不會包括同樣的意義要素，或同樣的聯結，或同類的可知性，雖然它們涉及同樣的歷史結

構，而且兩種分析之中必有一種要同另一種有關。事實上，正是由於這兩種閱讀之間的懸殊，我們才能看到那些存於眾多人類社會中的根本的支配現象。

　　支配事實上是一種權力總結構，它的分佈和後果有時可以被發現一直滲透到微妙的社會細胞之中。但同時它也是一種策略情景，多少不被人們當成一回事，並通過對手間長期的對抗而得到鞏固。當然可能會出現這樣的情況，即支配的事實只是產生於對抗及其後果的權力機制的複製品（像產生於侵略的政治結構）；也可能會是這樣的情況，即兩個對手間的鬥爭關係是權力關係與它所導致的矛盾和分裂的後果。但是，使得對一個羣體，一個種姓，一個階級的支配，以及使得這種支配所碰到的對抗和反抗成為社會歷史的主要現象的原因是：它們在整個社會機體的水平上，以大量的、普遍的形式表明權力關係同策略關係緊緊地連接在一起，同時還顯露出這種相互作用而產生的後果。

米歇爾・傅柯

第二版跋（1983）

論倫理系譜學：
綜述創作中的著述

　　以下是我們同米歇爾・傅柯於一九八三年四月在柏克萊進行的一系列正式會談的結果。雖然我們保留了專訪形式，但內容已同傅柯一起核審過。我們想強調指出，傅柯允許我們發表這些初步性概述，這實是慷慨之舉，因爲這些都是根據英語進行的口頭專訪和自由交談所整理的結果，因而也就無法與傅柯書面本文中的精確性和學術力度媲美。

1.　性意識史的規劃

問：《性意識史》第一册發表於一九七六年，自此以後便一直沒有續册出版。你還以爲理解性慾對理解我們是誰是至關重要的嗎？

答：我必須承認，我更關注有關自我的技術等諸爲此類的問題，而對性則不甚感興趣……性，膩味。

問：好像古希臘人對性也沒太多興趣。

答：對，他們對性並沒什麼太大興趣，它算不了什麼大事情。比如可以比較一下他們談論食物飲食的情況。在希臘，吃是頭等大事，觀察一下這一轉向，即從完全注重食物逐漸轉向注重性，我覺得這是非常、非常有趣的。在早期基督教時期食

物仍然比性要重要得多。例如，在僧侶的教規中，問題一直是食、食、食。在中世紀，食和性處於一種均衡狀態，然後你便看到一種非常緩慢的轉變，……到了十七世紀之後，便就是性了。

問：可是，坦率地講，《性意識史》第二冊：《愉樂的運用》卻幾乎全是談論性的。

230　答：是的。我寫那本書碰到許多麻煩的眾多原因之一是：我先寫了一本關於性的書，然後把它擱在了一邊。接著我便寫了一本有關自我和自我的技藝的書，在此書中性消失了，隨後我又不得不回過來再寫一本書，企圖在前兩者之間保持平衡。我在《性意識史》第二冊中想要做的是要揭示這一點：公元前四世紀的約束和禁令信碼同帝國開端時期的道德家和醫生所表達的幾乎是同樣的。但我認為他們把這些禁令同自身結合的方式卻截然不同。比如在斯多葛倫理學說中，我認為人們不可能發現任何規範化過程。我認為其原因是：這種倫理學的主要目的，其基本目標是審美的。首先，這種倫理學僅是一種個人選擇的問題。其次，它僅為一部份人所享有；它並不是一個為每一個人提供行為模式的問題。它是少數精英分子的個人選擇。促使作出這一選擇的原因是要過一個美好的生活，並留給他人一個美好生存的回憶。我覺得我們不能說這種倫理學是要使大眾規範化。

這種倫理之主題的延續性是非常驚人的，但我認為在這一延續性之後、之內都有一些變化，這一點我已試圖予以承認。

問：也就是說，你的著述中的著重點已從性轉到了自我的技術？

答：我想弄清楚基督教之前的自我的技術是什麼，或者說基督教的自我之技術來自何處，以及何種性倫理是古代文化的典型特徵。於是我寫完《肉慾的招供》這部有關基督教的書之後，便不得不重新審察我在《愉樂的運用》引言中所說的有關公認

的異教倫理的觀點，因為我對異教倫理所講的只是從二手資料中借用過來的套話。於是我便發現：首先，這種異教倫理學根本不像被假定的那樣具有自由、容忍等諸如此類的特徵；其次，大多數基督教節制的主題從一開始就非常明顯，但在異教文化中，主要問題並不是節制的教規問題，而更多的是自我的技術問題。

通過閱讀塞內卡（Seneca）、普魯塔克（Plutarch）等所有這些人的著作，我發現存在許多有關自我，有關自我的倫理、有關自我的技術等問題，於是我便想到寫一本書，它包括一組獨立的研究論文，論述古代和異教的自我技術的各個方面。

問：書名叫什麼？

答：《自我的關切》（*Le Souci de Soi*）這樣，有關性慾的系列次序便是：首先是《愉樂的運用》；在這本書中有一章講自我的技術，因為我覺得要清楚地理解希臘性倫理，如果不把它同自我的技術聯繫起來，這是不可能的，在這同一個系列中接下來的一冊便是《肉慾的招供》，它討論基督教的自我的技術。再接下來便是《自我的關切》，它相對獨立於性系列，由不同的論自我的論文組成——例如，有一篇評論柏拉圖的《阿爾克比阿底斯》（*Alcibiades*），是柏拉圖這篇文章首先闡述了在建構自我中閱讀和寫作的作用，也許還有自我的醫學經驗等問題。

問：接下來寫什麼呢？寫完這三本書後你是否會對基督教徒多下點筆墨？

答：天哪！那時我得好好注意保重我自己了！……要寫一本論十六世紀性倫理的書，我現還只有一個草稿，同樣在十六世紀，自我的技術、自我反省、靈魂的治癒等問題在新教和天主教教會中都相當重要。

使我驚奇的是：在希臘倫理學說中，人們更爲關心他們的道德行爲、他們的倫理、他們同自己和他人的關係，而對宗教問題則不甚關注。比如，我們死後將會怎樣？神是什麼？他們是否介入？──這些對他們實在是無關緊要的問題，而它們也並不同倫理和行爲相關。第二種使我感到驚奇的事是：倫理並不同任何社會的──起碼不同任何法律的──制度系統相關聯。例如，針對性不規行爲的法律非常少見，而且語焉不詳。第三種使我震驚的事是：他們所擔心的是，他們所談的話題是要建構一種倫理觀，而它是一種審美生存（aesthetics of existence）。

嗯，我不知道我們當今的問題在某種意義上是否能同這一問題相仿。既然我們大多數人已不再相信倫理建築於宗教之中，而我們也不想要一種法律制度來干涉我們精神的、個人的和私人的生活。最近發生的解放運動苦於無法找到任何原則來作爲一種新的倫理觀的基礎。它們需要一種倫理觀，但他們找不到任何其他的倫理觀，而只能找到一種基於有關何爲自我、何爲慾望、何爲無意識等所謂科學知識基礎之上的倫理觀。我對這一問題的相似性甚爲震驚。

問：那你是否認爲希臘人爲我們提供了富有魅力而又可行的另一途徑。

答：不！我並不在尋找另一途徑。你不可能在其他民族於彼時提出的彼問題的解決辦法中找到此問題的解決辦法。我要做的並不是去撰寫解決辦法的歷史，這就是我爲什麼拒絕接受「另一途徑」一詞的理由。我要做的是對問題、對"problematiques"進行系譜研究。我的觀點是：並非一切都是壞的，但一切都很危險，這同壞還不完全一樣。如果一切都是危險的，那麼我們永遠都有所作爲。因而我的立場並非導致冷漠，而是導致一種積極的悲觀的行動主義。

232

我認爲我們每天都要作出的倫理—政治的選擇就是要去決定什麼是主要的危險。例如，羅伯特・卡斯特（Robert Castel）對反精神病學運動史的分析（*La Gestion des Risques*《危險的管理》）。我完全贊同卡斯特所說的觀點，但這並不像某些人所認爲的那樣，意味著精神病院比反精神病學要好；它也並不意味我們批判那些精神病院就不對。我認爲它是件好事，因爲它們就是危險。現在很明顯，危險已轉變了。比如，義大利已關閉了所有精神病院，而出現越來越多的免費診所之類的東西——他們面臨的是新的問題。

問：按理來講，既然你對這些問題非常關心，你是否應該寫出一種生命權力的系譜學？

答：我現在沒有時間來做這件事，但它是可以做成的。其實我也一定得做這件事。

2. 爲什麼古代世界並不是黃金時代，但我們卻能從中有所啟迪。

問：那麼，希臘生活也許並非十全十美，但相對於基督教沒完沒了的自我分析來講，它的生活方式似乎仍顯得很有吸引力。

答：希臘的倫理同一純粹是男性的社會聯結在一起，這一社會擁有奴隸，而婦女在此社會中則如狗一般受到虐待，她們的歡樂根本無關緊要，她們的性生活只是爲了適應男人的需要，只是在做妻子應盡的職責等等。

問：因此，婦女處於受支配地位，但那時同性戀肯定要比現在好吧。

答：看起來好像是這樣。既然在希臘文化中存有大量重要的有關戀愛少男的記載，有些歷史學家便說：「這就證明他們戀愛少男」。但我要說那正證明戀愛少男是一個問題。因爲如果

它不成爲什麼問題的話，他們應該以同樣的方式來談論這種愛情和男人與女人之間的愛情。問題是他們不能接受這一事實，即按理要成爲一個自由公民的靑年男子可以受到支配並被用來作爲別人愉樂的對象，婦女、奴隸可以是被動的：這便是其本性、其地位。所有這些對戀愛少男的哲學反思（它總是得出同樣的結論：請務必不要像對待婦女那樣對待少男）證明：他們無法把這一實際實踐並入他們社會自我的框架之中。

通過閱讀普魯塔克你可以看出，他們甚至無法想像少男和男人之間愉樂的相互交替。如果普魯塔克覺得戀愛少男有問題的話，這根本不是說他覺得戀愛少男是反自然的或諸如此類的理由。他說：「少男和男人之間不可能存在任何身體關係上的相互性。」

問：希臘文化中似乎還有一面，在亞里斯多德中可以讀到，但你卻沒有談到，但它又似乎非常重要——即友誼。在古典文學中，友誼是得到相互認可的共同事物。傳統上講它並未被視爲最高的美德，但在談亞里斯多德以及在讀西塞羅中，我們可以看到它確實被視爲最高的美德，因爲它無私而持久，不易被收買，它並不否認世界的有用性和愉悅性，但它也還有別的追求。

答：但不忘記：《愉樂的運用》一書談的是性倫理，而非愛情、友誼或相互性。當柏拉圖試圖融合對少男之愛和友誼時，他就不得不把性關係擱在一邊，這是相當有意思的。友誼是相互的，性關係則不然：在性關係中，要麼你可以穿入，要麼你被穿入。我完全同意你們對友誼的觀點，但我認爲它也證實了我所講的希臘性倫理：如果你要得到友誼的話，就很難獲得性關係。我們可以看一下柏拉圖，在友誼中，相互性是非常重要的，但它不能體現於身體上；他們需要一種哲學闡述

以便使這種戀愛合理化，其原因之一是：它們無法接受一種身體的相互性。我們在色諾芬（Xenophon）的著作以及在《宴會》（*Banquet*）中都能發現：蘇格拉底曾說，很明顯在男人和少男之間，少男僅僅是男人愉樂的旁觀者。他們對這種美妙的少男之戀所談的言論暗示了這一點：少男的愉樂不應加以考慮，而且，少男在同男人的關係中要感到任何肉體上的愉樂，這是不光彩的事情。

我要問的是：我們能否有一種能夠考慮他人愉樂的行為及其愉樂的倫理觀？他人的愉樂能否不用求助於法律、婚姻、或者我也不知道什麼的東西就可以融入我們的愉樂之中？

問：那行，看來非相互性對希臘人是個問題，但這似乎也是一種可以弄清的問題。為什麼性一定得是男子中心的？為什麼不能不用對總的框架進行大的變動而把婦女和少男的愉樂也考慮進去？要麼，這一問題是否並不那麼簡單，因為如果你要把他人的愉樂也帶進來的話，整個等級制度、倫理體系都要崩潰？

答：正是這樣。希臘的愉樂倫理是同一個男性的社會，不勻稱性、排除異己、迷戀穿入、以及某種對失去自身活力的恐懼等等緊密相聯的。所有這些特徵都特別噁心！

問：那好，就算性關係在希臘人既沒有相互性，又是希臘人所擔憂的原因，但起碼愉樂本身似乎在他們是不成問題的。

答：嗯，在《愉樂的運用》中我想揭示，比如，在愉樂和健康之間逐漸發生一種衝突。如果考慮到健康以及對食物的關注，你首先會發現在幾個世紀內有關它們的主要論點都是相似的。但性具有危險性這一觀點在公元二世紀要比在公元前四世紀強烈得多。我認為性行為在希波克拉特（Hippocrates）就已經是危險的了，人們應該對此小心，不要整天做愛，只應在一定時期內做等等。但在公元一、二世紀，在醫生看來性

234

行爲似乎已更接近於病苦（pathos）。因而我認爲關鍵性的轉變是：在公元前四世紀，性行爲是一種主動行爲，而在基督徒，它則是一種被動行爲。奧古斯丁（Augustine）有一段很趣的分析，我認爲它是很典型的有關勃起問題的分析。勃起在公元前四世紀的希臘人是主動性的象徵，是主要的運動。但勃起在奧古斯丁和基督徒既然不是某種自願的東西，它也就成了某種被動性的象徵——它是原罪的一種懲罰。

問：也就是說，希臘人更注重健康，而不是愉樂？

答：是的，我們有成千上萬頁的文字談論希臘人爲了保持健康應該怎樣吃。相對來講，卻很少談到與人做愛時該怎麼辦。談論食物時，談的是氣候、季節、天氣的潮濕或乾燥以及食物的乾燥等之間的關係。很少談及烹調的方式，談得更多的是其質量。它不是一種烹調藝術，而是一個挑選的問題。

問：因而，雖然曾有日耳曼希臘幫時期，古代希臘也並非黃金時代。然而，我們肯定也能從中學到點東西吧？

答：我認爲另一個時代的東西不可能作爲我們這個時代的榜樣…不存在任何現成的東西可以被追回來。但我們能看到一種倫理經驗的例子，它隱含一種很強的愉樂與慾望之間的聯繫。如果我們把它同我們現在的情況——人人（包括哲學家和心理分析家）都能解釋說重要的是慾望，而愉樂根本無足輕重——相比較，我們便會懷疑：這種區分是否只是一個歷史性事件，而且是根本沒什麼必要的事件，既同人性沒有什麼聯繫，也同任何人類需要無關。

問：但你在《性意識史》第一册中，通過把我們現在的性慾科學同東方的「情愛藝術」（ars erotica）相比較已經指出了這一點。

答：我在那本書中所作的許多錯誤觀點之一便是我對這種「情愛藝術」的論述。我應該把我們這種性的科學同我們自己文化

中的相對實踐作比較。希臘人和羅馬人並沒有任何「情愛藝術」來與中國的「情愛藝術」（起碼這在他們的文化中是非常重要的）作比較。他們有的是「生活藝術」（techne tou biou），其中愉樂的經管起著很大的作用。在這種「生活藝術」中，對自己進行完善的掌管，這一概念馬上便成了主要的議題。而基督教對自我的詮釋爲這一藝術（techne）進行了新的闡述發揮。

問：可是，你同我們講了所有有關非相互性和對健康的關切之類的東西之後，我們能從這第三種可能性中學到什麼呢？

答：我想揭示的是：希臘的普遍問題不是「自我的技術」（techne of the self）而是「生活的技術」（techne of life）也就是「生活藝術」即怎樣去生活。例如，從蘇格拉底到塞內卡或普里尼（Pliny），這一點很清楚：他們並不擔心來世、死後發生什麼，或上帝是否存在之類的問題。這在他們實在不是什麼大不了的問題；問題是爲了生活我不得不以及應該用什麼樣的「技術」。而我認爲古代文化最主要的變遷之一便是：這種「生活藝術」越來越變成一種「自我的技術」。一位五世紀或四世紀的希臘公民會認爲他的生活技術是要去關心城邦、關心他的同伴。但是比如在塞內卡，問題就變成了關心自己。

有了柏拉圖的《阿爾克比阿底斯》之後，這就很清楚了：你得關心你自己，這是因爲你得去統治城邦。但爲其自身目的而去關心自己，這起自伊壁鳩魯（Epicureans）的信徒，它在塞內卡、普里尼等人那兒已變得很普遍：每個人都得關心自己。希臘倫理學的中心是個人選擇的問題，是審美生存的問題。

把「生命」（bios）當成一種美學藝術的素材，這一觀念使我非常著迷。同樣還有這一觀念：倫理可以是一個非常強有

力的存在結構，無需同司法本身發生任何聯繫，它具有一種強權體制，還有一種監督性結構。所有這些都非常有意思。

問：那麼希臘人怎樣處理不規行爲？

答：在希臘人，性倫理的巨大差異不在於偏愛婦女還是少男，或者是以這種方式還是以那種方式做愛，它是一個數量、主動性和被動性的問題。你是你自己慾望的奴隸還是主人？

問：對那些做愛過量以至損壞健康的人怎辦？

答：那就是自傲，就是過份。它不是行爲規不規的問題，而是過份或適量的問題。

問：那對這些人怎麼處置？

答：他們被公認爲是醜陋的，名聲很壞。

問：他們並不試圖去治癒或改造這種人？

答：有一些訓練方法，其目的是要使他們能成爲自己的主人。在埃庇克底特斯（Epictetus）你得能夠看著一個美麗的姑娘或少男而不動聲色。你得完全成爲你自己的主人。

在希臘，社會性節制是一種趨向或運動，是一種哲學運動，它由非常有教養的人發起，目的是爲了使生活更爲旺盛，更爲完美。從某種意義上講，這與二十世紀的情況是一樣：人們爲了獲得一個更爲美好的生活，力圖去擺脫所有來自社會、來自兒童時代的性壓抑。紀德（Gide）要是在希臘，將是一位莊重節制的哲學家。

問：他們以美好生活的名義要求節制，而現在我們從心理科學的名義尋求自我完善。

答：一點沒錯。我的觀點是：一點也沒有必要把倫理問題同科學知識相聯繫。在人類的文化發明中，存有大量的方法、技術、觀念、做法等等，它們不能完全被復活，但起碼能建構或者說有助於建構某種著眼點，它很可以用來作爲一種工具來分析現在發生的是怎麼回事——並去改變之。

我們並不需要在我們的世界和希臘世界兩者之間去進行選擇。但既然我們能夠清楚地看到：我們的倫理觀的某些主要原理在某一時期同一種審美生存有關，我認爲這種歷史的分析就是有用的。好幾個世紀以來我們一直確信，在我們的倫理學、我們個人的倫理觀、我們的日常生活以及巨大的政治、社會和經濟結構之間存有分析性關係，而我們無法改變任何事情，比如性生活和家庭生活，不然就得毀壞我們的經濟、我們的民主，諸如此類。我認爲我們得去掉這一觀念：即倫理觀和其他社會、經濟或政治結構具有分析性或必要性聯繫。

問：那麼，當我們知道在倫理學和其他結構之間只有歷史的凝結而並非必然的聯繫之後，我們現在應該建立一種什麼樣的倫理學呢？

答：我感到奇怪的是：在我們的社會中，藝術已變得僅同客體有關係，卻同個人、或生活無關；藝術只是一種專業化的東西，只有被稱做藝術家的專家在從事它。但爲什麼不能每個人的生活都變成一件藝術品呢？燈泡或房屋爲什麼應該是一個藝術對象、而不是我們的生活？

問：當然，這種設想在像柏克萊這種地方是相當普遍的，這兒人們覺得所有一切本身——從吃早餐的方式，到做愛的方式，以及過日子的方式—都應該完美無缺。

答：但我想在太多數情況下，恐怕大多數人都認爲：他們之所以這樣隨心所欲地做事、生活，其原因是因爲他們知道有關慾望、生活、自然、身體等之類的眞理。

問：但如果人應該無需求助於知識或普遍規則就能創造自己，那麼你的觀點同沙特的存在主義又有什麼區別？

答：我認爲從理倫的觀點看，沙特避免了自我是某種被賦予我們的好東西這一概念，但通過眞實性的道德概念，他又回到了

這一觀念：即我們必須成爲我們自己──真正地成爲真我。我認爲，沙特的論述中唯一可接受的實際結果便是把他理論上的見地同創造性的實踐相聯繫。從自我不是被賦予給我們的這一觀點出發，我認爲唯一只有這一實際結果：我們得把我們自己創造成爲一種藝術品。在他對波德萊爾（Baudelaire）、福樓拜爾（Flaubert）等人的分析中，有趣的是我們可以看到沙特把創造性作品稱爲某種同自我的關係──作者同他本人的關係，它以真實性或非真實性的形式出現。我要說的正好相反：我們不應該把某人的創造性行爲稱爲某種同他本人的關係，而應該把這種人同自己具有的關係與一種創造性行爲聯繫起來。

問：這聽起來好像是尼采在《快樂的科學》（*The Gay Science*, 第290篇）中所闡述的觀點；人們應該通過長期實踐和日常工作來創造自己的生活，賦予其特定的風格。

答：是這樣。我的歡點更接近於尼采，而非沙特。

3. 系譜詮釋的結構

問：《性意識史》第一册之後的兩本書：《愉樂的運用》和《肉慾的招供》，它們如何同你的系譜學工程之結構相配？

答：系譜學可以有三個領域。首先，對涉及真理的有關我們自身的歷史存有，藉此我們把自己建構成知識的主體；其次，對涉及權力範圍的有關我們自身的歷史存有論，藉此我們把自己建構成作用於他人的主體；第三，有關倫理觀的歷史存有論，藉此我們把自己建構成倫理道德的代理人。

因而，系譜學有三個軸心。這三個軸心在《瘋癲與文明》中都已出現，儘管顯得有些混亂。真理軸心在《醫院的誕生》和

《詞與物》中得到研究。權力軸心在《監督與懲罰》中得到研究，而倫理軸心則在《性意識史》中加以研究。

講性的系列書的總框架是一部倫理道德史。我認為，總的來講，就倫理道德史而論，我們必須區別行為和道德準則。道德準則（prescriptions）是強加於人們頭上的，行為（conduites）.則是與此相關的人們的真實行為。我認為我們應該區別決定何種行為能得到允許或得到禁止的準則和決定不同行為之好壞的準則——你只准與你妻子做愛而不允許同其他人發生性關係，這是準則的一個方面。道德準則還有另一面，許多情況下並沒有像這樣被區別對待，但我卻認為是很重要的：你對你自己應該具備的那種關係，即「對自我的關係」（rapport à soi），我把它稱做倫理觀，它決定個人應該如何把自己建構成其自身行為的道德主體。

這種自我的關係具有四個主要方面：第一方面回答這一問題：我自己或行為的哪一方面或哪一部份同道德行為有關？比如一般來講，我們社會中道德規範的主要方面，同道德規範關係最密切的有關自我的方面，是我們的感情。（即使你同你妻子感情很好，你也可以到處在街上碰到外遇），可是，從康德的觀點來看，很清楚目的比感情要重要得多。而從基督教的觀點來看，則是慾望——嗯，這一點我們還可以討論，因為中世紀與十七世紀還不一樣……

問：但大致說來，在基督徒是慾望，在康德是目的，而在我們則是感情？

答：嗯，也可以這麼說。同倫理判斷有關的不總是我們自己或我們行為的同一方面。我把有關的那一面稱做倫理實體（substance éthique）。

問：倫理實體就好像是要被倫理觀重複使用的素材？

答：對，正是如此。比如，我在《愉樂的運用》中描述「性行為」

（aphrodisia），這是要揭示在希臘倫理中有關的性行為的一部份有利於情慾、有別於肉慾。在希臘人，倫理實體是同愉樂和慾望連結在一起的行為之統一體。它同肉慾，即基督教的肉慾有很大區別。性慾是第三類倫理實體。

問：在倫理上講，肉慾和性慾有什麼區別呢？

答：我無法回答這一問題，因為這只能通過精確的探究才能得到分析。在我研究希臘或希臘─羅馬倫理觀之前，我無法回答這一問題：即希臘─羅馬倫理觀的倫理實體到底是什麼？現在我覺得通過對他們所謂「性行為」之意義的分析，我已經知道何為希臘的倫理實體。

在希臘人，如果一位哲學家戀愛一少男，但只要不碰他，其行為還是能受到尊重的。問題是，他到底碰不碰這位少男。這就是倫理實體：同愉樂和慾望連結在一起的行為。在奧古斯丁，問題就很明確：當他回憶他十八歲時同其年輕的朋友的關係時，令其困惑的是：他對他到底有什麼樣的慾望。所以，你看，倫理實體已經改變了。

239　　第二個方面我把它稱做屈從方式（mode d'assujettissement）即，誘發或促使人們認識到其道德義務的方式。例如，在本文中暴露出來的是不是神聖法規？它是不是自然規律，是不是宇宙秩序，在任何情況下對每一個生物是否都一樣？它是不是一條理性的規則？它是否企圖為你的生存賦予最美好的形式？

問：你說理性的（rational），是不是指科學的？

答：不，是指康德式的，普遍化的。比如，你可以看到斯多葛派學者怎樣從一種審美生存的觀點逐漸轉向這一觀點：即我們應該如此這般做事，因為我們是理性的存在──因為作為人類共同體的成員，我們必須得這樣做。又如，我們在伊梭克拉特（Isocrates）可以發現一段非常有趣的談話，據說是同

塞浦路斯之王尼可克里斯（Nicocles）舉行的。其中他對爲什麼他總是忠實於其妻子解釋道：「因爲我是國王，因爲作爲要命令別人、統治別人的我，必須首先證明我能統治我自己。」你可以看到，這一忠實性原則同普遍性的、斯多亞式的公式——我要對我的妻子專一是因爲我是一個人，是一個理性的存在——毫無關係。在前一種情況下，原因是因爲我是一個國王！因而，你可以看到，尼可克里斯和斯多葛派人接受同一原則的方式是頗有差異的。這就是我所謂的屈從方式，倫理學的第二個方面。

問：當國王說「因爲我是國王」時，這是不是一種美好生活的形式？

答：既是審美的，又是政治的，兩者直接相關，因爲如果我要想人民接受我爲國王，我就一定得具備一種比我更爲耐久的榮譽，而這一榮譽不可能同審美價值分隔開來。因此，政治權力、榮譽、不朽性和美在一定時刻都互爲相連。這就是**屈從方式**，倫理學的第二個方面。

第三個方面是：我們通過什麼方式來改變自我以便成爲倫理主體？

問：也就是說我們怎樣運作這一倫理實體？

答：對。我們應該做什麼，是去檢點我們的行爲，去譯解（decipher）我們是什麼，去磨滅我們的慾望，還是去運用我們的慾望以便獲得像生孩子那樣的目的，等等——所有這些爲了在倫理道德上得體自如而對自己進行的闡述。爲了忠實於你的妻子，你可以不同地對待自己。這就是第三個方面，我把它稱做**形成自我的實踐**（pratique de soi），或者叫禁慾形式（L'ascétisme）——廣義上的禁慾形式。

第四個方面是：當我們的行爲舉止合乎道德規範時，我們想成爲什麼樣的存在。比如，我們是要成爲純潔的、不朽的、

自由的，還是要成爲我們自己的主人，等等。這就是我所謂
的目的性（teleologie）。我所謂的倫理道德包括人們的實
際行爲、準則以及具有以上四個方面的那種對自我的關係。

問：它們都是獨立的嗎？

答：它們之間既有聯繫性也有某種獨立性。例如，你可以完全理
解，那種形成自我的實踐的技術，那種你所使用的禁慾形式
的技術，如果其目的是要成爲一絕對純潔之存在的話，爲什
麼就同你要成爲你自身行爲之主人時所運用的技術不完全一
樣。在第一種情況下，你得用一種譯解技術（deciphering
technique），或稱純化技術。

要是我們現在把這個總框架應用於異教的或早期基督教的倫
理觀，情況會怎麼樣呢？首先，我們來看一下準則——即什
麼是准許的，什麼是不准許的。起碼在行爲的哲理準則上，
你會發現三個主要的禁令或指令：第一個是關於身體的，即
你對自己的性行爲得非常小心謹愼，因爲它非常費神勞體，
因而得盡量少做，第二個是，假如你已結婚，務請專一，千
萬別同其他人發生性關係；而對少男——千萬別碰少男。這
種準則在柏拉圖，伊梭克拉特，希波克拉特以及後期斯多葛
派中都能發現，在基督教甚至在我們現今的社會中也都能發
現這種準則。因而我認爲準則本身並不發生大的變化。某些
禁止條例有些變化，某些禁令在基督教時期比在希臘時期更
爲嚴厲，更爲死板，但主題是一樣的。因而我認爲，希臘社
會、希臘倫理、希臘道德觀同基督教徒怎樣看待自己之間發
生的巨大變化不在準則中，而在我所謂的倫理觀中，即在對
自我之關係中。在《愉樂的運用》中，我通過準則的第三個節
制主題：健康、妻子或婦女、和少男，分析了以上所講的對
自我之關係的四個方面。

問：你並不在搞倫理道德的系譜研究，因爲你認爲道德準則是相

對穩定的，你搞的是倫理觀的系譜研究——這樣說對不對？

答：對。我是在寫倫理系譜學，一種作為倫理行為之主體的主體系譜學，或稱作為一個倫理問題的慾望系譜學。因而，如果我們看一下古希臘哲學或醫學中的倫理觀，它的倫理實體是什麼呢？它是「性行為」，它同時包括行為、慾望和愉樂。什麼是其「屈從方式」呢？它是一種審美方式，即我們得把我們的存在建構成一種美的存在。我要揭示的是，在古希臘倫理觀中，誰也沒有被逼迫著去按某種方式行事，比如忠實於其妻子或別碰少男等等。實際情況是，如果他們想要有一個美好的存在，如果他們想要個好的名聲，如果他們想要能夠統治他人，他們不得不那樣去做。因而，他們有意識地接受那些義務、責任，為的是贏得存在之美或榮譽。這種選擇，審美的選擇和政治的選擇，為此他們決定接受這種存在的選擇——這就是「屈從方式」，它是一種選擇，一種個人的選擇。

在後期斯多葛派，當他們開始說「因為你是一個人，所以你必須這樣做」時，情況就不同了。這就不是一個選擇的問題了；你得如此這般行事是因為你是一個理性的存在。「屈從方式」在起變化。

在基督教時代，非常有趣的是，性行為規則當然是通過宗教得到合法化的。制定這些規則的機構是宗教機構。但契約形式卻是一種法律形式。在基督教內部有一種內在的宗教法律司法過程，比如，所有的詭辯實踐就是一種典型的司法實踐。

問：而在啟蒙運動之後，當宗教成份消退以後，剩下的是否只有司法上的東西？

答：對。在十八世紀之後，那些規則的宗教框架部份地消失了，接著便是醫學的或科學的方法同司法的框架之間互相競爭，

至今仍難分難解。

問：你能否把以上所講的總結一下？

答：好。在希臘人，**倫理實體**是**性行爲**（aphrodisia）；**屈從方式**是一種政治審美（politicoaesthetical）選擇；**禁慾形式**（form d'ascèse）是被運用的技術（techne）──比如，我們可以發現把身體或經濟作爲規則的**技術**，按照這些規則，你可以明確你作爲丈夫的作用，也可以界定在戀愛少男時作爲某種對自身禁慾的性愛，等等；而**目的**則是掌管自身。這些就是我在《愉樂的運用》前兩部份所描寫的。

接著，在這一倫理觀內部起了變化。這一變化的原因是由於男人在社會中的作用變了，因爲城市已消失了。因此，由於上述原因，他們把自身看作政治、經濟行爲之主體的方式改變了。大致上我們可以這樣說，隨著這些社會性變化，古代倫理觀，即對自我之關係的闡述，也同時在起著變化。但我認爲這一變化並未影響到倫理實體：它仍是「性行爲」在「屈從方式」上有所變化，比如，當斯多葛派成員把自己看作是普遍的存有者時所起的變化，在「禁慾形式」方面，即爲了把自身認作和建構成倫理主體，你所使用的那種技術，也有很重要的變化。同樣在目的方面也有變化。我想這區別在於，從古希臘的角度看，要能掌管自己首先意味著只考慮你自己而不慮別人，因爲能夠掌管自己就意味著能夠統治別人，因而，掌握自己直接同一種與別人的不相稱關係相關。你要成爲你自己的主人，你就得具備某種積極性、非勻稱性和非相互性。

後來，由於在婚姻、社會等方面發生的變化，自我掌管並不是首要地同統治別人聯繫在一起的東西：你要成爲自己的主人不僅是爲了統治別人──比如像阿爾克比阿底斯或尼可克里斯，而且還是因爲你是一個具有理性的存在。在這種自我

242

掌管中，你同別人就有關聯，因為他們也是他們自己的主人。而這種新的同別人的關係就比以前具有更多的相互性。以上就是所發生的變化，我試圖在《愉樂的運用》的第四部份，也就是最後三章中揭示這些變化。我用的是同樣的主題——身體、妻子或婦女、少男，我所揭示的是，這三種同樣的節制主題同一種半新的倫理觀聯結在一起。我說「半新」是因為這種倫理的某些部份並沒變化：比如，「性行為」，另一方面有一些則是變了，比如技術。按照色諾芬，要成為一個好丈夫，你得明確知道你在家裡家外的作用，明確你對你妻子可以行使何種權威，你對你妻子的行為應有何種期望、等等。所有這些考慮給你規定了行為的規則，並界定了你對你自己所採取的方式。但是，比如在埃比克底特斯，或在塞內卡，為了要真正成為你自己的主人，你並不需要明白你在社會或在家中的作用，而只要做一些抑制性訓練，比如禁食兩三天，以便你能確信可以控制自己。假如某一天你身陷監獄，也就能夠頂住因沒有食物而遭受的痛苦，諸如此類。而且你做那些事情還得出於愉樂的目的——這種禁慾形式你在柏拉圖、蘇格拉底或亞里斯多德那兒是看不到的。

在技術和目的之間沒有完整同一的聯繫，你可以在不同的目的中發現同樣的技術，但也存在特殊的關係，某些特殊的技術同每一個目的都有關。

在基督教的書——我指的是我論基督教的書——中，我試圖揭示整個這種倫理觀都發生了變化。因為目的變了：基督教的目的是不朽、純潔、等等。禁慾形式變了，因為現在自我反省的形式是自我釋解。「屈從方式」則是神的律法。而且我認為甚至倫理實體也變了，因為它已不是「性行為」，而是慾望、情慾、肉慾，等等。

問：那麼，看來我們對作為一種倫理問題的慾望可以得出一種可

知性的框架？

答：是的，我們現在可以得出這種圖式。如果通過性行為，我們
來理解三個極點—行為、愉樂和慾望，我們就會得出希臘
「公式」，它在其第一階段和第二階段都是一樣的。在這一
希臘公式中，被強調的是「行為」，以愉樂和慾望作為輔助
項目：**行為**—愉樂—（慾望）。我把慾望放在括號裡面，因
為我認為在斯多亞倫理中，慾望開始被省去，慾望開始受到
譴責。

中國「公式」則會是**愉樂**—慾望—（行為）。行為被擱置一
邊，因為你得限制行為，以便得到最大限度和最為長久的愉
樂。

基督教公式特別重視慾望，並試圖取締之。行為得成為某種
中立的東西，你之所以行為只是為了生孩子，或完成你的婚
姻責任。而愉樂在理論和實踐上都受到拒斥：（慾望）—行
為—（愉樂）。慾望在實踐上被拒斥——你得減掉你的慾望
——但在理論上則很重要。

這兒我要說，現代「公式」強調的是慾望，它在理論上得到
強調，也在實踐上得到許可，因為你得自由放任自己的慾
望。行為並不怎麼重要，而至於愉樂——誰也不知道它是怎
麼回事。

4.　從古典自我到現代主體

問：你決定在《自我的關切》中單獨進行討論的自我的關照是什
麼？

答：在希臘文化，或希臘—羅馬文化中，從大約公元前三世紀一
直到公元二世紀或三世紀，特別使我感興趣的是一個格言，

對此希臘人有一個很特殊的詞："epimeleia heautou"，意即「關照自我」（care of one's self）。它不是簡單地意指對自我感興趣，它也不是指某種自戀或自迷的傾向。"epimeleia heautou"在希臘語中是一個很有力的詞，意思是著力進行或關注某事。比如，色諾芬用"epimeleia heautou"一詞來描述農業管理。君主對其臣民的責任也叫"epimeleia heautou"。醫生在照顧病人過程中的所作所為也叫"epimeleia heautou"因此，這是一個很有力度的詞，它描述一種運作，一種活動，含有關注，知識，技術等意思。

問：但是把知識和技術運用於自我，這難道不是一個現代的發明嗎？

答：在古典的自我關照中，知識起著不同的作用。去分析科學知識和"epimeleia heautou"之間的關係，這將很有意思。照管自己的人只能從他通過科學知識所知曉的事物中選擇同他有關聯對其生活至關重要的那類事物。

問：那麼，理論理解或科學理解，從屬於倫理的和審美的關注並受其導引？

答：他們的問題及其討論所關注的是：哪種有限的知識對"epimeleia"有用。比如，在伊壁鳩魯派，有關什麼是世界，什麼是世界的需要，以及世界、需要和神之間的關係之類的總的知識——所有這些都對自我的關照相當重要。因為它首先是一個沈思的問題：如果你能正確無誤地理解世界的需要，你就可以更好地掌握情感，等等。因而，在伊壁鳩魯學派，在所有可能的知識和自我的關照之間存在某種恰當的關係。人們得通曉物理學或宇宙論的原因為了能關照自我。在斯多葛派，真正的自我只能由我所掌握的東西來界定。

問：所以說知識從屬於掌管的實際目的？

答：埃庇克底特斯對此說得很清楚。他把每天早晨在街上觀察、

244

巡視，作爲一種訓練，假如你碰到一個執政官那樣的人物你便自忖：「執政官是我可以掌管的嗎？」不行，於是我便無所事事。如果我碰到一個漂亮的姑娘或俊男，我便自忖：他們的美，他們的受寵是否得依賴於我？——諸如此類問題。在基督教徒，情況就不同了。在基督教徒，撒旦還進入你的靈魂並給予你自己也無法辨認出是邪惡的、卻反而會把它們理解爲是來自上帝的思想，這種可能性會導致你靈魂深處的不安。你無法知道你的慾望的眞正根源是什麼，起碼不用詮釋學的辦法就不行。

問：那麼，基督徒把新的自我掌管技術發展到何種程度？

答：對於自我關照的古典概念我所感興趣的是，我們能在此看到通常都歸功於基督教的許多禁慾主題的產生和發展。一般都認爲是基督教取代了總的來講是寬容的希臘—羅馬生活方式，代之以一種節制、莊重的生活方式，頒佈了一系列戒律，教規或禁令。而現在我們可以看到，在這種自我的自身作用中，古人已發展了整整一系列節制性實踐，它們後來被基督徒直接借用過來。因此，我們看到這種活動同某種性節制有關，而它又直接被歸入基督教倫理。我們現在不應談論古代的寬容和基督教的節制之間的道德倫理上的斷裂。

問：打著任人選擇的名義把這種生活方式強加於自身？

答：在古時，這種對自我的運作及其節制性並不是通過民法或宗教義務的手段強加於個人的，而是由個人作出的有關存在的選擇。人們自己決定是不是要關照他們自己。

我並不認爲它是爲了獲取來世的永生，因爲他們並不十分關注這個問題。相反，他們行爲是爲了賦予其生活某種價值（精心塑製出某種榜樣，爲後人留下崇高的榮譽，盡可能使其生活充滿光彩）。它是一種使其生活成爲一種知識的對象、成爲一種技術（techne）對象———一種藝術的問題。

245

這種觀念，即人們需要關照的主要藝術品、人們必須運用美學價值的主要領域是人們自己、自己的生活，自己的存在，在我們社會幾乎已所剩無幾。我們在文藝復興時期還能發現這一觀念，只是以一種稍許學術的形式出現；在十九世紀的撒嬌派（dandgism）中也曾出現過，不過這些都只是插曲而已。

問：可是，希臘人對自我的關注難道不正是我們現在許多人都認爲是社會頭號問的自顧自現象的早期翻版嗎？

答：有一些主題——我也並沒說人們就應該這樣來重新運用它們——表明，在那個文化中（而我們現在某些永久不變的、最重要的道德因素即來自那個文化），存在一種完全不同於我們現今文化的自我概念的有關自我的實踐和自我的概念。在加利福尼亞式（California）的自我崇拜中，人們應該去發現自己的眞正自我，去把它同可能阻礙它或異化它的東西分離開來，去憑藉心理或精神分析科學來釋解其眞理，因爲這種心理或精神分析科學據稱能夠告訴你自己：眞正自我是什麼。因此，我不僅不能把那種古代文化的自我等同於可以被稱爲的「加利福尼亞式的自我崇拜，」而且我認爲它們剛好是完全相對的。

在此兩者之間發生的正是對古典文化的自我的顚覆，因爲基督教替換了這種自我的概念，人們得拒斥這種應該被創造成一種工藝品的自我概念，因爲堅持自我同上帝的意願是相違背的。

問：我們知道《自我的關切》研究的其中一個內容是有關書寫在自我的形成中的作用。柏拉圖是怎樣提出書寫和自我的關係問題的？

答：首先，要提出一些在提及書寫問題時經常被敷衍過去的歷史事實，我們必須考察一下著名的「歷史記錄」（hypomnemata）問題。現今的詮釋者把《斐竺魯斯篇》（*Phaedrus*）中對書寫的批判看成是對為記憶提供材料來源的書寫批判。事實上，"hypomnemata".有一個非常明確的意義，它是一種謄寫本，一種筆記本。正是這種筆記本在柏拉圖時代開始時興起來，為個人和政府所用。這種新技術所帶來的混亂相當於我們今天把計算機引入私人生活所造成的混亂。在我看來，要提出書寫和自我的問題，似乎一定得考慮這一問題在其中得以產生的技術和物質材料框架。

246 其次，在《斐竺魯斯篇》中有關書寫的批判同記憶的文化之著名相對還存有解釋的問題。如果讀一下《斐竺魯斯篇》，你就會發現這段文章同另一段文章相比，處於次要的地位，那段文章才是基本的，也同貫穿於整個本文（text）的主題相一致。一個本文是書面的還是口頭的，這無關緊要——問題是言說（discourse）說是否能接近真理。因此，書面口頭問題相對於真理問題來講，完全是次要的。

第三，我覺得非常重要的是：這些新工具馬上就被用來建構一種對自我的永恆關係——你得像統治者管治被統治者、像企業主管治其企業、像一家之長管治其家族那樣來管治自己。一個人的美德主要在於能夠完善地管治自身，即對自身能行使一種準確的掌管，就如行使不可能產生任何反抗的君王管治那樣，這一新的概念連續好幾個世紀，實際上一直到基督教為止都是非常重要的東西。因而也可以這樣說，"hypomnemata"的問題以一種顯著的方式同自我的修養聯結在一起的關節也就是自我的修養把對自我的完善管治當成其目的的關節——一種自我同自我之間的永恆的政治關係。古人用這些筆記進行對自己的政治管治，就為政府和那些管理企業的人通過記存花名冊來管治一樣。這就是為什麼書寫在我看來同對自我的修養問題密切相關的理由。

問：你能否再給我們多談一點「歷史記錄」（hypomnema-
　　ta）？

答：從其技術功能上講，"hypomnemata"可以是記帳本、公眾
　　花名册、用作備忘錄的個人筆記本。它們被用來作爲生活大
　　全、行爲指南等小册子，這似乎在整個有教養的人羣中相當
　　流行。在上面寫有人們親自看到或讀到的引語、著作片斷、
　　例子和行爲，以及人們聽到或想到的思想論據。它們構成對
　　所讀到、聽到和想到的事物的記憶材料，因而也就爲以後的
　　重讀和沈思提供了寶貴的積累。它們還是書寫更爲系統的論
　　文的原始材料，以便這些文章能有根有據地駁倒某些缺陷
　　（比如氣憤、嫉妒、造謠、獻媚），或者克服某種困境（哀
　　痛、流放、垮台、恥辱）。

問：但是書寫如何同倫理和自我相聯繫呢？

答：任何技術、任何職業技能不經過訓練是不能獲得的。同樣，
　　要學會生活的藝術——生命技術（techne tou biou），沒
　　有訓練（askesis）.是不行的。"askesis"必須被看作是自己
　　對自己的訓練：這是傳統的原則之一，長久以來畢達哥拉斯
　　學派、蘇格拉底派和犬儒學派都賦予其極其重要的地位。在
　　所有這種訓練採取的形式中（其中包括節制、熟記、良心的　247
　　考問、沈思、沈默和聆聽他人）書寫——爲自己和爲別人書
　　寫這一事實——似乎要很晚才起相當大的作用。

問：那在古典時代後期當這些筆記本最終變得卓有影響之時，它
　　們到底起哪些具體的作用？

答：儘管"hypomnemata"是個人的，但它們卻不能被用作私人
　　日記或記錄精神體驗（誘惑、鬥爭、失敗和勝利）——這些
　　在後來的基督教文獻中可以發現。它們並不構成一種「個人
　　私帳」；它們的目的不是去暴露「秘密良知」（arcana
　　conscientiae）——它對其懺悔（無論是口頭還是書面的）

都具有一種純淨的價值。它們尋求奏效的活動正是這最後一點的倒置。關鍵不在於去追尋不可描述的東西，不在於去揭示隱藏的東西，也不在於去說沒有說過的東西；而恰好相反，關鍵在於去收集已說的，去匯集人們聽到或讀到的，而這最終完全就是自我的建構。

"Hypomnemata" 應該重新被置於那一時期非常敏感的矛盾衝突處境之中。在一受到傳統性、受到被認同的已說價值、受到言說的循環、受到在年齡和權威的保證下進行的「旁徵博引」實踐等因素的重大影響的文化中，一種倫理觀開始發育成長，它非常明確地取向於自我的關照，取向於諸如隱退至自我、達及自我、同自我和諧共存、滿足自我、得益於自我以及自我欣賞等明確的目的。這就是 "hypomnemata" 的目的：把重新收集由教、聽、讀所傳播的瑣碎的邏各斯（logos）.變成一種盡可能充分和完善地建立一種自我同自我之關係的手段。

問：在我們轉向討論這些筆記本在早期基督教時代的作用之前，你能否先給我們講一下希臘─羅馬節制同基督教節制有何不同？

答：有一個非常重要的現象是：在斯多葛倫理觀中，純潔性問題幾乎是不存的，或者是相當次要的。它則是在畢達哥拉斯的信徒以及在新柏拉圖主義才變得重要起來，並通過他們的影響以及通過宗教的影響而變得越來越重要。到了一定的時期，純潔性問題壓倒了實存性審美的問題，而這純潔性問題則是另一碼事，它需要另一種技術。在基督教禁慾形式中，純潔性問題則變得越來越重要；你得控制住自己的理由是要使自由保持純潔。貞節問題，這一女性完整的象徵，在基督教中就變得非常重要。而貞節主題幾乎同希臘─羅馬禁慾形式中的性倫理沒什麼聯繫。在那兒的問題是自我支配的問

題。它是一種男性的自我支配模式，而溫順的婦女對她自己則像男人一樣雄性。性的自我壓抑典範成了通過於身體完整性模式上的純潔和貞節主題而顯示出來的女性典範。身體完整性取代了自我調節而變得重要起來。因此，作為一種審美生存的倫理問題被純潔性問題淹沒、取代了。

這一新的基督教自我得不斷地被反省，因為這一自我包含有情慾和肉慾。從那時起，自我就不再是被製作的東西，而是要被拒斥和譯解的東西。其結果是：在異教和基督教之間，不是寬容和節制的對立，而是一種和審美生存聯結在一起的節制形式同和拒斥自我與譯解其真理的必要性聯結在一起的其他的節制形式的對立。

問：那麼，尼采在《道德的系譜》（ *The Genealogy of Morals* ）中認為是基督教的禁慾形式把我們變成了這種能做出允諾的動物，這一定是錯了？

答：是的。就我們所知道的有關異教倫理從公元前四世紀到公元四世紀以後的進化發展來看，我認為尼采把這一點歸於基督教是錯了。

問：當基督徒運用這些筆記本來把自己同自己的關係聯繫起來時，這些筆記本的作用是怎樣轉化的呢？

答：一個重要的變化是：按照阿瑟娜斯（Athanase）對聖安東尼（Saint Anthony）的生活的記載，對內心活動的記錄似乎成了精神鬥爭的一種武器；魔鬼是一種欺騙和使自己被欺騙的力量[《安東尼傳》（ *Vita Antonii* ）的大半部分就是寫這些騙術的]，而寫作則構成了考驗和某種像試金石那樣的東西；在點明思維活動的過程中，它也驅散了敵人陰謀密佈的內心陰鬱。

問：這樣一種劇烈的轉化是怎樣發生的呢？

答：確實，在色諾芬那兒的 "hypomnemata"（它還僅是一個記

憶某種飲食之成份的問題）和聖安東尼對夜夢迷覺的描述之
間發生了巨大的變化。要尋找一套交替性技術，去看一下對
夢的描述似乎是很有意思的。幾乎從一開始起，人們就得把
一筆記本放在床邊，把自己的夢寫在上面，以便早晨起來自
己來詮釋夢或把它們給別人看，讓別人來詮釋。通過這種夜
間性描述，對自我的描述就進了一大步。

問：但是，對自我的沈思能使自己驅除陰影而達到真理，這一觀
　　點肯定在柏拉圖那兒就有了吧？

答：沒錯，但那是一種存有論形式的沈思，而不是心理形式的沈
　　思。這種對自我的存有論認識起碼在某些文章中，尤其是在
　　《阿爾克比阿底斯》（*Alcibiades*）中，通過著名的眼睛比
　　喻，呈現出靈魂自我沈思的形式。柏拉圖問道：「眼睛如何
　　能自窺呢？」答案看來很簡單，但實際上卻很複雜。在柏拉
　　圖，人們不可能就簡單地從鏡子裡看自己。人們得看另一隻
　　眼睛，即在自身中的眼睛，不管這個自身是否以他人之眼睛
　　的形式出現。因而在他人的瞳孔中，人們便能看到自己：瞳
　　孔被當作一面鏡子，而以同樣的方式在另一靈魂中（或在他
　　人靈魂的神性要素中，這就像其瞳孔一樣），沈思自身的靈
　　魂就將認識其自己的神性要素。

　　你看，人必須認識自己這種觀點，即必須獲得有關靈魂之存
　　在方式的存有論認識這一觀點，同人得對自己進行一種自我
　　訓練的觀點是不相干的。掌握了靈魂的存在方式之後，你就
　　不必再問自己你做了什麼，你在想什麼，你的觀點是如何運
　　作或如何表達的，你依附於什麼等等。這樣你就可以運用這
　　種沈思的技術來把他人的靈魂當作你自己的對象。柏拉圖，
　　他從未講過良知的拷問——從來沒有！

問：在文學研究中一般都把蒙田（Montaigne）公認為第一個偉
　　大的自傳作家，但你似乎把對自我的書寫追溯到了更為遙遠

的時期。

答：在我看來，在十六世紀的宗教危機——這一對天主教懺悔實踐的巨大反抗中，對自我的新的關係模式得到了發展。我們可以看到某些斯多葛實踐的復興。例如，自我的論證這一概念在我看來在主題上接近於我們在斯多葛學說中所能發現的，在那兒自我的驗證不是去發現隱藏在自我內部的某種眞理，而是試圖去決定在現有的自由範圍內人們能夠或不能夠做什麼。在天主教及新教那裡，這些古代技術以基督教精神實踐的形式得到復興，這是相當明顯的。

讓我舉一個由埃庇克底特斯推荐的散步訓練的例子。每天清晨，當你在城中散步時，你應該針對每一件事情（一個公職官員或是一個美麗動人的婦女）來確定你的動機，你是否爲之打動還是爲之吸引，你是否有足夠的自我控制能力來使自己漠然不動。在基督教中也有同樣的訓練，但其目的是爲了驗證人對上帝的依賴。我記得在一篇十七世紀的文章中發現了一種類似於埃庇克底特斯所推荐的訓練：一位年輕的神學院學生，一邊散步一邊做某些訓練來揭示每一件事情以何種方式顯示他對上帝的依附——這使他能譯解神明上帝的存在。這兩種散步在某種程度上遙相呼應，在埃庇克底特斯那兒，個人使自己確信自己對自己的主權並顯示他什麼也不依賴；而在基督徒那兒，神學院學生則一邊走一邊在他所看到的每一件事物之前說道：「啊！上帝的仁慈是多麼偉大啊！他創造了一切，以其神力擁有萬物——尤其是我！」這樣，他便提醒了自己：他什麼也不是。

250

問：因而，言說雖起著很重要的作用，但它永遠服務於其他實踐，即使在自我的建構中也是這樣。

答：在我看來，所有這些所謂自我的文學——私人日記、自敍文章等等——都得把它放進一個有關這些自我之實踐的、總

的、非常豐富的框架，否則就無法理解。兩千多年來人們一直都在書寫自己，但不是以同樣的方式。我有一種感覺——也許我是錯的——存有一種傾向要把書寫和自我的敍述之間的關係說成是歐洲現代特有的現象。我現在不想否認它是現代的，但它也是起初的書寫用法之一。

因而，光說主體是在一種符號系統中建構的還不夠。主體不僅僅是在符號的運作中得到建構。它是在眞實的實踐——可以被歷史地進行分析的實踐中得到建構的。存在一種自我建構的技術，它在使用符號系統的同時也直接穿過了符號系統。

問：如果自我分析是一種文化的產物，那它對我們現在爲什麼顯得如此自然和適宜呢？

答：它剛開始也許是非常痛苦的，很可能費了許多文化輔助形式才使它最終轉化爲一種得到肯定的活動。我認爲自我的技術以不同的形式在所有文化中都能發現，就像有心要研究和比較客體產生的不同技術和人對人通過管治進行指導的不同技術一樣，我們也必須拷問自我的技術。對自我的技術進行分析造成困難的有兩個因素。首先，自我的技術不需要同客體之產生一樣的物質器具，因而它們經常是不可見的技術。

第二，它們經常同指引他人的技術聯結在一起。比如，如果我們看一下敎育機構，我們便會意識到人們在管理他人並同時也在敎他人管理自己。

問：現在讓我們談一下現代主體的歷史這個問題。首先，古典的自我修養是完全消失了，還是被融匯並轉化到基督敎技術之中？

答：我並不認爲自我的修養消失了或被掩蓋起來了。你會發現許多要素只是被融匯進了基督敎，在其中得到移置和重新使用。自我的修養一到基督敎的手裡，從某種意義上講，它便

被用來爲行使一種牧師權力而起作用，以至修己（epime-
leia heautou）變成了基本上是顧他（epimeleia tonallon）　251
——對他人的關照，而這就是牧師的職責。但是只要個體拯
救是通過——起碼在一定程度上——把對靈魂的關照作爲其
對象的牧師機構而獲得，古典的自我關照也就消失了——也
就是說，得到融合，喪失了大部分的自主性（autono-
my）。

很有意思的是，在文藝復興時期，你看到一系列宗敎團體
（它們的存在甚至在中世紀就已經受過考驗），他們反抗這
種牧師權力，並聲稱自己有權力制定他們自己的法規。按照
這些團體，個人應該獨立於敎會機構和敎會的牧師制，自己
照管自己的拯救。因而我們可以看到在一定程度上的復興——
——並不是自我的修養（它從未消失過）的復興，而是對其自
主性的再度肯定。在文藝復興時期你同樣也能看到——這兒
我指的是布克哈特（Burkhardt）著名的論實在性審美的文
章——作爲其自身藝術品的主角。一件藝術品能產生於個人
自己的生活，這一觀念在中世紀無疑是不存在的，它在文藝
復興時期才重新得以出現。

問：到此爲止你一直在談論古代自我掌管技術的不同運用程度。
　　在你自己的寫作中，你總是在文藝復興和古典時期之間揭示
　　出很大的間斷性。在自我掌管與其他社會實踐相聯繫的方式
　　中是否也存在同樣重要的轉變呢？

答：這個問題很有意思，但我不想馬上回答你。讓我們先說蒙
　　田、巴斯卡（Pascal）和笛卡兒之間的關係可以按照這一問
　　題重新得到反思。首先，巴斯卡仍屬於這一傳統之中，即自
　　我的實踐、禁慾的實踐同世界的知識密切聯繫在一起。其
　　次，我們不應忘記笛卡兒寫了《沈思錄》——而沈思就是一種
　　自我之實踐。但笛卡兒的文章非同一般的是：他成功地用通

過自我之實踐建構起來的主體代替了作爲知識之實踐的奠基者的主體。這一點很重要。即使眞的是希臘哲學建立了理性，希臘哲學也總是堅持這一點：主體要接近眞理，它一定得首先對自己行使一種能使其認識眞理的作用———一種純化的作用，通過沈思靈魂本身而獲得的靈魂的轉化。你還可以看到斯多亞訓練的主題：一個主體得首先確定其自律性和獨立性——而他還得在一種頗爲複雜的同世界之知識的關係中來確定之，因爲正是這種知識才使他能確定其獨立性，也正是當他確定之後他才得以認識世界秩序的本來面目。在歐洲文化中，一直到十六世紀，問題始終是：「我對自己應作怎樣的努力才能夠、才有資格達到眞理？」換一種說法就是：眞理總是一個代價；沒有苦行便得不到眞理。在十六世紀以前的西方文化中，「禁慾形式」同眞理的獲得總是若隱若現地聯結在一起。

252

我認爲，笛卡兒打破了這一傳統，他說：「要獲得眞理，只要我是任何能看到明顯之事的主體就夠了。」在對自我的關係同對他人和世界的關係的交匯處，明顯代替了苦行。對自我的關係再也不需要實行苦禁才能同眞理發生聯繫。只要對自我的關係能給我揭示我所見事物之明顯眞理，以便我能明確地掌握那一眞理，這就夠了。因此，我可以是不道德的，但仍能知道眞理。我認爲這一觀點多少是明確地爲所有以前的文化所反對的。在笛卡兒之前，人們不可能是非純潔的、非道德的但卻又同時能知道眞理。但在笛卡兒，直接的顯明性就夠了。在笛卡兒之後，我們便有了一種非禁慾式的認知主體。這一變化使得現代科學的制度化成爲可能。

顯然我只是在泛泛地構劃一段很長的歷史，但這卻是很基本的。在笛卡兒之後，我們便有了一個認知的主體，它爲康德提出了認識倫理主體（Subject of ethics）與認知主體

（Subject of Knowledge）之關係的問題。在啟蒙時代對這兩種主體是否完全不同有過很多的辯論。康德的解決辦法是找出一個普遍的主體（Universal Subject），在其普遍性程度上它可以是認識的主體，但它也要求一種倫理態度——這正是康德在《實踐理性的批判》（*The Critique of Practical Reason*）中所提倡的對自我的關係。

問：你的意思是說一旦笛卡兒鬆懈了科學合理性同倫理觀的關係，康德又重新召回了倫理學，把它作爲一種循序漸進之合理性的實用形式？

答：是的。康德說：「我必須把自己認作普遍性主體，即，我必須在我的每一個行爲中通過遵循普遍的規則把自己建構成一個普遍的主體」。老的問題得以重新解釋：「我如何能把自己建構成一種倫理主體？如何按照這樣來認識自己？禁慾式訓練是否需要？還是只需要這種康德式的普遍性關係——通過遵循實踐理性來使我具有倫理？」這樣，康德爲我們的傳統又加多了一種方法，由此自我不再只是賦予的，而是在對自身的關係中被建構成爲主體。

傅柯的倫理觀詮釋解析　253

1.　方法論的熔煉

詮釋性診斷

在《性意識史》第一卷中，米歇爾・傅柯把我們現今的實踐描述為基督教自我譯解技藝和啟蒙運動對人口的合理監督技術聯合作用的產物，他把所有這些稱之為生命權力。傅柯並沒有詮釋為什麼他選擇這些技藝來進行研究，但正如我們在本書第一版中所論證的那樣，傅柯的方法（我們把它稱作詮釋解析法）一定得，起碼是含蓄地，立足於對我們所謂的共同危難的診斷之上。系譜學家身處這一境況，而這一處境又激發出他分析的和實踐的反響，傅柯現在為這一處境賦予了一個名稱。他說，──仍然頗為隱晦地──要對現今的危險進行鬥爭，好像他已擺脫了對他為什麼選擇這些實踐而自己進行寫作應作的詮釋，從而把它降低到一種對一客觀危脅所進行的幾乎是不帶任何個人感情因素的評價。

我們仍然認為，進行考古和系譜研究的動機既不像傅柯所暗示地那樣主觀也不像他所暗示的那樣客觀。我們堅持認為，他在作一種詮釋性行為，它從遍及於我們社會中的許多危難和危險中，集中挑選出那些可以看成是典範性的危險，並加以揭示。這樣產生的詮釋並不是一種主觀的創造也不是一種客觀的描述，而是一種想像、分析和投入的行為。

自從本書出版三年以來，傅柯對我們社會不斷地強調個人的形成爲極度的自我這一事實越來越感興趣。因此產生的歷史和方法論上的複雜性，促使傅科重新安排他的《性意識史》規劃。《性意識史》第二、三卷：《愉樂的運用》和《肉慾的招供》爲對現代主體進行複雜的系譜研究打下了基礎。接著的一本書：《自我的關切》是對《性意識史》的補充，它通過揭示自我掌管技藝發展的幾個階段，分析了古代世界對自我的關照所賦予的大量關注。

254

起碼暫時來看，這使傅柯偏離了貶低基督教／佛洛伊德式詮釋學主體這一方向──指出這一點很重要。這是一種考慮到當今政治和思想的綜合策略。傅柯似乎在說，除非我們從這種迷戀於譯解慾望的眞理的癖性中解脫出來，否則我們將繼續受用於自我和聲稱能幫我們揭示眞理的權力／知識情結中。既然基督教似乎在現代算不了什麼危險的勢力，既然賴希－馬庫色的（Reichian-Marcusian）性解放理論也已耗竭，既然拉康也已去世，傅柯便抓住這一時機來重新思忖一種倫理生活。他並不去力求解構主體，而是對極度自我進行徹底的歷史分析，以期開啟一種新的倫理主體的產生的可能性。

這並不等於說，日益脆弱的自我關切就是我們今天世界唯一的、或最重要的、或最持久的危險形式，只是傅柯認爲它已是改變的時候了。然而，我們下面將要論證，傅柯轉向注重自我的技藝，這很可能轉移了對他的著述所標明的更爲嚴重和涉及面更廣的危險的關注，比如韋伯式的合理化、海德格式的技術以及內含於生命權力之中的規範化和破壞性。然而在這一階段，傅科把所有注意力都集中到一個按照他的診斷是更易於發生變化的領域，而同時也牢記他最終還是得回過來對生命權力進行全面的解析。

系譜學

《性意識史》第二卷原打算以分析建構一種慾望的詮釋學的早

期基督教懺悔實踐開頭，這包括一章導引，論述古代文化中性慾和自我掌管的關係。這一章立即出現了棘手的問頭，有兩個原因。第一，如果考慮到傅柯把性慾分析爲一種歷史產物，也許這也不足爲怪：希臘人和羅馬人對性慾本身根本沒有什麼可說的，而對具體的各種性行爲也無甚可談，儘管他們對性生活同健康和倫理的關係卻相當健談。第二，傅柯驚奇地發現，希臘思想家極爲重視自我關照的技藝，而這些關注延續長達六個世紀，其間實踐經歷了好幾個階段。於是傅柯便不得不修正其原先的假設——即對自我分析和控制之技藝的詳盡闡述源自基督教。

　　現在他在《自我的關切》中主張，基督徒承繼了早已存於斯多葛時代的自我反省的技藝，並爲其自身的詮釋目的對之進行詳盡的闡述。基督教的創舉只是打破了異教對「身體和愉樂的經管」，其間慾望和愉樂融洽地聯結在一起。基督徒徹底地把愉樂和慾望分開，並把古典的自我關照技藝運用來爲不斷地關注在慾望後面的隱密眞理和危險服務。古典的節制技藝是自我掌管的一種手段，而在基督教則被轉換爲其目的是純淨慾望和取締愉樂的技藝，以至節制的目的成了就在於節制本身。這樣基督徒把舊的一套實踐作爲一種形式挪用了過來，並賦予其新的內容和新的目的。

　　如果尼采的系譜學是「規則系統的挪用，……以便把它轉向一種新的要求，並使之參與一種不同的遊戲」。❶那麼傅柯在這兒則剛好偶然地發現了一個極好的例子。然而，按照傅科，節制並非起自基督徒，儘管尼采是如此認爲。它是一種在自我掌管技藝中得到完善發展的因素，而基督徒又把它抬到一種特殊的位

❶米歇爾·傅柯：《尼采、系譜學、歷史》引自 Donald F. Bouchard 編：《語言，反記憶，實踐》（ *Languge, Counter－ Memory, Practice* ），It－haca: Cornell University Press, 1977, pp.151～152。

置，使之成為一種自生自滅，以其本身為目的的東西，正像尼采自己也清楚的那樣。

再有，在這種系譜探究的過程中，傅科揭示道，儘管尼采對我們的傳統進行了徹底的拷問，但他其實已接受了基督徒承繼了他們的先輩希臘人這一觀點。傅科則針對尼采的觀點：即蘇格拉底的格言「認識你自己」是基督教企圖挖掘自我的最深層真理的早期形式，提出了相反的詮釋。按照傅柯，把自我的真理訴諸於言詞的企圖完全是基督教對希臘自我反省形式的歪曲。刻在阿波羅神廟上的「認識你自己」僅僅意味著「在詢問神諭之前先把你的問題想清楚」。蘇格拉底大概是在推薦一種對人們的概念及其同行為的關係的檢查方法，而不是在對人們的幻想、衝動和意願提出質疑性的追尋審問。

考古學

最重要的是，傅柯發掘出了一個倫理體系，就像基督教在異教建築物之上建構其教堂那樣，它也被部分地隱蓋、部分地散佈、部分地運用於新的基督教結構之中。傅柯把《性意識史》第二冊用來系統地闡述希臘性倫理。他在《自我的關切》中再次建構了這一工程的餘下部分──自我掌管的技藝。他的重建過程由總的圖式作為指導，而在這一總圖式中他區分出了三個要素：目的（telos），即倫理生活的目的（在希臘，這就是美好的生活）；倫理實體，它在這樣一種生活中得以形成（在希臘，它便是行為，愉樂／慾望）以及詮釋和技藝（比如自我掌管的技藝），它作用於倫理實體之上，使目的得到實現（參見專訪錄，第 238～243 頁）。

考古學服務於系譜學，但它在這兒同在傅柯以前的著作中所起的作用有所不同。這一新的功能只是在論古代世界的書中才明顯起來。系譜學家被倒引回來才發現這一系統，其部分的運用是

同他力圖理解的文化條件的開端同時的。而考古者挖掘和力圖理
解的正是這一起先的、完整的系統。

　　所有考古學重新建構的就是具有一種內在可知性的實踐系
統，而考古者則從這種內在可知性中撤出來，保持一定距離。一
旦他確定了一組特定的言說和實踐的內在合理性之後，他便可以
自由地使它們或多或少地看起來相似。我們在傅科以前的著述中
已見過這兩種策略的例子。一方面《瘋癲與文明》和《監督與懲
罰》，一開始便描述了看來是完全陌生的實踐——在愚人船上沿
歐洲的河流漫游的瘋子以及對達米安（Damiens）的可怕折
磨，而傅柯把這些揭示爲既同衆所公認的問題有內在聯繫，又是
對這些問題言之成理的反應。另一方面，他又揭示道，想把瘋癲
當成一種疾病的企圖和人道主義的監獄改革，同我們認爲它們具
有合理和人道的良好願望這一概念，既有內在的聯繫同時又有不
得不承認的距離。

　　傅柯在《愉樂的運作》中把這兩種考古的策略結合了起來。我
們對希臘倫理體系是最爲熟悉的了，我們的觀念也同它最具承繼
關係。但當作爲考古者的傅柯從中撤出來並考查其系統連貫性的
時候，他便揭示出自我的關照並非注重於慾望及其眞理，而是注
重於社會行爲。例如，性就不是按慾望來得到理解。相反，性行
爲、慾望和愉樂在希臘人那以某種方式聯結在一起，而一旦這種
方式被從內部弄清楚以後，我們便會看到它對我們現今對性慾的
理解卻是陌生的。同時傅柯也讓我們看到，希臘人有一種可行的
處理行爲、慾望和愉樂的關係的辦法，因此，在我們的傳統中就
有一種不同於我們現在所習以爲常的倫理生活和對身體和愉樂的
經管基礎。

　　傅柯把希臘倫理體系稱做一種實存審美（aesthetic of exis-
tence）。它起碼使希臘貴族階層得以共同安居於一社會之中，
而在此社會中身體的愉樂、個性的完善和對公衆的服務能夠得到

發揮、修繕，卻用不著把它們紮根在由宗教、法律和科學許可的規範之基礎上。這一在我們自身傳統之內，看上去頗有吸引力的另一種倫理方式是值得細加探究的，因為只有這樣我們才能看到，這一可行的體系當時也面臨著類似於我們現今所面臨的問題。而同時，這樣一種詳盡的重新建構也正揭示了古典時期並不是一個黃金時代。傅柯對 "chresis" ——即希臘人對應該何時、何地、同何人發生性行為（aphrodisia）才算合適的理解——的分析，揭示出一個層層有別、充分機構化的不平等世界，其間主人剝削奴隸，男人支配婦女，年長的男人壓制少男；這一世界充滿著主動和被動的角色，而在其間自我之間的相互關係僅在那些不存在 "aphrodisia" 的領域才有可能發生。

因而，傅科的詮釋解析法的出發點是我們現在的危險——即通過試圖把我們的規範奠基於宗教、法律和科學中，我們已被引向尋求慾望之真理的路途，因此也就受困於我們的自我之中，並受到法律和醫學的規範化網路的支配。這樣，傅科便把我們當今的問題界定為如何建構一個不同的倫理觀。接著，他便追溯了導致我們的危險的產生的基督教自我理解的線索，以便使我們掙脫其束縛，並同時挖掘了緊先於我們的自我理解的體系。這一早先的體系，即希臘體系，具有一種倫理觀，它同宗教、法律和科學無關，所以就沒有我們的危險，但它也有它自身的危險，因而也不是我們所尋求的解決辦法。傅柯強調指出，這種詳盡的分析並不提供任何解決辦法或可供挑選的另一途徑。然而，它確實揭示了我們的歷史早就面臨過在形式上同我們的問題類似的倫理問題，因而他的分析也就為考查我們的問題提供了一個新的視角。

2. 規範、理性和生命權力

即使傅柯說得正確，現在對自我的理解確實是在變化，即使傅柯在古代世界中所發現的怎樣過一個美好生活的問題又要成為我們的問題，這遠非就算完事了。倫理實體從慾望轉到愉樂，目的從自主性轉到一種審美生存，這僅能提供一個要打折扣的希望。基督教歷史使我們形成的這種極度自我很可能起先是深罪和懺悔實踐的目標，以後又成為構成我們行為之基礎的具有真理性質的知識的目標，而最近它又成為精神理療規範化的目標。一種自我作為其倫理活動，通過賦予其行為一種統一的風格使自身成為一種為大眾所接受的、不斷得到發展創新的東西，這樣一種自我將遠不如現存的權力/知識技藝易於擊破。而即使改變對自我的理解能避開舊的危險，經過改變的自我理解也會帶來新的危險。

顯然，在新的相互性關係中得到具體體現而得以再生的自我修養雖然能擺脫極度自我的困惑，但它作為一種孤立的成果，卻似乎是完全不牢靠的。任何這種修養都可能被專門化技能所利用，這些專門化技能就是我們為了使個人和公眾健康、正常和具有生產能力所一直使用的。我們能看到這種利用已發生於性諮詢領域。這種諮詢已不再是在幫助我們譯解慾望（而這確實是脫離極度自我的重要一步）。現在它企圖增進身體的愉樂。在馬斯特斯（Masters）和約翰遜（Johnson）之後，性理療家不僅告訴我們手淫是正常的、有益的，而且還給我們提供技藝示範膠片，它們依對象從老人到兒童各有所別，各取所好，目的就是為了達到最佳效率和最佳享受。這不僅不能使我們擺脫生命權力，相反，這種利用使我們越陷越深。 258

　　因此，即使系譜學揭示了真實自我這一主體是一種歷史的建構，其運作方式又要求它隱藏它是一個歷史的建構這一事實，從而貶低了具有一種必須訴諸於言詞的真理的真實自我概念，即使這樣，我們的規範化實踐也不會失去其功效。即使重新構造的自我，像傳柯理解的那樣不是孤立和自我中心的，而是大眾的、主動的，像一件藝術品那樣總是按一種公認的風格而運作，即使如此，它在現在的危險中也顯得特別脆弱。這表明，要克服我們現在的危險，不僅需要一種對現代主體的詮釋解析法，而且還需要一種對生命權力的詮釋解析法。

　　在《詞與物》中，傳柯把康德識別為把人理解成主體/客體二元對立的典型人物。在那本書中，傳柯僅是在分析人文科學的論述實踐的系統性，他發現人的概念是扭曲而不穩定的，但也沒什麼危險。而在《監督與懲罰》，傳科轉向研究決定**非論述**實踐的權力關係，這時他看到人文科學以及它們所推進的殖民化規範是種不祥之物。

　　在《監督和懲罰》和《性意識史》論生命權力的部分中，傳科一開始他的診斷，就指出現代規範運作的特殊方式，他把它稱做規範化。在傳科討論的所有有關枝藝、實踐、知識和言說等一大串內容當中，規範化處於核心地位。當然，所有社會都具有規範並使社會成員就範。然而傳柯為我們揭示：我們這種規範和社會化方式是獨特的，因而也就具有獨特的危險性。傳柯要我們注意那種獨特的、令其非常憂慮的事實，即我們的規範可以說是具有一種特殊的策略直接性──即他所謂的沒有策略者的策略。我們的規範總是處在運動之中，好像其目的是要把我們實踐的每一方面都融匯入一個連貫的整體。出於這一目的，各種經驗被識別和區分出來，作為理論研究和干預的合適領域。在所有這些領域中，規範並非靜止不動，而是不停地滲透到微實踐的最小細節，起碼原則上講是如此，因而任何重要和真實的行為都無法跨越這一規

範性框架一步。另外，比如在常態科學，生命權力的規範化實踐
事先就界定好什麼是規範的，進而再根據這一定義來孤立和處理
超出常態的東西。

我們的規範具有這種特殊的規範性。它們總是越來越趨向於
更大的整體化和專業化。我們試圖把我們的規範奠基於理性之
中，但這種在希臘人那兒只相當於靜態的自然屬性的理性，好像
現在卻變得肆無忌憚，不再相應於超出本身的任何東西。正如康
德在《純粹理性批判》中所指出，科學合理性，一旦走出事物本
身，必定得尋求更為普遍的原則，以便按此原則歸入越來越多的
現象；也必定得尋求更為精細的範疇，以便把這些現象細分入這　259
些範疇。因此理性變成是可調節的，並為自身目的要求越來越高
的系統化。

一旦詮釋解析者指出規範化的危險之後，他就需要對我們的
規範如何同可調節的合理性聯結在一起這一問題進行系譜研究。
系譜學家要尋找我們歷史上的這一時機：在三個向度（真理、權
力和倫理）上的人類實在被首次建構於一種方式，它為那種會導
向我們現在的規範的合理性建立了一個它在其中能得以發揮的空
間。人們會期望發現一組相對有益的實踐——只是為對人類實在
的舊的闡述賦予了新的內容。也確實如此，傅柯在康德為回答
〈何為啟蒙？〉這一問題而為一份德國報紙所寫的時論文章中發現
某些說法類似於斯多葛主義，只是在這兒它們被用來表達新的問
題和新的解決辦法——這一解決辦法現則已成為我們的困境。

這篇文章，傅柯把康德看成是第一個把提出他所處的現狀的
意義問題當作己任的哲學家。康德認為啟蒙運動提出的挑戰是：
人類能否通過使用理性來克服對一切的隸屬而只依賴於其自身的
理性能力，從而達到其成熟性呢？康德論證道，文化要獲得成熟
性，只有當國家（在康德那時就是腓特烈大帝）擔起確保理性能
在社會每一個角落順利進展的任務的時候才能實現。而既然理性

現在再也不相應於客觀實在，而是被看成是人對一切事物進行批判性拷問和系統性秩序化的能力，這就等於是把國家重新理解為行政管理機構和可調節的合理性的象徵。康德總結道：「但只有自身受到啟蒙、不怕陰影，並具有訓練有素、軍紀嚴明、能確保公眾平安的軍隊的國家才能……對人……以尊嚴善處之。」❷

康德的問題在我們今天仍然存在，我們仍必須使用我們的理性以獲取自立性和成熟性，但系譜學揭示了康德這種解決辦法所隱含的災難性一面，從而也就阻止了我們輕信所提倡的「解決辦法。」──它力圖挑選出被假定為是啟蒙賦有自由性的一面，即批判理性，卻忽視可調節的、作為工具被使用的理性以及腓特烈訓練有素的軍隊。

像海德格一樣，傅柯認為批判理性表明我們對我們自己和世界的理解失去了傳統的、宗教的和理性的根基；而且，他認為康德提出要以一種可調節性的純粹理性概念來填補這一空缺的主張，因為這一純粹理性可以把現實組織起來，以便它能在一範圍內尋求越來越大的連貫性和專業性。這樣，可調節的理性填補了由批判理性開啟的空域，因為批判理性建構了一個完全適合其進行循序漸進的、沒完沒了的活動的領域。既然運用工具性理性來填補由批判理性開啟的空域的工程似乎現已大功告成，一些現代理論家便企圖轉向啟蒙時期對成熟性和批判理性的關注，使驅除黑暗活動的目的變成就在於驅除黑暗本身。當這一活動結果又顯露出其循序漸進的空洞性之時，他們又回過來用自我和社會的真正需要來代替宇宙的真正秩序。這樣，批判理性的工作就成了永無止境地澄清曲解、永無止境地掃除因不斷顯露這一真理而遇到的障礙的任務。

260

❷康德：《何為啟蒙？》，Lewis White Beck譯，New York：Liberal Arts Press, p91～92。

　　但傅柯已經爲我們揭示，一定要使用理性來發揭我們自身和文化的深層眞理，這是一種歷史的建構，而它總是又把其歷史隱藏起來，以便使之作爲我們的目的。再者，在自我中存有一種深層眞理這一信念直接導致科學理性被運用於自我，因而也就導致人們正是要力圖避免的那種規範化。因此，系譜學家看到啓蒙的解決辦法要麼是完全徹底地空洞無物，要麼就是爲它所要解決的問題添磚加瓦。

　　系譜學家把危險和問題確定在過去某個時刻（此時產生這一問題的，對現實的理解被首次引入）之後，他便可以轉向考古者並找出啓蒙運動預先擁有的系統。康德注重理性，並把它當成是獲取成熟性和自立性的手段，這顯然是頗似斯多亞主義的，但只有當傅柯返回去重新詳細地建構斯多亞主義對倫理和政治之間的關係的理解時，這才顯得很清楚：斯多亞主義者當時面臨著類似於康德所面臨的問題，雖然他們找到的解決辦法絕然不同。

　　斯多葛派信徒面臨的問題是如何遵循規範生活，因爲當時傳統、宗教和城邦（polis）都已不再具有任何權威性。他們的解決辦法是：生活要同普遍理性保持一致。因爲所有理性的存在都得按照這一秩序而生存，自主性就並不意味著撤出社會；相反，成熟的人力圖要按照理性對處於他這一位置的人所作出的要求而盡其職責。因爲理性相應於宇宙的靜態秩序，成熟的人所恪守的規範就不是空洞的、擴張的和可調節性的規範。

　　這樣，考古學揭示了一種對理性的理解，它脫離了可調節的合理性的危險，而系譜學則把它追溯到啓蒙運動初時。這種理解得以使斯多葛派面臨在形式上同我們類似的問題，但它的組織依賴於一種對我們已不再適用的宇宙移序的概念。儘管如此，在我們以前文化中不同的有關理性成熟性的概念爲我們提供了這一證據，即理性並不需要通過把生活的各個方面都歸入越來越整體化的原則之下來彌補其空洞性。

　　與其說是可調節的理性，不如說是實在的理性使得斯多亞主義者得以樹立這一概念：目的多樣化具有相對重要性。珍貴卻也不是非要不可的東西被稱做「最好能得到的東西」。因此，舉例來說，斯多葛派學者也認識到個人和公衆健康的重要性，但他們並沒有把健康和福利看成是絕對不可或缺的東西。相反，他們認爲一旦他們完成了其理性的職責，當然健康比疾病更好。

261　　對我們來講，鑒於我們這種可調節性的和唯福利爲中心的對現實的理解，個人選擇和公衆健康的相對重要性已不再成爲什麼問題了。但直到達朗貝爾（D'Alembert）的時代，爲了公衆健康而種牛痘是否侵犯個人權利，這仍是有爭議的問題。斯多亞主義的「偏好理性」一直滲透進入啓蒙時代；而在理論範圍之外，雖然它變得平凡而不引人注目，被人們習以爲常，但它當然也一直延續至今。

3.　超越傅柯

　　在《性意識史》第一卷中，當傅科想要我們認識到我們對性慾望的眞理的關注是極爲特別的時候，他只能把它同東方的「情愛藝術」相比較。這確實能給讀者這種感覺：事情很可能是另一番景象，但卻不是**我們**可以是另一種樣子。古代瑜珈式增進和保持愉樂的技藝確實能使我們這種對探尋性意義的執迷相形見絀，但它們卻似乎不太可能爲現代的西方人提供另一種可行的途徑，因爲現代西方人是兩千年實踐的產物，要按尼采的說怯，甚至我們的肉體都是由這些實踐賦予的。我們得使我們的靈魂和身體整個兒變形才有可能成爲任何別的東西。

　　但這並不能說明我們就困於想了解性慾並要把它表達出來這一企圖而束手無策。在傅柯論古代倫理的三本書中，我們發覺一

串有連貫性的實踐和技藝，它們曾經很重要，但已被我們的後基督教實踐所遮蔽，因此它們在本質上同我們現在所是已不再有什麼聯繫。鑒於這些異教實踐的重建，我們現在所能考慮的不是去行使某種強制力量而使我們跳出我們的文化皮層，以便成為另一文明的成員；而是要去尋求某種抵抗方式，它要求我們摒棄許多對我們這種基督教化了的自我理解是至關重要的實踐，並重新採用其他被貶低和忽視了的實踐，而這些實踐不管怎樣在使我們的身體成形的過程中起過作用，而且現在仍處於我們所能達及的範圍之內。

傅柯認識到：發現希臘倫理體系既同我們現在的完全不同，但又在我們的傳統之中，這是向前邁出了很重要的一步，但他的方法沒能允許他說出為什麼。要理解為什麼他無法說出為什麼來，記住這一點很重要：傅柯已被選任為法蘭西學院教授，其職銜為「思想系統史教授」。我們堅持認為正是傅柯方法的力度同時也界定了其限度。他是如此善於對付思想（或實踐）系統史，以致他對並非有系統地互相聯結在一起的思想和實踐卻顯得一籌莫展。

要認識傅柯的方法的內在局限性，我們必須區分三種既有區別又互相聯繫的實在：對在日常實踐中什麼能算作是真實的理解，無論它是否是語言學的；對在自然科學中什麼能算作是物理實在的理解；對在這一領域內聲稱知識的學說中什麼能算作是社會實在的理解。傅柯很清楚，但只對這第三種實在感興趣。在他的論述時期，傅科闡發了一種專門研究思想系統的方法，並使其在論述實踐中得到具體實現。《知識考古學》則擺出了分析論述形成的範疇。在論及權力的著述中，傅柯又轉向研究決定其他行為的行為系統。他在本書第一版的兩篇跋文中勾勒出了分析這些權力關係的範疇。在這一版作為跋的專訪錄中，他為我們提供了分析形成倫理自我的實踐的範疇系統。真理、權力和倫理的關係在

262

一給定時間內構成人類的實在。

正如常常所指出的那樣，傅科並不像尼采那樣去詮釋一種思想系統是怎樣產生的。在尼采，早期的教會並沒有憑空捏造出他們所關切的事情，而是著重於已存於文化中的東西，對之進行系統化整理並公佈於世❸。相反，傅科在談論基督教時，他把系譜學的研究範圍縮小至一組已經組織好的實踐（自我反省的技藝）——它被利用為另一組已經在起作用的關注（以拯救為目的的自我譯解）的形式。他並沒有告訴我們這兩種體系分別是怎樣產生的，雖然他能給我們侃侃而談有關這兩者的系統性運作和系統性轉換。

有一點很少被注意到：傅柯對系統的重視也導致他對某些實踐失去了洞察力，這些實踐曾經在決定什麼才算是一個具有倫理的人時佔有十分重要的地位，但後來在從一個體系（比如異教）到另一個體系（比如基督教）的轉變中，它們脫離了被認為是重要的東西，因而也就變得無足輕重，卻也沒被徹底取締。在這些邊緣性實踐中，人們可以發現友誼、自我克制、業餘體育愛好以及身體的愉快。從荷馬到西塞羅，友誼總是被置於最高的道德價值之中，因為正是在友誼的關係中，人才能夠獲得相互性，因而也就最能夠體現人的真諦。然而隨著基督教的出現，這種友誼的首要性就不再可能了，因為任何親密的人性介入都被看成是有背於一種應該是朝向上帝的愛。因而，舉例來說，奧古斯丁在詮釋他為其朋友之死而感到悲傷、痛苦這一事例時說，這正證明了把一個人的愛指向一種有限的存在所能產生的危害。因為友誼在基

---

❸「宗教的創始者 [採用] 的是一種通常是已經存在的生活方式，它同其他生活方式一樣，沒有什麼特殊的價值可言；但 [他們] 賦予這種生活方式一種**詮釋**，這使它顯得似乎是由最高的道德價值所啟迪而成。」（尼采：《快樂的科學》警言，第 353 條。）

督教對人類實在的理解中沒有任何重要的地位，它作爲一個哲學主題也就消失了。而如果人們要研究思想系統史的話，它也不能出現。但它顯然以多種形式，作爲一種邊緣性的西方文化實踐而繼續存在。

現在我們便可以看到傅柯對一種存於我們自己過去的文化中的非基督教形式的倫理實體進行考古重建的重要性。如果我們能認識到：新的實踐系統應由注重已經存在卻又沒被當作是眞實的實踐而形成，我們便能超越傅科，便能看到一種倫理體系怎樣得以產生，因而也就能看到現今一種新的倫理體系如何有可能產生。傅科似乎在暗示一種新的身體和愉樂的經管即將產生，不管這種新的經管將以何種方式出現，其倫理實體很可能是行爲、愉樂/慾望，而其目的很可能是一種審美生存。但其內容，其實踐則不可能是希臘人的非相互性的實踐，更不用說會是在基督敎對人類實在之理解看來是至關重要的自我譯解和對純淨的關切。對身體和愉樂的新的經管要素很可能會注重那種邊緣性的實踐，它們一直作爲不重要和不眞實的實踐伴隨了基督敎的發展，而且也正是出於這一原因它們才得以生活下來。因此只有當我們願意去研究不光是思想系統和它們所建構的人類實在，而且也包括那些儘管看上去似乎不太重要甚至具有被壞作用，但卻仍然保留了下來的實踐之時，我們才能夠理解一種新的倫理體系會如何產生、會如何以一種新的方式來關注人類實在。這樣，用現在仍是邊緣性的實踐來代替現今的中心實踐，這也許會爲解釋一種無反應的反抗提供基礎，而這一詮釋比傅柯至今所能提供的將更爲令人滿意。

當然，即使這樣一種新的倫理體系眞的能得以產生並克服我們最迫切的危險的話，也沒有任何理由認爲它將會給我們提供一個燦爛的前程。傅柯已經把希臘制度的非相互性詮釋爲其致命的危險，儘管這一體系有其他的優越處；而雖然傅柯沒這樣說，但

人們可以看到基督教的普遍博愛是對這一危險的成功對策。但正
如傅柯已越來越詳盡地揭示，這一新的「解決辦法」也具有其自
身的危險。同樣，任何新的倫理體系都有可能帶來新的危險，而
詮釋解析法的任務就是要去發揭和抗拒之。雖然傅柯沒有作過任
何論證來說明這種對社會實在的詮釋是永遠要變化的──因爲它
永遠是危險的，但這也確實似乎是其歷史存有論的「非思」處。

　　儘管這聽起來像似黑格爾式（Hegelian）的，但它同所有辯
證法思想絕然相對。傅柯完全沒有這一概念，即眞理是整體的，
而這些考古的和系譜的轉換是走向一種完美的一致性進程中的階
段。再者，雖然傅柯在其系譜方法上相當依賴於尼采，但如果尼
采式的系譜學家作爲自由思想家僅熱衷於揭示（即爲揭示而揭
示）：所有被我們視爲當然的僅是不同層次的解釋而已，那麼傅
柯的詮釋解析法就與這種積極的虛無主義相差甚遠。傅柯從未對
就爲其自身目的而進行的解構發生興趣。他只是力圖去貶低那些
他認爲是構成我們當今的危險的重要因素的實踐。雖然傅柯抓住
生命權力把它當作我們當今的危險，這有點像海德格把技術描繪
成決定所有存在的總指令，但是海德格既更爲陰暗、又更抱有希
望。

　　海德格認爲西方的持續沒落已達到了頂點，並認爲我們現在
面臨著「最大的危險」，傅柯則無意去講述沒落的故事。在傅
柯，重要的不是某個特定的危險是否已達到了我們歷史的頂峯；
相反，他力圖去診斷和反抗任何只要是現存的危險。而且，在傅
柯那兒找不到任何寄希望於基督敎拯救的痕跡。海德格的話「現
在只有一個上帝能救助我們」，雖然沒有基督敎那種對超自然的
乞靈，但確也表達這樣一種希望：某種新的、更爲安全的文化典
範能以這樣一種方式確定我們的實踐，以致它能避免自前蘇格拉
底的希臘以來就一直不斷地削弱對存有之理解的危險。按照傅柯
的詮釋，這樣一種新的典範不會是更安全的，而是會帶來其自身

的危險。這樣，同海德格的接受性等待相對。傅柯提倡的是「積極行動性悲觀主義」。這就是他對那種康德認爲是由啟蒙運動所提供的機遇的成熟性的理解方式。

假如傅柯要爲對付一組危險而放棄另一組危險，好像他還應該給我們指出判斷一種危險比另一種危險更具危險性的標準。傅科很清楚，他不能通過求助於人性、我們的傳統或普遍理性來使其對某些危險的偏重合法化。雖然他對這一點一直保持緘默，但這卻也是分歧的根源。但他的實踐暗示，他已認識到：他把現在的危險診斷爲一種以純潔和拯救爲目的的基督教追求和對普遍理性的啟蒙信念，以及他對帶有**其自身**危險的、作爲一種實存審美的倫理觀的偏重，這些都完全是一種詮釋，它要靠其他思想家和行動家的反響及其後果才能得到定論。

中譯版跋

何謂成熟？
論哈伯瑪斯和傅柯答
「何謂啓蒙？」之爭❶

　　二百年前，即於一七八四年，康德在回答──柏林報紙提出的〈何爲啓蒙〉（'What is Enlightenment?'）這一問題時說：啓蒙即爲通過使用理性而獲取成熟性。自此以後，對這句話的意義便時有爭議，而今又有兩位思想家公開提出了這一問題：他們兩位無愧爲這場辯論的承繼者，因爲他們通過理解理性同歷史契機之間的關係而對人生哲理的重新解釋既針鋒相對，却又都極爲嚴肅，並具有廣泛的影響。這一問題也隱含在那些反思想家（anti-thinkers）的著述背後，這些反思想家打著「後啓蒙」和「後現代」言說的名義，對嚴肅性整個兒進行質疑。

　　這篇論文將着重討論傅柯和哈伯瑪斯論啓蒙時所產生的「嚴肅性」的對立觀點。這一方興未艾的辯論涉及社會、批判理性和現代性（modernity）之間的關係，但傅柯過早的離世不幸中斷了這一重要的辯論。然而，即使傅柯現在還在世，這場辯論也不太可能成爲一場眞正的對話，因爲這兩位思想家對這場概念及其關係的理解方法是絕然相對的。他們兩者都把社會放在某種首要地位，但至於何爲現代社會以及現代社會可能成爲怎樣，則各持

❶本文由作者推荐作爲本書「中譯版跋」，譯自大衛・霍埃編：*Foucault: A Critical Reader*, p.109～121. Basil Blackwell Ltd. 1986. New York.

己見、涇渭分明。他們兩者認同：對批判理性之理解是當代哲學一項首要任務，但兩者又以兩種截然不同的方式來理解批判和理性。最後，他們兩者都同意康德的觀點。即**成熟性**（maturity）是現代時期的任務，但哈伯瑪斯和傅柯對**現代性**和**成熟性**的概念則有明顯的對立。而他們兩者又同時相對於反思想家。

傅柯和哈伯瑪斯都贊同康德的觀點，即批判理性產生於西方思想反對提出一種反映有關人性的本質性普遍真理的理論之時。傅柯和哈伯瑪斯也贊同康德這一觀點，即一旦宗教和形上學喪失了其權威性之後，道義行為和社會義務問題就得重新加以處置。他們兩人都承認所謂**成熟性**就是指人在使用其批判合理性（critical rationality）時負起責任；而所謂批判合理性就是指毫不留情地對我們最喜歡，感覺最適宜的假定進行拷問。因此，康德得以表達出了發生於西方理解中的根本變化，這使其哲學仍具有當代意味。

自此開始，傅柯和哈伯瑪斯對批判理性、社會，現代性及其關係之含義的解釋便發生劇烈的轉變。在哈伯瑪斯，康德的**現代性**在於他認識到理性的極限，即在於他反對理性教條地聲稱能為超越實在提供真理。康德所謂的**成熟性**在於為我們揭示了怎樣挽救理性的批判和先驗能力，因而也就為我們顯示了理性對迷信、風俗和專制的勝利——啓蒙的豐功偉蹟。

哈伯瑪斯式最新版的康德哲學聲稱：試圖提供形上學根基的前批判性企圖可以用一種條件的分析來代替，在分析中，在所有的語言運用中都被預先假定的理想言語羣（ideal speech community）便能得以實現。哈伯瑪斯論證道，這種為證實真理而進行的條件分析便是統一批判理性和社會關注的方法，因而它也就答覆了康德的挑戰。這種對語言溝通用途的解釋本質上是唯知論的。人們必須能夠在證實命題內容、意向表達的真理性或誠實性以及言語行為的正確性和合適性之過程中所呈現出來的理性

之基礎上，來獲得有關合理主張的一致意見。對正確使用語言所必須的普遍性社會條件進行分析，這為人們能評價社會組織提供了程序般的規範標準，在哈伯瑪斯看來，非成熟性便意味著沒能意識到，也沒能進而闡明潛伏於溝通實踐中的「假定」之日益明顯的特徵。它使我們易受"phroneris"、藝術和修辭——這些交流和獲取認同方式的危險誘惑，而按照哈伯瑪斯，我們的文化已成長起來，不會再受這些方式的誘惑。成熟性便體現於闡明社會組織在一給定時期內所呈現的形式，判斷它們是否有利於促進人類的一致，並為它們現行的方式以及為使它們更為充分合理而承擔責任。

因而，在哈伯瑪斯，現代性問題——這一獨特的歷史問題，就在於既要保存最先在康德之啟蒙批判中得到完整表述的理性的首要性，同時又要面臨我們真實信念之形上學基礎的喪失。成熟性便意味著發現我們的哲學，人類尊嚴所具備、也僅需具備之一致性的半先驗性（quasi-transcendental）基礎。

同哈伯瑪斯一樣，傅柯也認為我們所處的現代性起自康德企圖使理性變成具有批判性之時，即要建立理性的限度及其使用的合法性。但康德試圖要證明：理性的這種批判性運用是其真正的普遍本性，而這對傅柯來講則不是什麼創舉，也無甚重要。傅柯並不否認康德在面臨形上學崩潰之時竭力企圖保存理性的規範作用，但傅柯並不把康德看成是在宣稱一種普遍可行的解決辦法，相反，他把康德的文章看作是對一特定歷史轉折關頭的診斷。傅柯發覺康德這篇文章的與眾不同和獨具慧眼之處是：一位哲學家以其哲學家的身份第一次意識到其思想起自他所處的歷史情境並試圖對之作出反應。按康德的說法，人們的位置有如「機器中的一個齒牙」，人們也有責任思考現今的社會和政治問題，不過人們不應在其內容方面來思考這些問題，而應看現在的規劃如何能促進普遍的、程序般的或批判的合理性。幸虧這種先驗的轉向，

人們現在便可大無畏地拋棄對宗教和（或）形上學的依賴，不用再把它（們）當作證實和批判一個時期之實踐的基礎；這樣既維繫了有關社會形式之普遍的、非歷史性的規範性判斷之可能性，與此同時還可讚賞弗里德里希（Frederick）紀律嚴明的軍隊。

傅柯重新解釋了康德對歷史契機、批判理性和社會的聯結，認為這一聯結必定得提出一種全新的人生哲理。

「對我們自身的批判性存有論當然不應被當作是一種理論，一種主義，甚至也不能被視為一永久的，正在得到累加的知識體；它只能被視為一種態度，一種時風（ethos）、一種人生哲理、其中對我們所是的批判既是對強加於我們頭上之限度的歷史分析，同時又是超越它們這種可能性的實驗。」❷

這一批判性存有論有兩個既獨立又相關的組成部分：對自身進行創作並對其所處的時代作出反應。

至於對自身進行創作的現代例子，傅柯舉出波德萊爾（Baudelaire）所提倡的「撒嬌派的禁慾形式，他們使其身體，使其行為，使其感情的情感，使其存在本身都成為一件藝術品」。傅柯寫道：「在波德萊爾，所謂現代人並不需要遠走高飛，以便發現自身，去發揭其秘密以及隱藏的真理；現代人是試圖創新自身的人。這一現代性並不『在其自身存在之中使人獲得釋放』；它迫使人面臨製造自身的任務。」❸ 像「撒嬌派」（dandy）分子和存在主義者一樣，傅柯的出發點基於一種論理時風，它摒棄了宗教、法律和科學的指引，但傅柯同時還摒棄了對實現自我之深層真理的衷心──實際上是宗教、法律和科學以

---

❷ 傅柯：「何謂啓蒙」，引自拉比諾編：*The Foucault Reader* (New York: Pantheon, 1984); p.50.

❸ 同上。pp.41～2

各自的方式哺育了這種衷心的發育成長。

在傅柯，論理觀並不想要拯救整個文化，也不像存在主義那樣，要把個人從祁克果（Kierkegaard）所認爲的現代時期無可奈何的平庸中拯救出來。傅柯也不像早期海德格那樣認爲：有關人類存在的深層眞理便是沒什麼深層眞理，因而成熟性就在於勇敢地担當「存在於世界之中」的無根基性（groundlessness）沙特式理想般的賦有意義的主體是要眞誠勇敢地担當其自身的虛無性；儘管傅柯對此暗地裡有所呼應，但他從未把我們的現狀强加到對人類條件的理解之中，然後再用一種倫理觀來爲能按所假定的、統一的人類實在方式而眞正地生活奠定基礎。早期海德格、沙特和哈伯瑪斯都享有這一觀念，它把成熟性視爲接受由西方哲學所揭示的人類生存的統一結構，從而也就取締了以平等的方式同其他人類生存方式進行對話的可能性，除非等到其他民族承認這些條件具有普遍統一性，從而也就達到了成熟性之時。很顯然，傅柯絕不站在這一立場之上。

在波德萊爾和早期沙特，創造自我並不改變社會，它最多與之進行對抗。然而傅柯並不想使自己的一生充滿義憤和激情，他也不想爲別人提供能直接模仿的榜樣；相反，他只是想對我們的現狀不可容忍之處作出反應，以便勾勒出整個問題的框架，並具體地展現一種行動方式，這便能使我們通過極限之測試而看清：各種思想中某些有意義和不同之處我們可以採納，某些人類生存方式應該受到拒斥而另一些則應該得到加强。

但是，哈伯瑪斯問道，一旦傅柯把成熟性界定爲撤除對法律、宗教、科學以及由哲學家提出的，形式上普遍統一的主張之權威的依賴性之後，他自己又怎能言之成理地作出這些規範性判斷？在哈伯瑪斯看來，傅柯提出一種政治理論，却又不對之進行證實，這一定是純粹的決定主義。

哈伯瑪斯在他論傅柯的講演中着重概述了這一看來似乎是任

意的立場❹，他指出：傳柯一方面具有強烈的倫理傾向和政治投
入，而另一方面作爲考古者又具有漠然地以冷眼觀察最有意義的
社會關注的能力，這兩者之間存在著懸而未決的矛盾衝突。只要
人們認同康德的觀點，即成熟性在於接受性的限度以便保存傳統
的哲學嚴肅性，人們便肯定會覺得傳柯對現在這種微妙複雜而又
概念不清的譏諷立場顯得充滿矛盾。這一問題我們曾在多種場合
下多次同傳柯進行過交談，而這一問題對其著述和生活中心是如
此密切相關，因此他對這一點也經常無甚明瞭之言。但是，我們
將要揭示，把傳柯解釋爲是在闡述既是規範性的卻又未得到證實
的理論主張、以及採取不可論爭的政治立場，這雖然也有道理，
而有時在傳柯的專訪和談話中也可找出這種傾向，但它同傳柯總
的態度趨向是不一致的。

　　當德國哲學的後裔攻擊傳柯，說他太任意，站不住腳時，法
國的後哲學家，連同追隨他們的美國文學批評家，則攻擊傳柯還
不夠任意。從這一角度來看，傳柯曾經也知曉這種語言和慾望的
顛覆性作用，但當他轉向探究非言說實踐以及權力關係的生產性
作用時，其著述的形式和內容又顯得非常危險地接近於接受傳統
的闡明和分析之規範。然而哈伯瑪斯說得很對，傳柯並沒有遵循
用語言來替代實在的哲學傳統，他也沒有把言說用作進行正確交
流的手段。但是，也要對哈伯瑪斯說聲對不起，傳柯也無意讓自
我指稱的能指（ self—referential signifiers ）肆意運作。那些認
爲語言僅對自已說話並僅通過我們述說自身的人，就注定會顯得
──正如里奧、貝薩尼（ Leo Bersani ）最近針對典型於這種傾
向的語言所指出之「似乎他要在寫作行爲這一過程中尋求一種孤
情寡慾的苦行主義，以逃避被一既親密無間又無法相容之語言的

❹ 哈伯瑪斯：《現代性的哲學論述》（ *Des philosophische Diskurs der*
Moderne ）（ Frankfurt: Suhrkamp.1985）

獲取，穿入和佔有而引起的充溢的失望。❺沒錯，傅柯不是在消解本文（texts），以便揭示其隱藏自我指稱的企圖，並把它帶回其自身的本文性。傅柯只是把本文用作達及其他社會實踐的途徑。實際上傅柯像柏拉圖之前的雄辯家一樣，把語言用來表達對我們的處境況的理解，並促使我們採取行動。

傅柯在《詞與物》中分析我思（cogito）和非思時已經爲我們揭示：信仰——自主的、賦有意義之主體的哲學是怎樣必定要陷入弄清自身不可思之根基這一無止境的任務。他很清楚這一無止境的任務對我思提出了疑義。但在寫《詞與物》之時，傅柯認爲拒斥替代之東西也許能爲走出有限的解析提供某種希望。他贊同拉康（Lacanian）對佛洛伊德（Freudian）精神療法的解釋，認爲它發現了。「……替代懸於空中的區域」，而在那兒「矛盾衝突和規劃在赤裸裸的慾望空隙中〔找到了〕它們的根基。❻但是傅柯花了他一生中最後的十年來集中反思這一立場。

一旦傅柯把注意力轉向權力關係，生產性向度，並把壓抑假想闡述爲關鍵問題之一以後，他便以系譜學方法（genealogically）重新解釋了有限的解析——並沒有把它僅僅解釋爲一種知識型（epistemic）結構，而是也把它解釋爲使西方的被建構成主體／客體的一個階段。因而傅柯總要從當時頗爲流行的思維方式中解脫出來。❼他開始建構一種解釋，而按此解釋，法律和無意義慾望之間的對立就可以理解爲一種塑造他及所有其他人的歷史現象。這使得拉康的觀點——存在一種人類主體

❺ Leo Bersari：〈教育與雞姦〉（"Pedagogy and pederasty"）*Ranitan* 1985 年夏，p.21。

❻ 傅柯：《詞與物》（New York：Random House. 1970） p.374.

❼ 傅柯：《性意識史》第 2 冊，《愉樂的運用》（*L'Usage des Plaisirs*）(Paris: Gallimard. 1984）p.10.

的結構──似乎顯得言之成理，甚至眞實可信。而它在傅柯則是「重新在歷史範圍之外來安置慾望和慾望的主體……❽。通過掉轉問與答的關係，傅柯便開始探究主體、慾望和禁令怎麼會被想當然地認定爲解釋歷史和社會的概念。對傅柯來講需解釋的中心問題便成了我們自身從基督教的懺悔實踐經過佛洛伊德對性慾的闡釋被建構爲慾望之人的問題。

　　傅柯並不想建構一個總理論，也不想消解任何後設敍述（metanarrative）的可能性；相反，他只是在給我們提供一種對我們現在所處境況的詮釋分析（interpretive analytic）。正是傅柯的系譜學和考古學的獨特結合才使他能超越理論和詮釋學並同時又嚴肅地對待問題。詮釋分析法的實施者認識到他自己也是他所研究之事物的產物；因而他永遠也無法置身其外。系譜學家認識到文化實踐比任何理論都更爲基本，因而理論的嚴肅性只能被理解爲一社會的正在進行之中之歷史的一部分。傅柯爲了看清我們社會實踐之怪誕性而採取的考古學撤退並不意味他認爲這些實踐是無意義的。旣然我們同別人共享文化實踐、旣然這些實踐使我們成爲我們現在這個樣子，那麼我們必然也具有某種共同的基點，我們可以從此出發，去理解、去行動。但這一立足點已不再是普遍適用、萬無一失、經過證實或具有根基的了。

　　傅柯並沒有提出一種規範性理論，但正如哈伯瑪斯指出，傅柯的著述當然具有某種規範性氣勢。同其詮釋性立場一致的是：傅柯與里查‧羅蒂（Richard Rorty）、羅伯特‧貝拉（Robert Bellah）一樣，已經放棄了通過哲學的奠基方式來賦予社會組織合法地位的企圖。傅柯甚至走得更遠，他還拒絕明確地描繪出規範的原則。以海德格和維根斯坦（Wittgenstein）爲基礎，傅柯用語言來轉變我們所認爲的社會環境。他還肯定地抓住了奧斯丁

---

❽同上。

（Austin）所謂的語言的獲語效功能，並以之來促使我們採取相應的行動。要依這種觀點，什麼使一種詮釋理論優於另一種詮釋理論，這還有待商榷，但它一定得同人們共同關注的事情有聯繫，要找出一種能被認可爲論社會機構之方式的語言。而同時又要敞開「對話」——或更確切地說叫「詮釋的衝突」——之可能性的大門，使其他共享的語言實踐能用來明確表達不同的關注。

　　傅柯之詮釋方法在於識別出了他所認爲的我們當今面臨的問題，在於以超脫的方式來描述這一境況如何產生，同時也在於，用其非凡的技藝來反思和增強人們在面臨他所推斷出來的普遍存在之危險時所產生的共同焦慮感。因而傅柯的偏愛傾向同其深邃的見解——即不可能也不需要提供一種理論來證實其行爲——之間的緊張狀態又是一種表面的衝突；而正是這一張力爲一種連貫一致的方法提供了基本要素。

　　正如我們在我們的書中企圖指出，傅柯的方法既不如它所出現的那樣主觀，也不像它所顯示的那樣客觀。在他論瘋癲的書中他已從事一項工程，它一開始便對他所認爲的個人苦惱和社會危難之源泉的社會實踐進行考察。在論瘋癲一書之後，他一直拒斥詮釋學，否認它能顯露使合理性成爲可能因而也貶低之的無理性因素。然而，他同在某種場合的尼采和海德格一樣，也只是在提供一種詮釋。理性與非理性、健康與疾病，科學與愉快之間的轉變界限雖然以超脫的客觀性（傅柯的輕率實證主義）呈現出來，但它却不能被任何客觀的方法挑選出來，作爲我們的時代的基本問題；當然也不能把傅柯從這些關注的視角出發來撰寫歷史的興趣視爲僅僅是想表達其個人的境況。

　　從這一點來看，傅柯這位系譜學家絕不是位玩世不恭者。事實上他也盡可以憤世嫉俗、玩世不恭，如果其目的僅是攻擊每一種形式的權力和挖空每一個眞理主張之基礎的話。然而，傅柯却一直在竭力批判這些人並同他們保持距離，這些人反對權力，述

說眞理，似乎不言自明：眞理和權力毫無聯繫；這些人認爲社會具有一種單向的目的（telos），它最終由生活世界不斷的合理化進程顯露出來。傅柯從未持這一立場。他把知識分子的工作視爲去識別眞理的權力在我們的歷史中所顯現的具體形式和具體的相互關係，他的目的從未是痛斥權力本身（perse），也不是去提出眞理，而是去用他的分析來指明每一種具體的權力／知識所產生的具體的危險。

在他對現代社會的分析中，傅柯把「生命權力」（Bio—power）診斷爲現代時代特有的權力／知識形式。生命權力可以被界定爲我們現今的實踐爲了帶來一種能使西方的人健康、安全並具有生產能力的秩序而運作的方式。當我們認淸了生命權力怎樣運作之後，我們便掌握了一種可知性構架，便能理解爲什麼我們人類是今天這個樣子。傅柯並沒有聲稱生命權力是今天唯一伴隨我們的東西。相反，他只是闡明一種詮釋觀點：如果你從這一視角看待事物的話，許多事情都會豁然開朗。

傅柯已挑出了產生現代客體的實踐並在《監督與懲罰》中對之進行了描述。《性意識史》旨在追溯那些告白和自律實踐的發展過程。是這些實踐使我們變成自我解釋的、自律的、賦有意義的主體，按傅柯的觀點，這些監督和告白實踐在啓蒙運動之後集中湧現出來，形成了一種連貫的，我們稱之爲現代性的生活形式。

現代性並不是一個具體的歷史事件，而是一種歷史轉折點，它在我們歷史上已發生過好幾次，儘管各有不同的形式和內容，比如，蘇格拉底和阿里斯托芬（Aristophanes）時期雅典傳統美德的崩潰，古希臘世界的沒落，以及康德時期形上學的終結。這一崩潰結果導致了一種對待現實的具體態度；爲了把它同一主觀的狀態中區別出來，傅柯把它稱之爲一種**時風**，在一次理性危機中，對現實之想當然的理解已不再作爲一共享的、人們以此能爲其行動指明方向並得到證實的背景而起作用，而現代性的反應便

是要勇敢而清醒地面臨舊秩序的崩潰。這便是希臘的修昔底德（Thucydides）和雄辯家，亞歷山大里亞的諾斯底教（Gnostics）和斯多葛派學者，當然也包括康德所採取的態度。

這種現代性時風——清醒地、英勇地面臨這些危機的魄力，這還不能算作傅柯所謂的成熟性。成熟性不僅在於對我們的現狀採取**英勇般**的立場，而且還在於採取一種傅柯所謂的反諷的立場。

傅柯所謂的反諷的含義並不簡單，但要能理解它，就可以幫助我們把他所謂的成熟性的觀點同其他當代哲人的觀點區分開來。它拋棄傳統的嚴肅性，但同時又要積極地投入對現狀的關注。它力圖避免標榜其嚴肅介入具有牢固基礎之真理的特殊地位，但同時也要避免因拋棄所有嚴肅性而在諸如上帝、邏各斯或男性中心（phallo—centrism）主義之墳墓上手舞足蹈所產生的輕浮性。

反諷的立場就是要在現狀中尋求那些能提供一種新的行為方式之可能性的實踐。在波德萊爾，現代態度意味著尋找「歷史之內詩」（poetry within history）的瞬間，也就是在如此醜陋的現代世界之內的詩，而它也必定是：「太陽照到何方，何處便有墮落的動物鶯歌燕舞」。賀德林（Hölderlin）這位海德格讚賞的詩人，也同波德萊爾一樣知道傳統已經完蛋了；他竭力暗示某種其他可能的存在方式，它也許某一天會隨著一個新的文化模式而來臨——對此，海德格與賀德林遙相呼應，把它稱之為一個新的上帝。❾

傅柯認為，他所做的東西並不是詩——如果詩是波德萊爾所

---

❾海德格：〈詩人何為？〉（What Are Poets For?）引自《詩、言、思》（*Poetry, Language, Thought*）（New York: Harper & Row. 1921）pp.94～95.

認爲的那樣：是在接受現在世界之單一性和一致性之時對現在世界之知覺的美的轉換。像海德格一樣，傅柯也想要改變我們的世界。但海德格因爲引進一個新的上帝沒有奏效便認爲他的努力是一種失敗。而傅柯則從未哀悼上帝的缺席，他自己也從未去尋找一個新的上帝。他也從未認爲其主要任務是要提供其他行爲方式的可能性，他只是在試圖診斷當代的危險，並在其最後的著述中提供了一種現代倫理的基本要素。

按照傅柯的讀解，康德是現代的但却不是成熟的。他面對人類行爲之根基在形上學之實在中喪失而臨畏不懼，但他還是力求在認識論中重新奠定其基礎。他意識到一位哲學家必須使其哲學來研究現實狀況問題，但他還是要尋求一種方法來把人類尊嚴同現實社會配置相協調。並不能說處在波德萊爾時期的人要能具有一種反諷的成熟性爲時過早。修昔底德也面臨過雅典民主的崩潰，但他沒有動搖他對雅典的忠心，也沒有在斯巴達紀律的優越性面前低頭。他沒有接受對什麼將構成一個完美的社會這一問題所作出的任何規範性解釋，而是對現狀保持了一種批判的立場。雖然他意識到這種形式的雅典災難今後會不斷得到重複，但他仍沒有放棄希望，甚至在雅典人的實踐中留意到某種迹象，並暗示道他們的制憲民主也許會深存一些雅典社會和斯巴達社會最好的特徵❿。

這篇論文的論點便是：所謂成熟就在於起碼要願意面對這一可能性：即行爲無法奠基於普遍的、非歷史性的、有關個人主體和寫作的理論之中，也無法奠基於一致性條件和述說之中；相反，這種促使各方都要意見一致的企圖，實際上是我們現在狀況中最招惹麻煩的。要按這樣解釋，那麼我們的現代性便起自康德這一企圖，把道德規範和理論上的眞理主張的基礎奠定在人之有

❿《伯羅奔尼撒戰爭》（ *Peloponnesian War* ）第 8 冊，第 97 部分。

限性的空洞的形式結構之上。但康德與自然規律和宇宙秩序的英勇決裂非但沒有爲多樣性開啓任何可能性，而且把辯論的焦點轉到了尋求將會爲人類行爲提供普遍可行之規範的人類有限性之結構。這一企圖的最新變種仍然是普遍性和指定性的；只是現在已轉向語言研究而已。一邊是反思想家，他們基於人類主體是由能指的任意運作而構成的空洞願望這一非歷史性理論，把嚴肅性徹底打入冷宮並堅持每個人都應該毫不留情地進行冷嘲熱諷。在另一邊則是嚴肅性的英勇捍衞者，他們基於一種溝通理念，譴責他們認爲是不負責任的反諷，並以一種惱怒的口吻，竭力提醒每一個人要負起自己的責任，同隱含於所有言語行爲中的普遍規則保持一致。傅柯對這兩種哲學普遍化立場都持反對態度。在他最後一次專訪中，他直接了當地指出：「尋求一種每個人都能接受的道德形式，以便每個人都得遵循之，這在我看來有如大難臨頭。」⓫

　　傅柯已曾指出，反思想家的趨向就是求助於理論來捍衞其對嚴肅性的攻擊：

> 整個六十年代我們所見到的對寫作的毫無留情的理論化無疑只是曇花一現而已……〔作者〕需要基於語言學、符號學、精神分析之中的科學證據……這只是一個理論的問題……⓬

　　同樣，從這種解釋性視角來看，哲學的捍衞者看起來似乎更爲嚴重，却非成熟。比如，如果我們回顧一下哈伯瑪斯推述出其

⓫傅柯：「倫理觀的復歸專訪錄」（'Le Retour de La morale'），*Les Nouvelles*（1984年6月28日）；p.37.

⓬傅柯：《權力／知識專訪錄和其他著作選，1972～1977（*Power/Knowledge: Selected Interviews and other Writings 1972～1977*）Colin Gordon 編·（New York:Pantheon）.p.127.

普遍性規範所依據的論點，我們便會發現他作出了兩個關鍵的詮釋性決斷，而它們又被這一事實掩蓋起來；即它們構成我們的哲學傳統的中心。首先他聲稱「理解是語言的內在**目的**」⓭這樣，他就偏重了語言的溝通作用，却沒有考慮到其他像海德格和查爾斯・泰勒（Charles Taylor）這樣的語言哲學家對語言的解釋即語言首先通過使事物像某物而爲行動和溝通**開啓**（first opens up）了一個場所。第二個決斷更爲微妙也更爲重要：當他把語言的作用等同於執行或言語行爲之後，他更進而排除了所說言語的獲取語效的作用，並斷定最終只有表達語旨的內容才應該在達成一致意見時發揮作用。這一決斷排除了修辭學以及基於累加的經驗之上的權威性，從而進一步把語言從其溝通性功能還原到其唯知性（intellectualist）功能。因爲它們預先假定了這兩個重要的詮釋性還原，哈伯瑪斯普遍客觀的普通性規範結果也是頗具現代意味的──無根基性。

　　只有表達語旨的內容才被認爲應該在達成一致意見時發揮作用，這一主張具有更深一層的唯知性含義：它無法提及共享的文化意義，而一致意見又只能在此語境中達成。哈伯瑪斯當然會同意這一觀點，即理性的討論發生於一共享的理解背景，它決定什麼是重要的，什麼具有意義，什麼是眞或僞的語言遊戲，什麼能算作一個理性，等等。但爲了維持其論點，即不應允許任何明確的目的內容之外的因素來影響或甚至來扭曲溝通，他就必需堅持如下觀點：我們共享的背景理解，事實上在晚期西方資本主義文化中已顯得越來越清晰；而如果哪兒有問題的話，背景會顯得充

⓭哈伯瑪斯：《溝通行動理論》（*Theorie des Kommunikativen Handelns*）（Frankfurt: Suhrkamp, 1981.）。理解作爲目的寓於人的語言之內（ "Verständigung wohnt als Telos der menschlichen Sprache inne"）p.387

分地清晰，以致理性的評判能得以進行。

這一立場所面臨的困境可以最明顯地見於啓蒙最偏愛的理性活動的實例——自然科學。目前有關科學學說怎樣的詮釋衝突之一便是：典範是否在其實踐中起決定作用。如果孔恩（Thomas Kuhn）及其追隨者正確的話，常規科學便是一種科學家在其中參照範例進行論證的實踐。而且一致意見之所以可能，正是因爲沒人去把這些典範也理性地分析爲一組共享的假定，即去把典範也變成正在被審定之主張的意向性內容的一部分。這樣，對理性程序之關注的缺乏才使得有關內容的理性溝通成爲可能。

反思想家堅持其輕浮性、瑣屑性，這使他們顯得不成熟，而哈伯瑪斯拒絕承認他的觀點也只能是一種詮釋，這又使得他的立場顯得學究般的武斷。兩種立場都不是成熟的，它們以現代性的名義，排除了任何同其他得到認可的詮釋立場（比如像傅柯的）進行對話的可能性。二百年後重操康德的任務，這似乎需要放棄任何這樣的企圖——去用普遍客觀的奠基性來鑒別批判，並把現在的社會條件確認爲在走向社會成熟性中先於所有其他社會一步。

採取如下的行爲也許更爲符合成熟地使用批判理性這一康德的任務，也更爲符合傅柯的詮釋分析法的觀點：(1)描述和解釋我們現在的實踐，以便能理解現代性的哪些方面我們不得不承認是不可避免的；(2)勾勒出明顯地散佈於某些時期之實踐中的這一意識：事情已出了差錯，已比比皆是，顯而易見。（海德格的「危難」（distress）和傅柯的「危險」似乎都太主觀式客觀，並沒有抓住這一關鍵的詮釋向度）；(3)進一步明確表達這一廣爲享有的意識：啓蒙的允諾還有待於完成；(4)超越思想家以及反思想家，採取一種對待現實的立場，它不是去制定空洞的普遍性規範，而是要鼓勵詮釋的衝突；(5)超越傅柯，言之有效地加強可以肯定的後啓蒙（post—enlightenment）實踐，比如我們的許多

技術、法律和醫學上的優點；並去確認和保存至今仍幸免於合理化和規範化的前啓蒙（pre—enlightenment）實踐。

正如傅柯在其最後的著述中並以其整個一生爲我們所顯示的那樣，存在一種倫理和理智的完整性，它雖然拒斥以宗教、法律、科學和哲學奠基的方式來證實人們行動之正確性，但它仍然力圖提出一種新的倫理生活方式——它將特別注重想像、簡潔、幽默、清晰思維和實踐智慧。

休伯特・德雷福斯
保羅・拉比諾

索引

條目後的頁碼係原著原碼，
檢索時請查印在本書正文頁邊的
數碼。

N

第二版跋（1983）索引

條目後的頁碼係原著原碼，
檢索時請查印在本書正文頁邊的
數碼。

A

Acts（行為），233, 238–40, 243, 257

Aesthetics（美學、審美），230, 244–45

Aesthetics of existence（實存審美），231, 235–36, 239, 241, 248, 251, 257

Aphrodisia（性行為），238–39, 241–43, 258

Archaeology（考古學），254, 257, 264–65

Archaeology of knowledge（《知識考古學》），263

Aristotle（亞里斯多德），233, 242

Ars Erotica（「情愛藝術」），235, 262

Art（藝術），236, 245, 251

Asceticism（禁慾形式），240–44, 248；同 Truth（真理），252–53

Augustine（奧古斯丁），234, 239, 264

Austerity（節制），240, 242; Christian（基督教的），230, 244–45, 247–48, 256; classical（古典的），236, 244–45, 247–48, 256

Authenticity（真實性），237 *Les Aveux de la Chair*（《肉慾的招供》），230–31, 237, 255

B

Bio-power（生命權力），232, 254–55, 259, 265

Birth of Clinic（《醫院的誕生》），237

思想的桂冠・大師的桂冠

桂冠新知系列叢書

08500B 馬斯洛 莊耀嘉編著200元 ＿＿＿本
08501B 皮亞傑 鮑定著 楊俐容譯200元 ＿＿＿本
08502B 人論 卡西勒著 甘陽譯300元 ＿＿＿本
08503B 戀人絮語 羅蘭・巴特著 汪耀進等譯200元 ＿＿＿本
08504B 種族與族類 雷克斯著 顧駿譯200元 ＿＿＿本
08505B 地位 特納著 慧民譯150元 ＿＿＿本
08506B 自由主義 格雷著 傅鏗等譯150元 ＿＿＿本
08507B 財產 賴恩著 顧蓓曄譯150元 ＿＿＿本
08508B 公民資格 巴巴利特著 談谷錚譯150元 ＿＿＿本
08509B 意識形態 麥克里蘭著 施忠連譯150元 ＿＿＿本
08510B 索緒爾 卡勒著 張景智譯150元 ＿＿＿本
08511B 傅柯 梅奎爾著 陳瑞麟譯250元 ＿＿＿本
08512B 佛洛依德自傳 佛洛依德著100元 ＿＿＿本
08513B 瓊斯基 格林著 方立等譯150元 ＿＿＿本
08514B 葛蘭西 約爾著150元 ＿＿＿本
08515B 阿多諾 馬丁・傑著 李健鴻譯150元 ＿＿＿本
08516B 羅蘭・巴特 卡勒著 方謙譯150元 ＿＿＿本
08517B 政治文化 羅森邦著 陳鴻瑜譯200元 ＿＿＿本
08518B 政治人 李普塞著 張明貴譯200元 ＿＿＿本
08519B 法蘭克福學派 巴托莫爾著 廖仁義譯150元 ＿＿＿本
08521B 曼海姆 卡特勒等著 蔡采秀譯250元 ＿＿＿本
08522B 派森思 漢彌爾頓著 蔡明璋譯150元 ＿＿＿本
08523B 神話學 羅蘭・巴特著 許薔薔等譯250元 ＿＿＿本
08524B 社會科學的本質 荷曼斯著 楊念祖譯150元 ＿＿＿本
08525B 菊花與劍 潘乃德著 黃道琳譯200元 ＿＿＿本
08526B 人類本性原論 魏鎮森著 宋文里譯200元 ＿＿＿本
08527B 胡賽爾與現象學 畢普塞維著 廖仁義譯200元 ＿＿＿本
08528B 哈柏瑪斯 普塞著 廖仁義譯200元 ＿＿＿本
08529B 科學哲學與實驗 海金著 蕭明慧譯300元 ＿＿＿本
08530B 政治行銷 毛慶著 王淑女譯350元 ＿＿＿本
08531B 科學的進步與問題 勞登著 陳衛平譯250元 ＿＿＿本
08532B 科學方法新論 M. Goldstein著 李執中譯350元 ＿＿＿本
08533B 保守主義 尼斯貝著 邱辛曄譯150元 ＿＿＿本
08534B 科層制 比瑟姆著 鄭樂平譯150元 ＿＿＿本
08535B 民主制 阿博拉斯特著 胡建平譯150元 ＿＿＿本
08536B 社會主義 克里克著 蔡鵬鴻等譯150元 ＿＿＿本
08537B 流行體系(一) 羅蘭・巴特著 敖軍譯300元 ＿＿＿本
08538B 流行體系(二) 羅蘭・巴特著 敖軍譯150元 ＿＿＿本
08539B 論韋伯 雅思培著 魯燕萍譯150元 ＿＿＿本
08540B 禪與中國 柳田聖山著 毛丹青譯150元 ＿＿＿本
08541B 禪與入門 鈴木大拙著 謝思煒譯150元 ＿＿＿本
08542B 禪與日本文化 鈴木大拙著 陶剛譯150元 ＿＿＿本
08543B 禪與西方思想 阿部正雄著 王雷泉等譯300元 ＿＿＿本
08544B 文學結構主義 休斯著 劉豫譯200元 ＿＿＿本
08545B 梅洛龐蒂 施密特著 尚新建等譯200元 ＿＿＿本
08546B 盧卡奇 里希特海姆著 王少軍等譯150元 ＿＿＿本
08547B 理念的人 柯塞著 郭方等譯400元 ＿＿＿本
08548B 醫學人類學 福斯特等著 陳華譯450元 ＿＿＿本

08549B 謠言 卡普費雷著 鄭若麟等譯300元 ＿＿＿本
08550B 傅柯-超越結構主義 德雷福斯著 錢俊譯350元 ＿＿＿本
08551B 論傳統 希爾斯著 傅鏗等譯350元 ＿＿＿本
08552B 咫尺天涯 葉希邦著 廖仁義譯300元 ＿＿＿本
08553B 基督教倫理學闡釋 尼布爾著 關勝瑜譯200元 ＿＿＿本
08554B 詮釋學 帕瑪著 嚴平譯350元 ＿＿＿本
08555B 自由 鮑曼著 楚東平譯150元 ＿＿＿本
08556B 建築現象學導論 胡賽爾等著 季鐵男譯450元 ＿＿＿本
08557B 政治哲學 傑拉爾德著 李少軍等譯300元 ＿＿＿本
08558B 意識型態與現代政治 恩格爾著 張明貴譯300元 ＿＿＿本
08559B 統治菁英、中產階級與平民 賀希費德著 廖仁義譯200元 ＿＿＿本
08560B 權力遊戲 開普樓著 章英華譯200元 ＿＿＿本
08561B 金翅 林耀華著 宋和譯250元 ＿＿＿本
08562B 寂寞的群眾 黎士曼等著 蔡源煌譯300元 ＿＿＿本
08563B 中國兒童眼中的政治 威爾遜著 朱雲漢譯200元 ＿＿＿本
08564B 李維史陀 李區著 黃道琳譯200元 ＿＿＿本
08565B 馬克思主義：贊成與反對 海爾布隆納著150元 ＿＿＿本
08566B 猴子啟示錄 凱耶斯著 蔡伸章譯150元 ＿＿＿本
08567B 菁英的興衰 帕累托等著 劉北成譯150元 ＿＿＿本
08568B 近代西方思想史 史壯柏格著 蔡伸章譯600元 ＿＿＿本
08569B 第一個新興國家 李普塞著 范建年等譯450元 ＿＿＿本
08570B 國際關係的政治經濟分析 吉爾平著500元 ＿＿＿本
08571B 女性主義實踐與後結構主義理論 維登著250元 ＿＿＿本
08572B 權力 丹尼斯・朗著 高湘澤等譯400元 ＿＿＿本
08573B 反文化 英格著 高丙仲譯450元 ＿＿＿本
08574B 純粹現象學通論 胡塞爾著 李幼蒸譯600元 ＿＿＿本
08575B 分裂與統一 趙全勝編著200元 ＿＿＿本
08576B 自我的發展 盧文格著 李維譯550元 ＿＿＿本
08577B 藝術與公共政策 費約翰著 江靜玲譯200元 ＿＿＿本
08578B 當代社會哲學 葛拉姆著 黃藿譯200元 ＿＿＿本
08579B 電影觀賞 鄭泰丞著200元 ＿＿＿本
08580B 銀翅(1920-1990) 莊孔韶著450元 ＿＿＿本
08581B 政治與經濟的整合 蕭全政著200元 ＿＿＿本
08582B 康德、費希特和青年黑格爾論 賴賢宗著400元 ＿＿＿本
08583B 批評與真實 羅蘭・巴特著 溫晉儀譯100元 ＿＿＿本
08585B 布爾迪厄文化再製理論 邱天助著250元 ＿＿＿本
08586B 羅素及其哲學 胡基峻著200元 ＿＿＿本
08587B 交換 戴維斯著 敖軍譯150元 ＿＿＿本
08588B 權利 弗利登著 孫嘉明等譯250元 ＿＿＿本
08589B 科學與歷史 狄博斯著 任定成等譯200元 ＿＿＿本
08590B 現代社會衝突 達倫道夫著 林榮遠譯350元 ＿＿＿本
08591B 中國啟蒙運動 舒衡哲著 劉京建譯450元 ＿＿＿本
08592B 科技、理性與自由 鄭泰丞著200元 ＿＿＿本
08093B 生態溝通 編印中

本目錄價格如果變動概照函到日之定價為準。
讀者服務專線：(02)2219-3338
訂購總金額在新台幣500元以下者，請加付掛號郵資50元

訂購辦法：
◎帳戶／支票抬頭：桂冠圖書公司
◎劃撥帳號：01045792 傳真訂購專線：(02)2218-2859~60

思想的桂冠・大師的桂冠

本目錄價格如果變動概照函到日之定價為準。

讀者服務專線: (02)2219-3338

訂購總金額在新台幣 500 元以下者,請加付掛號郵資 50 元

訂購辦法:

◎帳戶/支票抬頭:桂冠圖書公司

◎劃撥帳號: 01045792　傳真訂購專線: (02)2218-2859~60

學術的桂冠・多元的桂冠

08798A	政治過程(II)	杜魯門著 張炳九譯350元 ____本
08799A	國家與社會革命	斯科克波著 劉北城譯500元 ____本
08800A	韋伯：思想與學說	本迪克斯著 劉北城譯600元 ____本
08801A	批評的西方哲學史(上)	奧康諾著600元 ____本
08802A	批評的西方哲學史(中)	奧康諾著600元 ____本
08803A	批評的西方哲學史(下)	奧康諾著600元 ____本
08804A	控制革命(上)	貝尼格著 俞灝敏等譯300元 ____本
08805A	控制革命(下)	貝尼格著 俞灝敏等譯400元 ____本
08806A	記憶	巴特萊特著 李維譯500元 ____本
08807A	人類學習	桑代克著 李維譯250元 ____本
08808A	精神分析引論新講	佛洛依德著 吳康譯250元 ____本
08809A	民主與市場	A. Przeworski 著 張光等譯350元 ____本
08810A	社會生活中的交換與權力	布勞著 孫非譯450元 ____本
08811A	動物和人的目的性行為	托爾曼著 李維譯650元 ____本
08812A	心理類型(上)	榮格著 吳康等譯400元 ____本
08813A	心理類型(下)	榮格著 吳康等譯400元 ____本
08814A	他者的單語主義	德希達著 張正平譯150元 ____本

延伸閱讀—當代思潮教育學經典名著

08752A	沒有失敗的學校	格拉塞著300元 ____本
08753A	非學校化社會	伊利奇著150元 ____本
08754A	文憑社會	柯林斯著350元 ____本
08755A	教育的語言	謝富勒著150元 ____本
08756A	教育的目的	懷德海著200元 ____本
08757A	民主社會中教育的衝突	赫欽斯著100元 ____本
08758A	認同社會	格拉瑟著250元 ____本
08759A	教師與階級	哈利斯著250元 ____本
08760A	面臨抉擇的教育	馬里坦著150元 ____本
08761A	蒙特梭利幼兒教育手冊	蒙特梭利著150元 ____本
08762A	蒙特梭利教學法	蒙特梭利著350元 ____本
08766A	吸收性心智	蒙特梭利著300元 ____本
08767A	博學的女人	德拉榮特著400元 ____本

延伸閱讀 新知叢書・心理學入門讀

08500A	馬斯洛	莊耀嘉編著200元 ____本
08501A	皮亞傑	鮑定著200元 ____本
08512A	佛洛依德自傳	佛洛依德著100元 ____本
08525A	菊花與劍	潘乃德著200元 ____本
808526A	人類本性原論	魏爾森著200元 ____本

延伸閱讀—羅蘭・巴特及其作品

08503B	戀人絮語	羅蘭・巴特著200元 ____本
08516B	羅蘭・巴特	卡勒著150元 ____本
08523B	神話學	羅蘭・巴特著250元 ____本
08537B	流行體系(一)	羅蘭・巴特著300元 ____本
08538B	流行體系(二)	羅蘭・巴特著150元 ____本
08583B	批評與真實	羅蘭・巴特著100元 ____本
08725A	寫作的零度	羅蘭・巴特著200元 ____本

本目錄價格如果變動概照函到日之定價為準。

讀者服務專線：(02)2219-3338

訂購總金額在新台幣 500 元以下者，請加付掛號郵資 50 元

延伸閱讀 當代思潮心理學經典名著

08710A	批評的批評	托多洛夫著250元 ____本
08718A	人格的層次	柯克著300元 ____本
08720A	行為主義	華森著400元 ____本
08732A	完形心理學	柯勒著300元 ____本
08734A	日常生活中的自我表演	高夫曼著300元 ____本
08777A	心靈、自我與社會	米德著350元 ____本
08786A	社會學習理論	班德拉著250元 ____本
08789A	宗教心理學	斯塔伯克著450元 ____本
08790A	感覺和所感覺的事物	奧斯汀著200元 ____本
08791A	制約反射	巴夫洛夫著500元 ____本
08792A	思維與語言	維高斯基著300元 ____本
08806A	記憶	巴特萊特著500元 ____本
08807A	人類學習	桑代克著250元 ____本
08810A	社會生活中的交換與權力	布勞著450元 ____本
08811A	動物和人的目的性行為	托爾曼著650元 ____本
08812A	心理類型(上)	榮格著400元 ____本
08813A	心理類型(下)	榮格著400元 ____本

楊國樞

《當代思潮系列叢書》及《新知叢書》，是桂冠圖書公司為近百年中國學術界、思想界、及知識分子所提供的最大貢獻。這兩套叢書所收錄的著書都是經過數百位海內外人文及社會科學各學科的學者、專家慎重選擇，本係皆是當代西方學界大師最有代表性的經典巨構。

楊國樞（中央研究院院士）

訂購辦法：

◎帳戶／支票抬頭：桂冠圖書公司

◎劃撥帳號：01045792　傳真訂購專線：(02)2218-2859~60

人文的桂冠・關懷的桂冠

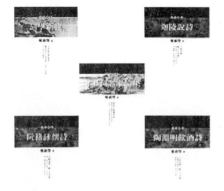

桂冠新知叢書51

傅柯——超越結構主義與詮釋學

作　　者＞休伯特·德雷福斯
　　　　／保羅·拉比諾
譯　　者＞錢　俊
校　　閱＞曾慶豹
責任編輯＞湯皓全
出　　版＞桂冠圖書股份有限公司
地　　址＞106 台北市新生南路三段 96 之 4 號
電　　話＞(886-2)-22193338・23631407
電　　傳＞(886-2)-22182859~60
郵撥帳號＞0104579-2
E-mail＞laureate@laureate.com.tw
排　　版＞友正電腦排版股份有限公司
印　　刷＞海王印刷廠
初版一刷＞1992 年 5 月
初版三刷＞2001 年 1 月

ISBN 957-551-554-4
定價＞新台幣 350 元

國立中央圖書館出版品預行編目資料

傅柯：超越結構主義與詮釋學／休伯特·德
雷福斯(Hubert L. Dreyfus)，保羅·拉比
諾（Paul Rabinow）著；錢俊譯. --初
版. --臺北市：桂冠，1995[民84]
　　面；　　公分. --（桂冠新知叢書：51）
譯自：Michel Foucault:beyond struc-
turalism and hermeneutics
含索引
ISBN　957-551-554-4(平裝)
1.傅柯（Foucault, Michel）－學識－哲學

146.79　　　　　　　　　　　　81003956